Hannah Treave

Rückwärts träumen

Hannah Treave

Rückwärts träumen

Roman

Aus dem Englischen
von Maria Hochsieder

PIPER

Mehr über unsere Autorinnen, Autoren und Bücher:
www.piper.de

Wenn Ihnen dieser Roman gefallen hat, schreiben Sie uns unter Nennung des Titels »Rückwärts träumen« an *empfehlungen@piper.de*, und wir empfehlen Ihnen gerne vergleichbare Bücher.

Unser Versprechen für mehr Nachhaltigkeit
Klimaneutrales Produkt
FSC®-zertifiziertes Papier
Hergestellt in Europa

FSC
www.fsc.org
MIX
Papier | Fördert gute Waldnutzung
FSC® C083411

ISBN 978-3-492-06389-0

Titel der englischen Originalausgabe:
»The Notekeeper«, Canelo, London 2023

Redaktion: Kerstin Kubitz
Satz: psb, Berlin
Gesetzt aus der Sabon Next
Druck und Bindung: CPI Books GmbH, Leck
Printed in the EU

Für Chris – danke für Deine Ermutigung,
aus dem Herzen heraus zu schreiben

Prolog

Vor ihr flimmerten die Lichter der Startbahn. Es schien, als seien die blinkenden blauen und weißen Lampen eigens für sie aufgestellt worden – zum Zeichen, dass es die richtige Entscheidung war. Als die zwei Triebwerke dröhnend Fahrt aufnahmen, holte sie tief Luft. Die donnernde Kraft unter ihr sollte sie Tausende Meilen weit fort tragen. Das war's. Es gab kein Zurück.

Während das Flugzeug beschleunigte, fixierte sie die Lichter. Sie rasten so schnell vorbei, dass sie aussahen wie eine durchgehende Linie statt einzelner Punkte. Schließlich hob die Maschine ab und schwang sich mit der Anmut und Grazie eines springenden Balletttänzers in den australischen Nachthimmel. Ein lautes Keuchen entfuhr ihr, als ihr mit Wucht bewusst wurde, was sie getan hatte, sodass sie ihren schlafenden Sitznachbarn weckte. Hastig nuschelte sie eine Entschuldigung und wandte sich wieder zum Fenster. Tief nahm sie mit den Augen die dunklen Umrisse ihres Heimatlands in sich auf, im Bewusstsein, dass sie nie wiederkehren würde.

Beim Aufwachen am Morgen hätte sie niemals gedacht, dass sie noch am selben Tag einen internationalen Flug antreten würde. Tatsächlich hatte der Tag wie jeder andere begonnen. Sie hatte nicht geschlafen, denn Schlaf war etwas, das zu ihrem alten Leben gehört hatte: einem Leben voller Glück, Arbeit, Bring-

und Abholfahrten zur Schule, Kinoabende, Strandspaziergänge, frühmorgendlicher Momente und Liebe.

Nachdem ihr Mann am Morgen zur Arbeit aufgebrochen war, hatte sie sich wie üblich einen Kaffee gekocht und an einer Scheibe Toast geknabbert. Dann hatte sie sich ans Bügeln gemacht und sich eines der Hemden ihres Mannes und ihre Krankenschwesternuniform vorgenommen. Als sie aber nach dem dunkelblauen T-Shirt ihres Sohnes gegriffen hatte, war sie zusammengebrochen. Der Anblick des so unschuldig im Wäschekorb liegenden Hemds hatte sie zu Boden sacken lassen, wobei Bügelbrett, Bügeleisen und T-Shirt mit herunterkrachten. Das Gesicht auf den kalten Fliesen, hatte sie dagelegen und heulend um ihr altes Leben geweint, das verloren war, das ihr genommen worden war.

Als sie keine Kraft zu weinen mehr hatte, blickte sie sich in dem Zuhause um, das sie fast ihr gesamtes Eheleben bewohnt hatte. Es schien ihr die Luft abzuschnüren, sie musste hier raus. Sie hetzte zu ihrem Nachttisch, griff in die Schublade und holte den makellosen blauen Pass hervor, den sie seit Jahren nicht mehr benutzt hatte. Dann zog sie Schuhe und Mantel an, hielt nur inne, um nach der Handtasche zu greifen, und verließ das Haus.

*

Erst als sie die Haustür hinter sich zuziehen wollte, fiel ihr ein, dass sie das Wichtigste überhaupt vergessen hatte. Sie rannte die Treppe wieder hinauf, griff ein weiteres Mal in die Schublade des Nachttischs und nahm einen gefalteten linierten Papierbogen heraus. Allein ihn in Händen zu spüren schenkte ihr Kraft. Sie presste das Blatt an die Lippen, küsste es zärtlich, steckte es in die Tasche und hastete die Treppe hinunter. Unbeirrt trat sie aus der Haustür und vergewisserte sich noch nicht einmal, ob sie sie richtig zugezogen hatte. Sie wollte nichts als weg von hier.

Und so war sie fortgegangen. Sie hatte den Bus zum Flughafen genommen und hatte, ohne auf den Preis zu achten – wie in einer Filmszene, ein Ticket für den erstbesten Flug nach London gekauft.

Jetzt begann das Bordpersonal mit dem Service und schob den Getränkewagen durch den Gang. Sie beugte sich im Sitz nach vorne und griff nach ihrer Handtasche. Sie holte das Blatt heraus, das ihr so viel bedeutete, und kostete die wenigen Worte aus, von denen ihr jedes einzelne unendlich teuer war.

Ich will einfach nur Cowboy werden.

Beim Lesen durchströmte sie neue Kraft. Dieses Stückchen Papier hatte ihr etwas gegeben, das sie für immer verloren geglaubt hatte – Hoffnung.

Eins

Zwei Jahre später

Im Zimmer war nichts als das Geräusch der schweren, mühevollen Atemzüge zu hören, während Zoe Evans noch einmal die paar Zeilen auf dem Notizblock durchlas, der auf ihrem Schoß lag. Sie las den Brief bereits zum vierten Mal und empfand nach wie vor Abscheu über so gut wie jedes einzelne Wort. Abrupt blickte sie auf, wobei eine leicht ergraute blonde Ringellocke aus dem Dutt fiel, zu dem sie das Haar im Nacken zusammengesteckt hatte.

»Arthur, sind Sie wirklich sicher, dass Sie das sagen wollen?«, fragte sie und sah den Mann an, der für die Nachricht verantwortlich war.

Der Atem ging schwer, als der alte Mann im Rollstuhl nickte. Aus seinen wässrigen Augen blickte eiserne Entschlossenheit. »Ja. Ich wollte die Wahrheit viel zu lange nicht wahrhaben – es ist an der Zeit, dass alles herauskommt.«

Zoe unterdrückte den Impuls, verzweifelt aufzustöhnen. Sie war seit über zwanzig Jahren Krankenpflegerin und wusste seit Langem, dass Nörgeln keine besonders effektive Methode war, um Patienten von dem zu überzeugen, was das Beste war.

»Okay.« Sie schenkte Arthur ein beschwichtigendes Lächeln. »Aber finden Sie es nicht ein bisschen grausam, Ihrer Frau nach sechzig Jahren Ehe zu erklären, dass Sie sie nie geliebt haben und der Tod eine süße Erlösung von ihrem endlosen Gemecker, dem Gekeife und ...«, Zoe hielt inne, um einen Blick auf den Notizblock zu werfen, »dem ständigen Furzgestank sein wird?«

Arthur nickte. »Sicher. Ich habe nie viel vom Lügen gehalten.«

Zoe senkte den Block und steckte den Kugelschreiber in die Tasche ihrer Uniform. Auch sie mochte keine Lügen, aber ebenso wenig glaubte sie, dass es grundsätzlich immer richtig war, anderen die ungeschönte Wahrheit aufzutischen.

»Gibt es noch etwas? Etwas Schönes?«, fragte sie. »Audrey ist Ihre Frau. Seit sechs Wochen bringt sie Sie hier zur Tagespflege ins Hospiz. Sie haben das ganze Leben zusammen verbracht, gemeinsam eine Welt aufgebaut.«

Arthurs Miene wurde weicher. »Klar liebe ich Audrey, aber dieser verfluchte Krebs hat mir einen Arschtritt verpasst. Ich will dem Herrgott nicht mit dem Gefühl gegenübertreten, dass ich unaufrichtig war. Ich bin Audrey dankbar für alles, was sie getan hat. Wir zwei sind ganz gut klargekommen, aber ich habe meine erste Liebe nie vergessen – Deirdre Hamilton.«

Bei der Erwähnung Deirdres schlich sich ein verträumter Ausdruck auf Arthurs Gesicht. Zoe merkte, dass er ganz woanders war, weit fort von dieser viktorianischen Villa am Stadtrand von Bath, die mittlerweile als Hospiz fungierte. Durchs Fenster fiel die Aprilsonne in den Aufenthaltsraum, und sie tätschelte ihm das Knie und holte ihn in die Gegenwart zurück.

»Ich weiß nicht, ob Audrey das wissen sollte«, setzte Zoe noch einmal an. »Es gibt doch bestimmt noch etwas anderes, was Sie sagen könnten. Um den Schock ein bisschen abzumildern.«

Mit gerümpfter Nase dachte Arthur eine Weile nach, dann sagte er: »In Ordnung, schreiben Sie, dass sie sich Karotten kaufen soll. Sie isst zu wenig Grünzeug, aber Karotten mag sie.«

Zoe verkniff sich ein Lachen, als sie bemerkte, dass es Arthur ernst damit war, und setzte schnell eine neutrale Miene auf. Sie zog den Stift aus der Tasche, notierte seine Worte und blickte ihn dann erwartungsvoll an.

»Haben Sie das?«, fragte er.

»Ja«, versicherte sie ihm. »Sind Sie sicher, dass Audrey das bekommen soll?«

»Das bin ich«, antwortete Arthur mit schwacher, aber entschlossener Stimme.

Zoe drängte ihn nicht weiter. Der Ausflug in den Aufenthaltsraum hatte ihn sichtlich geschwächt. Die Farbe war aus seinen Wangen gewichen und das Atmen noch mühevoller geworden.

Zoe stand auf und schob Arthur zurück zu seinem Zimmer. Ihr fiel auf, dass er anders als sonst nicht aus dem Fenster sah und die beiden Eichen bewunderte, die dem Hospiz den Namen *The Oaks* einbrachten. Aus Erfahrung wusste sie, es würde nicht mehr lange dauern, dass es mit ihrem Patienten zu Ende ginge.

Tatsächlich war Arthur nicht der erste Patient, der seiner Familie und seinen Freunden als Botschaft hinterlassen wollte, was er wirklich über sie dachte, und Zoe war klar, er wäre auch nicht der Letzte. Seit Zoe vor zwei Jahren als Pflegerin im Hospiz angefangen hatte, dokumentierte sie die letzten Worte der Sterbenden oder nahm Botschaften für die Hinterbliebenen auf. Sie wusste, welche Bedeutung ein letztes Wort haben konnte und wie kathartisch es für diejenigen war, die dem Ende entgegensahen.

»He, Zoe!« Eine laute australische Stimme hinter ihr riss sie aus ihren Gedanken.

Sie blieb stehen und drehte sich zu ihrem Kollegen Miles Anderson um, der noch seinen schweren Mantel trug und dabei war, sich die Reste eines Schinkensandwiches in den Mund zu stopfen. Miles sah eher so aus, als käme er gerade von einer Schicht als Müllsammler statt zum Dienstantritt als Pfleger.

Zoe spürte, wie sich ihre Nackenhaare aufstellten. »Hättest du nicht vor einer halben Stunde da sein sollen?«

Miles zuckte die Achseln und strich sich – unbeeindruckt von Zoes Rüge – ein paar Krümel aus dem dichten dunklen Bart. »Du weißt doch, wie es ist. Ist spät geworden gestern Abend. Ich bin einfach nicht aus dem Bett gekommen.«

Zoe runzelte die Stirn. Sie wusste, wie es war, aber sie billigte es nicht. Miles war, wie sie selbst, gebürtiger Australier, mit seinen neunundddreißig allerdings fünf Jahre jünger, und er tat sein Bestes, um jeden Moment auszukosten, als sei es sein letzter – nun da er mit knapp vierzig, wie er selbst es formulierte, kurz vorm Abnippeln stand.

»Vielleicht könntest du es wenigstens versuchen«, sagte Zoe zähneknirschend. »Du wohnst doch gleich um die Ecke. Weder den Patienten noch uns gegenüber ist es fair, wenn du zu spät kommst.«

»Ja, ja.«

Zoe zog eine blonde, buschige Augenbraue hoch, richtete sich zu ihrer vollen Größe von einem Meter fünfundsechzig auf und schenkte Miles einen, wie sie hoffte, vernichtenden Blick.

Offensichtlich funktionierte es. Hastig legte Miles den Mantel ab und steckte das Sandwichpapier in die Tasche.

»Sorry, Boss.« Er wirkte ehrlich zerknirscht.

Zoe zuckte die Achseln. »Nur noch für die nächsten vierundzwanzig Stunden. Dann fängt der neue Troubleshooter an.«

»Temporärer Troubleshooter«, korrigierte sie Miles und wischte sich die fettigen Handflächen am Kittel ab. »Wie lange soll der bleiben?«

»Bis die Familie Harper als neue Eigentümerin zufrieden

damit ist, wie die Geschäfte von *The Oaks* laufen«, antwortete Zoe.

»Und uns mit *St Mary's* fusioniert hat«, fügte Miles mürrisch hinzu, womit er das strahlende neuere Hospiz im Norden von Bristol meinte, das *The Oaks* in praktisch jedem Gutachten überflügelte.

Zoe musste kichern, als sie seinen finsteren Blick bemerkte. Seit Miles mit einer der Pflegerinnen von *St Mary's* geschlafen und sie die Unverfrorenheit besessen hatte, ihm das Herz zu brechen, war Miles besessen von dem rivalisierenden Hospiz.

»Ich verstehe gar nicht, warum wir überhaupt einen Troubleshooter brauchen«, grummelte Miles. »Es läuft doch ganz gut.«

»Nicht gut genug«, antwortete Zoe und fixierte den Pfleger mit ihren babyblauen Augen. »Das einzig Gute daran ist, dass dieser neue Kerl gleichzeitig die neue Pflegeleitung ist und ich die Verantwortung endlich los bin.«

Miles lachte. »Hoffentlich hast du recht. Es heißt ja, der Typ nimmt alles supergenau.«

»Umso besser!«, rief Zoe. »Der bringt es dann auch fertig, dich zusammenzustauchen, wenn du zu spät kommst oder dich am Samstagmorgen krankmeldest.«

»Nicht jeden Samstagmorgen«, warf Miles ein.

»Aber oft genug, dass es mir auffällt«, sagte Zoe seufzend, doch gleich darauf hellte sich ihre Miene auf. »Egal, das ist nicht länger mein Problem. Jetzt liegt es ganz in der Hand von Ben Tasker.«

»Na, ist ja vielleicht ganz nett, wenn mal ein Mann zuständig ist bei all den Frauen hier«, brummte Miles, dessen Gesicht wieder einen leidenden Ausdruck angenommen hatte.

»Mir egal«, grinste Zoe. »Bald kann ich einfach wieder nur das machen, was ich am liebsten tu.«

Miles verdrehte die Augen. »Man könnte meinen, du willst die Leute verführen, aber nachdem dein Styling aus nichts als Wasser und Seife besteht, weiß ich echt nicht, was du meinst.«

Jeden anderen hätte die Beleidigung womöglich verletzt, aber Zoe war unbeeindruckt. »Nur weil ich nicht eitel bin, bedeutet das noch lange nicht, dass ich kein Leben habe.«

»Es ist keine Eitelkeit nötig, um sich das Haar zu bürsten oder diese Augenbrauen zu zupfen, die aussehen, als klebten dir zwei Nacktschnecken im Gesicht«, erwiderte Miles, spürte dann aber doch, dass er zu weit gegangen war, und blickte sie unter seinen gezupften Brauen schuldbewusst an. »Tut mir leid, Zoe, so war das nicht gemeint. Wir machen uns einfach Sorgen, alle Pfleger hier. Soweit wir das beurteilen können, dreht sich dein ganzes Leben um das Hospiz.«

»Und wenn schon!«, begehrte Zoe auf und spürte, wie ihre blassen Wangen vor Empörung flammend heiß wurden. Sich über ihr Äußeres zu mokieren war eine Sache, ihre Professionalität infrage zu stellen etwas anderes. »Es gibt Schlimmeres, als seine Zeit darauf zu verwenden, sich um Sterbende zu kümmern.«

»Schon wahr«, meinte Miles vorsichtig und schob die Hände in die Taschen. »Aber im Leben braucht es ein Gleichgewicht. Du machst Überstunden, und dann diese ganzen Briefe, Zoe! Das ist so aus der Zeit gefallen. Mir kommst du vor wie die Schutzheilige der Sterbenden.«

»Ich bin weder die Schutzheilige der Sterbenden, noch sind Briefe altmodisch. Vielmehr sind sie ein sehr persönliches Kommunikationsmittel«, sagte Zoe und blickte auf Arthur hinunter, der mittlerweile im Rollstuhl eingeschlafen war.

»Vermutlich bist du die Einzige, die die Schreibwarengeschäfte noch am Leben erhält«, neckte Miles sie.

Zoe antwortete nicht. Ihr Verhalten war nicht ungewöhnlich, viele der Pflegerinnen und Sanitäter, mit denen sie zusammenarbeitete, schrieben unheilbar kranken Patienten Briefe, um sie aufzuheitern. So wie Zoe waren viele davon überzeugt, dass eine handschriftliche Notiz im digitalen Zeitalter etwas Besonderes war, ein physisches, ermutigendes Dokument, das die Patienten berühren und zu dem sie einen Bezug herstellen konnten, wie es eine Textnachricht oder E-Mail niemals nachbilden konnte.

Dennoch war Zoe bewusst, dass niemand sich derart ins Zeug legte wie sie. Gewissenhaft fragte sie jeden Patienten im Hospiz, ob er oder sie eine letzte Botschaft habe. Manchmal geschah das, wenn sie ihre letzten Atemzüge taten, manchmal in den Tagen oder Stunden vor ihrem Tod. Zoe wusste, dass es ihnen etwas gab, woran sie sich in den dunklen Momenten der Trauer festhalten konnten.

»Du bist eine fantastische Pflegerin, Zoe«, fuhr Miles fort. »Ich verstehe nur nicht, warum du dir nicht etwas mehr Spaß im Leben gönnst.«

»Die Arbeit hier macht Spaß«, antwortete sie nüchtern.

Miles schüttelte den Kopf, als habe er einen hoffnungslosen Fall vor sich. »Zoe, die Arbeit hier ist harte Maloche. Du fährst nie in den Urlaub, du nimmst dir nie einen Tag frei …«

»Doch!«

»Um die Wäsche zu machen«, sagte er und schenkte ihr einen vernichtenden Blick. »Deine Mitbewohnerin Sarah hat es mir erzählt.«

»Oh, das hätte sie nicht tun dürfen«, erregte sich Zoe. »Was ich mit meiner Freizeit anstelle, ist allein meine Sache.«

»Schon gut«, rief Miles und trat einen Schritt zurück, als fürchte er, dass sie explodierte. »Ich meine ja nur.«

»Dann lass es einfach bleiben. Außerdem, wer weiß, wie es weitergeht, wenn Ben Tasker morgen anfängt.«

Miles lächelte. »Ja, wer weiß. Vielleicht hast du dann ja mal Zeit für ein Bier im Pub oder ziehst dir mal was anderes an als dunkelblaue Schwesternkittel.«

Nach dieser letzten Bemerkung verlor Zoe endgültig die Geduld und machte sich daran, Arthur zurück in sein Zimmer zu schieben. Dabei erhaschte sie einen Blick auf ihr Spiegelbild in der Fensterscheibe. Miles hatte recht, in den ungebügelten Kleidern, mit der fahlen Haut und dem graublonden Haar, das so zerzaust war, als habe es seinen eigenen Willen, wirkte sie wie eine alte Frau. Doch wen kümmerte das schon? Was zählte, war, den Patienten zu einem leichten Tod zu verhelfen, und Zoe war sicher, sie und der neue Troubleshooter wären sich in dieser Frage einig.

Zwei

Miles war nicht der Einzige, der an diesem Tag zu spät zur Arbeit erschien. Bis zum Ende von Zoes Schicht waren zwei weitere verspätete Pflegerinnen und ein Mitarbeiter des Betreuungsteams dazugekommen. Als sie in den Bus nach Hause stieg, empfand sie wieder einmal Erleichterung darüber, dass die Tage ihrer Verantwortlichkeit gezählt waren. Zu Beginn ihrer Arbeit in *The Oaks* war das Hospiz schon mehr als dreißig Jahre unter einer unabhängigen Leitung gewesen und hatte jungen wie alten Patienten offengestanden. Zoe hatte es von dem Moment an, da sie durch die Tür getreten war, geliebt. Doch in letzter Zeit war offensichtlich geworden, dass die Geldmittel knapp wurden.

Ständig wurde das Budget gekürzt, und auf den Gängen traf Zoe häufig auf Mitglieder der Geschäftsleitung, die mit gedämpften Stimmen über Einsparungsmöglichkeiten berieten. Im Haus hatte immer eine emsige, positive Atmosphäre geherrscht, aber in den vergangenen Monaten, als an allen Ecken und Enden gespart wurde und Stellen gestrichen wurden, war nicht mehr zu übersehen, dass das Ende eingeläutet worden war. Und so war es keine allzu große Überraschung gewesen, als vor ein paar Wochen die Familie Harper, der eine Reihe von Hospizen im Land gehörte, verkündet hatte, sie werde *The Oaks* übernehmen. Natürlich löste die Nachricht gemischte Gefühle aus, aber die Geschäftsleitung hatte ihr Bestes getan, um alle davon zu überzeugen, dass die Harpers das Ruder herumzureißen wussten, und der Vertrag wurde geschlossen.

Letzte Woche hatte Zoe erfahren, dass Ben Tasker für ein paar Monate ihre Aufgaben übernehmen würde. Er galt als eine Art Wunderpfleger. Seit einigen Jahren arbeitete er als Troubleshooter für die Familie Harper und stellte sicher, dass sämtliche Hospize profitabel waren, wobei die Versorgung der Patienten das Herzstück jeder Einrichtung war. Um sie herum gab es einigen Unmut über die Veränderungen, aber Zoe war heilfroh. Sie wollte nichts sein als eine Pflegerin, für sie war Ben Taskers Antritt eine gute Sache.

Bald hatte der Bus das Zentrum von Bath erreicht, und Zoe blickte durch die schmutzige Fensterscheibe, als sie sich dem historischen Rathaus näherten. Ein Stück weiter war die Abtei aus dem cremefarbenen Kalkstein, danach kam das Wehr an der Pulteney Bridge, an dem das Wasser so laut rauschte, dass man schreien musste, um sich zu verständigen.

Die Altstadt von Bath hatte Zoes Herz zwei Monate nach ihrer Ankunft in England erobert. Mit einer befreundeten Pflegerin hatte sie von London aus einen Tagesausflug gemacht, und beide waren vom ersten Augenblick an hingerissen. Gemeinsam hatten sie die eleganten Stadthäuser am Royal Crescent und am Circus bewundert und waren ins Zentrum spaziert, wo sie mit Blick auf die Abtei und die Brunnenhallen etwas getrunken hatten. Leider hatte ihr Budget nicht gereicht, um die römischen Bäder zu besuchen, und so hatten sie stattdessen auf dem Queen's Square ihre Sandwiches vertilgt. Wie sie da saßen und den Boule-Spielern zusahen, war Zoe zum ersten Mal seit ihrer Ankunft in Großbritannien mit sich im Reinen gewesen.

Also hatte sie auf der Busfahrt zurück sowohl an den Vermieter ihres schäbigen WG-Zimmers in Earl's Court als auch an die

Zeitarbeitsagentur geschrieben, bei der sie angestellt war, und bei beiden die fristgerechte Kündigung eingereicht. Einen Monat später war sie in ein Haus in Bath gezogen und hatte die Stelle in *The Oaks* gefunden. Der Rest war Geschichte.

Nun stieg sie aus dem Bus und ging durch die gepflasterten Straßen der Innenstadt. Die laue Sonne an diesem Frühlingsabend wärmte ihre Haut. Innerhalb weniger Minuten war Zoe zu Hause.

»Hallo?«, rief sie, als sie die schwere Holztür aufschloss und in die winzige Diele trat.

»Wir sind hier«, kam eine Stimme aus dem hinteren Teil des schmalen Reihenhauses.

Zoe lächelte, weil ihre Mitbewohnerin Sarah Rokeby wenigstens dieses eine Mal pünktlich von der Arbeit als Sozialarbeiterin nach Hause gekommen war. Auf dem Weg Richtung Küche war sie kaum zwei Schritte weit gekommen, als ihr Sarahs Tochter entgegenstürzte und geradewegs in ihre Schienbeine raste.

»Wie geht es dir, Lottie?«, fragte Zoe, ihre Stimme voller Wärme, als das kleine Mädchen die kurzen Arme um Zoes Beine schlang.

»Gut. Mummy und ich haben mit Fingerfarben gemalt, und in der Schule gab es Schinkenbrote«, sagte die Sechsjährige, das Gesicht in Zoes Schwesternkittel gedrückt.

»Klingt toll.« Zoe strahlte, nahm das kleine Mädchen auf den Arm und setzte sie sich auf die Hüfte. Gemeinsam betraten sie die Küche, wo Sarah an der Spüle stand und Wasser in den glänzenden Dualit-Kessel füllte. Er hatte eine horrende Summe gekostet, aber Sarah bestand darauf, dass man damit den weltbesten Tee kochen konnte und dass sie kein einziger Penny reute. Zoe hatte das nicht weiter kommentiert. Sie mochte sich an das Leben in England gewöhnt haben, doch die Teebesessenheit verstand sie noch immer nicht. Im besten Fall schmeckte er nach Spülwasser.

»Wie war dein Tag?«, fragte Zoe und setzte Lottie ab.

»Nicht schlecht.« Sarah nickte lächelnd, sodass ihr brauner Bob auf der Schulter wippte. »Ich konnte mich ein bisschen um den Papierkram kümmern, während Lottie ein Mittagsschläfchen gemacht hat.«

Zoe nickte anerkennend. »Gut gemacht. Wie lange dauert es noch, bis ihr eine neue Bürokraft bekommt?«

»Im nächsten Monat fängt jemand Neues an«, antwortete Sarah und unterdrückte ein Gähnen. »Hoffen wir, dass er länger als zwei Wochen bleibt. Vielleicht kann ich mir dann mal einen Tag freinehmen.«

Sarah reichte ihr eine Tasse Kaffee, die Zoe mit einem dankbaren Lächeln entgegennahm.

Zoes Freundin und Mitbewohnerin mit dem offenherzigen Gesicht, den warmen braunen Augen, aus denen so viel Liebenswürdigkeit strahlte, und dem ansteckenden Lächeln war bekannt für ihr Mitgefühl. Als Zoe nach Bath kam, hatte Sarah sie mit offenen Armen bei sich aufgenommen. Damals war sie Sozialarbeiterin in *The Oaks* gewesen und hatte sich kurz zuvor von Lotties Vater getrennt. Weil sie sich als Alleinerziehende einsam gefühlt hatte, hatte sie Zoe ein Zimmer angeboten und darauf bestanden, dass sie keinerlei Kaution hinterlegen müsse. Zoe war froh gewesen, weil sie knapp bei Kasse war, hatte Sarah allerdings versichert, nur ein paar Wochen zu bleiben, bis sich eine dauerhafte Lösung gefunden hätte. Mittlerweile waren zwei Jahre vergangen und die drei unerwartet zu einer Familie zusammengewachsen.

In diesem Augenblick spürte Zoe das Handy in der Tasche vibrieren. Sie zog es heraus und reagierte gereizt, als sie auf dem Sperrbildschirm eine Nachricht von David aufleuchten sah.

Sarah runzelte die Stirn. »Ist es das, was ich denke?«

Zoe nickte und schob das Handy, ohne die Nachricht zu lesen, zurück in die Tasche.

»Wie aufs Stichwort«, meinte Sarah gleichmütig und setzte sich an den runden Küchentisch.

Seufzend zog Zoe ihrer Freundin gegenüber einen Stuhl an den Tisch. »Seine Nachrichten kommen pünktlich wie ein Schweizer Uhrwerk. Zu jedem Geburtstag, Weihnachten, zum Monatsersten, und wenn Sean … immer, wenn Sean …«

Die Worte hingen in der Luft, und Zoe war unfähig, den Satz zu vollenden, doch das war bei Sarah gar nicht nötig.

»Liest du sie überhaupt jemals?«, fragte Sarah und zog Lottie auf ihren Schoß.

»Manchmal, aber es steht immer dasselbe drin. Er liebt mich, er vermisst mich, er kann kaum erwarten, dass ich nach Hause komme. So als würde ich bloß Urlaub machen und käme demnächst zurück.«

Sarah schüttelte den Kopf, und Lottie tat es ihr nach, und Zoe musste über den ernsten Gesichtsausdruck lachen, der so gar nicht zu dem kleinen Mädchen passte.

»Warum erlöst du deinen Ex nicht aus seinem Elend und sagst ihm, dass er sich verpissen und dich in Ruhe lassen soll?«, empfahl ihr Sarah, wie sie es schon tausendfach zuvor gemacht hatte.

»So einfach ist das nicht.« Zoe löste ihr Haar aus dem Knoten und schüttelte die Locken aus, während sie sich mental für die Diskussion wappnete, die sie, wann immer David sie kontaktierte, mit Sarah führte.

»Aber so geht das nicht«, argumentierte Sarah. »Diese ganzen Nachrichten tun weder ihm noch dir gut.«

Trauer erfasste Zoe bei dieser Bemerkung. So hatte sie sich das

Eheleben nicht vorgestellt. Als sie David kurz nach ihrem einundzwanzigsten Geburtstag geheiratet hatte, hätte sie nie damit gerechnet, dass sie beide irgendwann einmal an entgegengesetzten Enden der Welt leben würden.

»Im Ernst, Zoe, warum lässt du dich nicht einfach scheiden?«, hakte Sarah zaghaft nach. Sie beugte sich über den ramponierten Tisch aus Kiefernholz und griff nach Zoes Hand. »Dann wärst du ein für alle Mal frei und stündest nicht mit einem Fuß in Aussieland und mit dem anderen hier.«

»So ist es nicht«, murmelte Zoe.

»Doch, ganz genau so ist es«, widersprach Sarah nachdrücklich.

Es herrschte Schweigen, während Zoe über die weisen Worte ihrer Freundin nachsann.

»Irgendwie kommt es mir zu früh vor für eine Scheidung. Wir waren mehr als zwanzig Jahre zusammen.«

»Die beiden letzten wart ihr nicht zusammen«, widersprach Sarah unverblümt. Sie zog ihre Hand zurück und nahm sich einen Schokoladenkeks von dem Teller, der in der Mitte des Tischs stand.

Zoe wartete ab, bis Sarah fertig gekaut hatte. »Trotzdem, die Vorstellung tut einfach zu weh. Ich hätte das Gefühl, Sean zu verraten.«

»Selbst wenn es so wäre, dass du Sean damit verrätst – und hier bin ich im Übrigen anderer Meinung«, sagte Sarah mit einem zweiten Keksbissen im Mund, »ist es trotzdem nicht richtig, dass du so in der Schwebe hängst. Du kannst weder die Vergangenheit loslassen noch nach vorne schauen. Würdest du dich für eine klaren Schnitt entscheiden, hättest du vielleicht auch mehr Interesse daran, Verantwortung in der Geschäftsleitung zu übernehmen.«

»Das stimmt alles überhaupt nicht«, erwiderte Zoe erregt. »Außerdem will ich keinen Leitungsposten, ich mag den Alltag in der Pflege.«

»Na, wenn du meinst«, sagte Sarah und wirkte wenig überzeugt. »Aber hast du dir auch darüber Gedanken gemacht, ob dieser Troubleshooter …«

»Ben Tasker«, unterbrach sie Zoe.

»Ja, okay. Also, ob Ben Tasker andere Vorstellungen hat, was dich angeht?«, führte Sarah aus und nahm sich noch einen Keks. Sie hielt Zoe den Teller hin, doch die schüttelte nur den Kopf. »Durchaus möglich, dass er möchte, dass du mehr Verantwortung übernimmst, bei all deiner Erfahrung.«

Über Zoes Miene flackerte Panik, und Sarah musste kichern.

»Jetzt komm schon, so schlimm wäre das doch nicht«, sagte sie aufmunternd.

»Doch, verdammt, das wäre es!« Zoe überlegte sich die Sache mit den Keksen anders und nahm sich zwei. »Als die Harpers vor der Übernahme für ein Meeting zu uns kamen, hat mich ihr Personalchef zweimal gefragt, ob ich Interesse an einer verantwortungsvolleren Position hätte, und ich habe abgelehnt. Dieser Ben Tasker soll sich lieber nicht an mich halten. Mir reichen die Tablettenausgabe, Dienstpläne und Bettpfannen, vielen Dank.«

»Und die Briefe«, fügte Sarah hinzu. »Vergiss die Briefe nicht.«

»Höre ich da Sarkasmus heraus?«, blaffte Zoe, wobei sie Kekskrümel über den ganzen Tisch verteilte und Lottie zum Lachen brachte.

»Von wegen!« Sarah schenkte ihr einen lammfrommen Blick, und Zoe trank ihren Kaffee aus.

Das war das Großartige an ihrer Freundschaft, dachte Zoe.

Sie wussten beide genau, wie weit sie bei der anderen gehen durften und wann es genug war.

»Wo wir davon reden: Ich muss einen Brief übergeben«, sagte Zoe. »Habt ihr zwei Lust, mich zu begleiten?«

»Aber du bist doch gerade erst nach Hause gekommen«, begehrte Sarah auf. »Ich dachte, wir schauen uns irgendeinen Quatsch auf Netflix an und trinken billigen Wein, wenn ich Lottie ins Bett gebracht habe.«

»Das ist ungerecht!«, protestierte Lottie, die mit ihren sechs Jahren keinen Spaß verpassen wollte. »Ich will auch billigen Wein.«

Bei dieser Bemerkung kicherten die beiden Frauen, während sich auf Lotties Miene geradezu musterhaft kindliche Verärgerung abzeichnete.

»Es ist nicht weit von hier«, sagte Zoe. »Ihr könntet beide mitkommen. Das wird nett.«

Sarah wirkte skeptisch. »Beim letzten Mal, als ich dabei war, hast du einer Frau einen Brief auf knallrosa Papier gegeben, in dem die Schwester gestand, dass sie ihr den gesamten Schmuck gestohlen hatte und nun auf dem Sterbebett die Wahrheit sagen wollte. Die Situation war mehr als peinlich.«

Zoe lachte. Zugegeben, es war eine unangenehme Botschaft gewesen, aber sie hatte nicht geahnt, dass die Schwester so ältlich und unerbittlich sein würde, und auch nicht, dass zu dem Schmuck zwei De-Beers-Diamanten gehört hatten.

»Das wird anders, versprochen.«

Sarah wirkte immer noch misstrauisch. »Na gut. Aber wenn es so schlimm wird wie letztes Mal, dann will ich hinterher Pommes und eine Flasche Fusel.«

»Ich auch!«, pflichtete ihr Lottie bei, rutschte von Sarahs Knien und nahm Zoe an der Hand. Zoe sah auf das kleine Mädchen hinunter und spürte eine Woge der Zuneigung. Sie hatte Kinder immer geliebt, und Lottie nahm einen ganz besonderen Platz in ihrem Herzen ein, gleich neben der Lücke, die niemals gefüllt werden könnte.

Drei

Glücklicherweise war die Übergabe der Botschaft an den Sohn eines ehemaligen Marineoffiziers glatt über die Bühne gegangen. Der Umschlag hatte keinerlei Überraschungen enthalten, sondern nur ein paar liebevolle Worte des Vaters an seinen Sohn – ein formvollendeter Abschied.

Trotz des erfolgreich verlaufenen Besuchs – weswegen sich auch der billige Wein erübrigte – wachte Zoe am folgenden Morgen müde und mit schwerem Kopf auf. Die ungelesene Nachricht von David hatte ihr keine Ruhe gelassen, und den Großteil der Nacht hatte sie sich von einer Seite auf die andere gewälzt, während sich ihr Noch-Ehemann in das bisschen Schlaf, das sie abbekam, gedrängt hatte.

Aufrecht saß sie in dem Doppelbett, das in Sarahs Gästezimmer gequetscht war. Sie bemühte sich, gleichmäßig zu atmen, griff nach dem Wasserglas auf dem Nachttisch und trank einen Schluck. Die Träume hatten sich so echt angefühlt. Sie hatte am Strand gelegen und ein Buch gelesen, dann waren David und Zoes Mutter Ruth gekommen und hatten eine Überraschung angekündigt. Nach viel Geklatsche und Gejohle war Sean aufgetaucht und hatte Zoe sein übliches strahlendes Lächeln geschenkt. Er hatte sich kein bisschen verändert, dachte sie, während ihr Blick sein Gesicht abtastete, sein goldblondes Haar und seine sommersprossige Nase registrierte. Hastig hatte sie sich aufgerappelt, voller Sehnsucht, ihn in die Arme zu schließen. Kaum war sie auf den Beinen, hatte Sean sich zurückgezogen und war im Meer verschwunden. Sie hatte geschrien, ihn angefleht zurückzukommen, und war aufgewacht. Schweiß tropfte ihr von der Stirn, und ihr Körper hatte sich in den feuchten Laken verheddert.

Langsam atmete sie durch die Nase ein und aus, so wie es ihr die Psychologin beigebracht hatte. Als sie sich beruhigt hatte, zog Zoe sich an und füllte Kaffee in die Thermoskanne. Kurz hielt sie inne und griff dann nach den Autoschlüsseln, froh, dass ihr ein Parkplatz sicher war, wenn sie so früh zur Arbeit erschien.

Der Morgen brach gerade an, als Zoe *The Oaks* erreichte, und sie gönnte sich einen Moment, um den Anblick auszukosten. Das Gebäude stand in einer weitläufigen Parklandschaft mit breiten Wegen, auf denen Kirschblüten lagen. Lauschige Senken und Nischen verliehen dem Garten eine behagliche Atmosphäre, und die hohen Hecken, die ihn umgaben, hielten jeglichen Lärm von der Straße fern, wodurch das Hospiz den Eindruck eines friedlichen Zuhauses erweckte. Von diesem Punkt aus hatte sie *The Oaks* das erste Mal erblickt und war verzaubert gewesen. Während ihre Augen über das viktorianische Herrenhaus wanderten, hoffte sie nur, dass es Ben Tasker bei seinem Eintreffen später am Tag ähnlich ergehen würde.

Als sie aus dem Auto stieg, wurde ihr bewusst, dass sie nervös war. Ganz abgesehen von der Tatsache, dass ihre Zeit als Pflegedienstleitung vorbei wäre, bedeutete die Übernahme ohne Zweifel Veränderung. Beim Hineingehen grüßte Zoe den Sicherheitsmann mit einem Nicken und ignorierte den Bleichmittelgeruch von den frühmorgendlichen Reinigungsleuten, der ihr in die Nase stieg. Jemand rief ihren Namen. Als sie sich umdrehte, stand die Hospizleiterin Karen Lowell vor ihr. Die Verwaltung war zwar großteils digitalisiert, doch Karen war altmodisch und bevorzugte Papier. Sie hatte Dutzende Aktenmappen im Arm, die Brille rutschte ihr von der Nase, und ihre Strickjacke war falsch geknöpft. Zoe entspannte sich. Karen war bodenständig, verantwortungsbewusst und nett und liebte genau wie sie selbst die persönliche Note, die Papier besaß. Es war also nicht überraschend, dass Zoe sich in Gegenwart der älteren Frau wohlfühlte.

»Endlich bist du aus dem Schneider.« Karen grinste.

»Endlich«, sagte Zoe und genoss das Gefühl der Erleichterung, das sie bei diesem Wort durchflutete.

»Du machst die Übergabe an Ben, aber ihm steht ein ziemlich voller Tag oben bei uns bevor mit den ganzen Compliance-Videos und so«, erklärte Karen, während sie eilig den Gang entlanglief.

Zoe gab sich Mühe, mit der Leiterin Schritt zu halten. »Daran erinnere ich mich gut.«

»Ganz genau«, sagte Karen in jenem Tonfall, den Zoe mittlerweile als vornehmsten Bath-Akzent identifizierte. »Also, könntest du dich solange weiter um den alltäglichen Kram kümmern, bis er sich eingelebt hat?«

Zoe nickte, und Karen machte eine Pause.

»Da wäre noch etwas«, meinte die Hospizleiterin dann. »Heute Vormittag bekommen wir einen eher außergewöhnlichen Neuzugang. Du weiß ja, wer Simon Harper ist, der neue Eigentümer. Er bringt seine Mutter hierher und hat darum gebeten, dass du die Sache beaufsichtigst.«

»Ich?« Zoe hielt die Luft an. »Warum?«

»Vermutlich eilt dir ein besonderer Ruf voraus«, erwiderte Karen mit einem Lächeln. »Es ist eine allgemein bekannte Tatsache, dass du unsere beste Pflegerin bist, und es ist außerdem allgemein bekannt, dass du das Amt als Verantwortliche nicht weiter ausüben willst.«

»Mir ging es immer um die Patienten.«

»Das wissen wir alle, und dafür sind wir dir sehr dankbar«, sagte Karen ruhig. »Du musst dir nur darüber bewusst sein, wenn Leute explizit dich bitten, sich um ihre sterbenden Mütter zu kümmern. Wenn du das machst, dann sehen sie in dir automatisch die Chefin.«

»Ich weiß.« Zoe seufzte. Sie wusste, sie sollte sich geschmeichelt fühlen, tatsächlich aber war sie viel zu müde und durcheinander von den Träumen, die so real gewirkt hatten. »Wann kommt Simons Mutter?«

»Heute Vormittag.« Karen drückte Zoe eine Aktenmappe in die Hand. »Hier steht alles über sie drin. Sie wird anfangs nur zur Tagespflege da sein.«

»Madeleine Harper, vierundsiebzig, Hirntumor«, las Zoe vor, während sie die Mappe durchblätterte. »O Mann. Heutzutage ist das kein Alter.«

»Richtig«, antwortete Karen kurz angebunden. »Wir erwarten sie um neun – kann ich dir das überlassen?«

Zoe hatte kaum genickt, als Karen sie stehen ließ und weiterlief.

»Ach, Zoe.« Abrupt hielt Karen auf dem Korridor inne. Zoe sah auf. »Bitte achte darauf, dass Mr Tasker sich in der Belegschaft wohlfühlt.«

»Natürlich«, meinte Zoe. »Ich bin sicher, Ben will dasselbe, was alle anderen auch wollen, nämlich das Beste für die Patienten.«

Karen entfuhr ein schroffes Lachen. »Das mag schon sein, aber vergiss nicht, dass Mr Tasker ein paar recht revolutionäre

Vorstellungen hat. Da ich zu den Leuten gehöre, die diese verfluchte Übernahme organisieren müssen, würde es mir wirklich viel bedeuten, wenn du ihn und seine Ideen vollumfänglich unterstützt.«

Karen hatte etwas an sich, das es unmöglich machte, sich ihr zu widersetzen, darüber hinaus aber hatte sie mehr als dreißig Jahre als Pflegerin an vorderster Front gekämpft. Demzufolge hielt Zoe große Stücke auf sie und nickte pflichtschuldig.

»Ich wusste, ich kann mich auf dich verlassen«, sagte Karen lächelnd. »Unter der Akte von Mrs Harper sind noch ein paar Formulare, die du bitte ausfüllen solltest. Ich wäre dir dankbar, wenn du das so bald wie möglich erledigst und sie in Mr Taskers Postfach legst.«

Zoe blätterte die Unterlagen durch. Es gab einen Fragebogen dazu, was man sich persönlich von der Rolle als Pfleger erwartete, einen zum Führungsstil und ein Formular, in das man etwaige außerberufliche Hobbys eintragen konnte und das, was man persönlich für das Hospiz machen könnte. Beim Anblick all dessen stutzte Zoe. Woher nahm der neue Troubleshooter die Zeit für solche Sachen? Sie wollte gerade etwas dazu sagen, als sie bemerkte, dass Karen immer noch redete.

»Denk bitte auch an den 14. Mai!«

»Wie bitte?« Verständnislos blickte Zoe die Leiterin an.

»Der Vierzehnte«, wiederholte Karen ungeduldig. »Ein Donnerstag. Wir heißen die neuen Eigentümer mit einem kleinen Umtrunk für die Belegschaft und Freunde im Hospiz willkommen. Bring deine Mitbewohnerin mit.«

Es war eher eine Aufforderung als eine Frage.

»Oh, in Ordnung.«

»Wunderbar.« Karen strahlte. »Schön, dich zu sehen, Zoe.«

Mit diesen Worten marschierte Karen über den Korridor

davon in Richtung ihres Büros und ließ Zoe mit Mrs Harpers Akte stehen. Zoe ging in den leeren Aufenthaltsraum und setzte sich auf die Kante eines der Ohrensessel. Sie schob die Hand in den vollgestopften Rucksack, kramte in dem üblichen Durcheinander aus Handdesinfektionsgel, Gesichtsmasken, ihrem Kindle, Handy und einem sauberen T-Shirt, bis sie ertastete, wonach sie suchte. Sie zog eine Handvoll farbenfroher Briefkärtchen heraus, suchte eines mit dem Bild einer heiteren Meereslandschaft heraus, klappte es auf, und während der schwarze Füller über der Karte schwebte, dachte sie einen Augenblick nach und begann dann zu schreiben.

Liebe Mrs Harper,
willkommen in **The Oaks**. *Ihnen steht eine Herausforderung bevor, aber egal wofür und wann immer Sie uns brauchen, wir sind für Sie da.*
Hochachtungsvoll
Zoe Evans, Pflegedienstleitung

Zoe steckte die Karte in den Umschlag und suchte Mrs Harpers Zimmer auf. Sorgfältig platzierte sie den Brief auf dem Kopfkissen, zog die ohnehin tadellosen Laken straff und lächelte. Der Brief mochte keine Verbesserung der Diagnose bewirken, doch Zoe hoffte, dass diese kleine Geste Mrs Harper half, darauf zu vertrauen, dass es noch Hoffnung gab, an der sie Halt finden konnte.

Vier

Trotz aller Versprechungen hatte Zoe im Laufe ihrer Schicht keine Gelegenheit, Ben Tasker kennenzulernen. Genau genommen wurde sie in dem Augenblick, da sie sich an den Schreibtisch setzen wollte, von Karens Stellvertreterin Indira belagert, die einen Furcht einflößend großen Stapel an Papier im Arm hielt.

»Kannst du das hier durchsehen?«, bat sie, und auf die hellbraunen Züge legte sich ihr typisches verschmitztes Grinsen.

»Was ist das?«, fragte Zoe und betrachtete argwöhnisch die A4-Blätter, die aus Indiras Griff herausgerutscht waren.

»Abrechnungen, mit denen du zu tun hattest, Bestellungen, Inventurverzeichnisse. Karen möchte, dass Ben mit reinem Tisch loslegen kann.«

Zoe war fassungslos. »Machst du Witze?«

Indira, eine Frau nur wenig älter als Zoe, schenkte ihr ein verlegenes Lächeln. »Es dauert nicht lang. Vielleicht könntest du dich daransetzen, sobald du Mrs Harper alles gezeigt hast.«

»Mrs Harper ist schon da?«, fragte Zoe. Sie folgte Indiras Blick und bemerkte eine ältere Frau mit dichtem dunklem Haar mit grauen Sprenkeln und direkt neben ihr den neuen Besitzer von *The Oaks*, Simon Harper. Kurzzeitig war Zoe aus der Fassung gebracht. Sie war Mr Harper erst ein einziges Mal begegnet, hatte ihn aber mit seinem breiten Körperbau und dem kantigen

Kiefer als gewichtig und unbeugsam empfunden. Jetzt aber, als er versuchte, seine Mutter dazu zu bewegen, sich in einen Rollstuhl zu setzen, wirkte er wie ein hilfloser kleiner Junge, und Zoe empfand Mitleid mit beiden.

»Noch bin ich keine Invalidin, mein Lieber.« Die gleichmäßige, entschiedene Stimme von Mrs Harper war im Gang deutlich vernehmbar, als Zoe auf die beiden zuging. »Also behandle mich bitte auch nicht wie eine.«

»Ich will dir nur helfen«, verteidigte sich Mr Harper. »Ich mache das doch um deinetwillen «

»Nein, Simon«, fiel ihm Mrs Harper ins Wort. »Du machst das um deinetwillen. Du brauchst die Tatsachen gar nicht zu verdrehen und irgendetwas anderes zu behaupten.«

Zoe lächelte freundlich, um der Auseinandersetzung ein Ende zu machen.

»Mrs Harper, Mr Harper«, sagte sie und reichte beiden die rechte Hand zur Begrüßung. »Es ist mir eine Freude, Sie hier willkommen zu heißen. Mein Name ist Zoe. Ich bin eine der Pflegerinnen und kümmere mich heute um Sie.«

Die alte Dame wandte sich Zoe zu und schenkte ihr ein Lächeln, das ihre grauen Augen nicht erreichte. »Danke, meine Liebe. Ich würde auch gern sagen, dass es mir eine Freude ist, aber ganz ehrlich, wer landet am Ende seines Lebens schon gern in einem Hospiz?«

Zoe unterdrückte ein Kichern, während die Frau angewidert die Umgebung musterte und ihr Blick auf den magnolienfarbenen Wänden verweilte, die dringend eines Neuanstrichs bedurften. Insgeheim freute Zoe sich über die unverblümteren Patienten – mit ihnen wurde das Leben interessanter.

»Mutter, bitte«, sagte Mr Harper, und Zoe vermutete, dass ihm der Einwand bereits vertraut war.

Mrs Harper streckte die Hände aus und gab sich geschlagen. »Schon gut, war nur Spaß. Ist auch nur ein Tag wie jeder andere. Bestimmt werden Zoe und ich uns prächtig verstehen.«

Zoe nahm das als Stichwort für ein bekräftigendes Lächeln, hob die Mundwinkel und wandte sich an ihren neuen Chef. »Natürlich werden wir das. Mrs Harper, darf ich Sie herumführen?«

Auf Mr Harpers Miene zeichnete sich Erleichterung ab. »Ich hole dich später wieder ab, Mutter.«

Er beugte sich zu seiner Mutter hinunter, um ihr einen Kuss auf die Wange zu geben, und ging dann zügig durch den Korridor davon.

Mrs Harper ließ ein Seufzen hören. »Ich weiß, er meint es gut, aber seit der Diagnose macht er ein Gewese, als wäre ich eine alte Frau. Ich wette, das war einer der Gründe, warum er dieses Hospiz gekauft hat.«

Zoe stellte sich hinter den Rollstuhl und atmete eine Wolke Chanel No. 5 ein. Mrs Harper hatte offensichtlich noch ihren Stolz, dachte Zoe, während sie ihren neuesten Schützling Richtung Aufenthaltsraum schob.

»Warum sollte er deswegen das Hospiz kaufen?«, fragte sie.

»Weil das hier, bevor es ein Hospiz wurde, mein Elternhaus war«, erklärte die Frau mit einiger Vehemenz. »Einen Umstand allerdings hat mein Sohn praktischerweise vergessen, nämlich jenen, dass ich es gehasst habe.« Sie wandte sich zu Zoe um, als sie den hell erleuchteten Raum voller plaudernder, lesender und Karten spielender Patienten betraten. »Das hier war das Esszimmer. Meine Mutter hat großartige Partys gegeben, bei denen sich mein Vater betrunken hat und sich zum Idioten gemacht hat. Es war keine schöne Zeit. Ich bin so früh wie möglich abgehauen.«

Zoe schob den Rollstuhl ans Fenster, tätschelte Mrs Harper die Schulter und holte ihr eine Tasse Tee von der Maschine am anderen Ende des Saals. Sie drückte sie der alten Frau in die Hand und setzte sich ihr gegenüber auf einen Stuhl. »Warum also wollte Ihr Sohn, dass Sie Ihre letzte Reise von hier aus antreten?«

Mrs Harper verdrehte die Augen und setzte die Tasse auf dem hölzernen Couchtisch ab, der zwischen ihnen stand. »Weil er glaubt, dass es für mich eine Rückkehr nach Hause ist. Er hat vergessen, wie selten ich ihn zu den Großeltern mitgenommen habe. Und wenn doch, konnte ich nicht schnell genug wieder wegkommen.«

»Das tut mir leid«, sagte Zoe. »Soll ich mit ihm reden?«

Mrs Harper entfuhr ein schnaubendes Lachen. »Mein Sohn und auf jemand anders hören? Ich denke, das wird nichts, meine Liebe, aber ich weiß Ihr Angebot zu schätzen. Haben Sie Kinder?«

Zoe war kurz davor, den Kopf zu schütteln, wie sie es immer tat, aber etwas an Mrs Harpers Art weckte in ihr den Wunsch, die Wahrheit zu sagen.

»Ja, einen Jungen.«

»Also, wenn Sie meinen Rat wollen, lassen Sie ihn nicht groß werden«, sagte Mrs Harper nüchtern. »Wenn sie erwachsen sind, werden sie zu Männern, die man kaum wiedererkennt.«

Mrs Harpers klare Augen wanderten zum Fenster, und Zoe rang um Fassung. Sie holte tief Luft, während ihr das Herz raste und sie alle Kraft zusammennahm, um das Bild von Sean aus dem Kopf zu verscheuchen. Sie durfte nicht zulassen, dass ihre Vergangenheit in der Arbeit die Oberhand gewann. Denn die Arbeit war das Einzige, was ihr Halt gab.

Da Zoe so viel anderes zu tun hatte, überließ sie Miles die

Versorgung von Mrs Harper für den Rest des Tages, und als die Schicht um sechs Uhr zu Ende war, war sie zutiefst erleichtert, Schluss machen zu können. Sie trat aus der Tür des Hospizes und umrundete das Gebäude. Als sie sicher war, außer Sichtweite zu sein, lehnte sie sich an eine der großen Eichen und stöhnte laut.

»Klingt, als wäre Ihr Tag fast so schlimm wie meiner gewesen«, erklang eine tiefe Stimme.

Sie schreckte hoch, verärgert und peinlich berührt, dass man sie in einem so intimen Moment ertappt hatte. Sie spähte hinter den Baum und entdeckte einen groß gewachsenen dunkelhäutigen Mann, der einen grauen Anzug trug und um dessen Hals eine gelockerte Krawatte baumelte. Die Füße überkreuzt, lehnte er am Stamm, und sie bemerkte, dass er eine sehr teuer aussehende Zigarre rauchte.

»Die dürfen Sie hier nicht rauchen«, blaffte sie ihn an.

»Warum nicht?«, fragte der Mann, formte mit den Lippen ein großes »O« und blies einen perfekten Rauchkringel aus. »Soweit ich informiert bin, darf man im Freien noch rauchen.«

»Ja, aber das hier ist ein Hospiz«, wetterte sie und wedelte sich ostentativ den Rauch aus dem Gesicht. »Das gehört sich nicht.«

»Warum nicht? Weil alle sterben?« Der Mann lachte, und das Lächeln erreichte auch seine braunen Augen. »Ich glaube nicht, dass das noch eine Rolle spielt.«

»Nein, sondern weil es respektlos ist«, entgegnete Zoe.

Sie hasste die Streite zu diesem Thema. Manchmal brachten Besucher Whisky, Wein oder sogar Drogen für ihre Angehörigen ins *The Oaks*, um ihnen die letzten Augenblicke zu erleichtern, weil es ihrer Meinung darauf auch nicht mehr ankam. Mit dieser Haltung hatte Zoe Schwierigkeiten. Nicht dass der Alkohol und die Drogen sie töten würden, es war eine Frage der Pietät. Sie warf dem Mann einen finsteren Blick zu und spürte Genugtuung, als er die Zigarre auf den Boden warf und mit dem Schuh austrat.

»Sie haben recht, tut mir leid«, sagte er mit zerknirschter Miene. »War ein harter Tag.«

»Ja, meiner auch.«

»Ich nehme an, als Pflegerin und nicht als Bewohnerin?«, sagte der Mann und deutete auf ihre Arbeitskleidung.

»Wie haben Sie das nur erraten?«, antwortete Zoe sarkastisch, die immer noch aufgebracht war von der Auseinandersetzung.

»Haben Sie eine leitende Funktion?«, fragte er.

Ungehalten schüttelte sie den Kopf. Sie war müde, wollte nach Hause und ein Glas Wein trinken. »Nein.«

»Sicher nicht?« Der Mann zog die Augenbrauen hoch. »Sie wirken genervt, und so, wie Sie mich fürs Rauchen zusammengestaucht haben, hatte das durchaus etwas Herrisches an sich.«

»Ich habe Sie doch nicht zusammengestaucht«, entgegnete Zoe. »Ich habe Sie bloß gebeten, nicht auf dem Hospizgelände zu rauchen. Mich geht es nichts an, wenn Sie sich umbringen wollen.«

»Ganz genau.« Der Mann grinste. »Die Zigarre war zwar eine einmalige Sache, aber es würde Sie nicht weiter kümmern, wenn ich mir in ein paar Minuten wieder eine anzünde?«

»Was Sie dort draußen machen«, meinte Zoe und deutete mit einer Kopfbewegung zur Straße, »geht mir am Arsch vorbei.«

»Bei den Patienten schlagen Sie bestimmt ein wie eine Bombe«, feixte der Mann. »Ihre Umgangsformen sind wirklich charmant.«

Zoe verdrehte die Augen, steckte die Hände in die Kitteltaschen und ging Richtung Parkplatz. Sie war nicht zum Scherzen aufgelegt.

»Wollen Sie mir noch nicht einmal Auf Wiedersehen sagen?«, rief er ihr nach.

Zoe schluckte ihren Ärger hinunter und warf sich geradezu auf den Sitz, kaum dass sie am Auto war. Der Tag hatte schlecht begonnen und war nach dem Gespräch mit Mrs Harper nur noch schlimmer geworden. Sie stützte den Kopf ans Lenkrad, schloss die Augen und erlaubte sich endlich, an ihren Sohn zu denken. Bilder davon, wie er Sandburgen am Strand baute, wie er grinsend *Toy Story* anschaute, wie er wohlbehalten in seinem Bett schlief, rasten vor ihrem inneren Auge vorbei wie ein vorwärtsspulender Film. Erst jetzt gab sich Zoe den Tränen hin, die sich seit dem Aufwachen bedrohlich aufgestaut hatten. Das einzig Gute war, dass der rauchende Mann nicht in der Nähe war und nichts mehr davon mitbekam.

Fünf

Als Zoe am darauffolgenden Morgen zur Arbeit kam, stahl sie sich am Schwesternzimmer vorbei, um zu vermeiden, dass man sie abpasste. Es gab da etwas, was sie erledigen wollte, bevor sie sich offiziell zur Arbeit meldete.

Sie tappte zu Arthurs Zimmer, schob vorsichtig die Tür auf und sah ihn sanft schnarchend im Bett liegen, während seine Frau Audrey schlafend auf dem Stuhl neben ihm saß. Eingehend betrachtete Zoe das Paar und bemerkte, dass Arthur Audreys Hand fest umklammerte. Ungeachtet all seines Gezeters war offensichtlich, dass Arthur seine Frau über alles liebte.

Vorsichtig, um das schlafende Paar nicht zu wecken, rückte Zoe die Wasserkaraffe zur Seite und legte zwei Umschläge auf den Nachttisch. Für Arthur hatte sie eines ihrer Lieblingsmeeresmotive ausgesucht, mit ein paar Worten, in denen sie ihm für die Freude dankte, die er ihr jeden Tag bescherte. Den Brief an Audrey hatte sie auf einen handgeschöpften hellblauen Briefbogen geschrieben. Das Papier hatte sie in einer Papeterie gekauft, und in dem Moment, in dem sie die Prägung mit der silbernen Sternschnuppe am oberen Rand gesehen hatte, hatte sie gewusst, wie perfekt es für jemanden geeignet war, der ein nettes Wort gebrauchen konnte, um durch den Tag zu kommen.

Als die Briefe sicher zugestellt waren, kehrte Zoe zum Stationszimmer zurück, wo Indira auf einem Stuhl saß, den prüfenden Blick auf den Computermonitor gerichtet.

»Was machst du hier?«, fragte Zoe.

Indira sah auf und lächelte. »Ben hat mich gebeten, unser Instagram-Profil zu aktualisieren. Ich habe Bilder hochgeladen und will ein paar hübsche Momente aussuchen, während wir die Zimmer für die Neuzugänge fertig machen.«

Zoe furchte die Stirn, während sie Indira über die Schulter spähte. »Ich wusste gar nicht, dass wir heute neue Patienten aufnehmen.«

»Zwei Patienten aus dem Hospiz *St Mary's*«, antwortete Indira. »Sie waren in der Tagespflege, aber Ben hat ihren Umzug hierher in die Wege geleitet. Oh, und Mrs Kennington ist letzte Nacht gestorben.«

»O nein.« Zoe setzte den Rucksack auf dem Boden ab. »Hat sie noch alles regeln können?«

»Falls du damit meinst, ob jemand ihre letzten Worte dokumentiert hat, dann ist die Antwort Nein«, sagte Indira und verdrehte die Augen.

Zoe unterdrückte ihre leichte Gereiztheit. Mrs Kennington war erst gestern aufgenommen worden, und Zoe war so mit Mrs Harper und den Vorbereitungen für Ben beschäftigt gewesen, dass sie keine Zeit gefunden hatte, mit ihr über letzte Worte zu reden oder ihr auch nur eine Karte zur Begrüßung zu schreiben.

»Mach dir keinen Kopf, weißt du, sie hatte ein gutes Ende«, sagte Indira sanft, als sie Zoes Gesichtsausdruck bemerkte. »Es war sehr friedlich, und ihre Tochter war bei ihr.«

»Oh, das ist gut.« Zoe seufzte. »Ich wünschte, ich hätte wenigstens die Gelegenheit gehabt, sie zu begrüßen.«

»Du kannst nicht alles machen.«

»Nein, aber ich hoffe, dass ich wenigstens keinen Papierkram mehr erledigen muss, jetzt wo wir einen neuen Chef haben.«

Indira erwiderte nichts, sondern blickte über den Gang. Zoe folgte ihrem Blick. Im Hospiz herrschte wie üblich um sieben Uhr morgens geschäftiger Betrieb, wenn die Ärzte ihre Visite machten und die Patienten sich im Bett aufsetzten und an ihren Lippen hingen. Andere waren im Aufenthaltsraum und klammerten sich an ihre alten Gewohnheiten, lauschten der Frühstückssendung im Radio, lasen die Zeitung oder spielten auf dem Handy herum. Alles wirkte wie immer. In der Ecke allerdings stand ein Mann in derselben dunkelblauen Uniform wie Zoe, den sie nicht kannte.

»Wer ist der Mann, der sich mit Mrs Taylor unterhält?«, fragte sie, während der in ein dröhnendes Lachen ausbrach, das im ganzen Aufenthaltsraum widerhallte.

»Das ist Ben Tasker. Bist du ihm gestern gar nicht begegnet?«

Zoe schüttelte den Kopf. »Hatte keine Gelegenheit.«

»Er ist wunderbar«, sagte Indira mit echter Begeisterung. »Geh hin und stell dich vor.«

Als Ben wieder lachte, musste auch Zoe lächeln. Der Klang seines Lachens hatte etwas ausgesprochen Tröstliches. Es war aufrichtig und kam von Herzen. Sie nickte Indira zu und ging auf Ben zu, der sich im selben Augenblick umwandte. Abrupt blieb Zoe stehen. Ben Tasker war kein anderer als der Kerl, den sie am Abend zuvor angefahren hatte, weil er geraucht hatte.

Als sich ihre Blicke trafen, spürte sie, wie ihre Wangen glühend rot wurden und ihr das Blut heftig durch die Venen pumpte. Sie war grob gewesen. Ben war neu und außerdem ihr Chef. Sie müsste sich entschuldigen. Sie zwang sich weiterzugehen und bemühte sich, die Panik zu ignorieren, die sich in ihrem Magen zusammenbraute.

Beim Näherkommen betrachtete sie ihn genauer. Mit seiner Glatze, der dunklen Haut und den Fältchen in den Augenwinkeln, wenn er lächelte, wirkte er ganz anders als der Mann, mit dem sie sich gestern gestritten hatte. Entspannter, sogar freundlicher.

»Zoe Evans«, sagte sie nervös und streckte ihm die Hand hin. »Ich fürchte, wir hatten keinen allzu guten Start.«

Ben antwortete nicht sofort, sondern musterte sie von oben bis unten und ergriff ihre Hand.

»Sie meinen, als Sie mich angepflaumt haben, weil ich mir zur Feier meines ersten Arbeitstages im neuen Job eine Zigarre gegönnt habe?«, sagte er, und seine Augen funkelten schelmisch.

»So in der Art«, bestätigte Zoe und kam sich merkwürdig unbeholfen vor, als sie seine Hand losließ. »Ich wusste nicht, wer Sie sind.«

»Ach.« Bens Mundwinkel zuckten. »Sie beschimpfen also nur Leute, die nicht Ihre Vorgesetzten sind?«

»So war das nicht«, setzte Zoe noch einmal an.

Ben lächelte. »Keine Sorge. Vergessen wir das.«

Auf diesen Vorschlag reagierte Zoe mit Erleichterung. »Wie leben Sie sich ein?«

Ben ließ den Blick über den Aufenthaltsraum schweifen. »Ganz gut. Alle wirken sehr nett, aber es ist ganz anders als mein alter Arbeitsplatz.«

»Inwiefern?«, fragte Zoe.

»Größer, mehr Patienten«, erklärte er. »Das hier wird eine besondere Herausforderung, außerdem haben die Harpers große Pläne.«

»Sie haben eine Menge am Hals.«

»Das Problem ist, dass ich nie lange in einem Job bleibe, meistens zwischen sechs Monaten und einem Jahr, ich habe also nie etwas von meinen Veränderungen.«

»Das klingt hart, trotzdem gefällt mir die Vorstellung, immer mal wieder etwas Neues anzufangen.«

»Ja, das ist nicht schlecht«, antwortete Ben. Er verstummte, und Zoe bemerkte, wie sein Blick auf die Tür zur Kinderstation fiel. »Ich glaube, hier sind mehr Kinder als bei meiner letzten Stelle«, sagte er leise. »Dort hatten wir nur alle paar Monate eines. Seit ich hier bin, habe ich schon zwei Neuzugänge bei den Kindern beaufsichtigt. Die Eltern waren so furchtbar verzweifelt.«

»Das kann ich mir vorstellen«, antwortete Zoe. »Für die kleinen Murkel ist es schlimm, aber erstaunlicherweise sind sie immer fröhlicher als alle anderen.«

Ben zog die Augenbrauen zusammen. »Murkel? Dachte ich mir doch, dass ich da einen australischen Tonfall rausgehört habe. Woher kommen Sie?«

Zoe lächelte und gab die übliche Antwort auf diese häufig gestellte Frage. »Sydney. Ich denke immer, ich habe mir den Aussie-Akzent abgewöhnt, und dann stolpere ich doch wieder darüber.«

»Sie sollten sich den nicht abgewöhnen«, meinte Ben. »Dialekte sind wichtig. Damit zeigen wir, dass wir nicht alle gleich sind.«

»Sie hingegen sind natürlich reinstes, feinstes Bath«, foppte sie ihn freundlich.

»Ich, Schätzchen, stamme aus dem Scherbenviertel dieser Stadt«, sagte er, wobei er den neutralen Tonfall ablegte und in einen ausgesprochen überzeugenden West-Country-Akzent fiel.

Überrascht stutzte Zoe. »Entweder sind Sie ein sehr begabter Imitator, oder Sie sagen die Wahrheit.«

»Ich sage die Wahrheit.« Ben zwinkerte voller Vergnügen. »In den ersten zwanzig Jahren meines Lebens habe ich immer so geredet.«

»Was ist dann passiert?«

»Ich bin aus Bath weg, um Biomedizin in Oxford zu studieren, und im Anschluss nach London gezogen.« Er zuckte die Schultern.

»Ach so.« Zoe nickte wissend. »Aber wie kommt es, dass man Sie dort reingelassen hat, wenn Sie aus dem Scherbenviertel von Bath kommen?«

»Ich war die ›Vorzeigeminorität‹.« Zoe merkte, dass Ben etwas erschöpft klang. Er steckte die Hände in die Taschen seines Kittels. »Schwarzer Junge, schlau, von der alleinerziehenden Mutter ermuntert und mit einem Nachbarn, der etwas von Mathematik verstand. Hat gereicht, um mich zum Lernen anzustiften, sodass ich auf die Uni gehen konnte – als der Erste in der Familie.«

»Ich war auch die Erste in unserer Familie, die studiert hat.«

»Was haben Sie studiert?«, fragte Ben.

»Krankenpflege«, antwortete Zoe, als verstünde sich das von selbst. »Ich wollte nie etwas anderes machen.«

»Es muss schön sein, wenn man sich schon im jungen Alter so im Klaren ist«, sinnierte Ben.

»Darüber habe ich nie nachgedacht«, meinte Zoe und rieb sich das Kinn. »Wahrscheinlich war es so. Dann haben Sie wohl eher nicht davon geträumt, Pfleger zu werden?«

Ben lachte. »Nie im Leben! Ich wollte Rapper werden.«

Zoe kicherte. »Und dafür haben Sie Biomedizin studiert? Wie ist es dazu gekommen?«

»Ich musste mir eingestehen, dass ich total mies im Rappen bin«, räumte er ein. »Na ja, aus dem Schaden für Drake wurde ein Gewinn für die Pflege.«

Während bei Zoe langsam eine Erkenntnis dämmerte, starrte sie ihn an. »Sind Sie der Ben Tasker, der vor ein paar Jahren den Preis für Palliativkompetenz bekommen hat?«

Diesmal wirkte Ben peinlich berührt. »Na ja, ich war Teil eines sehr großen Teams. Ich habe den Preis im Namen aller entgegengenommen.«

»Sie haben dieses Buch geschrieben«, fuhr Zoe fort, ohne darauf einzugehen. »Sie waren in allen Zeitungen. Es ging um die letzten Sterbephasen, mit Patienteninterviews. Alle Einkünfte wurden für den guten Zweck gespendet, Sie waren der Held, weil Sie das Unaussprechliche angesprochen haben.«

»Das Buch war zwar meine Idee, aber das ganze Team hat daran gearbeitet«, erklärte er und wirkte verlegen. Kurz hielt er inne, dann wechselte er das Thema. »Hören Sie, Zoe, können wir kurz reden?«

»Klar.«

Ben nahm sie am Ellbogen und führte sie aus dem Aufenthaltsraum auf den Absatz im Treppenhaus. Er sah sich um, um sicherzugehen, dass sie allein waren. »Ich wollte mit Ihnen über die Briefe reden. Sie bereiten mir Sorge.«

»Sie bereiten Ihnen Sorge?«, wiederholte Zoe.

»Ja.« Ben nickte. »Sie müssen damit aufhören.«

Zoe hatte den Eindruck, dass ihr die Luft aus den Lungen gepresst wurde. Einen Augenblick lang wusste sie nichts darauf zu sagen.

»Warum?«, stieß sie hervor.

Ben kratzte sich im Nacken. Verlegenheit flackerte über seine Miene. »Ich glaube, die Briefe könnten uns Ärger machen, und Sie exponieren sich selbst und das Hospiz damit unnötig.«

Bei diesem Satz wallte Entrüstung in ihr auf. »Das meinen Sie doch nicht ernst!«

»Ich meine das sehr ernst. Es tut mir leid, Zoe. Man hat mir gesagt, wie wichtig Ihnen das ist …«

»Und den Patienten«, unterbrach ihn Zoe. »Sie freuen sich,

dass ihr letzter Wille an die Angehörigen weitergeleitet wird, und die Briefe, die ich ihnen schreibe, solange sie bei uns sind, erleichtern ihnen die Zeit hier. Denken Sie doch mal, wie schön es ist, heutzutage eine handgeschriebene Nachricht zu bekommen. Und dass unsere Patienten wissen, dass sich jemand die Zeit genommen und die Mühe gemacht hat, ihnen zu schreiben, und sie als Mensch sieht und nicht bloß als jemanden, der auf sein Lebensende zugeht … Sie können sich wohl gar nicht vorstellen, was das bedeutet.«

»Daran habe ich keinen Zweifel, aber der Nutzen wiegt die Risiken nicht auf.«

»Was sagt Karen dazu?«, wollte Zoe wissen.

Bens Gesichtsausdruck verhärtete sich. »Dafür bin ich zuständig, ich habe die volle Unterstützung der Geschäftsleitung bei dieser und jeder anderen Entscheidung. Ich bin hier, um die Probleme des Hospizes anzugehen, und für mich sind Ihre Briefe ein Problem.«

Zoe schwieg, weil sie sich nicht zutraute, auch nur ein weiteres Wort zu sagen, während sie sich ausmalte, was Bens Aufforderung für sie und ihre Zukunft bedeuten würde. Die Briefe waren der rettende Anker, nicht nur für die Patienten, sondern auch für sie selbst.

»Ich bin mir sicher, es gibt andere Wege, wie Sie den Patienten Ihr Mitgefühl zeigen können, Zoe«, sagte Ben, nickte ihr zum Abschluss zu und ging fort.

Als Zoe zusah, wie er in den Aufenthaltsraum zurückkehrte, übermannte sie die Wut von Neuem. Die Briefe waren keine launige Marotte. So wie Zoe es sah, halfen die letzten Worte der Sterbenden den Hinterbliebenen dabei, zu überleben.

Sechs

Als Zoe schließlich nach Hause kam, war sie derart in Rage, dass sie kein Wort herausbrachte, was Sarah nicht verborgen blieb.

»Zoe, du Liebe, in Gottes Namen, was ist los?«, stieß sie hervor, als Zoe wie ein vom Teufel besessener Zombie ins Wohnzimmer stampfte.

»Alles okay«, knurrte Zoe und warf sich aufs Sofa.

»Danach sieht es aber nicht aus.« Sarah drückte ihr ein großes Glas Rotwein in die Hand. »Genau genommen siehst du ganz furchtbar aus. Was ist passiert?«

Trübsinnig blickte Zoe in ihr Getränk. »Ich weiß gar nicht, wo ich anfangen soll.«

»Am Anfang«, ermunterte sie Sarah. »Na los, raus mit der Sprache.«

Zoe erzählte ihrer Freundin alles, von der ersten peinlichen Begegnung mit Ben, wie sich daraufhin herausgestellt hatte, dass er ihr Chef war, bis zur Aufforderung an Zoe, nicht länger die heiß geliebten Briefe zu verteilen und aufzuzeichnen.

»Du machst Witze! Was für ein Arschloch! Es tut mir so leid, Zoe. Das kann er doch nicht machen!«

»Oh, der kann.« Zoe ließ ein freudloses Lachen hören. »Er meint, ich bringe mich selbst und das Hospiz in Gefahr.«

»Schwachsinn!«, schimpfte Sarah. »Was sagt Karen dazu?«

»Ich habe mit ihr nicht darüber gesprochen«, räumte Zoe

ein. »Ich weiß, dass sie Ben voll und ganz unterstützt. Das hat er mir auch noch einmal unter die Nase gerieben, als er mich aufgefordert hat, mit dem Briefeschreiben aufzuhören.«

»Arschloch«, fauchte Sarah wieder.

Zoe lächelte die Freundin an, und Sarah tätschelte ihr das Knie. Sie wusste sehr genau, dass es bei den Briefen nicht nur darum ging, den Patienten zu helfen. Für Zoe waren sie eine Verbindung zu Sean.

»Was willst du tun?«, fragte Sarah. Sie zog die Schale mit den Chips zu sich heran, die auf dem Tisch stand, und nahm sich eine Handvoll.

»Abgesehen davon, mir auszumalen, dass ich Tasker die Augen aussteche, meinst du?«

»Genau, abgesehen davon.« Sarah heftete den Blick auf Zoe, während sie sich eine zweite Handvoll Chips nahm. »Das kannst du nicht einfach so hinnehmen.«

Zoe zuckte die Achseln. »Was bleibt mir anderes übrig? Er ist der neue Chef.«

»Ja, und er ist in sechs Monaten oder so wieder weg.« Sarah griff nach ihrem Weinglas und nahm einen großen Schluck. »Ich an deiner Stelle würde weitermachen.«

»Würdest du nicht!«, stieß Zoe hervor.

»Doch, würde ich«, widersprach Sarah lebhaft. »Er hatte noch nicht einmal den Anstand, das Ganze richtig mit dir zu diskutieren. Um mit der Jugend zu sprechen: Das ist voll daneben.«

So traurig Zoe auch war, sie musste doch über Sarahs misslungenen Versuch lachen, einen Cockney-Akzent zu imitieren.

»Das kann ich nicht.«

»Warum?«, fragte Sarah und trank ihr Glas aus.

»Weil man mich dann rausschmeißt.«

»Nein, das wird nicht passieren.« Sarah machte eine wegwerfende Handbewegung und verscheuchte Zoes Bedenken wie eine lästige Fliege. »Und falls doch, kannst du immer noch zur Zeitung gehen und erzählen, dass man dich gefeuert hat, weil du den letzten Willen Sterbender aufgeschrieben hast. Ich wette, das tut Mr Taskers Ruf so richtig gut.«

»Du lieber Himmel!« Überrascht sah Zoe ihre Freundin an. »Erinnere mich bitte daran, dass ich mich niemals mit dir anlege!«

»Gib acht, dass mein Glas immer ordentlich eingeschenkt ist, dann passiert auch nichts.« Sarah schob ihr leeres Glas Richtung Weinflasche, die neben Zoe stand.

Zoe folgte der wenig subtilen Bitte und schenkte Sarah und sich selbst Wein nach.

»Im Ernst, Zoe, du versuchst doch nicht, den sterbenden Leuten ihre Rente abzuschwatzen. An deiner Stelle würde ich die Sache mit den Briefen vielleicht ein bisschen diskreter angehen, aber dieser Kerl ist doch sowieso bald wieder weg.«

Zoe biss sich auf die Lippen und dachte eine Weile nach. Sarah hatte nicht ganz unrecht: Ben hatte selbst gesagt, dass er nie lange genug an einem Ort blieb, um das Ergebnis seiner Arbeit zu erleben. Und kein Mensch hatte sich je über ihre Briefe beschwert. Vielmehr war den Umfragen über die Patientenzufriedenheit zu entnehmen, dass Angehörige und Patienten Zoes besondere Fürsorglichkeit zu schätzen wussten.

Sie zog die Beine in den Schneidersitz und legte den Kopf auf Sarahs Schulter. »Danke.«

»Gern geschehen.«

»Wie war dein Tag?«, sagte Zoe, der bewusst war, dass sie ihre Freundin gar nicht gefragt hatte, wie es ihr ging.

»So wie immer«, sagte Sarah und gähnte. »Anstrengend.«

»Lottie ist vermutlich schon im Bett?«

Sarah verzog das Gesicht. »Sie war heute bei ihrem Vater und ist erschöpft. Er war mit ihr im Park und hat sie auf die großen Rutschen gelassen, die viel zu hoch für sie sind.«

»Ah.« Zoe nickte verständnisvoll, nahm sich ein paar Chips und freute sich am geräuschvollen Knuspern in ihrem Mund. »Trotzdem, ein Kind braucht seinen Vater.«

»Jep«, stimmte Sarah ihr zu. »Ich weiß, dass er sich Mühe mit ihr gibt, aber warum bekomme ich den ganzen langweiligen Scheiß ab und er den Spaß? Das ist ungerecht.«

»Die Freuden der Mutterschaft«, sagte Zoe und griff sich eine neue Handvoll Chips, woraufhin ihr Sarah einen Klaps auf die Hand versetzte.

»Hol dir deine eigenen!«, schimpfte sie.

Maulend ging Zoe in die Küche und schnappte sich zwei Tüten Salt-and-Vinegar-Chips und ein Twix für hinterher. Den Schokoriegel in der Hand, wurde sie plötzlich von Heimweh überwältigt. Was gäbe sie für einen echten australischen Tim-Tam-Keks! Der heilte alle Wunden. Egal, in der Not frisst der Teufel Fliegen, dachte sie, riss die Verpackung auf und lehnte sich an die Arbeitsplatte. Sie nahm einen großen Bissen und ließ den Blick durch die Küche schweifen. Dafür, dass das Reihenhaus so klein war, hatte Sarah die schmale Küche wirklich schön hergerichtet. Die Wände waren dunkelblau gestrichen, die Küchenzeile glänzend weiß, und an der Wand hingen schicke New-York-Poster. Sogar auf dem winzigen Balkon, der von der Küche abging, hatte sie Raum für einen kleinen Tisch und Stühle geschaffen, sodass man am frühen Morgen im Sonnenschein seinen Kaffee abseits des städtischen Trubels genießen konnte.

Zoes Aufmerksamkeit kehrte zurück in die Küche, und dabei landete ihr Blick auf einem A4-Umschlag, der am Pfennigbaum auf dem Fensterbrett lehnte. Er war an sie adressiert, in dicker schwarzer Druckschrift. Sie zuckte zusammen, als sie den vertrauten australischen Poststempel bemerkte.

»Wann ist der Brief gekommen?«, rief Zoe.

»Heute Morgen. Ich musste den Empfang bestätigen, bevor ich zur Arbeit bin«, sagte Sarah und kam in die Küche. »Könnte was Wichtiges sein. Das hat David noch nie gemacht, oder?«

Zoe schüttelte den Kopf und starrte den Brief an, als wäre er eine Bombe. Ihr stand definitiv nicht der Sinn danach, ihn aufzumachen. Trotzdem war sie neugierig. War der Brief von David? Er hätte doch gar keine Zeit, um aufs Postamt zu gehen. Er machte immer Witze darüber, dass er Mechaniker war und nicht Sekretärin. Konnte er von ihrer Mutter stammen? Doch diesen Gedanken verwarf sie gleich wieder. Zoe telefonierte immer noch gelegentlich mit ihrer Mutter, und sie schrieben sich E-Mails. Ruth hatte es schrecklich gefunden, auf welche Weise Zoe Australien verlassen hatte und warum, aber anders als Zoes Schwester Jemma, die in Melbourne lebte, konnte sie es immerhin nachvollziehen und erklärte beharrlich, dass Zoe nach Hause zurückkehren würde, wenn sie so weit war.

»Vielleicht ist es irgendwas wegen der Steuer oder so?«, meinte Sarah.

Zoe schüttelte den Kopf. »Da ist kein Stempel von der Steuerbehörde drauf.«

»Könnte es mit Sean zu tun haben?«, fragte Sarah vorsichtig.

Zoe spürte, wie sie der Schmerz überschwemmte, wie immer, wenn sein Name fiel.

»Ich weiß nicht«, flüsterte sie. »Aber ich weiß, dass ich Angst habe, es herauszufinden.«

»Jetzt musst du mutig sein«, sagte Sarah entschlossen. »Offensichtlich ist es was Wichtiges.«

Zoe blickte Sarah an. Die Freundin hatte recht, und bevor sie es sich anders überlegen konnte, schnappte sie sich den Brief vom Fensterbrett und riss den cremefarbenen Umschlag auf. Sie zog einen Packen Papiere heraus, las das oberste Blatt und spürte, wie sich ihr der Magen umdrehte.

Liebe Zoe,
in den vergangenen Jahren habe ich dir oft geschrieben, und ich weiß, warum du nur selten antwortest. Du hast mir nicht verziehen. Das wusste ich schon, als ich damals nach Hause kam und du fort warst. Ich nehme dir das nicht übel, denn ich habe mir selbst nie verziehen. In den letzten zwei Jahren habe ich gehofft, dass du zurückkommst, aber langsam ist mir klar geworden, dass das nicht geschehen wird, und ich weiß, dass wir beide einen Neuanfang machen müssen.
Und darum denke ich, dass wir uns offiziell trennen sollten. Wie du den beigelegten Papieren entnehmen kannst, war ich beim Familiengericht und habe die Scheidung eingereicht. Falls du das anfechten willst, musst du das Gericht kontaktieren und Einspruch einlegen, aber wir sind nun schon so lange getrennt, dass ich mir das nicht vorstellen kann. Mein Anwalt wird sich bei dir melden, um eine Vereinbarung über unser Vermögen zu treffen, doch davon abgesehen sollte die Scheidung innerhalb der nächsten drei oder vier Monate über die Bühne gehen. Es tut mir leid, Zoe. Ich liebe dich, aber wir können so nicht weitermachen.
Alles Liebe
David

Mit zitternden Händen legte Zoe den Brief aufs Fensterbrett, raste ans Spülbecken und erbrach sich. Als sie fertig war, starrte sie auf ihren Mageninhalt in der Spüle. Was mutete ihr das Leben denn noch zu?

Sieben

Dass Davids Scheidungsgesuch ausgerechnet zum selben Zeitpunkt über sie hereinbrach wie Bens Forderung, sie solle keine Briefe mehr schreiben, war zu viel. Also reagierte Zoe in den beiden darauffolgenden Wochen so, wie sie es immer tat, wenn sie unglücklich war, und stürzte sich in die Arbeit.

Sie meldete sich freiwillig für Überstunden, kümmerte sich um die Medikamentenausgabe, Verwaltung, Wundversorgung, Bluttransfusionen, die Planung der Zimmerbelegung und natürlich um die Pflege. Trotz Sarahs Rat, weiterhin Botschaften der Patienten an die Hinterbliebenen aufzuschreiben, hatte Zoe das Briefpapier – zumindest vorläufig – weggeräumt. Auch wenn sie sowohl die Briefe, die sie selbst an die Patienten schrieb, als auch jene, die man ihr diktierte, als wesentlichen Teil ihrer Fürsorge betrachtete, war ihr doch bewusst, dass in ihrem Kopf viel zu viel Durcheinander herrschte, um sich den Vorschriften zu widersetzen.

Tatsache war, dass Davids Einfall, sich scheiden zu lassen, sie mehr aus der Fassung brachte, als sie zugeben wollte. Obwohl sie beide seit mehr als zwei Jahren getrennt waren, wollte Zoe keine Scheidung. Damit würde die letzte Verbindung zu Sean gekappt. Sie war davon ausgegangen, dass David so wie sie selbst keinerlei Absicht hatte, die Vergangenheit zu akzeptieren oder sich der Zukunft zu öffnen. Aber sie hatte sich getäuscht. Und jetzt versteckte sich Zoe in der Vorratskammer mit den Medikamenten und hoffte auf Erlösung.

»Kannst du zu Mrs Timpson gehen?«, schreckte sie die dröhnende Stimme von Miles auf, der den Kopf durch die Tür steckte.

Zoe hielt eine Handfläche hoch, während sie die Spritzen fertig zählte. »Warum?«

»Sie hat nach dir gefragt«, sagte Miles. »Du hast gestern wohl großen Eindruck bei ihr hinterlassen. Ich habe versucht, ihr klarzumachen, dass ich der hübsche australische Pfleger bin, aber sie besteht darauf, dass sie dich sehen will.«

»Ich fürchte, sie will sich beschweren«, sagte Zoe unglücklich. »Sie hat mir den ganzen Tag erzählt, dass der Tod ihrer Freundin Ada Roberts in *St Mary's* viel besser organisiert war.«

»Hat sie das wirklich so gesagt?«

Zoe nickte und folgte Miles hinaus auf den Gang. »Ja. Sie hat außerdem behauptet, dass ich nur wegen des Geldes Pflegerin geworden bin.«

Miles lachte gackernd. »Falls sie immer noch klagt, dann schlag ihr vor, dass du sie nachher auf eine Spritztour in deinem Lamborghini mitnimmst.«

Zoe lächelte über den Witz und ging hinter Miles her in den Aufenthaltsraum. Zu Zoes Überraschung saß die alte Dame neben der Terrassentür und spielte Karten mit Ben Tasker.

In Erwartung einer Erklärung blickte Zoe Miles an, doch der zuckte nur die Schultern und scheuchte sie mit einer Handbewegung hinüber. Zoe war schon klar, warum es Miles so eilig hatte, dass sie sich um die Krebspatientin kümmerte. Mrs Timpson war eine ehemalige Schuldirektorin und machte keinen Hehl aus ihrer Überzeugung, alles besser zu wissen. Sie war schon länger zur Tagespflege in *The Oaks* gewesen, aber nun, da der Kampf mit dem Darmkrebs sich dem Ende zuneigte, war sie ganz eingezogen, um hier ihre letzten Tage zu verbringen.

»Wie geht es Ihnen, Mrs Timpson?« Zoe ging neben der alten Dame im Sessel in die Hocke.

Mrs Timpson wandte den Blick von ihren Karten ab und sah Zoe an. »Dieser junge Mann versucht, mir mein ganzes Geld abzuknöpfen.«

Zoe fragte sich, ob das der Anlass von Mrs Timpsons Beschwerde war, und warf Ben einen finsteren Blick zu, der sich grinsend hinter seinen Karten versteckte.

»Sie spielen einfach schlechte Karten aus, Mrs Timpson. Es ist nicht meine Schuld, dass Sie dauernd verlieren.«

Als die alte Frau etwas darauf erwidern wollte, merkte Zoe, wie müde sie war und dass sie nicht in der Lage war, die richtigen Worte zu finden.

»Sollen wir Sie ins Bett bringen?«, fragte sie freundlich.

Plötzlich fand die Patientin ihre Lebensgeister wieder. »Erst, wenn ich wenigstens meine Schokolade zurückgewonnen habe.«

Zoe starrte Ben an. Er mochte ihr Vorgesetzter sein, aber sie würde sein Verhalten nicht einfach so hinnehmen. Mit Patienten um Geld zu spielen war mindestens so gefährlich für den Ruf des Hospizes wie Zoes Briefe. Ihre drohende Miene schien Autorität auszustrahlen, denn Ben legte seine Karten ab und schob den Riegel Milchschokolade über den Tisch zu Mrs Timpson.

Zufrieden wandte sich Zoe an die ehemalige Lehrerin. »Pfleger Anderson hat gemeint, Sie wollten mich sprechen?«

Kurzzeitig wirkte Mrs Timpson ratlos. »Ja. Ich habe von Ihnen gehört. Meine Freundin Ada hat gesagt, Sie sind diejenige, die Nachrichten der Leute aufschreibt, bevor sie sterben.«

»Na ja«, antwortete Zoe zögerlich.

»Machen Sie das noch, jetzt wo Sie herabgesetzt wurden?«,

fragte sie unverblümt. »Ich habe keine Lust, darauf zu verzichten, bloß weil Sie eine Demütigung über sich ergehen lassen mussten.«

Von der anderen Seite des Tischs kam ein schnaubendes Lachen. »Zeigen Sie's ihr nur, Mrs T«, sagte Ben, während er Zoes Blick mied.

»Tut mir leid, aber das mache ich nicht mehr«, erwiderte Zoe mit nüchterner Stimme.

Überrascht sah Mrs Timpson sie an. »Wie meinen Sie das?«

»Wir haben eine neue Geschäftsleitung, das Angebot mit den Briefen kann ich leider nicht mehr aufrechterhalten.«

»Was für ein Unsinn!«, blaffte Mrs Timpson. »Ich will doch nur einen Brief, keine Operation am offenen Herzen!«

Zoe lächelte verständnisvoll und bemühte sich, diplomatisch zu bleiben, auch wenn es sie in den Fingern juckte, Mrs Timpson zu offenbaren, dass der Pfleger, der ihr beinahe den Schokoladenriegel geklaut hatte, schuld daran war, dass Zoe ihre Arbeit nicht mehr tun durfte.

»Es tut mir wirklich leid«, brachte sie heraus. »Vielleicht könnte ein Angehöriger die Nachricht aufschreiben?«

»Das geht nicht!«, rief Mrs Timpson, und ihr wässriger Blick war voller Enttäuschung. »Der Brief ist doch *für* den Angehörigen.«

»Es tut mir leid«, sagte Zoe noch einmal. »Wirklich. Wenn ich irgendetwas anderes für Sie tun kann …«

Der kurze Ausbruch, der der alten Dame Energie verliehen hatte, erstarb, und verloren schüttelte sie den Kopf. »Könnten Sie mich bitte in mein Zimmer bringen?«

»Natürlich.«

Als sie sich daranmachte, Mrs Timpson zurück in ihr Zimmer zu begleiten, trafen sich noch einmal Zoes und Bens Blicke. Angesichts von Mrs Timpsons Enttäuschung rechnete Zoe damit, wenigstens den Hauch einer Entschuldigung darin zu entdecken, aber seine Miene war völlig ausdruckslos. Es traf sie, wie gleichgültig ihr neuer Chef war, und in diesem Augenblick wurde ihr bewusst, dass sie von Anfang an recht gehabt hatte. Als Zoe Ben Tasker das erste Mal begegnet war, hatte sie geahnt, dass er ein Vollidiot war. Der einzige Unterschied zwischen damals und jetzt war, dass sie es nun sicher wusste.

*

Als sie zwanzig Minuten später in den Aufenthaltsraum zurückkehrte, war Miles dabei, die Händedesinfektionsständer neu aufzufüllen. Er hörte, dass jemand hinter ihm war, drehte sich um und schenkte Zoe ein strahlendes Lächeln.

»Ist alles okay?«

»Wirkt es nicht so?«

»So, wie du den Boss vorhin angeschaut hast, habe ich fast damit gerechnet, dass du Mrs Timpson aus dem Rollstuhl kippst und ihn Tasker um die Ohren haust.«

Die Vorstellung, im Aufenthaltsraum mit einem Rollstuhl um sich zu schlagen, brachte Zoe zum Lachen. Es wäre mal was anderes als das übliche Sudoku und der nachmittägliche Tee, die den Bewohnern als Unterhaltung verkauft wurden.

»Doch, es geht mir gut«, sagte sie.

Miles nickte. »Ich hatte nur den Eindruck, dass da irgendwie Spannung herrscht, außerdem drückst du dich ständig vor den Mitarbeiterbesprechungen, die er einberuft …«

»Ich hatte zu tun«, wandte Zoe ein.

»Wenn du meinst.« Miles wischte die Stühle mit einem antibakteriellen Spray ab. »Aber immer wenn sein Name fällt, sagst du kein Wort.«

»So was nennt man professionelles Verhalten.«

»Mag sein.« Miles warf ihr einen wissenden Blick zu. »Im Ernst, Zoe, du kannst mit mir reden, wenn irgendwas los ist.«

Zoe war kurz davor, es mit einem Witz abzutun, aber als sie Miles' aufrichtigen Gesichtsausdruck sah, besann sie sich eines Besseren. Es gab Zeiten, da meinte er es wirklich gut.

»Es ist schon in Ordnung«, sagte sie seufzend. »Ich tu mich nur ein bisschen schwer mit der Veränderung.«

»Inwiefern?«

Zoe zuckte die Achseln. »Keine Ahnung, die Umstellung ist hart, und es macht die Sache nicht leichter, dass mir der neue Chef verboten hat, mir Briefe diktieren zu lassen oder welche zu verteilen.«

Ungläubig verzogen sich Miles' breite Lippen. Er machte den Mund auf, kurz davor, etwas zu erwidern, doch dann merkte sie, wie er über ihre Schultern sah und sich sein Gesichtsausdruck veränderte. »Hi, Ben. Wie geht's?«

»Alles klar. Und selber?«

Zoe wirbelte herum und sah den Troubleshooter im Türrahmen stehen. Bildete sie es sich nur ein, oder wirkte er tatsächlich etwas kleinlaut?

»Kann mich nicht beklagen«, antwortete Miles gleichmütig. »Brauchen Sie irgendwas?«

Ben schwenkte die Arme vor und zurück und mied Zoes Blick. »Ich bin auf der Suche nach den Personalakten. Die Personalabteilung sagt, dass sie hier unten sind.«

»Früher waren sie das«, antwortete Zoe. »Karen hat sie zu sich ins Büro geholt, als Sie hier angefangen haben. Sie ist altmodisch und mag es, wenn die Unterlagen jederzeit auf Papier greifbar sind.«

»Ist das nicht alles auf dem Computer?«, fragte Ben mit besorgter Miene.

»Doch, aber Karen hat gern Kopien in Papierform.«

Wieder zeigte sich eine Sorgenfalte auf Bens Stirn. »Das wusste ich nicht. Darüber muss ich mit ihr reden. Das könnte uns Compliance-Probleme machen, ganz zu schweigen von der DSGVO.«

Zoe traute sich nicht, Miles anzusehen, denn sie wusste, sie würde in Lachen ausbrechen, wenn sich ihre Blicke träfen.

»Karen macht eine Fortbildung und ist erst am Freitag wieder da«, erklärte Zoe.

Ben kratzte sich am Kopf. »Danke. Aber sie wird morgen auf der Party sein. Vielleicht rede ich dann mit ihr.«

Bei der Erwähnung der Mitarbeiterfeier graute Zoe. Schon in guten Zeiten hasste sie jede Art von Geselligkeit, und sie hatte gehofft, rechtzeitig mit einer Ausrede aufwarten zu können, um sich zu drücken.

»Vielleicht eher nicht, oder?«, riet ihm Miles freundlich. »Es ist eine Party. Karen wird ein Bierchen trinken und es sich gut gehen lassen wollen.«

»Ach so?« Ben war überrascht. »Sie wirkt so ernsthaft.«

»Nicht immer. Sie ist sehr professionell, aber sie hat auch gern mal ihren Spaß«, erklärte Miles.

Zoe fragte sich, ob die Bemerkung von Miles bissig gemeint war, aber sie hatte keine Zeit, sich darüber Gedanken zu machen, denn Ben nickte bereits dankend und wandte sich zum Gehen.

»Wie gefällt Ihnen denn eigentlich der neue Job?«, rief Miles.

Lächelnd blieb Ben an der Tür stehen. »Danke, nett, dass Sie fragen. Der Job ist härter, als ich erwartet hatte.«

Miles zog eine Augenbraue hoch. »Gibt es dafür einen bestimmten Grund?«

»Nein, eigentlich nicht«, antwortete Ben. »Vielleicht ist der

Druck größer. Die Einrichtung stand kurz vor dem Ruin, bevor die Familie Harper sie übernommen hat.«

»So schlimm war es nun auch wieder nicht«, widersprach Zoe. Sie wusste, dass *The Oaks* Probleme hatte, aber sie und die übrige Belegschaft arbeiteten unermüdlich daran, dass es den Patienten gut ging. Für wen hielt sich dieser dämliche Unternehmerschnösel? Für so eine Art Retter der Pflege?

»Mag sein«, sagte er schließlich. »Aber wussten Sie, dass *The Oaks* früher der Familie Harper gehörte? Das Haus, meine ich. Bevor es ein Hospiz wurde.«

»Mrs Harper hat das erwähnt. Sie meinte, sie habe das Haus gehasst.«

Jetzt war es an Ben, überrascht zu sein. »Das will ich nicht hoffen. Simon hat eine Menge Mühe auf sich genommen, um es für sie zu kaufen.«

»Ich habe nicht den Eindruck, dass sie es will.« Zoe lachte. »Aber es kommt oft vor, dass die Menschen sich nicht die Zeit nehmen herauszufinden, was das Beste ist, und ohne nachzudenken handeln.«

Ben entging die Spitze nicht, und er sah Zoe finster an. Sie wandte den Blick ab und sah zur Terrassentür. Die Frühlingssonne strömte durch das Fenster herein, und die goldenen Lichtstrahlen verliehen dem Raum einen hellen, warmen Glanz. Plötzlich sah Zoe die Villa mit anderen Augen, ohne die Ohrensessel und abgegriffenen Zeitschriften. Stattdessen malte sie sich ein prächtiges Heim aus, mit Kindern, die über den Rasen rannten, und Eltern, die sie beaufsichtigten, während sie Cocktailgläser in der Hand hielten und vom Plattenspieler in der Ecke Musik kam. Es war ein idyllisches Bild.

»Trotzdem kein schlechter Ort, um hier seine letzten Tage zu verbringen«, brach Miles das Schweigen.

»Ich kann mir jedenfalls schlechtere vorstellen«, sagte Ben und sah auf die Uhr. »Okay, ich muss weiter.«

Mit diesen Worten ging er weg, und Miles und Zoe blieben allein zurück.

»Vollpfosten«, brummte Miles, als Ben außer Hörweite war.

Sie lachten, und Zoe hatte das Gefühl, dass eine Last von ihr abfiel.

»Danke«, sagte sie und brachte ihr Kichern unter Kontrolle.

»Keine Ursache«, erwiderte Miles und stieß sie spielerisch mit der Schulter an.

Plötzlich kam ihr ein Gedanke. »Habt ihr euch über mich auch immer so lustig gemacht?«

Als er Zoes besorgten Gesichtsausdruck sah, kicherte Miles. »Nein, jedenfalls nicht oft.«

Zoe zog die Augenbrauen zusammen und tat entsetzt. Tatsächlich war es gut für die Arbeitsmoral, Dampf abzulassen, und es störte sie nicht, Zielscheibe des Spotts zu sein, wenn die Leute dadurch leichter durch den Tag kamen. Es war nur natürlich, über den Vorgesetzten zu frotzeln.

»Was willst du wegen der Sache mit den Briefen machen?«, fragte Miles.

»Was kann ich schon machen?« Zoe zuckte die Schultern.

»Dir weiter Briefe diktieren lassen«, antwortete Miles bestimmt. »Du hast gehört, was der Kerl sagt. Tasker geht es nur darum, dass die Harpers zufrieden sind. Der kümmert sich nicht darum, was du machst.«

»Du klingst genau wie Sarah«, sagte Zoe nachdenklich und wandte den Blick wieder zum Garten. Indira saß auf einer Bank und unterhielt sich mit einer der Patientinnen, die das Gesicht, dankbar für den Moment, zur Sonne wandte. Es waren die kleinen Taten der Pfleger, die den Unterschied machten, dachte Zoe stolz. Und zu diesen gehörten Zoes Ansicht nach unbedingt auch die Briefe, die sie schrieb.

Ben Tasker hatte keine Ahnung. Er hatte nichts anderes im Sinn, als den Harpers in den Arsch zu kriechen und sicherzustellen, dass sämtliche Kästchen abgehakt und alle Fragebögen ausgefüllt waren. Das war keine Krankenpflege, sondern das Herumreiten auf Formalitäten und einer der vielen Gründe, warum Zoe keinerlei Lust hatte, die Leitung innezuhaben.

»Weißt du, was?«, sagte Zoe, und auf ihrem Gesicht breitete sich ein Lächeln aus. »Du hast recht. Ich mache weiter mit den Briefen, und wenn es Ben Tasker nicht passt, dann kann er mich mal.«

Acht

Am nächsten Tag erschien Zoe früh zur Arbeit, ausgestattet nicht nur mit ihrem Partykleid, sondern auch mit Notizblock und Kugelschreiber. Als sie am Aufenthaltsraum vorbeikam, war Miles dabei, die Teemaschine aufzufüllen. Sie winkte ihm zu.

Interessiert musterte Miles sie von oben bis unten. »Hast du das vor, was ich denke?«

Zoe deutete auf das Papier und den Stift, die in den Außentaschen ihres Rucksacks steckten. »Exakt.«

»Du kleines Scheusal!« Miles' smaragdgrüne Augen funkelten vergnügt. »Soll ich dir Ben vom Hals halten, wenn ich ihn sehe?«

»Wäre vermutlich keine schlechte Idee«, sagte sie mit einem Blick auf die Uhr. »Allerdings rechne ich erst in einer Stunde mit ihm. Ich hoffe, mir bleibt genug Zeit.«

»Nur zu, Mädchen«, spornte Miles sie an.

Während ihr die aufmunternden Worte von Miles noch im Ohr klangen, ging Zoe zurück in den Flur und machte sich auf den Weg zu Mrs Timpsons Zimmer. Behutsam drückte sie die Tür auf und spähte hinein, doch prompt schallte ihr entgegen: »Was lungern Sie da herum!«

Zoe kam sich vor wie ein unartiges Schulmädchen, als sie am Fußende von Mrs Timpsons Bett stand. Sie sah blass aus, dachte Zoe. Die runden Augen wirkten klein wie Stecknadelköpfe, so grau war die Haut.

»Ich dachte, ich könnte Ihnen vielleicht doch mit diesem Brief helfen. Vorausgesetzt, Sie wollen das noch.«

Mrs Timpsons Augen erwachten zum Leben. »Wie kommt es zu diesem Sinneswandel?«

Zoe spielte mit dem Gedanken zu lügen, aber Mrs Timpsons Miene hatte etwas an sich, das sie davon abhielt. »Ich finde es richtig, auch wenn ich das eigentlich nicht mehr machen soll. Die Geschäftsführung ist neu, und man denkt, die Briefe könnten ein Haftungsproblem werden.«

»Was für ein Unsinn!«, rief Mrs Timpson. »Schon als Lehrerin habe ich nichts von Bürokratie gehalten, und das ist heute nicht anders. Sie stellt sich den Dingen in den Weg, die wirklich wichtig sind.«

»Da bin ich absolut Ihrer Meinung«, erwiderte Zoe ernst.

Mrs Timpson schwieg eine Weile und musterte Zoe aus der Behaglichkeit des Betts heraus. »Verstehe ich es richtig, dass ich den Mund halten soll, wenn ich Ihr Angebot annehme?«

Als Zoe nickte, schimmerten die Augen der ehemaligen Schuldirektorin belustigt. »Ich hatte schon immer eine Schwäche für Leute, die sich den Regeln widersetzen. In denen steckt ein bisschen Feuer.«

Zoe kicherte. Alle Anspannung war wie weggeblasen. »Wollen Sie mir jetzt etwas diktieren, oder soll ich später wiederkommen?«

»Weder noch«, antwortete Mrs Timpson brüsk. »Ich habe meinen Brief schon geschrieben. Er ist in der Schublade im Nachttisch. Könnten Sie ihn für mich rausholen?«

Zoe griff in das kleine Schränkchen neben dem Bett. Zwischen ein paar Taschenbüchern fand sie den Brief. Sie drehte den edlen weißen Umschlag um und sah, dass er an eine Mrs V. Smith adressiert war.

»Hätten Sie etwas dagegen, ihn persönlich zu überbringen? Der Inhalt ist heikel, er könnte meine Schwester schockieren. Vielleicht wäre es nicht schlecht, wenn jemand bei ihr ist, wenn sie ihn liest.«

Zoe verstand und murmelte leise: »Natürlich.«

»Er ist nur für meine Schwester gedacht«, sagte Mrs Timpson streng, doch dann wurde ihre Miene sanfter. »Bitte sagen Sie ihr, dass es mir mit jedem Wort ernst ist.«

»Das werde ich tun«, versicherte ihr Zoe.

*

Den Rest des Tages verbrachte Zoe damit, sich vor der Betriebsfeier zu grauen, und als es schließlich so weit war, wollte sie einfach nur nach Hause gehen. Allerdings wusste sie, dass weder ihre Mitbewohnerin noch Karen das zulassen würden.

»Ich werd verrückt, sieh dir das an!«, rief Sarah, als sie den Aufenthaltsraum betrat.

Zoe ließ den Blick schweifen und versuchte, die Umgebung mit den Augen ihrer Mitbewohnerin wahrzunehmen. Ein Geiger spielte etwas, das Zoe für Beethoven hielt, während die Gäste höflich herumstanden. Pflegestudenten in schicken schwarzweißen Uniformen trugen Tabletts mit Kanapees und Sektgläsern herum.

»An normalen Tagen geht es nicht so vornehm zu«, erklärte Zoe.

»Das dachte ich mir schon.« Sarah lächelte, als sie die Aufmerksamkeit eines Kellners mit einem Tablett voller Sekt auf sich zog. Sie nahm zwei Sektflöten und reichte eine an Zoe weiter. »Sag mir noch mal, worum es hier geht.«

»Es soll die Harpers und das Personal, das sie mitgebracht haben, willkommen heißen, genau genommen also Ben und ein paar von den Büroangestellten«, antwortete Zoe, die sich schon jetzt zwischen den Honoratioren fehl am Platz fühlte.

Sie legte keinen Wert auf ihr Äußeres und hatte sich darauf beschränkt, sich zu duschen, mit der Bürste einmal durchs Haar zu fahren und sich ein altes Blümchenkleid und Ballerinas anzuziehen. Das sollte genügen, hatte sie gemeint, aber alle anderen sahen weitaus schicker aus in ihren maßgeschneiderten Kleidern und mit ihren modischen Föhnfrisuren.

Aus den Augenwinkeln sah sie Miles gemeinsam mit Ben und einer Frau, die vermutlich seine Begleitung war, hereinkommen.

Sarah winkte. »Hallo, Miles.«

»Sarah, dich habe ich ja seit Ewigkeiten nicht gesehen«, sagte Miles und ignorierte Zoe, während er sich nach vorne beugte, um Sarah auf die Wange zu küssen. »Du siehst toll aus.«

Zoe verdrehte die Augen. Allerdings musste sie zugeben, dass Sarah in dem petrolfarbenen figurbetonten Kleid, das sie geschickt mit goldenen Ohrringen kombiniert hatte, umwerfend aussah.

»Danke.« Das Kompliment ließ Sarahs Wangen leicht erröten. »Du schaust auch nicht schlecht aus.«

»Na ja, sonst droht hier die Todesstrafe«, erwiderte Miles und rückte das Jackett zurecht, das er über dem schmal geschnittenen weißen Hemd trug. »Aber Zoe, bringt es dich wirklich um, es wenigstens zu versuchen?«

»He …«, setzte Zoe an, doch Ben unterbrach sie.

»Seien Sie kein solcher Rüpel, Miles«, sagte er in scharfem Ton. »Ich finde, Sie sehen wunderbar aus, Zoe. Dieses Rot steht Ihnen sehr gut.«

Zoe lächelte verlegen. »Es war nur ein Witz, Ben. Miles ist so eine Art nerviger kleiner Bruder.«

Ben wirkte betreten. »Ach so«, sagte er und wandte sich zu der Frau neben ihm. »Das ist Candice.«

Zoe ergriff ihre ausgestreckte Hand. »Schön, Sie kennenzulernen. Sind Sie Bens Freundin?«

Candice brach in lautes gackerndes Gelächter aus, das das höfliche Gemurmel der Gäste im Raum übertönte. Die Frau war durchaus glamourös; sie trug ein strahlend grünes Seidenkleid, dazu passende Stöckelschuhe und hatte ein rotes Tuch eng um den Kopf gewickelt. Sie sah großartig aus – ganz Bens Typ, wie Zoe mutmaßte.

»Nein.« Candice kicherte und warf Ben einen Blick zu. »Tatsächlich ist er mein supernerviger kleiner Bruder.«

Ben verdrehte die Augen. »Um zwei Minuten, C. Zwei Minuten.«

»Sie sind Zwillinge?«, fragte Miles.

»Ganz genau«, sagte Candice und lächelte ihren Bruder an. »Wir wohnen zusammen.«

»Wow!«, rief Sarah. »Ich würde es nicht aushalten, mit meiner Schwester zusammenzuleben.«

»Glauben Sie mir, es gibt Augenblicke, da geht es mir auch so«, scherzte Ben.

»Ha! Ohne mich wärst du verloren«, meinte Candice liebevoll.

»Das hättest du wohl gern«, antwortete er. »Ich mache das nur, damit ich mir eine Wohnung am Camden Crescent leisten kann, bekannt als eine der schicksten Adressen der Stadt.«

»Du hast Glück, dass dir mein fettes Bankergehalt dein faules Leben finanziert«, schoss Candice zurück, während sie sich bei einem Kellner zwei Mini-Cheeseburger nahm.

Zoe gefiel die Herzlichkeit dieser Frau. »Sie leben in einer dieser wunderschönen georgianischen Wohnungen? Für so eine würde ich einen Mord begehen.«

»Das müsste ich auch, wenn C nicht wäre«, witzelte Ben wieder. »Mit meinem Pflegergehalt könnte ich mir gerade mal einen Pappkarton leisten.«

»So was in der Art bewohne ich«, sagte Miles seufzend.

Spielerisch stieß Sarah ihn mit dem Ellbogen an. »Ich wette, es ist ein hübscher Pappkarton.«

Miles wirkte verlegen. »Er ist schon in Ordnung. Komm halt mal vorbei, und sieh ihn dir selbst an.«

»Ist das eine Einladung?« Sarah lächelte und trank einen Schluck.

Leicht genervt nahm Zoe einen großen Schluck Sekt. Zwar hatte sie ihren Kollegen gern, aber sein Ruf als Schürzenjäger war legendär, und im Hospiz fragte man sich, ob ihm demnächst der Platz am Bettpfosten ausging, um noch mehr Kerben hineinzuritzen.

»Sind Sie aus Australien?«, fragte Candice und unterbrach Zoes Gedanken.

»Zoe und ich sind beide von da«, antwortete Miles grinsend. »Allerdings bin ich aus Darwin und Zoe ein echtes Sydney-Girl. Aber anders als sie kann ich es kaum erwarten, wieder heimzukommen.«

»Ich bin mir nicht sicher, ob es Australien dabei genauso geht«, foppte ihn Zoe. Langsam ging ihr die erzwungene Unterhaltung außerhalb der Arbeitszeit auf die Nerven, ebenso wie die Nähe zu Ben, und sie fühlte sich plötzlich erschöpft.

Als sie einen Kellner mit einem Sekttablett bemerkte, beschloss Zoe, dem Beispiel von Candice zu folgen, stellte das leere Glas aufs Tablett und nahm sich zwei neue. Sie lächelte Candice an, die ihr zuzwinkerte und dasselbe machte.

»Für wie lange sind Sie beide hier?«, fragte Candice und nahm einen ausgiebigen Zug aus einem ihrer Gläser.

»Ich habe ein Zweijahresvisum«, erklärte Miles. »Nächstes Jahr läuft es aus.«

»Und Sie wollen auf keinen Fall länger bleiben?«, hakte Candice nach.

»In tausend Jahren nicht!«, erwiderte er bestimmt. »Dieses Land ist so kalt.«

Sarah lachte. »Da hört man den typischen Aussie durch.«

»Ich glaube nicht, dass ich so was jemals gesagt habe«, widersprach Zoe.

»Du willst ja auch nicht zurückgehen«, gab Sarah zu bedenken.

Candice wandte sich an Zoe. »Wie kommt es, dass Sie sich hier dauerhaft niederlassen wollen?«

»Ich habe mich in Australien nicht wohlgefühlt.« Zoe griff auf die Erklärung zurück, die sie Fremden gegenüber immer gab. »Ich bin vor 1983 geboren, also habe ich Anspruch auf ein Wohnsitzvisum, das heißt, ich kann so lange bleiben, wie ich will.«

»Aber du musst doch deine Familie vermissen?« Miles schenkte ihr einen ungläubigen Blick.

Zoe zuckte die Achseln. »Wir halten Kontakt.«

»Waren Sie zwischenzeitlich nie zu Besuch?«, fragte Candice zwischen zwei Bissen in ihren Miniburger. »Meine Mama hätte mir das Fell über die Ohren gezogen, wenn ich weggegangen und nie nach Hause gekommen wäre. Ihre Familie scheint sehr verständnisvoll zu sein.«

»Sie sind okay«, sagte Zoe, deren Unbehagen wuchs. »Dann lebt Ihre Mutter vermutlich hier um die Ecke?«

»Durchaus, wenn man das Krematorium als Adresse durchgehen lässt«, antwortete Candice.

»Sie ist vor vier Jahren gestorben«, erklärte Ben.

»Das tut mir leid«, sagte Zoe.

»Muss es nicht«, sagte Candice freundlich. »Sie hatte ein wunderbares Leben. Wir vermissen sie, aber sie hat uns beigebracht, dass man jeden Tag so leben sollte, als sei es der letzte. Und daran halten wir uns.«

»Aus diesem Grund fahre ich am Samstag auch mit einem Aston Martin beim Silverstone-Rennen mit«, sagte Ben und grinste fröhlich.

Candice lachte. »Dafür darfst du Mum nicht verantwortlich machen. Das machst du nur, weil du so tun willst, als wärst du James Bond.«

»Wer will das nicht?«, gab Miles mit gespieltem Ernst zu bedenken.

»Ich«, warf Zoe ein.

»Schon, aber du bist ja auch eine Spaßbremse!«, stöhnte Miles. »Das Highlight deiner Woche ist das Waschen deiner Unterhosen.«

»He!«, protestierte Zoe. »Wenn du über Spaß reden willst, dann fangen wir doch mal damit an, mit wie vielen Pflegerinnen im Südwesten du schon gevögelt hast.«

Miles wurde rot, als Ben sagte: »Genug, Sie beide. Immerhin repräsentieren Sie das Hospiz. Und Zoe, nehmen Sie sich nicht noch einmal zwei Gläser, das gehört sich nicht auf einer Betriebsfeier.«

Bei der Rüge spürte Zoe, wie ihr Blut in Wallung geriet, und sie war kurz davor zu reagieren, als ihr Blick auf Miles fiel, der unauffällig das Wort »Wichser« formte. Sie schmunzelte. Im selben Augenblick gesellte sich Simon Harper zu ihnen.

»Na, amüsieren Sie sich?«, fragte er.

Zoe nickte und musterte den Hospizbesitzer, der einen dunkelblauen Anzug trug, der zweifellos maßgeschneidert war und nicht von der Stange kam. Sie trat einen Schritt zurück, um ihn in ihren Kreis zu lassen.

»Wie ich höre, hat Ihre Mutter hier früher gelebt, Sir«, sagte Miles.

»Ja. Ich dachte, es wäre schön, wenn der alte Wohnsitz wieder in Familienhänden ist. Mein Großvater hat ihn beim Kartenspielen verloren.« Mr Harper lächelte reumütig. »Bin mir allerdings nicht sicher, ob meine Mutter so scharf darauf ist.«

»So ist das bestimmt nicht«, widersprach Ben diplomatisch.

Zoe zog eine Grimasse. »Nicht jeder Mensch will an die Vergangenheit erinnert werden.«

»Es reicht, Zoe«, wies Ben sie zurecht.

Der Rüffel reizte Zoe aufs Neue. Als sie etwas erwidern wollte, fiel ihr Blick auf Candice, und sie bemerkte, dass sie peinlich berührt war. Die Schwester wollte sie nun wirklich nicht beschämen.

Mr Harper schenkte ihnen ein knappes Lächeln. »Nun, es ist großartig, dass Sie alle da sind. Ich wünsche Ihnen einen schönen Abend.«

Als der Hospizbesitzer fortging, spürte sie, wie sich Bens Blick in sie bohrte.

»Schwester Evans, ich denke, wir zwei sollten uns morgen kurz unterhalten. Ich erwarte Sie in meinem Büro, gleich zu Beginn der Schicht.«

Neun

Am Morgen darauf saß Zoe am Schreibtisch des Schwesternzimmers, eine Hand um die Tasse mit dem längst erkalteten Kaffee gelegt, und klickte sich durch ihre E-Mails. Sie war müde von der Party am Vorabend, weil sie nach dem Zusammenstoß mit Ben und Mr Harper zu viel Alkohol getrunken hatte. Als sie endlich eingeschlafen war, hatte sie so tief geschlafen, dass sie den Wecker überhört hatte. Um nicht zu allem Überfluss auch noch zu spät zu erscheinen, hatte sie sich bloß kurz gekämmt, etwas Wasser ins Gesicht gespritzt, die Arbeitskleidung vom Vortag angezogen und sich vorgenommen, im Hospiz zu duschen und sich umzuziehen. Dazu war es allerdings bislang noch nicht gekommen. Stattdessen starrte sie auf den Computerbildschirm und verfluchte ihr unprofessionelles Verhalten. Ben wäre ohnehin bald wieder weg, sie musste nichts tun, als die paar Monate auszusitzen.

Sie scrollte weiter durch den Posteingang und die üblichen Mitteilungen – Einladungen zu Besprechungen und Ermahnungen, die Türen abends abzuschließen –, bevor ihr eine E-Mail von Ben ins Auge fiel, die er ihr heute Morgen geschickt hatte. Sie klickte darauf. Es war eine förmliche Erinnerung, um neun Uhr in sein Büro zu kommen. Der Magen drehte sich ihr um, und kurzzeitig fürchtete Zoe, dass der Kaffee den Rückweg antreten würde, als sie sich fragte, ob Ben ihr kündigen wollte. Die Arbeit hier war ihr Ein und Alles.

»Du siehst aus, als würdest du dich zurück an den Bondi Beach wünschen«, ertönte eine laute Stimme.

Zoe setzte die Tasse ab und sah zu Miles auf, der neben ihr stand. Sie spürte, wie ihre Nerven sich beruhigten, als er sie fröhlich angrinste. Miles setzte sich auf den Stuhl neben ihr und drückte ihr einen Pappbecher mit Kaffee aus dem Café auf der anderen Straßenseite in die Hand.

Argwöhnisch musterte sie erst Miles und dann den Kaffee. »Warum bringst du mir einen anständigen Kaffee, statt der Brühe aus der Kantine von oben? Was willst du? Hast du eine von den Pflegerinnen geschwängert?« Zoe schnaubte theatralisch, setzte den Becher ab und rückte von ihm ab, als sei er eine scharfe Granate.

Miles verdrehte die Augen und drückte ihr den Kaffee wieder in die Hand. »Red keinen Unsinn. Ich mag der Damenwelt nicht gerade abgeneigt sein, Zoe, aber nicht einmal ich spucke auf den Teller, von dem ich esse.« Einen Moment lang wirkte er kleinlaut und fügte dann hinzu: »Zumindest nicht mehr. Egal, ich dachte, du könntest einen Koffein-Booster brauchen. Der gestrige Abend war hart.«

Bei der Erinnerung daran verzog Zoe das Gesicht und trank dankbar einen Schluck von dem Milchkaffee. »Red nicht davon.«

»Ach ne, du warst völlig in Ordnung.« Spielerisch knuffte Miles sie in die Rippen. »Du hast bloß gesagt, was gesagt werden musste. Mrs Harper erklärt jedem, der ihr zuhört, wie sehr sie das Haus hasst. Ist nicht deine Schuld, dass ihr Sohn ihr nicht zuhören wollte.«

»Danke«, sagte sie und stellte den Kaffee ab.

Dabei warf sie einen genaueren Blick auf den Pappbecher und stellte überrascht fest, dass auf die Seite mit dickem schwarzen Filzstift eine Botschaft geschrieben worden war.

Du bist großartig, vergiss das nie! Miles xx

Lachend streckte sie ihrem Kollegen die Zunge heraus.

»Danke«, sagte sie. »Das kann ich heute Morgen echt brauchen.«

»Bist du nervös wegen der Besprechung mit Ben?«

»Ein bisschen«, gab Zoe zu. »Vielleicht will er mir kündigen.«

»Der wird dir nicht kündigen«, sagte Miles und zog eine Grimasse. In dem Augenblick kam Karen vorbei.

Die Leiterin lächelte, als sie die beiden sah. »Ihr habt so ausgesehen, als hättet ihr Spaß gehabt gestern Abend.«

»War schon okay«, meinte Miles achselzuckend. »Heute früh brummt mir der Kopf ein bisschen.«

Das Eingeständnis brachte Karen zum Lachen. »Was denkst du, wie es mir geht? Immerhin müsst ihr heute Vormittag nicht verkatert einen Vortrag halten.«

Mitfühlend rümpfte Zoe die Nase. »Kannst du die Sache nicht kurz halten? Außerdem, wenn die anderen auch auf der Party waren, dann sind sie vielleicht froh, wenn sie für einen Moment die Augen zumachen dürfen.«

»Lustig, dass du das sagst.« Karen beugte sich über den Tisch. »Ich habe ein Video im Büro, das ich eventuell vorführen wollte. Das würde mir vierzig Minuten geben, um mich hinzusetzen und einen Kaffee zu trinken.«

Zoe lachte. Das war so untypisch für Karen, die sonst immer zu hundert Prozent korrekt war.

»Wo wir gerade reden, ich muss mit dir über Mrs Timpson sprechen«, sagte Karen und sah Zoe an.

Bei der Erwähnung des Namens wappnete sich Zoe. »Ja?«

»Leider ist sie heute Nacht gestorben.«

»Wie traurig.« Zoe hatte auf etwas mehr Zeit mit der ehemaligen Schulleiterin gehofft, nun, da sie ihre schelmische Ader kennengelernt hatte.

»Was ist traurig?«, fragte Ben, der am Stationstresen auftauchte. Bei seinem Anblick wurde Zoes Miene finster. In seiner frisch gebügelten Uniform und mit dem akkurat gestutzten Bart wirkte er sauber und professionell. Sie konnte sogar einen feinen Hauch Acqua di Parma ausmachen. Zweifellos hatte er heute Morgen zu Hause geduscht.

»Mrs Timpson ist heute Nacht gestorben«, erklärte Miles.

»Oh, die Lehrerin? Wie schade«, sagte Ben. »Sie war nicht lange bei uns.«

»So ist es manchmal eben. Aber ich glaube, sie hat sich hier bei uns wohlgefühlt«, meinte Miles.

»Ganz bestimmt. Indira war am Ende bei ihr«, erzählte Karen.

»Keine Familie?«, fragte Ben überrascht.

Karen schüttelte den Kopf. »Anscheinend nicht. Allerdings hat sie sehr eindringlich auf einen Brief an ihre Schwester hingewiesen. Zoe, weißt du irgendwas darüber?«

Da war er, der Grund, weshalb sie sich gewappnet hatte. Gerade, als Zoe antworten wollte, klingelte das Telefon. Sie nahm den Hörer ab und formte lautlos ein höfliches »Entschuldigung« Richtung Ben und Karen.

Während sie die Fragen eines Angehörigen nach den Besuchszeiten beantwortete, nahm sie wahr, wie Ben und Karen über den Flur davongingen, und Erleichterung durchflutete sie. Beim Auflegen war sie beinahe euphorisch, doch ihre Stimmung wurde schnell gedämpft, als sie die überraschte Miene von Miles bemerkte.

»Noch mal Glück gehabt, meine Liebe.«

»Ist nur eine Gnadenfrist. Und wenn er mich bei der Besprechung nach dem Brief fragt, was soll ich dann machen?«

»Ach, scheiß auf den«, erwiderte Miles stirnrunzelnd. »Was hättest du denn tun sollen – den Wunsch einer Patientin missachten, oder was?«

»Wahrscheinlich.« Stöhnend senkte Zoe den Kopf und stieß ihn leicht gegen die Tischplatte »Ich hätte mich heute früh krankmelden sollen.«

Miles knuffte sie sanft. »Wird schon gut gehen. Tasker weiß, was er an dir hat. Das wird er nicht aufs Spiel setzen.«

Zoe hob den Kopf und sah Miles verzweifelt an. »Glaubst du wirklich?«

»Ich weiß es«, antwortete er sanft. »Alle hier mögen dich, insbesondere ich. Wir lassen nicht zu, dass irgendwas passiert, außerdem würde Sarah andernfalls meine Eier auf dem Tablett servieren.«

Bei dieser Vorstellung musste Zoe kichern. »Sarah, soso.«

Miles wurde rot. »Ja, sie ist echt in Ordnung. Für eine Engländerin.«

»Sie ist in Ordnung, aber du lässt die Finger von ihr, ist das klar? Sie ist nicht eine von den üblichen Krankenschwestern, mit denen du ins Bett gehst und die du dann vergisst. Sie hat eine Menge durchgemacht, außerdem hat sie ein Kind.«

»Soll das eine Warnung sein?« Miles wirkte verlegen.

»Das ist eine freundliche Aufforderung, dich von ihr fernzuhalten. Sarah ist nichts für dich«, antwortete Zoe.

»Die Sache ist: Ich hab sie wirklich gern. Sie ist anders.«

»Ja, ja.« Zoe verzog das Gesicht und wandte sich wieder zum Computerbildschirm.

»Das meine ich wirklich so«, beharrte Miles. »Aber sie interessiert sich nicht für mich. Sie ist zu beschäftigt mit der Arbeit und ihrer Tochter.«

»Sarahs Leben ist nicht einfach«, sagte Zoe ernst. »Das ist es für Eltern nie. Wenn sie so weit ist, dann wird sie eine richtige Beziehung wollen. Solltest du es wirklich ernst mit ihr meinen, dann musst du das verstehen.«

»Ich bin doch kein Vollidiot, Zoe!«, knurrte Miles. »Das weiß ich schon.«

Miles ging zum Aufenthaltsraum, und Zoe sah ihm hinterher. Miles konnte sehr lieb sein, aber er war kein Vater und würde nie verstehen, wie kompliziert Sarahs Leben war und dass ein Kind immer Vorrang hatte. Unweigerlich musste sie an Sean denken, und selbst jetzt wusste Zoe, dass er für sie stets an erster Stelle stehen würde – und so würde es immer bleiben.

*

Eine Stunde später klopfte Zoe sanft an die Tür von Bens Büro. Innerhalb von Sekunden hörte sie Schritte auf der anderen Seite, dann schwang die Tür weit auf, und der Troubleshooter begrüßte sie, ohne dabei eine Miene zu verziehen.

»Zoe. Kommen Sie herein«, bat Ben sie ins Zimmer. »Wie geht's dem Kopf?«

Ein leichtes Schuldgefühl überkam sie bei der Frage. »Gut.«

»Prima.« Ben nahm einen Bücherstapel von einem Stuhl, damit sie sich hinsetzen konnte. »Entschuldigen Sie die Unordnung. Ich hatte noch keine Zeit, mich richtig einzurichten.«

»Ist schon okay.« Zoe setzte sich auf den harten Plastikstuhl, den Ben ihr anbot.

Dabei schweifte ihr Blick über das winzige Büro, das bis vor Kurzem ihres gewesen war. Bücher stapelten sich auf dem Boden. Dienstpläne, Akten, zwei Pflanzen und ein Kalender lagen auf dem Schreibtisch, und mittig thronten drei große Flaschen mit einem Verdauungsmedikament. Das Einzige, was ausgepackt und bewusst aufgestellt schien, war ein gerahmtes Foto von Ben, auf dem er einen schwarzen Doktorhut trug, die lächelnde Candice neben ihm.

»Kann ich Ihnen einen Kaffee anbieten? Ich habe eine von diesen schicken Maschinen hier.« Er deutete auf einen Nespresso-Kocher auf seinem Tisch.

Zoe pfiff anerkennend. »Den gab es hier noch nicht, als das mein Büro war. Ja bitte.«

Während Ben ihnen beiden einen Kaffee machte, holte Zoe tief Luft. Sie war ein Nervenbündel.

»Ich habe nachgedacht«, sagte Ben und reichte ihr eine Tasse mit dunkler Flüssigkeit. »Wir beide hatten einen schlechten Start. Ich bin seit drei Wochen hier, und es scheint immer schlimmer zu werden. Mir kommt es so vor, als respektieren Sie mich nicht.«

Zoe setzte die Tasse auf einer Ecke des Schreibtischs ab, die nicht mit Unterlagen übersät war, und richtete sich im Stuhl auf. »Respekt muss man sich verdienen.«

»Mag sein«, erwiderte Ben und lehnte sich an den Fensterrahmen. »Nicht aber professionelles Verhalten. Seit unserer ersten Begegnung sind Sie mir gegenüber feindselig, unhöflich und weigern sich, mich zu unterstützen. Das muss aufhören.«

Zoe verschlug es den Atem. »Mein Leben lang hat mir noch niemand vorgeworfen, unprofessionell zu sein.«

Ben stellte die Tasse aufs Fensterbrett und verschränkte die Arme. »Diesen Eindruck hat man mir vermittelt, aber es entspricht nicht meinen eigenen Erfahrungen. Ich erlebe eine Pflegerin, die sauer ist, dass sie ihren Kopf nicht durchsetzen konnte, und die das an mir, den Kollegen und auch an den Patienten auslässt. Sie benehmen sich wie ein verwöhntes Kind.«

Bei dieser Beleidigung entfuhr Zoe ein höhnisches Lachen. »Und das nennen Sie professionell? Bei der Personalabteilung wäre sicher Großkampftag, wenn die hören könnte, was Sie gerade zu mir gesagt haben.«

»Sie sind unmöglich«, blaffte Ben und fuhr sich verärgert mit der Hand über den Kopf.

»Vielleicht bin ich unmöglich, aber ich habe trotzdem recht.« Mit fester Entschlossenheit beugte Zoe sich vor. »Ich habe früher Ihren Job gemacht, wissen Sie noch?«

»Und Sie haben das alles hier in einem solchen Zustand hinterlassen, dass das Hospiz einen Troubleshooter braucht, um Ihre Fehler auszubügeln«, schoss Ben zurück.

Wütend starrten die beiden einander an, doch am Ende brach Ben das Schweigen.

»Es tut mir leid, das hätte ich nicht sagen dürfen«, seufzte er. »Das war zweifellos unprofessionell.«

»Meiner Meinung nach war es mehr als unprofessionell«, erwiderte Zoe mit ruhiger Stimme. »Aber ich weiß Ihre Entschuldigung zu schätzen.«

»Verstehen Sie, was ich meine?«, fragte Ben erschöpft. »So können wir nicht weitermachen. Es tut mir leid, dass Sie unglücklich sind über meine Entscheidung, was die Briefe angeht, aber sie steht.«

»Habe ich das in Zweifel gezogen?«

»Nein. Aber Sie haben den Brief von Mrs Timpson angenommen, oder nicht?«, meinte Ben.

Zoe nickte. Sie war stolz auf ihr Angebot an die Patienten, und sie würde nicht lügen.

»Wo ist er?«, fragte Ben mit eiserner Miene.

Sie griff in die Hosentasche und holte den Brief heraus, den sie gestern bekommen hatte.

»Geben Sie ihn mir«, befahl er.

»Nein.«

Bens Augen verengten sich. »Geben Sie mir den Brief.«

Zoe schüttelte den Kopf. »Mrs Timpson hat mich gebeten, den Brief persönlich zu überbringen, und das werde ich tun, ob Ihnen das passt oder nicht.«

»Schwester Evans, Sie bewegen sich auf verdammt dünnem Eis. Ich habe Sie bereits aufgefordert, keine weiteren Nachrichten mehr mitzuschreiben …«

»Das habe ich auch nicht. Mrs Timpson hat mich nur gebeten, einen Brief zu überbringen«, sagte Zoe triumphierend.

Ben fuhr sich mit der Zunge über die Zähne und schüttelte den Kopf. »Ich habe doch gesehen, wie Sie der Frage aus dem Weg gegangen sind, als Karen Sie direkt darauf angesprochen hat, ob Sie einen Brief von ihr haben.«

»Und die Tatsache, dass sie mich gefragt hat, deutet darauf hin, dass Karen nicht weiß, dass Sie mir verboten haben, mir weiterhin Nachrichten diktieren zu lassen«, konterte Zoe.

»Ja, so ist es, aber Karen wäre einer Meinung mit mir«, erwiderte Ben ernst. »Sie hat Ihnen gesagt, dass ich bestimmte Vorstellungen für das Hospiz habe, und hat Sie gebeten, mir zur Seite zu springen. Nun, Sie werden es nicht glauben, Schwester Evans, aber Ihre Briefe passen nicht mehr zum Hospiz, und dasselbe gilt für Ihre Einstellung.«

»Sie mögen die Art, wie ich die Dinge geregelt habe, nicht für richtig halten, aber erzählen Sie mir nicht, dass es schlecht stand um die Zufriedenheit unter den Patienten, denn die Werte waren definitiv höher, bevor Sie hier das Sagen hatten. Ihnen geht doch jedes Mitgefühl für die Patienten ab, um die sich unsere ganze Arbeit schließlich dreht.«

Aufmüpfig sah Zoe ihren Chef an. Sie waren in einer Sackgasse, und das Schweigen zwischen ihnen schien sich endlos hinzuziehen.

»Schwester Evans, hiermit verwarne ich Sie mündlich«, sagte Ben leise. »Die Verwarnung bleibt für sechs Monate in Ihrer Personalakte. Sollte sich Ihr Verhalten am Arbeitsplatz nicht ändern oder verbessern, folgt eine schriftliche Verwarnung. Habe ich mich klar genug ausgedrückt?«

Zoe war übel. Nie zuvor war sie offiziell verwarnt worden. Doch sie würde vor diesem Mann nicht die Fassung verlieren, diese Genugtuung gönnte sie ihm nicht.

»Ja, Sir.«

»Gut«, sagte Ben schließlich. »Ich werde Sie und Ihre Arbeit genau im Auge behalten. Sollte ich feststellen, dass Sie im Hospiz weiterhin Briefe schreiben oder überbringen, werde ich weitere disziplinarische Maßnahmen ergreifen. Ist das klar?«

»Ja, Sir«, sagte Zoe noch einmal.

Ihr Herz pochte derart laut, dass sie sicher war, dass Ben es hören konnte. Sie wollte nichts als diese Besprechung hinter sich bringen.

»Was den Brief angeht, den Sie von Mrs Timpson haben: Sie werden ihn überbringen, aber ich werde Sie begleiten, um jede Ungehörigkeit auszuschließen«, erklärte Ben.

»Wie bitte?«, japste Zoe. »Das ist nicht nötig.«

»Oh, glauben Sie mir, Schwester Evans, das ist absolut nötig«, widersprach Ben schroff. »Darüber gibt es keine Diskussion. Noch Fragen?«

»Nein«, sagte Zoe, die so angespannt war, dass sie sicher kein weiteres Wort über die Lippen gebracht hätte.

»Gut. Und jetzt raus hier.«

Wortlos verließ Zoe das Büro, schlug die Tür hinter sich zu und suchte die nächstgelegene Damentoilette auf. Als sie sich sicher in einer Kabine eingeschlossen hatte, erlaubte sie den heißen Tränen freien Lauf und sank verzweifelt zu Boden.

Zehn

Seit Bens Verwarnung vor vierzehn Tagen hatte Zoe so oft wie möglich Nachtschichten übernommen, was Karen nicht verborgen geblieben war. Als Karen am Freitagvormittag Zoe im leeren Personalraum antraf, vergeudete sie keine Zeit und machte ihrem Herzen Luft.

»Zoe, das ist lächerlich«, sagte sie und stützte die Hände in die Hüften. »Ich habe mich darauf verlassen, dass du die Übernahme unterstützt, stattdessen machst du alles zehnmal schlimmer. Du brauchst nicht zu denken, dass ich nicht bemerkt habe, dass du deine Schichten verlegt hast, damit du wann immer möglich nachts arbeiten und Ben aus dem Weg gehen kannst.«

»Tut mir leid«, sagte Zoe.

Schuldgefühle überschwemmten sie. Als Chefin war Karen immer nett zu ihr gewesen, und Zoe hatte größte Achtung vor ihr. Sie war froh, Ben zu meiden, aber sie wollte Karen bestimmt nicht das Leben schwer machen.

»Es soll dir nicht leidtun. Ich brauche einfach deinen vollen Einsatz. Du bist die beste Pflegerin, die wir haben«, schimpfte Karen und sah sie dann mitfühlend an. »Mir war nicht bewusst, dass Ben dir nicht mehr erlaubt dir Briefe diktieren zu lassen. Ich weiß, wie viel dir das bedeutet hat, es muss schwer für dich sein.«

Karens Mitgefühl weckte neue Hoffnung bei Zoe. Gab es eine Chance, dass Karen erlauben würde, dass sie auch weiter Nachrichten schrieb?

»Ich will jetzt nicht darauf eingehen«, sagte sie in warnendem Ton, weil sie Zoes Gedanken erriet. »Ich wollte nur sagen, dass ich dich und Ben in meinem Büro erwarte, bevor um fünf die neue Schicht beginnt. Sei pünktlich. Ich will, dass wir diese Sache unverzüglich regeln.«

Also fand Zoe sich am späten Nachmittag in Karens Büro ein, wo Karen und Ben bereits auf den Sesseln an der Wand saßen.

»Zoe, gut, dass du da bist«, sagte die Leiterin und bedeutete Zoe, sich auf das Sofa unter dem Fenster zu setzen.

»Tut mir leid, dass ich mich verspätet habe.« Zoe setzte sich und schenkte Karen ein entschuldigendes Lächeln.

»Das hast du nicht. Ich habe Ben gebeten, früher zu kommen«, erwiderte Karen freiheraus.

Zoe wagte einen Blick auf Ben. Er wirkte entspannt und saß mit gespreizten Beinen da, so, wie sich manche Männer gern breitmachen.

»Ich möchte wissen, ob wir das Problem, das in der Abteilung aufgekommen ist, lösen können«, kam Karen sofort aufs Thema zu sprechen. »Ich gehe davon aus, dass niemand glücklich darüber ist, wie die Dinge laufen.«

»Dazu kann ich wenig sagen, Karen«, meinte Ben, »denn ich habe Zoe kaum gesehen, seit ich sie mündlich verwarnt habe.«

»Genau davon spreche ich.« Karen wandte sich an Zoe. »Warum hast du dich für die Nachtschichten eingetragen?«

»Du weißt doch, warum«, murmelte Zoe.

»Ich weiß, warum, aber ich würde es gern hier von dir hören«, drängte Karen sie.

Kurzzeitig fühlte Zoe sich in alte Zeiten im Direktorenzimmer an der Schule zurückversetzt. Einen winzigen Augenblick lang überließ sie sich den Erinnerungen an die Schulzeit. Damals war alles so einfach erschienen, und die wichtigste Frage hatte sich darum gedreht, ob sie sich nach der Schule ein Butterbrot mit Zuckerperlen oder mit Vegemite machte.

»Ich dachte, es ist für alle das Beste, wenn Mr Tasker und ich ein bisschen Abstand haben«, erklärte Zoe.

Karen nickte und wandte sich an Ben. »Sehen Sie das genauso?«

»Wenn Schwester Evans dieser Meinung ist, dann werde ich ihr nicht widersprechen«, antwortete Ben mit versteinerter Miene.

Karen schlug mit der Faust auf den Couchtisch, der zwischen ihnen stand, und Zoe zuckte zusammen. Wütend starrte Karen Ben und Zoe an.

»Sie beide benehmen sich wie die Kleinkinder, und das sehe ich mir nicht länger an. Das hier ist nicht einfach irgendein Arbeitsplatz, es ist ein Haus, in das Menschen ihre geliebten Angehörigen bringen, damit sie hier bis zu ihrem Lebensende begleitet werden. Ich lasse nicht zu, dass es wie im Kindergarten zugeht, weil Sie beide nicht in der Lage sind, wie Erwachsene miteinander umzugehen.«

Ben beugte sich auf seinem Stuhl nach vorne. »Entschuldigen Sie, Karen, aber ich denke, Sie werden einsehen, dass das Verhalten von Schwester Evans das Problem …«

»Nein, das Problem sind Sie beide!«, brüllte Karen, die es nicht goutierte, wenn man sie unterbrach. »Mir steht nicht der Sinn nach solchen Dummheiten, also hören Sie zu, wie es von nun an laufen wird. Zoe«, sagte sie und sah die Pflegerin an. »Wir wissen alle, wie wunderbar du bist und wie sorgfältig und respektvoll du deine Arbeit erledigst. Du bist unsere beste Pflegerin, und ich halte die mündliche Verwarnung für unnötig.«

Zoe spürte, wie sie von Erleichterung durchflutet wurde, doch das Gefühl hielt nur kurz an, denn Karen fuhr fort: »Aber täusch dich nicht, Ben hat das Sagen, und wenn er die Sache mit deinen Briefen bewertet hat und zu dem Schluss gekommen ist, dass es besser für das Hospiz ist, wenn du damit aufhörst, dann hat er meine volle Unterstützung und die des Hauses. Ist das klar?«

Widerwillig nickte Zoe und sah zu, wie sich Karen Ben zuwandte. »Was Sie angeht, Mr Tasker, bin ich entsetzt, dass Sie eine unserer besten Pflegerinnen derart unter Druck setzen. Zoes Arbeit ist vorbildlich, und sie zeigt genau das Engagement, das wir uns für das Hospiz wünschen. Sie beide müssen lernen, zusammenzuarbeiten und Ihre Differenzen beizulegen. Wenn Sie es nicht freiwillig tun, dann werde ich Sie dazu zwingen. Ben, wenn ich mich nicht irre, haben Sie nächste Woche ein Meeting in *St Mary's*?«

»Eher eine Art Vortrag«, sagte Ben und sah genauso deprimiert aus, wie Zoe sich fühlte, was sie mit einer gewissen Genugtuung feststellte.

»Noch besser. Vermutlich müssen Sie eine Menge Unterlagen und Ausrüstung dorthin mitnehmen?«, fragte Karen.

Murmelnd bestätigte Ben das.

»Wunderbar.« Karen strahlte. »In dem Fall möchte ich, dass du, Zoe, Mr Tasker mit dem Auto zu *St Mary's* fährst.«

»Was?« Unisono schnappten Ben und Zoe nach Luft.

Der Gefühlsausbruch brachte Karen zum Lachen. »Sehen Sie? In einer Sache sind Sie sich schon einig. Ich habe mit unserer neuen Pflegerin Abby vereinbart, dass sie deine Schicht übernimmt, Zoe. Und ich hoffe sehr, dass Sie beide nach der Rückkehr in der Lage sein werden zusammenzuarbeiten. Habe ich mich klar ausgedrückt?«

Ben und Zoe nickten, und Karen lächelte.

»Perfekt«, sagte sie und bedeutete ihnen, dass sie gehen konnten. »Ich freue mich darauf, wenn Sie beide mit frischen Ideen an den Arbeitsplatz zurückkommen. In der Zwischenzeit«, sie sah Ben eindringlich an, »möchte ich, dass Sie darüber nachdenken, warum Sie Zoe aufgefordert haben, keine Briefe mehr zu schreiben, und ob diese Entscheidung wirklich angemessen war.«

*

Das verlängerte Wochenende über war Zoe wie benommen, weil ihr ununterbrochen vor dem Dienstag bangte und sie befürchtete, dass der erzwungene Ausflug nach Bristol die Lage nur noch verschlimmern würde. Darüber hinaus war da noch die Sache mit David. Bislang hatte sie weder von ihm noch von seinem Anwalt Genaueres über die Scheidungsvereinbarung gehört.

Auf der Suche nach Trost war Zoe ihrer Lieblingsbeschäftigung nachgegangen und hatte das Zettelchen gelesen, das sie in einer kleinen Holzkiste neben ihrem Bett aufbewahrte. Das Blatt mit dem schlichten Satz *Ich will einfach nur Cowboy werden* schenkte ihr Kraft, so wie immer, wenn sie einer Herausforderung gegenüberstand.

Am Dienstagmorgen konnte die Magie dieses Satzes, der ihr so teuer war, jedoch nicht verhindern, dass sie sich vor dem anstehenden Tag fürchtete. Auf der Fahrt zur Arbeit versuchte sie, die Gedanken daran zu vertreiben und stattdessen über Mrs Timpson nachzudenken. Die ehemalige Schulleiterin war vor zwei Wochen gestorben, und Zoe hatte noch immer nicht den Brief an die Schwester übergeben.

Ben mochte darauf bestanden haben, dass er sie begleitete, aber das war das Letzte, was Zoe brauchen konnte. Trotzdem musste sie sich darum kümmern, dass der Brief seine Empfängerin so bald wie möglich erreichte. Die Frage war nur, wann. Zoe hatte das Gefühl, kaum jemals Zeit für sich zu haben.

Als sie zehn Minuten später am Tisch im Schwesternzimmer saß und den Kalender durchblätterte, war sie einer Antwort immer noch nicht näher gekommen. Obwohl alles computerisiert war, schrieben die Angestellten das meiste noch per Hand auf. Niemand hatte vergessen, wie das System vor zwei Jahren zusammengebrochen war, was tagelanges Chaos verursacht hatte. Folglich hatte man sich auf ein altmodisches Back-up besonnen, was leider bedeutete, dass der Tisch immer mit Papier übersät war.

Überrascht entdeckte sie eine an sie selbst gerichtete Notiz von Ben.

Liebe Zoe,
zu Ihrer Information: Mrs Harper ist heute über Nacht hiergeblieben. Simon war wegen einer Konferenz verreist und wollte sie nicht allein lassen. Sie war guter Dinge, aber sie hat nach Ihnen gefragt. Ich habe ihr versprochen, dass Sie sie zu Dienstbeginn aufsuchen. Könnten Sie das bitte als Allererstes erledigen?
Ganz herzlichen Dank
B

Der formlos abgekürzte Vorname brachte etwas in Zoe in Bewegung. Als sie den einzelnen Buchstaben in der runden, nach links geneigten Handschrift auf dem Blatt betrachtete, der für seinen Namen stand, keimte in ihr die Hoffnung, dass die Fahrt nach Bristol weniger schlimm werden würde als befürchtet.

Sie machte sich auf den Weg zu Mrs Harpers Zimmer und war überrascht, dass sie die Frau nicht nur außerhalb des Betts vorfand, sondern mit einer Teetasse in der Hand im Sessel am Fenster, von wo aus sie über den See blickte.

»Guten Morgen«, sagte Zoe fröhlich.

Mrs Harper drehte sich um. »Ah, Schwester Evans. Wie geht es Ihnen? Ich hatte gehofft, Sie bald wiederzusehen. Ich wollte Ihnen für Ihren netten Willkommensgruß danken.«

Zoe winkte ab. »Nichts zu danken«, sagte sie und setzte sich der alten Dame gegenüber auf einen Stuhl. »Allerdings hatte ich nicht damit gerechnet, Sie schon so bald als Übernachtungsgast hier zu sehen.«

Mrs Harper schenkte ihr ein trauriges Lächeln. »Ich hatte selbst nicht damit gerechnet, mich hier wiederzufinden. Simon hielt es für das Beste. Er war bis spät in der Nacht in London und wollte nicht, dass ich allein bin.«

»Das ist schön.«

»Es ist nichts Schönes daran, alt und eine Last für die Familie zu werden«, entgegnete Mrs Harper schroff.

»Das ist richtig, aber ein Hirntumor kann einen in jedem Alter erwischen. Es hat nichts mit dem Altwerden zu tun«, konterte Zoe.

»Da haben Sie recht«, gestand Mrs Harper widerwillig ein. »Es ist einfach nicht so, wie ich mir mein Leben vorgestellt hatte. Ich dachte immer, ich hätte dieses Haus weit hinter mir gelassen, und jetzt bin ich wieder da, wo ich angefangen habe.«

»Das verstehe ich«, sagte Zoe. »Ich habe vor zwei Jahren Australien verlassen und werde nie mehr dorthin zurückkehren.«

Neugierig betrachtete Mrs Harper sie. »Warum?«

»Hauptsächlich Familiengeschichten«, meinte Zoe, die nicht wusste, wie sie die Wahrheit in ein paar wenigen Sätzen zusammenfassen sollte.

»Das wiederum verstehe ich gut«, antwortete Mrs Harper.

»Aus demselben Grund habe ich das hier so gehasst. Und jetzt sehen Sie mich an.«

»Sehen Sie sich an, wie tapfer Sie gegen einen Hirntumor ankämpfen«, hielt Zoe dagegen.

»Und den Kampf verliere, was der Grund ist, warum ich hier bin.« Sie blickte sich um und erschauderte. »Dieses Haus hat einem schon immer das letzte bisschen Leben ausgesaugt.«

Zoe runzelte die Stirn und hätte gern nachgefragt, aber sie spürte, dass Mrs Harper nichts weiter dazu sagen wollte. Stattdessen ließ sie die Patientin mit ihrem Tee allein und zog sich still zurück.

*

Der Vormittag verging wie im Flug, und bald war es Zeit, Ben nach Bristol zu fahren.

»Mal davon abgesehen, dass Karen darauf bestanden hat, dass wir Zeit zusammen verbringen, möchte ich sagen, dass ich das durchaus zu schätzen weiß«, sagte Ben ernst, als sie den Parkplatz überquerten. »Ich hatte vor, mir ein Taxi zu nehmen.«

Zoe zuckte die Achseln. »Kein Problem.«

Sie verfielen in betretenes Schweigen. Am Yaris angekommen, entsperrt Zoe das Auto und öffnete den Kofferraum, damit Ben das Equipment für seinen Vortrag hineinlegen konnte.

»Netter Wagen«, meinte Ben und setzte sich auf den Beifahrersitz.

»Ja, nicht jeder kriegt ein Troubleshooter-Gehalt«, scherzte Zoe und nahm ihren Platz hinterm Steuer ein. »Aber ich mag das Auto. Es ist spritzig und schnittig.«

Ben zog die Augenbrauen hoch und machte den Mund auf, klappte ihn dann aber wieder zu, wofür Zoe dankbar war. Sie wollte die Reise nicht mit einem Streit beginnen. Als sie vom

Parkplatz auf die Hauptstraße fuhr, warf sie einen Blick hinüber zu Ben, der ein Buch aus der Umhängetasche zu seinen Füßen zog. Es war der neue Robert Galbraith, und Zoe lächelte überrascht. Sie hätte ihn nicht für einen Freund von Romanen gehalten. Ben schlug das Buch irgendwo in der Mitte auf, und Zoe wandte den Blick wieder zur Straße und beschloss, dass es vermutlich das Beste war, sich nicht zu unterhalten. Wenn sie die kurze Fahrt überstanden, gab es immerhin die Chance einer Zusammenarbeit, ohne dass sie einander anbrüllten.

»Stört es Sie, wenn ich das Radio anmache?«, fragte sie nach zehn Minuten.

Ben schüttelte den Kopf. »Solange Sie mich nicht zwingen, in Dauerschleife Crowded House und INXS zu hören.«

Zoe kicherte. »Als Australierin kann ich natürlich nur Aussie-Musik mögen! Denken Sie, ich höre nichts als Kylie und Natalie Imbruglia?«

Ben kratzte sich am Kopf. »Ich liebe den Song *Torn*.«

»Ich bin eher ein Fan von den Smiths.«

»Au weia. Deprimierend.« Ben verzog das Gesicht. »Ich bin der Rolling-Stones-Typ.«

»Das überrascht mich gar nicht. Ich wette, Ihr Lieblingslied ist *I Can't Get No Satisfaction*.«

»Das sollte es sein, nicht wahr?«, witzelte Ben. »Wenn man an die ganzen pampigen Krankenschwestern denkt, mit denen ich mich herumschlagen muss.«

Es trat eine Pause ein, und einen Augenblick lang fragte sich Zoe, ob Tauwetter zwischen ihnen beiden herrschte oder ob sie kurz vor dem nächsten Streit standen. Offenbar hatte Ben denselben Gedanken, denn er ließ ein lautes Glucksen hören.

»Entschuldigung. Wissen Sie, ich habe darüber nachgedacht, was Karen gesagt hat. Möglicherweise habe ich überreagiert …«

Zoe war derart erstaunt, dass sie einen Moment lang die Augen von der Straße abwandte, um abzuschätzen, ob Ben es aufrichtig meinte. Sein ernster Gesichtsausdruck und die Tatsache, dass er das Buch auf das Armaturenbrett geschoben hatte, sprachen dafür. Sie blickte wieder nach vorne und dachte einen Augenblick lang nach. Wenn er ihr ein Friedensangebot machte, sollte sie es ihm wohl gleichtun.

»Danke, das weiß ich zu schätzen. Und möglicherweise bin ich mit Ihrer Anweisung, keine Briefe mehr zu schreiben, nicht so umgegangen, wie es hätte sein sollen.«

»Ich möchte mich entschuldigen, Zoe«, sagte Ben sanft, »und versuchen, unsere Beziehung in ruhigeres Fahrwasser zu lenken.«

Zoe fuhr in die Einfahrt zu *St Mary's* und fand einen Parkplatz in der Nähe des Eingangs. »Das möchte ich auch.«

Als sie den Motor abstellte, bemerkte sie, dass Ben sie mit ernsthafter Aufrichtigkeit ansah.

»Ich habe nachgedacht. Vielleicht war es übereilt, Ihnen das Briefeschreiben ganz zu verbieten.«

Zoe riss die Augen auf.

»Ich würde das Schreiben und Überbringen Ihrer Briefe gern mitverfolgen, um zu sehen, wie Sie das handhaben. Wenn ich zu dem Schluss komme, dass es sinnvoll ist und dem Wohle der Patienten dient, könnte ich in Betracht ziehen, Sie damit weitermachen zu lassen.«

»Meinen Sie das ernst?«, stieß Zoe hervor.

»Ja, ich meine es ernst.« Ben schenkte ihr ein angespanntes Lächeln. »Ich war ein Vollidiot, Zoe. Es tut mir leid. Um die Sache wiedergutzumachen, würde ich gern gleich nach dem Meeting anfangen. Haben Sie den Brief an Mrs Timpsons Schwester dabei?«

»Ja, er ist in meiner Tasche. Warum?«

»Ich habe vorhin nachgeschaut – Mrs Smith wohnt ganz in der Nähe. Wir könnten im Anschluss zu ihr fahren, dann kann ich sehen, wie es läuft.«

»Bitten Sie mich, Sie zu Mrs Smith mitzunehmen?« Zoe verließ der Mut.

»Ich bitte Sie nicht, ich fordere Sie dazu auf«, erklärte Ben entschlossen und machte die Beifahrertür auf. »Warten Sie, bis das Meeting vorbei ist, dann fahren wir hin. Keine Diskussion.«

Elf

Als Ben zwei Stunden später zum Auto zurückkehrte, war Zoe derart vertieft in seinen Roman, dass sie kaum wahrnahm, wie er die Tür öffnete und sich neben sie setzte.

»Gefällt es Ihnen?«, fragte er.

Sie hob eine Hand, damit Ben aufhörte zu reden, und hielt die Augen weiter auf die Seiten gerichtet. Er hatte sie zwei Stunden warten lassen, da konnte er die zwei Minuten jetzt auch abwarten.

»Ich lese nur noch das Kapitel fertig.«

Ohne Ben eines Blickes zu würdigen, las sie weiter und bemerkte nicht, wie sehr ihn das amüsierte.

»Okay, fertig«, sagte sie kurz darauf, klappte das Buch zu und legte es auf die Rückbank.

»Das ist meins«, rief Ben.

»Nicht mehr.« Sie grinste und ließ den Motor an. »Nennen wir es die Bezahlung dafür, dass ich Sie fahren und so lange auf Sie warten musste.«

»Das war nicht meine Entscheidung«, brummte Ben und verschränkte die Arme. »Ich finde nicht, dass es mich ein Buch kosten sollte.«

»Tja, tut es aber. Sie kriegen es zurück, wenn ich fertig bin«, sagte sie und bog vom Parkplatz links auf die Straße ein.

Eine Weile herrschte Schweigen, bis Zoe fragte: »War das Meeting gut?«

Ben lachte. »Ich denke, Sie kennen die Antwort.«

»Sagen wir mal, es gab viele Gründe, warum ich nicht ins Pflegemanagement wollte«, sagte Zoe.

»Nach dieser Besprechung kann ich das verstehen.« Ben seufzte und lehnte den Kopf an die Stütze. »Ich hasse diesen ganzen Compliance- und Finanzierungskram.«

»Ich dachte, Sie lieben das!«, rief Zoe. »Warum sonst wird man Troubleshooter?«

»Es ist die beste Möglichkeit, Veränderungen zu bewirken«, antwortete Ben ernst. »Wenn man sich selbst und andere nicht antreibt, erreicht man bei der Arbeit keinen Fortschritt, also muss man Dinge tun, die man nicht mag, und dazu gehören eben auch Meetings.«

»Der einzige Papierkram, der mich interessiert hat, waren die Briefe der Patienten.«

Es trat eine kurze Pause ein, und Zoe hatte das schreckliche Gefühl, zu weit gegangen zu sein, bis Ben das Wort ergriff. Sein Ton war sanft.

»Wissen Sie, als ich noch eher Pfleger als Schreibtischtäter war, habe ich manchmal die letzten Wünsche der Sterbenden aufgeschrieben.«

Sie kamen an einer roten Ampel zum Stehen, und Zoe sah zu Ben hinüber. »Sie?«

Mit Kopfschütteln quittierte Ben ihren ungläubigen Blick. »Ja, ich. Ich war OP-Pfleger. Wenn neue Patienten auf Station kamen, habe ich geschaut, ob es irgendwas gab, was sie sagen wollten, nur für alle Fälle …«

»War das nicht ein bisschen makaber, wenn sie auf dem Weg in den OP waren?«, fragte Zoe entgeistert.

»Ist das, was Sie tun, nicht makaber?«, entgegnete Ben.

»Ich arbeite in einem Hospiz. Meine Arbeit unterstützt die

Menschen dabei, noch ein bisschen weiterzumachen. Die Briefe helfen ihnen, mit dem Sterben klarzukommen. Sie verhelfen ihnen zu einem leichteren Tod«, erklärte Zoe und schaltete in den ersten Gang, als die Ampel grün wurde. »Wenn Sie mich als Pfleger, kurz bevor der Anästhesist auftaucht, so was fragen, bekäme ich ganz schön Angst vor der OP.«

Ben lachte schallend. Das Lachen stand ihm gut, fand Zoe, als sie kurz zu ihm hinübersah. Das Lächeln erreichte seine Augen, veränderte sein ganzes Gesicht und verlieh ihm ein attraktives, entspanntes Aussehen.

»Kein Wunder, dass meine Patienten immer so verängstigt waren, wenn sie mich sahen. Aber ich habe die Nachrichten gern aufgeschrieben und den Angehörigen überbracht, wenn sie nicht überlebt haben.«

»Warum dann aufhören?«

Bei dieser Frage zeichnete sich Schuldbewusstsein auf seinem Gesicht ab. »Als Karen mich kürzlich aufgefordert hat, mich ehrlich zu fragen, warum ich Ihnen das Briefeschreiben verboten habe, war ihr klar, dass meine Begründung nicht ganz ehrlich war.«

»Inwiefern?«

»Insofern ich es Ihnen deshalb untersagt habe, weil man mir wegen eines Briefs einmal mit einer Anzeige gedroht hat«, gab Ben zu.

Wie aus dem Nichts wurde der Himmel schwarz, und der plötzliche Regenguss prasselte so laut auf die Windschutzscheibe, dass Zoe die nächste Frage brüllen musste.

»Man hat Sie angezeigt?« Sie schaltete die Scheinwerfer an, um die Straße besser zu sehen.

»Nein. Am Ende ist nichts passiert. Ich habe einem Angehörigen eine Nachricht überbracht, und derjenige nahm sie so übel auf, dass wir uns auf dem Krankenhausflur geprügelt haben.«

»Du lieber Himmel!«, rief Zoe. »Wie ist es ausgegangen?«

»Ich wurde freigestellt und schriftlich verwarnt, und ich wurde aufgefordert, mich nicht mehr so in das Leben der Patienten einzumischen. Weil ich nicht nur mir selbst, sondern auch dem Krankenhaus Probleme einhandeln könnte.«

»Wow«, sagte Zoe, während der Regen weiterprasselte. Sie tat sich schwer, sich den stets so akkuraten Ben in einer Prügelei vorzustellen.

»Danach bin ich ins Management gegangen und habe mir geschworen, nie wieder etwas zu machen, womit ich meine Karriere riskieren könnte.«

»Deswegen sind Sie Schreibtischtäter geworden?«

»So ungefähr, ja«, meinte Ben. »Was nicht bedeutet, dass ich vergessen hätte, was es heißt, Mitgefühl zu haben und ein guter Pfleger zu sein.«

Zoe war von Bens Bekenntnis völlig überrumpelt. War es tatsächlich möglich, dass er so wie sie Botschaften für die Angehörigen festgehalten hatte? Sie warf ihm einen Blick zu und sah ihn plötzlich in einem anderen Licht. Im selben Augenblick hörte der Regen genauso unvermittelt auf, wie er begonnen hatte, und am Himmel über ihnen bildete sich ein Regenbogen.

»Sehen Sie sich das an«, sagte sie staunend, als sie den Wagen in der Straße von Mrs Smith parkte.

»Vielleicht ist es ein gutes Omen«, meinte Ben und lächelte kurz.

»Hoffen wir mal.« Beim Aussteigen war Zoe ungewohnt nervös.

»Zoe, ich bin nicht hier, um Sie dranzukriegen«, sagte Ben,

der ihren Gesichtsausdruck richtig deutete. »Ich bin da, um zu helfen. Ich will genauso wie Sie, dass das ein Erfolg wird.«

»Okay.« Zoe war sich nicht ganz sicher, ob sie ihm glaubte. Gemeinsam gingen sie zum Haus von Mrs Smith. Es war eine hübsche Straße, dachte Zoe. Rote Backsteinhäuser, gekieste Wege, große Tore und blühende Kirschbäume, die den breiten Gehweg säumten.

Wenig später drückte Zoe auf die Klingel des eleganten viktorianischen Hauses, und ein Mann, der etwas jünger aussah als Mrs Timpson, kam an die Tür.

»Was kann ich für Sie tun?« Mit einem herzlichen Lächeln stand er in dem hellen Hausflur.

»Wir sind auf der Suche nach Mrs Smith«, sagte Zoe.

»Ich bin Mr Smith. Wie kann ich Ihnen helfen?«, antwortete der Mann.

Betreten wechselte Zoe einen Blick mit Ben. Mrs Timpson hatte gesagt, ihre Schwester sei alleinstehend.

»Ich muss mit Mrs Smith sprechen«, erklärte Zoe vorsichtig.

Mr Smith wirkte zurückhaltend. »Wer sind Sie?«

»Wir kommen von *The Oaks*«, sagte Ben in warmherzigem Ton, »dem Hospiz am Stadtrand von Bath. Wir hatten gehofft, Mrs Smith zu sprechen, weil wir uns um ihre Schwester Mrs Timpson gekümmert haben.«

»Hilda?« Mr Smith rang um Luft und presste die Hände an die Brust. »Geht es ihr gut?«

»Könnten wir reinkommen?«, fragte Zoe, die bemerkte, dass die Nachbarn durch die Vorhänge spähten.

Wortlos führte Mr Smith sie in ein kleines Wohnzimmer und bedeutete ihnen, sich auf ein Sofa vor dem Erkerfenster zu setzen.

»Ist Mrs Smith da?«, fragte Ben, als Mr Smith kurz darauf mit einem Teetablett zurückkehrte.

Mr Smith stellte das Tablett ab, setzte sich ihnen gegenüber auf einen Stuhl und holte tief Luft. »Ich bin Mrs Smith.«

Zoe keuchte unwillkürlich.

Sie beugte sich vor und musterte den Mann genau. Trotz der Falten auf der Stirn und in den Augenwinkeln konnte sie eine Ähnlichkeit zwischen ihm und Mrs Timpson erkennen.

»Ich habe vor zehn Jahren eine Geschlechtsumwandlung gemacht«, erklärte Mr Smith. »Damals habe ich Hilda getroffen und versucht, ihr das verständlich zu machen …«

»Seither nicht mehr?«, fragte Ben nach.

»Nein, nie mehr«, antwortete Mr Smith mit leiser Trauer. »Sie konnte nicht verstehen, was ich gemacht habe. Meinte, ich zerstöre meinen Körper.«

»Dabei haben Sie bloß die Puzzleteile zusammengesetzt«, führte Ben den Gedanken weiter.

»Genau.« Mr Smith nickte, und die Erleichterung darüber, dass sie ihn verstanden, war unverkennbar, als seine bis zu den Ohren hochgezogenen Schultern nach unten sanken. »Was will Hilda von mir? Es geht ihr vermutlich nicht gut, wenn sie in einem Hospiz ist.«

Zoe senkte den Blick zu Boden, bevor sie Mr Smith in die Augen sah. »Es tut mir leid, Sir«, setzte sie an. »Sie ist vor Kurzem gestorben.«

Das Gesicht von Mr Smith fiel in sich zusammen. »Nein. Hilda doch nicht. Sie ist stark wie Feuerwasser.«

»Selbst Feuerwasser hat ein Verfallsdatum«, sagte Ben und erntete einen bösen Blick von Zoe.

»Sie hat mich gebeten, Ihnen das hier zu geben.« Zoe tastete nach dem Brief in ihrer Tasche und drückte ihn Mr Smith in die Hand.

Er hielt ihn auf Armeslänge von sich, als hätte er Angst,

sich daran zu verbrennen. »Wissen Sie, was Sie mir sagen wollte?«

Zoe schüttelte den Kopf. »Wenn die Menschen sterben oder dem Tod in die Augen sehen, dann ist ihnen oft nicht so ganz klar, was sie sagen …«

Sie verstummte, weil Mr Smith den Umschlag bereits aufgerissen hatte und auf den linierten Briefbogen starrte.

»Hoffentlich war sie zurechnungsfähig, als sie das geschrieben hat«, sagte Mr Smith und reichte Ben und Zoe das Blatt zum Lesen.

Zoe nahm es entgegen und las vier Worte: *Es tut mir leid*.

Sie wandte sich zu Mr Smith, den die Nachricht niedergeschmettert hatte. Vornübergebeugt saß er da, die Arme um den Körper geschlungen, schaukelte vor und zurück und weinte um seine Schwester wie ein kleines Kind.

Die darauffolgende Stunde saß Mr Smith auf seinem Stuhl, die zugekniffenen Augen faltig wie ein zerknülltes Taschentuch, und schluchzte herzzerreißend. Ben und Zoe schwiegen und boten ihm nur hin und wieder ihre Hand oder ein Taschentuch an, wenn sie es für angemessen hielten.

»Jahrelang habe ich darauf gehofft, dass meine Schwester mich akzeptiert. Warum konnte sie das nicht tun, solange sie am Leben war?«, klagte Mr Smith. Von der geröteten Haut umgeben, wirkten seine blauen Augen noch durchdringender.

»Ich denke, die Dinge geschehen dann, wenn die Zeit reif ist. Hätte Hilda versucht, vor ihrem Tod mit Ihnen zu reden, hätte sie womöglich zerstört, was von der Beziehung noch übrig war. Dann hätte dieser Brief«, Ben deutete auf das zerknitterte Blatt in Mr Smiths Händen, »nicht die beabsichtigte Wirkung gehabt. Vielleicht wären Sie zu wütend gewesen, um ihr zu verzeihen. Jetzt aber können Sie Ihre Schwester in guter Erinnerung behalten.«

»Mag sein«, räumte Mr Smith zögerlich ein. »Trotzdem wünschte ich, es wäre anders gelaufen. Wir haben so viel Zeit vergeudet.«

Kurz darauf verabschiedeten sich Ben und Zoe. Die Rückfahrt verlief größtenteils schweigend. Als sie das Hospiz erreichten, wurde Zoe bewusst, dass sie sich Sorgen darüber machte, was Ben von der ganzen Sache hielt.

»Danke, dass Sie mich zu Mr Smith mitgenommen haben«, sagte Ben vorsichtig, als sie aus dem Auto stiegen. »Es war wunderbar. Ich denke, ich musste erst wieder daran erinnert werden, was für eine Bedeutung ein Brief haben kann und wie tröstlich er für die Lebenden sein kann. Nach dem Vorfall mit dem Brief damals habe ich mir viel zu sehr den Kopf darüber zerbrochen, wie ich die Kontrolle behalten kann, habe mich in die Arbeit gestürzt und wollte unbedingt verhindern, dass so ein Fehler noch einmal passiert. Mein ganzes Leben hat sich darauf ausgerichtet, und das ist wahrscheinlich auch der Grund, warum meine Ehe nicht hielt und ich nie Kinder bekommen habe.«

»Sie waren verheiratet?«, rief Zoe.

Ben lachte über Zoes ungläubige Miene. »Merkwürdigerweise hat sich tatsächlich eine Frau gefunden, die mich heiraten wollte! Allerdings dauerte es nur zwei Jahre, bis wir uns scheiden ließen. Mir wurde bewusst, dass ich meinen Beruf mehr liebte als sie.«

»Das ist sehr ehrlich.«

»Ich habe dem Ganzen keine Träne nachgeweint«, sagte Ben nachdenklich. »Ich habe sie vermisst. Aber ich wollte nie Kinder. Meine Frau Jess hatte immer gehofft, dass ich es mir anders überlege, wenn wir mal verheiratet wären, aber so war es nicht. Das Familienleben war nichts für mich, und als sie um die Scheidung bat, war ich erleichtert. Ohne sie konnte ich mich noch mehr in meinen geliebten Beruf stürzen.«

»Das verstehe ich«, antwortete Zoe. »Ich lasse mich auch gerade scheiden.«

Kaum waren die Worte ausgesprochen, fragte sich Zoe, warum sie ihrem Chef ihr Geheimnis anvertraute.

»Wollen Sie das denn?«, fragte Ben sanft.

»Ich weiß es nicht«, antwortete Zoe mit schwacher Stimme. »Wir sind seit zwei Jahren getrennt, er lebt in Australien. Es fühlt sich an wie das Ende von allem.«

»Aber es könnte auch der Anfang von etwas sein. Vielleicht treibt Sie das Leben vorwärts, weil Sie es selbst nicht tun.«

»Wie kommen Sie darauf?«

»Keine Ahnung.« Ben zuckte die Schultern. »Nur so ein Gefühl. Sie wirken, als wären Sie irgendwie in der Schwebe.«

Da war das Wort schon wieder, dachte Zoe. Sarah hatte es benutzt, als sie Zoes Leben beschrieben hatte. Sie fragte sich, was eigentlich so schlimm daran sein sollte.

»Ich habe gestern Abend mit dem Justiziar über Ihre Briefe gesprochen«, sagte Ben und holte sie aus ihren Gedanken. »Der Vorschlag war, dass wir ein Schriftstück aufsetzen, in dem Sie erklären, dass Sie aus eigenem Antrieb handeln und nicht im Namen des Hospizes. Wenn Sie einverstanden sind, auf dieser Grundlage weiterzumachen, habe ich kein Problem damit.«

»Meinen Sie das ernst?« Sie schnappte nach Luft.

Ben lächelte. »Ich hätte es von Anfang an so machen sollen. Es tut mir leid.«

»Auch mir tut es leid«, sagte Zoe und lächelte ihren Vorgesetzten zaghaft an. »So weit hätte es nicht kommen dürfen.«

»Fangen wir noch mal von vorne an«, schlug Ben vor und streckte Zoe die rechte Hand hin. »Ich bin Ben.«

Zoe nahm sie. Hier auf dem Parkplatz fiel ihr auf, wie riesig seine Hände waren; ihre eigene Hand war dagegen nur etwa halb so groß.

»Ach, noch was, Zoe«, sagte Ben und lockerte den Griff. »Wenn du Miles dazu bringen könntest, mich nicht jedes Mal, wenn wir uns sehen, ›Wichser‹ zu nennen, wäre ich dir sehr dankbar.«

Zoe lachte. »Ich will sehen, was sich machen lässt.«

Zwölf

Am Morgen, nachdem Ben und sie ihren Waffenstillstand geschlossen hatten, traf Zoe im Personalraum Indira und Miles an, die wie zwei alte Klatschtanten am Tisch neben dem Fenster die Köpfe zusammensteckten.

»Hoffentlich störe ich nicht«, rief Zoe.

Beim Geräusch ihrer Stimme drehten sich die beiden um, und Miles grinste erwartungsvoll. »Du kommst gerade recht. Wie lief es mit dem Wichser?«

Zoe grinste zurück. »Gut. Besser als erwartet.«

»Karens Plan hat also funktioniert?« Begeistert klatschte Indira in die Hände.

Nur Miles wirkte enttäuscht. »Wenn du ›gut‹ sagst, wie gut meinst du dann?«

»Damit meine ich, dass er sich entschuldigt hat, mich zu Mrs Timpsons Bruder begleitet hat, um ihm den Brief zu übergeben, und mir erlaubt hat, weiterhin Botschaften für die Angehörigen aufzuschreiben, wenn ich möchte.«

Indira fielen fast die Augen aus dem Kopf, während sie diese Neuigkeit sacken ließ. »Du machst Witze! Das ist ja noch besser, als Karen sich erhoffen konnte. Ich muss sofort hin und ihr das erzählen, sie wird außer sich vor Freude sein.«

Mit diesen Worten schob sich Indira in hektischer Aufregung an ihnen vorbei und ließ Miles zurück, der die Arme verschränkte und Zoe anstarrte. »Bedeutet das, wir müssen von nun an nett zu Ben sein?«

Beim Anblick seiner untröstlichen Miene tätschelte sie ihm mitfühlend die Schulter. »Ich denke, wir sollten es versuchen. Es tut mir leid.«

Kopfschüttelnd grummelte Miles eine Tirade von Schimpfwörtern und folgte Indira aus dem Zimmer. Zoe lachte über ihn. Was war er nur für ein alter Stänkerer!

Sie zog die Jacke aus, stopfte sie zusammen mit ihrer Tasche in den Spind und ging zur Tür, um sie zuzumachen. Dabei bemerkte sie, wie etwas zu Boden fiel. Als sie sich hinunterbeugte, stellte sie überrascht fest, dass es ein weißer Umschlag war, adressiert an sie, in Bens Handschrift.

Liebe Zoe,
im Sinne unseres Neuanfangs (und um Dir zu zeigen, wie sehr ich Dich bei den Briefen unterstützen will), wollte ich fragen, ob Du heute Nachmittag kurz zu einem Gespräch in mein Büro kommen könntest? Gegen drei, falls es Dir passt?
Vielen Dank
B

Zoe fragte sich, worum es ging. Allerdings blieb ihr wenig Zeit, über Bens Bitte nachzugrübeln, denn kaum dass Zoe auf die Station kam, stellte sich heraus, dass Arthur im Sterben lag. Sie kontrollierte seine Vitalfunktionen; wenn sie sich beeilte, dann könnte sie Audrey noch rechtzeitig wecken, die im Aufenthaltsraum döste. Doch bevor sie das tat, wollte sie eine letzte Sache klären.

»Arthur, mein Lieber«, flüsterte sie. »Ich bin's. Zoe.«

»Zoe?«, krächzte Arthur heiser. »Geht es zu Ende?«

Zoe streichelte sein Gesicht. »Ich wollte Sie noch etwas wegen des Briefs fragen, den ich Audrey geben soll. Erinnern Sie sich?«

Eine Weile herrschte Schweigen, bis Arthur antwortete.

»Ja«, krächzte er wieder.

»Soll ich ihn ihr so geben, wie wir es besprochen haben, oder soll ich daran etwas ändern?«

Arthurs Atemzüge wurden flacher. Sie befürchtete, dass er ihr keine Antwort mehr geben könnte und sie vor der wenig beneidenswerten Entscheidung stünde, ob Arthur tatsächlich wollte, dass Audrey den Brief erhielt.

»Sagen Sie ihr nur das mit den Karotten«, flüsterte er, wobei ihm jedes Wort noch ein wenig schwererfiel als das vorangegangene. »Ich will, dass sie … auf sich … achtgibt.«

Beim letzten Wort überschwemmte Zoe eine Welle der Zuneigung für Arthur. Sie wusste, dass er wie so viele der Patienten einfach nur versuchte, so lange wie es ihm möglich war, humorvoll, witzig und spritzig zu sein.

»Das werde ich ihr sagen. Sie können ganz beruhigt sein.«

Im Augenwinkel bemerkte Zoe eine Bewegung. Zögerlich stand Audrey in der Tür. Lächelnd bat Zoe sie herein und deutete auf den freien Stuhl an Arthurs Bett.

Mit Furcht in den Augen wandte sich Arthurs Frau an Zoe. »Was soll ich machen?«

»Einfach nur da sein«, flüsterte Zoe. »Nehmen Sie Ihre letzten gemeinsamen Momente in sich auf. Ich bin draußen, wenn Sie mich brauchen.«

Arthurs Frau hatte genau den richtigen Augenblick erwischt, und Zoe wusste, dass sie stark genug war, um sich zu verabschieden, ohne sich von der Trauer fortreißen zu lassen, die später über sie hereinbrechen würde.

Tatsächlich erklärten die Ärzte Arthur zwanzig Minuten später für tot, und Zoe begleitete Audrey in das Angehörigenzimmer, wo sie ihr eine Tasse heißen, süßen Tee in die Hand drückte. Zoe konnte sich ausmalen, wie groß Audreys Schmerz war. Ein einziger brutaler Augenblick hatte ihr den engsten Freund, Lebensgefährten und das Leben genommen, das sie mehr als fünfzig Jahre geführt hatte.

»Ich habe mich nie bedankt«, unterbrach Audreys schnurrendes Westküstenenglisch schließlich die Stille.

Überrascht sah Zoe sie an. »Wofür?«

»Für den wunderbaren Brief, den Sie mir geschrieben haben. An dem Morgen, als Sie uns beiden einen Brief hingelegt haben, war ich so verzweifelt über das, was Arthur und ich durchmachten und was uns beiden noch bevorstand. Ich wusste, dass es zu Ende ging, und ich wollte Arthur nicht alleinlassen«, erklärte Audrey. »Aber ich hatte keine Ahnung, woher ich die Kraft nehmen sollte weiterzumachen. Und da war dann Ihr wunderbarer Brief mit dem Stern darauf, der mir Mut machte durchzuhalten und in dem Sie mir erklärten, dass ich das alles überstehen und eines Tages auch wieder Freude empfinden würde.«

Das Lob machte Zoe verlegen. Im Allgemeinen versuchte sie, die Briefe unbemerkt hinzulegen, um Gesprächen wie diesem aus dem Weg zu gehen. Das hatte nicht so sehr damit zu tun, dass sie sich nicht über die Briefe unterhalten wollte; vielmehr hielt sie die Sache gar nicht für der Rede wert. Die Absicht war, dass es dem Empfänger besser ging, nicht ihr.

»Gern geschehen«, sagte sie schließlich. »Ich hatte den Eindruck, Sie könnten etwas Aufmunterung brauchen. Es ist hart, wenn man allein zurückbleibt.«

Tränen verschleierten Audreys Blick. »Ja. Darauf ist man nicht vorbereitet.«

Zoe setzte sich neben sie und nahm ihre Hand. »Ist Ihr Sohn da?«

»Er wartet draußen im Auto. Das wird schwer für ihn. Er stand seinem Vater sehr nahe. Er hat es nicht über sich gebracht, sich von ihm zu verabschieden.«

Zoe nickte. Das war nicht ungewöhnlich. »Kann ich Ihnen irgendwas bringen?«, fragte sie sanft.

Audrey wischte sich die Tränen fort. »Sie sind sehr nett, meine Liebe. Arthur hat Sie sehr gerngehabt.«

»Ich hatte ihn auch gern«, sagte Zoe. Sie hatte angefangen, sich morgens auf Arthur zu freuen; seine unverblümte Ehrlichkeit war immer ein erfrischender Start in den Tag gewesen. »Übrigens habe ich noch einen Brief für Sie. Diesmal ist er von Arthur.«

Sie reichte Audrey den gefalteten lila Briefbogen, und ihr entging nicht, wie Hoffnung in Audreys Augen aufblitzte. Zoe wusste, was es bedeutete. Hier war noch eine letzte Verbindung zu ihrem Ehemann, eine letzte Spur des Lebens, das sie miteinander geteilt hatten.

Audrey faltete das Blatt auseinander, und Zoe beobachtete sie, als sie die paar Worte durchlas, den Kopf zurückwarf und in schallendes Gelächter ausbrach.

»Kauf dir immer Karotten«, stieß sie lachend hervor. »Das waren seine letzten Worte an mich? Kauf dir immer Karotten.«

»Er war der Meinung, Sie essen zu wenig Gemüse«, sagte Zoe freundlich. »Er wollte, dass Sie auf sich achtgeben.«

Audrey nickte, die Augen in einer Mischung aus Freude und Fassungslosigkeit zugekniffen. »Ich weiß, meine Liebe. Er hat immer an mir herumgemeckert. Er meinte, er wäre für nichts mehr gut, wenn ich vor ihm sterbe.« Zoe schwieg und sah zu, wie sich Audrey das Blatt ans Herz presste. »Und jetzt ist es so weit, und ich bin allein. Wie sollen mir blöde Karotten jetzt noch helfen?«

Als Witwe, die sie nun war, ergab sie sich der Trauer, die schon die ganze Zeit gelauert hatte, und ihr Körper wurde von einem heftigen Schluchzen geschüttelt. Ohne zu zögern, legte Zoe ihr den Arm um die Schulter.

»Im Augenblick können die Ihnen kein bisschen helfen«, sagte Zoe, während Audrey weinte. »Aber ich verspreche Ihnen, dass Sie eines Tages im Supermarkt stehen und eine Tüte Karotten ansehen werden, und es wird nicht mehr so wehtun. Sie werden sie sogar essen wollen, weil Sie feststellen, dass Ihre und Arthurs Liebe immer noch da ist und etwas ist, das für immer bleibt.«

Dreizehn

Arthurs Witwe verließ das Hospiz erst nach einigen Stunden, weshalb sich Zoe für die Besprechung mit Ben um zehn Minuten verspätete. Als sie an seine Tür klopfte, war sie erleichtert, dass er sie diesmal mit einem Lächeln hereinbat.

»Zoe! Komm herein! Wie geht es dir?«

»Danke, gut. Tut mir leid, dass ich zu spät bin. Arthur ist gestorben, und ich habe mich um seine Frau gekümmert.«

Ben winkte ab und deutete auf den Stuhl auf der anderen Seite seines Schreibtischs. Sie blickte sich um und stellte fest, dass er das Zimmer, seit sie das letzte Mal da gewesen war, aufgeräumt hatte. Die Akten waren ordentlich abgelegt, auf den Regalen in der Ecke standen Bücher, und die Dienstpläne hingen an einer Pinnwand neben dem Fenster. Die drei Flaschen mit dem Saft gegen Verdauungsbeschwerden hatten allerdings noch immer einen Ehrenplatz vorne auf dem Schreibtisch, und Zoe entging nicht, dass sie alle drei fast leer waren.

»Kein Problem«, sagte Ben. »Das mit Arthur tut mir leid. Er war ein netter Mann.«

Zoe lächelte. »Das ist wahr. Ich werde ihn vermissen.«

»Ich habe nachgedacht.« Ben schaltete die Nespresso-Maschine auf dem Fensterbrett ein.

»Über meine Briefe?«

Ben nickte, und als die Maschine das Mahlen und Spucken

beendet hatte, reichte er ihr einen schwarzen Kaffee, bevor er ein zweites Pad hineinschob, um sich auch einen zu machen. »Und noch über ein paar andere Sachen. Ich möchte noch einmal sagen, wie beeindruckt ich von deinem Umgang mit Mr Smith gestern war.«

Zoe spürte, wie ihre Wangen heiß wurden. »Danke.«

Die Kaffeetasse in der Hand, setzte sich Ben auf die andere Seite des Schreibtischs und sah Zoe an. »Ich hätte dir das schon früher sagen sollen. Du hast mir klargemacht, wie wichtig diese Briefe sind. Um ehrlich zu sein, brauche ich deine Hilfe.«

»Na ja, ich helfe natürlich gern, wenn ich kann«, sagte Zoe zurückhaltend und legte die Hände um die Tasse.

»Gut.« Ben fuhr sich mit der Hand über die glänzende Glatze. »Ich habe ja erzählt, dass ich selbst früher auch Nachrichten der Patienten aufgeschrieben habe.«

Zoe nickte.

»Nach unserem gestrigen Besuch bei Mr Smith musste ich an ein paar meiner ehemaligen Patienten denken.«

Ben griff in die Schreibtischschublade und zog vier Umschläge heraus, die er fächerförmig auf der Tischplatte ausbreitete.

»Was ist das?« Zoe nahm einen Umschlag, drehte ihn um und las auf der Vorderseite den Namen Irene.

»Das sind Nachrichten, die ich nicht mehr überreichen konnte«, gab Ben zu.

»Du hast sie nicht überreicht?«, wiederholte Zoe bestürzt, ohne den Blick von den Umschlägen abzuwenden.

Schmerzlich verzog Ben das Gesicht. »Ja. Ich bin nicht stolz darauf. Nachdem man mich offiziell verwarnt hatte, landeten diese Briefe ganz hinten in meinem Spind. Du weißt, wie das ist.«

»Nein, das weiß ich nicht«, stieß Zoe kopfschüttelnd hervor.

»Ich habe jede einzelne Nachricht bestimmungsgemäß an jeden einzelnen Empfänger überbracht, und das hätte ich trotz der Abmahnung, die du in meine Personalakte aufgenommen hast, gemacht.«

»Wow, was bist du nur für eine tolle Pflegerin und ein rundum großartiger Mensch!«, blaffte Ben, doch dann besann er sich. »Entschuldigung.«

»Nein, ich entschuldige mich«, erwiderte Zoe seufzend. »Ich bin eine Zicke. Und ich verstehe dich. Ich meine, du warst OP-Pfleger. Es ist erstaunlich, dass du überhaupt Nachrichten aufgeschrieben hast, ganz zu schweigen davon, welche weiterzugeben.«

Ben lachte. »Ich war Hedgefonds-Manager, bevor ich in die Krankenpflege gegangen bin, aber vermutlich sollte ich das als Kompliment verstehen.«

»Stimmt.« Zoe lächelte. »Aber nur als ein kleines.«

»Eins zu null für dich«, meinte Ben.

»Also, wie kann ich dir helfen?«, fragte Zoe in einem sanfteren Ton.

»Ich will das in Ordnung bringen«, antwortete Ben, Ernsthaftigkeit in den großen braunen Augen. »Ich will, dass diese Briefe ihre Adressaten erreichen.«

»Sie sind zum Teil fünf Jahre alt«, sagte Zoe, die das Datum betrachtete, das auf einem der Umschläge notiert war. »Diejenigen, für die sie gedacht waren, leben womöglich gar nicht mehr.«

»Ich weiß«, sagte Ben leise. »Aber seit unserem Besuch bei Mr Smith kann ich nicht aufhören, an diese Briefe zu denken. Ich hatte gehofft, du könntest mir helfen, sie zuzustellen. Du bist Profi, und nachdem manche der Briefe so alt sind, wäre ein Profi möglicherweise hilfreich, um die Wogen zu glätten.«

Zoe lachte, als ihr dämmerte, worauf es hinauslief. »Du suchst jemanden, der dir beim Angebrülltwerden Gesellschaft leistet.«

»So kann man es auch formulieren, ja.« Ben schmunzelte. »Was meinst du? Hilfst du mir?«

»Wäre es nicht einfacher, sie per Post zu verschicken, mit einem Begleitschreiben, in dem du erklärst, dass es dir leidtut und dass es ein Fehler war?«, schlug Zoe seufzend vor.

»Darüber habe ich auch nachgedacht, aber ich denke, die Briefe haben eine persönliche Note verdient. Würdest du denn einen deiner Briefe per Post verschicken?«

»Um Gottes willen, nein!« Zoe schauderte bei der Vorstellung. »Aber ich hätte sie ja von vorneherein den Empfängern ausgehändigt.«

Flehentlich sah Ben sie an. »Bitte hilf mir, Zoe.«

Sie ließ den Blick über die Umschläge auf dem Schreibtisch schweifen und dachte an all die Hoffnungen und Träume, die in diesen Botschaften steckten. Geliebte Menschen, die niemals erfahren hatten, was das Wichtigste war, das ihnen ein sterbender Freund oder Familienangehöriger noch hatte mitteilen wollen. Die Vorstellung verursachte ihr ein flaues Gefühl im Magen.

»Also, schieß los«, sagte sie.

Ben klatschte in die Hände und lächelte erfreut. »Du wirst es nicht bereuen. Wie wäre es mit Samstag für die erste Runde?«

»Okay. Soll ich dich abholen?«

»Das wäre nett, danke, Zoe. Ich weiß das wirklich zu schätzen.«

»Ich würde ja sagen: ›gern geschehen‹, aber irgendwie habe ich den Eindruck, ich hatte gar keine Wahl«, erwiderte Zoe grinsend und stand auf. »Sagen wir, elf Uhr?«

»Elf ist perfekt.« Ben sah ihr in die Augen. »Klingt es schräg, wenn ich sage, dass ich mich darauf freue?«

Zoe schüttelte den Kopf. Auf eine merkwürdige Weise freute auch sie sich darauf.

*

Als Zoe am Samstagmorgen aus dem Bett aufstand, fiel ihr Blick auf das Holzkästchen auf dem Nachttisch. Sie machte es auf, holte das Blatt heraus, das darin lag, und presste es kurz an ihre Brust. An diesem speziellen Tag schien es eine noch dringlichere Wirkung zu haben als sonst. Sie steckte es in ihre Tasche, damit es ihr als Talisman für die bevorstehende Aufgabe diente.

Als sie Ben kurz darauf beim Einsteigen ins Auto zusah, hatte sie das deutliche Gefühl, diesen Talisman nötig zu haben, weil ihr bewusst wurde, dass sie ungewöhnlich nervös war.

»Zu wem fahren wir als Erstes?«, fragte sie und bemühte sich, ihre Gefühle zu unterdrücken.

»Mr Myerson«, sagte Ben. »Seine Frau starb an ALS. Sie bat mich ein paar Wochen vor ihrem Tod darum, den Brief zu übergeben.«

»O Mann.« Zoe erbleichte. »ALS ist grausam.«

»Das stimmt.« Ben seufzte und schnallte sich an. »Am Ende lehnte sie einen Luftröhrenschnitt ab, der ihr das Atmen erleichtert hätte. Sie wollte nach Hause und auf natürliche Weise sterben.«

»Und da hat sie dir den Brief gegeben?«, fragte Zoe, ließ den Motor an und schaltete in den ersten Gang.

»Ja.« Auf Bens Miene zeichnete sich Schuldbewusstsein ab. »Sie konnte noch über einen Computer mit den Augen kommunizieren, so wie Stephen Hawking es gemacht hat.«

»Ja, daran erinnere ich mich.« Zoe fuhr bis zur Kreuzung und setzte den Blinker nach rechts.

»Von allen Patienten habe ich ihr gegenüber vielleicht das

schlechteste Gewissen«, gestand Ben. »Mrs Myerson war eine herausragende Wissenschaftlerin. Sie konnte einem so viel geben.«

Zoe schwieg, weil sie spürte, dass Ben seine Gedanken sammeln musste, bevor sie bei Mr Myerson ankamen. Zwanzig Minuten später blieben sie vor einem großen weißen Haus stehen, das etwas von der Straße zurückgesetzt war. Zoe schaltete den Motor ab und blickte bewundernd auf die gekieste Einfahrt und zu den schmucken Türmchen hoch. Das Haus wirkte paradiesisch, tatsächlich aber war es eine Erinnerung daran, dass der Tod vor niemandem haltmachte.

»Sollen wir?«, fragte Ben und klickte den Gurt los.

»Klar.«

Gemeinsam traten sie vor die Haustür, und Zoe drückte auf die Klingel mit der Videokamera.

»Dann mal los«, sagte sie aufmunternd.

Es schien Ewigkeiten zu dauern, bis die Tür aufschwang. Lächelnd blickte Zoe in das Gesicht einer etwa gleichaltrigen Frau.

»Ja bitte?«, fragte sie mit einem südafrikanischen Akzent.

»Oh, hallo«, sagte Ben herzlich. »Wir sind auf der Suche nach Mr Myerson.«

Die Frau runzelte die Stirn. »Tut mir leid, hier wohnt niemand, der so heißt.«

»Das hier ist doch die Nummer dreiundfünfzig, oder?« Ben lehnte den Oberkörper leicht zurück, um die Hausnummer zu überprüfen.

»Ja«, bestätigte die Frau. »Aber hier wohnen nur mein Mann und ich. Wir haben Mr Myerson das Haus vor drei Jahren abgekauft.«

Ben verschlug es den Atem. »Vor drei Jahren?«

»Haben Sie eine Nachsendeadresse?«, fragte Zoe.

Die Frau schüttelte den Kopf. »Wir sind uns nie begegnet. Kann ich Ihnen irgendwie weiterhelfen?«

»Nein.« Zoe schenkte der Frau ein entschuldigendes Lächeln. »Wir wollten Mr Myerson sprechen. Wir werden versuchen, ihn anders ausfindig zu machen. Danke für Ihre Mühe.«

Die Frau schien froh, dass das Gespräch damit beendet war, und nickte. »Tut mir leid, dass ich Ihnen nicht weiterhelfen konnte.«

Nachdem sich die Tür geschlossen hatte, blickte Zoe zu Ben und bemerkte seinen enttäuschten Gesichtsausdruck. »He, war doch klar, dass er vielleicht nicht mehr hier wohnt. Wir können auf jeden Fall versuchen, ihn zu finden.« Starr sah Ben zu Boden, und Zoe stupste ihn sanft mit dem Ellbogen an. »Das ist doch erst der erste Brief.«

»Genau, und eine deutliche Mahnung, wie sehr ich die Menschen enttäuscht habe«, erwiderte er grimmig. »Ich habe mich immer für einen guten Pfleger gehalten, aber im Grunde genommen bekomme ich noch nicht einmal die einfachste Sache hin, nämlich eine verdammte Nachricht ihrem Adressaten zu überbringen.«

»Ach was, jetzt reicht es mit dem Selbstmitleid. Wir haben es versucht. Manchmal kann man im Leben nicht mehr tun als das.«

Ben hob den Blick und schüttelte den Kopf. »Nach meiner Lesart, Zoe, genügt der bloße Versuch nicht.«

Vierzehn

Der Dampf des brühend heißen Kaffees stieg Zoe in die Nase. Sie schob die Tasse von sich und betrachtete Ben, der ihr in dem schwach beleuchteten Café gegenübersaß. Er starrte auf die Tischplatte, aber sie konnte trotzdem die Enttäuschung in seinen Augen erkennen.

»Wer ist als Nächstes dran?«, fragte sie über das laute Stimmengewirr hinweg. Es war ein Rückschlag, aber es gab keinen Grund, sich deshalb vom Kurs abbringen zu lassen. »Freitag habe ich wieder einen freien Tag – dann können wir mit dem nächsten Brief weitermachen, wenn du willst.«

Ben schüttelte den Kopf. Noch immer hielt er Mrs Myersons Brief in den Händen. »Ich weiß nicht. Das Ganze kommt mir vor wie reine Zeitverschwendung.«

»Wie kannst du so etwas sagen? Wir haben es gerade mal bei einer Person probiert.«

»Ja, und ich denke, das ist ein deutlicher Hinweis darauf, wie es bei den Übrigen laufen wird«, antwortete Ben niedergeschlagen.

Zoe spürte Ärger in sich aufsteigen. Ganz ehrlich, womit hatte er gerechnet? Dass alle an Ort und Stelle strammstanden, nur weil der großartige Ben Tasker plötzlich beschlossen hatte, in die Puschen zu kommen? So lief das nicht.

»Ich dachte, du bist einer, der nicht kneift«, sagte sie vorsichtig.

Ben erwiderte nichts und senkte verdrossen den Blick.

»Du hast denselben Gesichtsausdruck wie meine Patienten, wenn sie genug haben«, meinte Zoe. »Okay, es lief anders als geplant. Aber das heißt nicht, dass man gleich aufgeben muss.«

»Ich mag keine Niederlagen, und das hier fühlt sich wie eine Niederlage an«, begehrte Ben hitzig auf.

»Nein, es ist Pech.« Zoe verlor langsam die Geduld. »Das Ganze ist nicht einfach, nur weil du es gern so hättest. Wenn du die Sache mit den Briefen wirklich in Ordnung bringen wolltest, dann hättest du es längst getan. Es hat weder mich noch meine Briefe gebraucht, damit du aktiv wirst, ich habe nur dein Schuldgefühl geweckt, aber mit dieser Schuld lebst du ja schon eine Weile ganz gut.«

»Autsch.« Ben wich auf dem Stuhl zurück.

Zoe war es egal. Sie war müde, und sie hatte keine Lust, dem Chef die Dinge schönzureden. »Manche Dinge ändern sich, die Menschen schlagen neue Wege ein. Damit musst du leben.«

»Klingt so, als sprichst du aus Erfahrung.« Ben griff sich eine der Rosinenschnecken vom Tisch und nahm einen großen Bissen.

»Man kann sagen, ich bin die Meisterin der Erfahrung«, erwiderte Zoe seufzend. »Aber wenn es eins gibt, was ich lernen musste, dann, dass das Leben weitergeht. Menschen verletzen einen, Menschen sterben, Dinge gehen schief oder auch nicht, und man kann nichts tun als weiteratmen, weitermachen und nicht aufgeben.«

»Was bringt das?«, fragte Ben mit vollem Mund. »Am Ende sterben wir sowieso alle.«

»Es bringt gar nichts«, antwortete Zoe langsam. »Nicht wirklich. Aber meiner Meinung nach ist alles noch viel schlimmer, wenn wir uns nicht wenigstens Mühe geben. Denn dann schreiben wir die Menschheit einfach ab und sagen, alles Leben ist sinnlos. Wir sind ein großes wissenschaftliches Experiment, und wenn wir einfach aufgeben, dann dürfte das dem, der die ganzen Daten erhebt, ordentlich stinken.«

»Also muss ich der Wissenschaft zuliebe den Plan weiterverfolgen und diese Briefe an den Mann bringen?« Ben wirkte nicht überzeugt und schob sich das letzte Stück Rosinenschnecke in den Mund.

»Vermutlich, ja.« Zoe zuckte die Achseln und nahm sich das übrig gebliebene Gebäckstück. »Wie auch immer, ich habe dich jedenfalls für einen Kämpfer gehalten, der Lust an einer Herausforderung hat. So wie du jetzt drauf bist, erinnerst du eher an I-Aah, den depressiven Esel.«

Ben warf den Kopf zurück und lachte schallend. Sein tiefes Lachen war so laut, dass sich die Leute zu ihm umsahen und in sein Gelächter einfielen, ohne zu wissen, worum es ging. Auch Zoe wurde angesteckt, und gemeinsam lachten sie und Ben, bis ihnen die Bäuche wehtaten.

»Du bist wirklich ganz schön direkt«, presste er keuchend heraus. »Mir ist noch nie eine Pflegerin begegnet, die so geradeheraus ist wie du.«

Zoe versuchte, mit dem Lachen aufzuhören, denn langsam taten ihr die Wangenmuskeln weh. »Ich sag einfach, wie es ist.«

»Das kann man wohl sagen«, meinte Ben und kam langsam wieder zu Atem. »Mir gefällt das.«

Zoe empfand Erleichterung. Sie fing an, Ben zu mögen, und wollte ihn nicht verletzen. »Stets zu Diensten.«

»Ich hatte vergessen, wie unverblümt die Australier sind«, fuhr Ben fort. »Mit zweiundzwanzig bin ich ein Jahr lang durchs Land gereist und habe mich wie du in Sydney niedergelassen, nachdem ich eine Weile in Darwin und Perth gearbeitet hatte. Die Leute waren super. Geradeheraus und ohne Allüren.«

»Eigentlich komme ich aus Melbourne«, sagte Zoe.

Auf Bens Gesicht zeichnete sich Verwirrung ab. »Ich dachte, du bist aus Sydney?«

»Na ja, so gut wie. Ich wurde in Melbourne geboren, aber mit achtzehn, als mein Vater starb, bin ich nach Sydney gezogen.«

Mitfühlend sah Ben sie an. »Das tut mir leid.«

Zoe presste die Lippen zusammen, wie immer, wenn die Sprache auf ihren Dad kam. Sein Tod war hart gewesen. Sie vermisste ihn noch immer, sehnte sich auch heute noch nach seinem Rat. Sie hatte sich oft gefragt, was er dazu gesagt hätte, dass sie David und Australien ohne ein Wort verlassen hatte. Er wäre nicht glücklich darüber gewesen, aber sie war sich ziemlich sicher, dass er sie verstanden hätte.

»Besuchst du deine Familie denn nie?«, fragte Ben.

»Nein. Du weißt ja, wie es ist, wenn man im Gesundheitswesen arbeitet. Man kann sich nicht so einfach freinehmen.«

»Schon wahr«, bestätigte Ben. »Aber es gibt Dinge, für die man sich Zeit nimmt. Warum hast du Australien wirklich verlassen?«

Zoe hatte gewusst, dass die Frage kommen würde. Sie hatte es gewusst, seit sie Ben von der Scheidung erzählt hatte. Er würde nachfragen, und möglicherweise wünschte sie sich sogar, einem Menschen zu erzählen, was passiert war.

»Jemand, der mir nahestand, wurde bei einem Unfall mit Fahrerflucht getötet«, sagte Zoe schließlich. »Danach wollte ich nicht mehr in Australien bleiben, also bin ich weg.«

Ben machte große Augen. »Einfach so?«

»Einfach so«, bestätigte Zoe.

Eine Minute lang herrschte Schweigen, bis Ben das Wort ergriff. »Wie es scheint, bist du nicht nur vor deinem Ehemann davongerannt, sondern auch vor deinem Leben.«

»Ich weiß nicht, was du meinst«, sagte sie. Ihr war unwohl zumute.

Ben sah sie an, und seine Augen waren voller Wärme. »Doch, das weißt du. Nach allem, was ich mitbekomme, lebst du nur für die Arbeit, und ich frage mich, warum das so ist.«

Es trat Stille ein. Zoe spürte Panik in sich hochsteigen. Sie redete nie über die Vergangenheit, es war einfach zu schmerzlich, aber womöglich war es an der Zeit. Sie griff nach ihrer Handtasche, die auf dem Boden stand, zog den Reißverschluss auf und nahm das Blatt heraus. Sie hatte gewusst, sie würde es heute brauchen, auch wenn sie das hier nicht erwartet hatte. Mit dem Daumen fuhr sie über den abgegriffenen Falz und reichte Ben das Blatt über den Tisch.

»Was ist das?«, fragte er und nahm das Papier entgegen.

»Falte es auf«, forderte sie ihn auf.

Mit gerunzelter Stirn tat er es und las laut vor. »*Ich will einfach nur Cowboy werden*. Was bedeutet das?«

Zoe schloss die Augen. »Der Mensch, der damals starb, war mein siebenjähriger Sohn. Er wurde bei dem Unfall getötet, mein Mann war dabei. Ich bin aus Australien weggegangen, weil ich die Erinnerung an all das, was ich verloren habe, nicht mehr ertragen habe.«

»Zoe, das tut mir so leid«, flüsterte Ben.

Zoe verkniff sich die Tränen und sah Ben fest in die Augen, denn sie wollte ihm verständlich machen, warum die Briefe, die sie schrieb oder sich diktieren ließ, eine so große Bedeutung hatten. »Auf dem Blatt, das du in der Hand hältst, stehen die letzten Worte meines Sohnes, bevor er starb. Nur das hat mich seit seinem Tod am Laufen gehalten. Deswegen habe ich mit Zähnen und Klauen darum gekämpft, weiterhin Briefe für Patienten aufzuschreiben. Die letzten Worte helfen nicht nur den Sterbenden, sie können auch denjenigen das Leben retten, die zurückbleiben.«

Fünfzehn

Unsicher, was er sagen sollte, sah Ben sie an. Für Zoe war das Schweigen kaum zu ertragen, sie wünschte sich Normalität. Die Arbeit war seit Seans Tod ihre Rettung gewesen, und daran durfte sich nichts ändern.

»Bitte frag nicht, ob ich darüber reden will«, sagte sie schließlich.

In einer beschwichtigenden Geste hob Ben die Hände. »Ich zwinge dich ganz gewiss zu nichts.«

»Und bitte behandle mich auch nicht anders als vorher. Ich will kein Mitleid«, sagte sie aufmüpfig.

»Darum geht es mir nicht«, antwortete er sanft. »Aber falls du doch reden willst, bin ich da.«

Voller Überraschung spürte Zoe im selben Moment den Wunsch, sich den Kummer von der Seele zu reden. Außer Sarah hatte sie niemandem je die ganze Geschichte von Seans Tod erzählt. In der Arbeit wusste man, dass sie einen Sohn gehabt hatte, der gestorben war, und Karen wusste ein paar wenige Details, aber sonst gab es niemanden. Irgendwie hatte Ben etwas an sich, das ihr das Gefühl gab, sich ihm öffnen zu können.

»Es war ein ganz normaler Tag«, begann Zoe und erinnerte sich daran, wie sie in der großen sonnigen Küche gestanden, den letzten Bissen ihres Frühstücks gegessen und auf den blauen Swimmingpool im Garten hinausgeblickt hatte, der in der Morgensonne glitzerte. Er muss gereinigt werden, hatte sie gedacht und sich vorgenommen, David zu bitten, sich noch diese Woche darum zu kümmern.

»In Davids Autowerkstatt war wenig los, und weil er Urlaub übrig hatte, nahm er sich ein paar Tage frei. Er wollte einige Sachen erledigen und Sean zur Schule bringen. Er hatte ihm außerdem versprochen, mit ihm zum Fußballspielen in den Park zu gehen. Sean war begeistert gewesen.« Nichts hatte ihr Junge mehr geliebt, als einen Fußball umherzukicken. »David hatte ihm versprochen, danach in den neuesten *Toy-Story*-Film zu gehen. Sean liebte den Cowboy Woody, er war sein besonderer Liebling, und er hatte den Film schon Dutzende Male gesehen, doch er konnte nicht genug davon kriegen.«

»Klingt nach einem netten Jungen«, ermunterte Ben sie weiterzuerzählen.

»Das war er«, schwärmte Zoe, die sich wünschte, dass die ganze Welt ihren Sohn so sah, wie sie es tat. »Er war ein wunderbarer Junge. Ich weiß, das sagen alle Eltern, aber Sean war so liebevoll. Am Morgen seines Todestages, bevor er zur Schule aufbrach, warf er sich mir an den Hals und erklärte mir, ich sei die beste Mutter der Welt. Er machte das jeden Tag. Ich habe gelacht, habe seinen Duft eingeatmet und seinen warmen Körper in den Armen gehalten. Er wuchs schnell, sein Kopf reichte mir schon fast bis zur Brust. Mir war klar, dass er nicht ewig so mit mir schmusen würde. Als mir an dem Tag dieser Gedanke kam, nahm ich Sean noch ein bisschen fester in den Arm, weil ich sein Wesen aufsaugen wollte, solange es ging.«

Ben lächelte und stützte das Kinn auf die Hände. »Das klingt sehr weise.«

Zoe hielt seinem Blick stand. »Ich hatte mir immer Kinder gewünscht. Als ich merkte, dass Sean unterwegs war, war ich außer mir vor Glück. Es stimmt schon, was man sagt, keine Liebe gleicht der, die du für dein Kind empfindest. Es überwältigt dich, wenn du das winzige krähende Kerlchen in den Armen hältst und erkennst, dass dieses kleine Baby, das du erschaffen hast, ganz und gar dein ist. Sean war mein Ein und Alles. Und als er größer wurde, wurde er zu einem perfekten kleinen Jungen, meinem besten Freund, was wahrscheinlich ein bisschen schräg klingt, aber so war es. Ich hätte mein Leben für ihn gegeben.«

Ben nickte, um zu signalisieren, dass sie weitererzählen sollte.

»Nachdem Sean mich zum Abschied umarmt hatte, küsste David mich auf die Wange und versprach, am Abend, wenn ich aus der Arbeit kam, Steaks für uns zu grillen. Ich freute mich darauf. Ich hatte viel zu tun, weil ich erst kurz zuvor im städtischen Krankenhaus befördert worden war. Es war eine Erleichterung für mich, dass David ein paar Tage freihatte, und es war schön, ein bisschen Zeit füreinander zu haben.«

Zoe holte tief Luft, denn das, was jetzt kam, waren weitaus weniger angenehme Erinnerungen. »Ich fuhr zur Arbeit ans andere Ende der Stadt. Gegen vier Uhr, gerade als ich allmählich aufhören wollte, ging ein Anruf auf der Station ein. Es war David, der aus dem Krankenhaus in der Nähe unseres Hauses anrief. Er weinte so sehr, dass ich kaum etwas verstehen konnte, aber immerhin wurde mir klar, dass Sean von einem Auto angefahren worden war. Ich legte auf, nahm die Autoschlüssel und raste durch die Stadt. Ich werde nie vergessen, wie ich in das Krankenhaus rannte und sich mir der Magen umdrehte, als ich am Empfangstresen ankam und sagte, dass ich Sean sehen wollte. In dem Moment, als ich seinen Namen aussprach, bemerkte ich den mitleidigen Blick der Pflegerin und wusste, dass er tot war.«

»Den Blick kenne ich«, sagte Ben behutsam. »Der Kummer,

der selbst auf dem Gesicht der abgebrühtesten Pfleger aufflackert, wenn ein Kind stirbt.«

»Der Pflegerin war sofort klar, was los war. Sie führte mich direkt in die Notaufnahme, wo das Ärzteteam eben erst den Tod festgestellt hatte. Ich glaube, ich habe geschrien. Ich schob mich an den Ärzten vorbei, kletterte auf das Bett und hielt meinen Sohn fest. Sein Körper war noch warm. Ich heulte in sein Haar und flehte ihn an aufzuwachen.«

»Ach, Zoe.« Ben legte seine Hand auf ihre. »Ich kann nur ahnen, wie furchtbar das war.«

Bens warme Hand beruhigte Zoe, und sie fühlte sich stark genug weiterzureden.

»Ich weiß nicht mehr, was dann passierte. Irgendwann brachte man mich weg. Die Pfleger waren nett und erlaubten mir, ein bisschen länger bei ihm zu bleiben, weil ich selbst Pflegerin war, wissen Sie. Das respektierten sie.«

»Wo war David?«

»Er war draußen.« Zoe klang verbittert. »Er konnte es nicht ertragen, bei unserem Jungen zu bleiben, als er tot war. Er hatte Panik davor, seine Leiche zu sehen. Irgendwann verließen wir das Krankenhaus, aber davor suchte mich die Krankenschwester auf, die Sean versorgt hatte, und drückte mir ein Blatt Papier in die Hand.«

»Das hier?« Auf Bens Gesicht zeichnete sich Erkenntnis ab, als er das linierte Blatt zurück über den Tisch schob.

Zoe nickte und steckte es wieder in die Handtasche.

»Es waren Seans letzte Worte«, sagte Zoe, während ihr Tränen über die Wangen liefen. »Die Krankenschwester hatte das Wesen meines Jungen erfasst. Diese Notiz sagte mir, dass er in den letzten Momenten keine Angst gehabt hatte, sondern an nichts anderes dachte als daran, seine Träume auszuleben.«

»Deswegen also sind dir die Briefe so wichtig«, sagte Ben behutsam.

»David erzählte, dass er mit Sean im Park Fußball gespielt hatte. David hatte den Ball zu fest gekickt, und er war auf die Straße gerollt. Bevor David ihn daran hindern konnte, war Sean dem Ball hinterhergerannt. In dem Moment hatte ihn das Auto von diesem Rambo erfasst, der viel zu schnell fuhr. Der Fahrer hat nicht einmal angehalten.«

»Haben sie den Kerl je erwischt?«, fragte Ben ungläubig.

»Nein, und das war noch etwas, wofür David sich die Schuld gab«, erinnerte sich Zoe. »Noch nicht einmal auf dem Begräbnis hörte er auf, darüber zu reden, dass er hätte hinrennen sollen, als der Ball auf die Straße rollte, dass er Sean hätte aufhalten müssen, dass er das Auto hätte verfolgen müssen. Immer wieder sagte er, es sei seine Schuld, und ich stimmte ihm zu. Einmal abends schrie ich ihn an und warf ihm an den Kopf, ein richtiger Vater hätte niemals zugelassen, dass Sean so dicht an der Straße spielte, und er hätte den Ball nicht so fest gekickt. Zwei Tage nach der Beerdigung bin ich weg. Ich hatte keine Ahnung, dass ich das tun würde. Ich war gerade beim Bügeln und wollte mich für die Arbeit fertig machen. Im Wäschekorb lag Seans T-Shirt, und da bin ich zusammengebrochen. Ich konnte unmöglich in diesem Haus, bei David oder auch nur in Australien bleiben.«

»Und da bist du nach England geflogen?«

Zoe schluckte. »Ja, und ich habe mich nicht mehr umgeblickt.«

»Hast du noch einmal mit deinem Mann gesprochen?«

»Nicht am Telefon, nein. Anfangs hat er es natürlich versucht. Inzwischen schickt er mir E-Mails, SMS- und Textnachrichten. Vor achtzehn Monaten, als Seans Grab errichtet wurde, hat er mir ein Bild davon geschickt. Ich denke, er wollte mich daran erinnern, dass ich Verbindungen nach Australien habe, aber ich habe nie darauf reagiert. Mir ist klar geworden, dass ich ihm niemals verzeihen werde.«

»Wow.« Ben pfiff leise. »Aber ich kann dir das nicht verdenken. Wahrscheinlich würde es mir genauso gehen.«

Überrascht sah Zoe zu ihm auf. »Ehrlich? Findest du nicht, ich sollte es wenigstens versuchen?«

»Auch wenn es ein schrecklicher Unfall war, sind deine Gefühle David gegenüber so kompliziert, dass es vermutlich sehr schwierig wird, die Beziehung einzurenken. Mittlerweile seid ihr beide zu anderen Menschen geworden.«

Erleichterung durchflutete sie. Sie hatte befürchtet, dass Ben sie für unvernünftig halten würde, wenn er die ganze Geschichte kannte.

»Na dann«, meinte Ben entschlossen, »müssen wir wohl mit den Briefen weitermachen.«

»Woher der Sinneswandel?«

»Durch dich.« Bens Augen waren voller Wärme. »Jetzt, wo ich weiß, dass du immer noch die letzten Worte deines Kindes mit dir herumträgst, muss ich anerkennen, wie viel sie den Hinterbliebenen bedeuten. Diese Briefe sind zu wichtig, da darf ich nicht beim ersten Versuch aufgeben.«

Sechzehn

Dadurch, dass sie ihm die grauenvolle Geschichte davon erzählt hatte, was ihrem Sohn widerfahren war, hatte Zoe das Gefühl, dass sich zwischen ihr und Ben ein stilles Einverständnis eingestellt hatte. Ihr fiel auf, dass er ihren Rat einholte, sowohl wenn es um Fragen des Patientenmanagements ging als auch um neue Ideen oder Pläne für das Hospiz.

Entscheidend war, dass er sie nicht über die Scheidung oder Sean ausgequetscht hatte, und Zoe begann, sich auf die Schichten zu freuen, bei denen sie gemeinsam mit Ben Dienst hatte. Als wolle er die neue Beziehung festigen, hatte Ben Zoe gebeten, an ihrem darauffolgenden dienstfreien Sonntag mit ihm gemeinsam einen weiteren Brief zuzustellen. Zoe war einverstanden und hatte vorgeschlagen, dass sie sich in einem Café im Zentrum trafen, in das sie mit Sarah zum Frühstücken gehen wollte.

Während Zoe nun an ihrem Milchkaffee nippte und auf Ben wartete, betrachtete sie Sarah, die sich ein in scharfe Soße getränktes Würstchen-Sandwich in den Mund stopfte. Zoe war neidisch, denn sie hatte sich nur eine kleine Portion Toast bestellt, die ungegessen auf ihrem Teller lag. Wieder war sie merkwürdig nervös.

»Klingt so, als verstehst du dich jetzt endlich mit deinem neuen Boss«, ergriff Sarah das Wort, wobei ihr ein Stück Wurst auf den Schoß plumpste. Grinsend sahen Zoe und Lottie ihr dabei zu, wie sie es wieder aufklaubte.

»Ja, ich mag ihn«, antwortete Zoe und reichte Sarah eine Serviette. »In ihm steckt mehr, als ich dachte.«

»Was dachtest du denn?«, fragte Sarah.

»Ich hielt ihn für ein Arschloch«, scherzte Zoe. »Aber er ist vielschichtiger. Er hat wirklich eine Menge erreicht.«

»Du hast auch eine Menge erreicht«, meinte Sarah loyal. »Nicht nur, weil du eine großartige Pflegerin bist. Sieh dir an, wie du dir weit weg von zu Hause ein neues Leben aufgebaut hast.«

Zoe verzog das Gesicht. »Der Vergangenheit bin ich allerdings nie ganz entkommen. Ich habe Ben die ganze Sache mit Sean erzählt.«

Überrascht ließ Sarah das Sandwich fallen, diesmal aber blieb die Wurst auf dem Teller. »Wow. Wann?«

»Vor ein paar Tagen«, gestand ihr Zoe. »Irgendwie hat es sich richtig angefühlt.«

»Das ist toll«, rief Sarah. »Du solltest dich mehr öffnen, nur so heilen die Wunden, Zoe.«

Zoe blieb eine Antwort erspart, weil sie beim Blick durchs Fenster Candice auf das Café zukommen sah.

»Wie schön, euch zu sehen«, sagte Candice und breitete die Arme zur Begrüßung aus. »Ben hat erzählt, dass er euch hier trifft, und ich konnte mir nicht verkneifen, kurz Hallo zu sagen, bevor ich shoppen gehe.«

»Das freut mich«, erwiderte Zoe mit einem strahlenden Lächeln. »Dein Top ist toll. Mir stehen diese satten, glänzenden Farben nicht.«

»Ach, dieses alte Teil?« Grinsend deutete sie auf den Seidenkimono mit Paisleymuster, der locker über die Jeans fiel. Diesmal hatte sie das Haar in ein leuchtendes gelb-schwarzes Tuch gebunden, und sie duftete nach Pomegranate Noir von Jo Malone.

Es wirkte teuer und bodenständig zugleich. Obwohl Zoe sich von Sarah ein hübsches schwarzes Top in Lochstickerei geliehen hatte, kam sie sich im Vergleich schäbig vor. Mit der Hand fuhr sie sich über das grauer werdende blonde Haar und wünschte, sie hätte sich etwas mehr Mühe gegeben.

»Wo ist Ben?«, fragte Sarah, die Zoes Unbehagen bemerkte.

Candice verdrehte die Augen. »Der parkt sein schickes Auto. Er konnte draußen nichts finden und sucht noch nach dem perfekten Platz.«

Zoe wurde bewusst, dass sie gar nicht gefragt hatte, was Ben für ein Auto hatte. Gerade wollte sie nachfragen, da dröhnte auf der Straße ein teurer Sportwagen auf.

»Eitler Idiot!«, brummte Sarah, als sich ein schnittiger grafitfarbener Porsche 911 in eine Lücke vor dem Café setzte.

»Was für ein Prachtstück«, bestaunte Zoe mit offenem Mund die glänzende Motorhaube und die ikonische Silhouette. Durch David hatte sie in ihren späteren Jahren angefangen, sich für Autos zu interessieren. Er hatte ihr beigebracht, welche Freiheit und Macht einem ein Auto geben konnte, und vor Seans Geburt hatten sie beide an den Wochenenden oft an Rallyes teilgenommen oder Oldtimer-Shows besucht. Ihr entfuhr ein erstauntes Japsen, als die Fahrertür aufging und ein hochgewachsener, langgliedriger Mann aus dem Fahrzeug stieg, der ihr durchaus vertraut war.

»Ben!«

»Ben fährt ein Auto, das hunderttausend Pfund kostet«, staunte Sarah, die Zoes Blick gefolgt war.

»Es ist sein ganzer Stolz«, stöhnte Candice, den Blick auf die Karte geheftet, obwohl sie gesagt hatte, dass sie nicht bleiben wollte.

Ben betrat das Café, und als sein Blick auf Zoe fiel, strahlte er sie an.

»Du bist der mit dem schicken Wagen«, sagte Zoe bewundernd und bedeutete ihm, Platz zu nehmen. »Sarah kennst du ja, und das ist Lottie.«

»Hallo.« Sarah lächelte und knuffte ihre Tochter, damit die von den Pfannkuchen aufsah.

»Hallo.« Lottie schenkte Ben und Candice einen kurzen Blick und wandte sich dann wieder ihrem Frühstück zu.

»Tut mir leid«, sagte Sarah achselzuckend.

Candice winkte ab. »Hätte ich die Wahl zwischen Pfannkuchen und der Begrüßung irgendwelcher fremder Leute, weiß ich auch, was ich interessanter fände.«

»Wie bist du zu diesem Auto gekommen?«, fragte Zoe und deutete mit dem Kopf auf den Porsche. »Du hast gar nichts davon erzählt.«

Mit einer geschmeidigen Geste zog Ben einen Stuhl heran und bestellte bei einer vorbeigehenden Kellnerin rasch zwei Tassen Milchkaffee. »Ich gebe grundsätzlich nicht alles auf Anhieb preis.«

»Aber wie, um alles in der Welt, kannst du dir dieses Auto und die teure Wohnung leisten?« Sarah war zwar bewusst, dass ihre Frage etwas unverschämt war, aber die Neugier ging mit ihr durch. »Du bist Krankenpfleger.«

»Er war nicht immer Krankenpfleger«, erklärte Candice. »Bevor er zum Weltverbesserer wurde, war er ein Hedgefonds-Manager. Genau genommen war er es, der mich darin bestärkt hat, in der Bank zu arbeiten, obwohl ich anders als dieser Klugscheißer hier nie studiert habe.«

Sarah war beeindruckt, und Zoe sah Ben verblüfft an.

»Ich hatte das für einen Witz gehalten«, sagte sie.

»Leider nein.« Ben wirkte peinlich berührt. »Nach der Uni wollte ich Geld verdienen, und der Freund eines Kumpels vermittelte mir eine Stelle im Unternehmen seines Vaters in London. Eine Weile hat mir das Spaß gemacht, aber mir war schon klar, dass mein Herz für etwas anderes schlägt.«

»Dem Auto und der Wohnung im Stadtzentrum nach zu urteilen, musst du deine Sache ganz gut gemacht haben«, merkte Sarah an, während die Kellnerin zwei Kaffeetassen vor Candice und Ben abstellte.

»Ja, schon. Ich habe mein Geld ganz gut angelegt, sodass ich die Ausbildung zum Pfleger bezahlen konnte.«

»Aber wie kannst du dir das jetzt noch leisten?«, meinte Zoe. »Wenn die Frage erlaubt ist.«

Candice kicherte. »Wie gesagt, ich arbeite noch bei der Bank.«

»Du bezahlst nichts davon, C!«, blaffte Ben sie an.

Seinem Tonfall merkte Zoe an, dass es ein heikles Terrain war, und sie wechselte das Thema. »Seit wann habt ihr die Wohnung?«

»Seit sieben Jahren ungefähr.«

»Wir wollten immer schon da wohnen.« Ben trank einen Schluck Kaffee. »Als wir gesehen haben, dass eine Wohnung zum Verkauf stand, die renovierungsbedürftig war, haben wir die Gelegenheit beim Schopf gepackt.«

»Das kann ich verstehen«, sagte Sarah bewundernd. »Kommt ihr ursprünglich aus dem Teil der Stadt?«

Bei dieser Frage brachen Ben und Candice in ein identisches Gackern aus. Es war laut, aber anheimelnd. Zoe beobachtete sie beim Lachen – sie wirkten wie das Spiegelbild des anderen. Sie warf einen Blick zu Lottie, die die beiden genauso gebannt musterte wie sie.

»Oje.« Ben liefen die Tränen über die Wangen, als er endlich aufhören konnte zu lachen. »Hör dir das an, Candice! Wir haben es tatsächlich geschafft. Die Leute denken wirklich, dass wir aus dem schicken Teil der Stadt stammen.«

Candice klatschte in die Hände und jauchzte. »Wir kommen vom anderen Ende, bei den alten Gaswerken. Kennt ihr das?«

»Vage«, meinte Zoe. »Kann sein, dass ich dort schon mal einen Brief hingebracht habe.«

»Also, von dort kommen wir. Unsere Mutter hat uns allein großgezogen, nachdem unser Vater sich aus dem Staub gemacht hat, als wir gerade mal ein Jahr alt waren«, erklärte Ben.

»Wir haben in einer Zweizimmerwohnung mit feuchten Wänden gelebt, und unsere Mutter musste mit Zähnen und Klauen darum kämpfen, dass die Kommune was dagegen unternimmt«, erzählte Candice und verzog das Gesicht. »Das hat uns angespornt, etwas aus unserem Leben zu machen.«

»Und im Finanzsektor habe ich genug Geld verdient, um etwas Ordentliches aus meinem Leben zu machen, und hatte trotzdem noch was übrig, um Spaß zu haben.«

»Das will ich auch, wenn ich groß bin: richtig viel Spaß haben«, meldete sich Lottie so unerwartet zu Wort, dass Zoe zusammenzuckte.

»Ist das so, mein Fräulein?« Sarah lachte.

»Das siehst du schon ganz richtig, Lottie.« Candice beugte sich über den Tisch, um dem kleinen Mädchen in die Augen zu sehen. »Aber um richtig viel Spaß zu haben, musst du dich in der Schule richtig anstrengen. Strengst du dich auch ordentlich an?«

»Ja!«, rief das kleine Mädchen mit ernster Miene.

»Dem letzten Zeugnis nach zu urteilen nicht ordentlich genug«, meinte Sarah trocken.

Ben sah aus, als wolle er etwas sagen, doch plötzlich rülpste er so laut, dass Lottie die Gabel fallen ließ und kicherte.

»Immer mit der Ruhe!«, ermahnte ihn Candice. »Wir sind nicht zu Hause.«

»Entschuldigung«, sagte Ben verlegen.

»Schon okay«, beruhigte ihn Zoe über Lotties Kichern hinweg.

»Es ist nicht okay«, widersprach Candice. »Das geht nun schon seit Wochen so, außerdem klagt er über Bauchweh.«

»Stimmt, letzte Woche hattest du auch Magenprobleme«, sagte Zoe, die sich daran erinnerte, dass Ben auf der Suche nach Magnesiamilch gewesen war. »Du solltest zum Arzt gehen.«

»Danke!«, rief Candice und warf Ben einen bedeutungsschweren Blick zu. »Das sage ich ihm schon seit Ewigkeiten.«

Ben verdrehte die Augen. »Zum x-ten Mal: Es sind nur Blähungen.«

»Blähungen.« Lottie kicherte immer noch. »Blähungen.«

»O ja.« Candice lächelte Lottie an und wandte sich wieder an Ben. »Das erklärt wohl auch, warum dein Bauch in letzter Zeit aufgebläht ist wie ein Ballon, oder was?«

»Hm, ja, das tut es tatsächlich«, sagte Zoe, die Mitleid mit Ben hatte. Aus Erfahrung wusste sie, dass Nörgeln das wirksamste Mittel war, jemanden davon abzuhalten, zum Arzt zu gehen. »Könnte ein Reizdarmsyndrom sein.«

»Sehr wahrscheinlich«, meinte Ben seufzend. »Mir ist das Medikament gegen die Beschwerden ausgegangen.«

Zoe dachte an die drei Flaschen, die sie schon vor ein paar Wochen auf seinem Schreibtisch bemerkt hatte. Es musste ihm schlecht gehen, wenn er die alle aufgebraucht hatte. Sie griff in die Handtasche, fischte eine kleine Flasche heraus und stellte sie auf den Tisch. »Als RDS-Leidensgenossin habe ich die immer dabei. Hier, schenke ich dir.«

»Immer die perfekte Pfadfinderin«, sagte Sarah liebevoll.

Zoe zuckte die Achseln, und Ben sah sie dankbar an. »Ich bin wirklich froh, dass du Pfadfinderin bist. Ohne das hätten wir den ganzen Spaß womöglich abblasen müssen.«

Sarah blickte auf die Uhr und stupste ihre Tochter an. »Apropos Spaß: Wir sollten mal los. Wir müssen neue Schuhe für die Schule kaufen.«

»Oh, wenn ihr Schuhe kaufen geht, dann komme ich mit. Ich habe heute Abend eine Verabredung.« Candice trank den letzten Schluck und setzte die Tasse ab. »Wenn ihr nichts dagegen habt, natürlich.«

»Natürlich nicht.« Grinsend stand Sarah auf und bugsierte Lottie vom Stuhl. »Wenn du diese Dame hier überreden kannst, wenigstens einmal ein Paar Schnürschuhe anzuprobieren, dann lasse ich vielleicht sogar noch einen Kaffee springen. Es war sehr schön, dich wiederzusehen, Ben.«

»Gleichfalls«, antwortete Ben.

Ganz in das Thema Schuhe vertieft, machte sich das Trio auf den Weg.

Als sie fort waren, wandte sich Zoe Ben zu und lächelte aufmunternd. »Also gut. Dann hoffen wir, dass wir mit diesem Brief mehr Erfolg haben als mit dem letzten.«

Siebzehn

Kaum dass Zoe im Porsche auf dem Beifahrersitz saß, stieß sie ein bewunderndes Pfeifen aus. Die Lederbezüge schimmerten, das Armaturenbrett glänzte, und die bloße Anzahl technischer Spielereien war überwältigend.

»Es hat sogar noch diesen Geruch nach neuem Auto«, schwärmte sie.

»Ja, das mag ich auch«, sagte Ben und ließ den Motor an. Geschmeidig glitt das Auto vorwärts, und in Zoes Ohren klang der schnurrende Motor wie ein zufriedenes Kätzchen.

»Wie viel PS hat der? Sechshundertfünfunddreißig?«, fragte Zoe, als Ben die Straße nahm, die zu den Dörfern südlich der Stadt führte.

»Wie kommt es, dass du dich mit PS auskennst?« Bens Stimme klang ungläubig.

Zoe verdrehte die Augen. »Du meinst wohl, nur weil ich eine Frau bin, kann ich unmöglich wissen, dass der Porsche 911 S in zwei Komma sieben Sekunden von null auf zweiundsechzig beschleunigt und die Höchstgeschwindigkeit bei zweihundert Meilen liegt.«

»Wer zum Henker bist du?«, rief Ben.

Zoe lachte. Es gefiel ihr, Ben mit ihrem Wissen über Autos zu verblüffen.

»Dass ich einen Yaris fahre, bedeutet noch lange nicht, dass ich mich nicht mit Sportwagen auskenne. Der hier ist wirklich unglaublich.«

»Das ist er.« Ben nickte. »Ich habe ihn mir erst dieses Jahr gekauft. Wenn du brav bist, lass ich dich auch mal fahren.«

»Bloß nicht«, sagte Zoe erschrocken. »Wenn ich einen Unfall baue, wäre ich am Ende. So ein Auto wie das habe ich ewig nicht mehr gefahren.«

»Also, das Angebot steht«, meinte Ben, blinkte nach rechts und bog in eine schmale Landstraße ein.

»Wohin fahren wir?«

»Es ist nicht mehr weit. Ein kleines Dorf dort hinten.«

»Und wen besuchen wir heute?«, fragte Zoe und genoss es, den Asphalt unter sich zu spüren, als Ben auf eine zweispurige Schnellstraße auffuhr.

»Mrs Bell, wie ich hoffe, eine wunderbare Frau, die ihren Mann nach sechzig Jahren Ehe verloren hat.«

»Wow!«, staunte Zoe. »Das ist schon eine Leistung.«

»Stimmt. Sie waren beide ganz großartig, klug und voller Lebensfreude. Sie gaben ein tolles Paar ab.« In seiner Stimme schwang leichte Wehmut mit.

»Du klingst fast ein bisschen neidisch«, merkte Zoe an.

»Ja, wahrscheinlich bin ich das«, gab Ben zu. »Ich weiß, was ich über Jess gesagt habe, aber ganz ehrlich: Ich bin fest davon überzeugt, dass ich alles stehen und liegen lassen würde, würde ich dort draußen dem einen richtigen Menschen begegnen.«

»Das glaube ich dir nicht«, spottete Zoe, die der Meinung war, dass Ben immer mit dem Beruf verheiratet bleiben würde.

»Doch, es stimmt! Genau deshalb habe ich sie wahrscheinlich noch nicht gefunden und werde es auch niemals tun«, scherzte Ben und nahm die erste Abfahrt von der Schnellstraße.

Kurz darauf fuhren sie in eine schöne baumbestandene Straße

voller cremefarbener traditioneller Cottages mit identischen schwarz lackierten Türen.

Als sie angehalten hatten, stieg Zoe aus dem Auto. »Hübsch hier.«

»Ja, wirklich.« Ben sah sich um und lächelte die beiden Polizisten an, die auf Fahrrädern vorbeikamen. »Guten Morgen, meine Herren.«

»Morgen«, antworteten beide und warfen ihm und Zoe einen neugierigen Blick zu.

»Kennst du die?«, fragte Zoe überrascht.

»Nein«, sagte Ben. »Aber ich habe festgestellt, dass es einem hilft, höflich zur Polizei zu sein, wenn man meine Hautfarbe hat, ganz besonders dann, wenn man einen Porsche fährt.«

»Wirklich?«

Während sie die Beamten beobachtete, die sich umdrehten und sie interessiert musterten, bemerkte sie, dass Ben weiterhin freundlich lächelte.

»Ich habe aufgehört zu zählen, wie oft man mich in diesem Auto schon angehalten hat. Und ich habe immer meinen Fahrzeugschein und die Versicherungskarte dabei, um zu beweisen, dass ich tatsächlich der Besitzer bin. Damit erspart man sich viel Zeit beim Beantworten all der Fragen und dass sie einen in den Fond eines Polizeiwagens bugsieren, weil man eine dunkle Haut hat.«

»Das ist jetzt nicht wahr?!«, entfuhr es Zoe entgeistert.

Ben lachte freudlos. »Doch, leider schon. Willkommen in meiner Welt, Zoe. Egal, wir sind hier nicht auf einer Black-Lives-Matter-Demonstration. Wir haben etwas zu erledigen.«

»Okay«, willigte Zoe ein, aber ihre Gedanken waren noch ganz mit dem beschäftigt, was Ben gerade erzählt hatte. Vermutlich versuchte sie wie die meisten weißen Menschen, im Allgemeinen nicht allzu viel über Rassismus nachzudenken. Aber sie war sich bewusst, dass es an sich schon ein Privileg war, und Begegnungen wie die von eben führten einem die grausame Wirklichkeit derer vor Augen, die außerhalb dieser Privilegien lebten.

»He, aufwachen!«, rief Ben. »Vielleicht geht es dir anders, aber ich habe nicht den ganzen Tag Zeit!«

»Schon gut, Klugscheißer«, sagte sie und riss sich aus den Gedanken.

Gemeinsam gingen sie die Straße entlang und fanden ohne Probleme das Haus von Mrs Bell. Ben schob das Eisengatter auf und klopfte an die Haustür, und Zoe war froh, als die Tür fast sofort aufging.

»Ben!« Eine große, gertenschlanke Dame mit grauem Haar und einem warmen offenen Gesicht strahlte sie an. »Was, um alles in der Welt, machen Sie hier? Und wen haben Sie mitgebracht?«, fragte sie, als ihr Blick auf Zoe fiel, die zum Gruß höflich die Hand hob.

»Das ist meine Kollegin Zoe, und der Grund, warum ich nach all der Zeit hier bin, ist, dass ich etwas von Eric habe, das ich Ihnen längst hätte geben sollen.«

Mit verwirrter Miene bat Mrs Bell sie ins Haus. »Nun, ich habe eben Tee gekocht, kommen Sie herein.«

Als Zoe die helle Diele betrat, fielen ihr sofort die Familienfotos ins Auge, die die Wände zierten. Lächelnde Gesichter aus vielen Jahrzehnten sahen strahlend auf sie herab. Da waren Schwarz-Weiß-Fotos von Mrs Bell und vermutlich ihrem Mann Eric, die mit zufriedenen Mienen Babys im Arm hielten. Später, in Farbe, hatten sie die Arme um größere Kinder gelegt, scharten sich um einen Wohnwagen, picknickten am Strand oder feierten einen Abschluss. Danach wurde geheiratet, es gab weitere Babys;

mittlerweile hatten Mrs Bell und ihr Mann mehr graues Haar und Fältchen im Gesicht, aber aus jedem Bild strahlte dasselbe warme Lächeln.

»Ben, mein Lieber«, sagte Mrs Bell und bedeutete ihnen, sich an den Küchentisch zu setzen. »Was haben Sie von Eric für mich? Ich dachte, ich hätte nach seinem Tod alles aus dem Hospiz mitgenommen.«

»Es ist nichts Schlimmes«, sagte Ben mit einem beschwichtigenden Lächeln. »Ich gebe den Patienten, bevor sie sterben, gern die Möglichkeit, noch etwas zu sagen. Nachdem Eric im Hospiz aufgenommen wurde, vielleicht ein oder zwei Tage vor seinem Tod, unterhielt ich mich mit ihm und fragte ihn, ob es noch etwas gab, was er sagen wollte, falls er keine Gelegenheit mehr hätte.«

Stirnrunzelnd stellte Mrs Bell die Teekanne in die Mitte des Tischs. »Das verstehe ich nicht. Eric und ich haben ausführlich miteinander geredet, bevor er ins Hospiz ging. Wir wollten ganz sichergehen, dass nichts unausgesprochen war, wissen Sie …«

Mrs Bells Stimme klang erstickt, als sie an den Tod ihres Mannes dachte. »Verzeihen Sie. Als man bei Eric vor vielen Jahren eine Herzerkrankung diagnostizierte, machte ich mich darauf gefasst, ihn zu verlieren. Beziehungsweise versuchte ich es. Aber natürlich kann man sich auf so etwas nicht vorbereiten. Sechzig Jahre Ehe sind ein ganzes Leben.«

Ben beugte sich nach vorne und drückte Mrs Bell die Hand, während Zoe diskret Tee einschenkte.

»Der Tod macht komische Sachen mit einem. Jeder geht damit so um, wie er kann«, sagte Ben behutsam.

Rasch wischte sich die Witwe mit dem Handrücken über die Augen. Zoe merkte, dass sie einer Generation angehörte, die der Meinung war, dass man Gefühle für sich behalten sollte.

»Das ist sehr freundlich, mein Guter«, sagte sie lächelnd und zog langsam ihre Hand von Ben zurück. »Aber das ist eine solche Überraschung. Wie lange ist das nun her, vier Jahre?«

Die Bemerkung ließ Ben zusammenzucken, und Zoe tätschelte ihm zur Bestärkung den Unterarm.

»Ich muss mich entschuldigen«, sagte Ben. »Ich wollte nichts aufwühlen, ich hätte viel früher kommen sollen.«

Mrs Bell winkte ab. »Junge Leute wie Sie haben viel zu tun, das verstehe ich schon. Aber was sind denn nun die letzten Worte?«

Zoe beobachtete Ben, der nach dem Blatt griff. Um seinetwillen war sie nervös. Normalerweise freute es die Angehörigen, dass ihre geliebten Verstorbenen noch etwas zu sagen hatten, aber es hatte auch Situationen gegeben, in denen die Reaktion anders ausgefallen war als von Zoe erwartet.

»Er hat gemeint, ich soll Ihnen sagen, dass es Carbis Bay war und immer bleiben wird«, gab Ben die Nachricht wieder.

In dem Augenblick, da er es aussprach, schlug sich Mrs Bell die Hand vor den Mund. »Oh, ich wusste es. Ach, Eric, mein lieber Eric.«

Mrs Bell schien in sich zusammenzufallen. Das Kinn auf der Brust, die Arme um den Oberkörper geschlungen, hoben und senkten sich die Schultern, und sie schluchzte mit all der Hingabe einer trauernden Witwe. Zoe streckte einen Arm aus und legte ihn vorsichtig um ihre Schultern.

»Ist alles in Ordnung?«, fragte sie. »Das muss ein ganz schöner Schock für Sie sein.«

Mit einem Taschentuch aus der Schachtel, die auf dem Tisch stand, tupfte sich Mrs Bell die Augen trocken, hob den Blick und lächelte Zoe an. »Ja, es geht mir gut, danke. Darf ich?« Sie wandte sich an Ben und streckte die Hand nach der Nachricht aus.

Als er ihr das Blatt überreichte, nahm sie es dankbar entgegen und presste es sich an die Brust – eine Geste, die Zoe nur zu gut nachempfinden konnte.

»Mir war das immer klar, aber Eric hat nie aufgehört, es abzustreiten. Carbis Bay war der Ort, an dem wir uns verliebt haben. Eric war verheiratet, als wir uns das erste Mal begegneten. Ich wohnte dort in der Nähe und war mit dem Hund am Strand spazieren. Er machte Urlaub mit seiner ersten Frau Larissa. Damals kann ich nicht älter als achtzehn gewesen sein. Eric war gute zehn Jahre älter als ich. Wie auch immer, wir sahen uns an, und ich spürte, wie es mich zu ihm hinzog. So etwas hatte ich noch nie erlebt. Ich merkte, dass es ihm genauso ging. Als ich ihn ein Jahr später in London traf, weil ich Sekretärin in der Kanzlei war, in der er arbeitete, sagte er, er habe merkwürdigerweise den Eindruck, mich von irgendwoher zu kennen. Ich erzählte ihm von unserer Begegnung in Carbis Bay. Ich hatte das nie vergessen. Aber er behauptete, das sei Unsinn, er sei damals nicht in Carbis Bay gewesen. Unsere ganze Ehe hindurch hat er darauf beharrt, dass wir einander nie zuvor begegnet waren. Trotzdem wusste ich, dass wir uns in Carbis Bay ineinander verliebt hatten. Und ich wusste auch, dass es der Auslöser war, dass die Ehe mit Larissa auseinanderging. Dass Eric das jetzt sagt, macht alles – unsere Liebe, unsere Beziehung – noch wahrhaftiger …«

Sie verstummte und wandte sich mit Freude in den Augen an Ben. »Ich kann Ihnen nicht genug danken, dass Sie mir das gebracht haben.«

»Gern geschehen«, sagte Ben. »Es tut mir nur so leid, dass es so lange gedauert hat.«

Wieder winkte Mrs Bell ab. »Das macht nichts, mein Guter. Sie haben mich sehr glücklich gemacht. Ich habe das Gefühl, dass das letzte Puzzleteil von Eric und mir seinen Platz gefunden hat.«

Zoe spürte, dass es Zeit war aufzubrechen. Die Nachricht war überbracht. Mrs Bell hatte den Abschluss, den sie brauchte.

Draußen strahlte immer noch die Sonne, und Ben drehte sich zu Zoe. »Das lief gut, oder?«

»Und ob. Kaum zu glauben, dass sie nach all den Jahren nun doch noch die Wahrheit über ihren Mann herausgefunden hat.«

»Du hattest wirklich recht«, fügte Ben hinzu, während sie zum Auto gingen. »Diese Nachrichten sind wichtig. Danke für deine Hilfe.«

Das Lob ließ Zoe erröten. »Das habe ich gern gemacht.«

Kurz hielt Ben inne und betrachtete sie aufmerksam. »Ich denke, es ist an der Zeit, dass du ein bisschen Spaß hast, Zoe.«

»Wie meinst du das?«

Ben griff in die Hosentasche, blickte auf das Auto und warf ihr den Schlüsselbund zu. »Du fährst uns nach Hause.«

Achtzehn

Als Zoe den Fuß aufs Gaspedal drückte, spürte sie, wie sich ihr Körper zusammen mit dem Auto vorwärtsbewegte. Es war, als seien sie und dieses Stück Metall eins und erhöben sich mit der Kraft eines Gepards über den Boden.

»Ist das krass!«

Ben lachte über Zoes Begeisterung. »Wusste ich's doch, dass dir das gefällt. Aber vielleicht gefällt es dir noch ein bisschen besser, wenn du schneller als vierzig fährst. Das ist eine zweispurige Schnellstraße.«

Sie murrte. Normalerweise war Zoe nicht derart zögerlich beim Autofahren, aber es war ein merkwürdiges Gefühl, ein so teures Auto zu steuern, das ihrem Chef gehörte. Ihr Selbstvertrauen war nicht mehr das, was es mal gewesen war. Sie holte tief Luft. Der Porsche lauerte darauf, von der Leine gelassen zu werden, und langsam beschleunigte Zoe und entsann sich der Freude, die es bedeutete, am Lenkrad eines solchen Autos zu sitzen.

Als die Stadt, die mittlerweile ihr Zuhause geworden war, in Sicht kam, gab Zoe ihrer Abenteuerlust nach. Bevor Ben Einspruch erheben konnte, setzte sie den Blinker nach rechts, fuhr durch den Park und stellte das Auto neben dem Pavillon ab.

»Was hast du vor?« Verblüfft sah Ben sie an.

»Es gibt etwas, das ich immer schon mal machen wollte, aber

mir haben das Geld und der Mut gefehlt«, sagte Zoe resolut. »Heute habe ich etwas verstanden.«

»Aha?«

»Mir wird immer klarer, dass es das hier ist, was wir haben«, sagte Zoe und deutete auf die Bäume und die Wiese. »Das hier ist die Zeit, die uns zur Verfügung steht. Keiner kann wissen, ob es auf der anderen Seite noch irgendetwas gibt, also sollte ich vielleicht anfangen, ein bisschen mehr zu leben.«

»Ganz deiner Meinung. Warum sind wir hier?«

»Ich dachte, nachdem es mit Mrs Bell so gut gelaufen ist, könnten wir uns dort drüben ein spätes Mittagessen gönnen«, schlug Zoe vor und deutete auf das Hotel hinter den Bäumen.

Bens Augen funkelten vor Freude. »Also, das nenne ich leben!«

Sie betraten das prächtige Hotel, das in der Mitte des Royal Crescent stand. Zu Zoes Überraschung wurden sie umgehend begrüßt und an einen Tisch im Freien geleitet. Als der Kellner ihr die Speisekarte gab, hielt Zoe einen Moment inne und sog den Anblick der lavendelgesäumten gewundenen Wege in sich auf, die die grünen Rasenflächen umrahmten; der süße Vogelgesang lieferte den perfekten Soundtrack zu diesem völlig unerwarteten Mittagessen.

»Ich komme mir vor wie ein Filmstar«, sagte Zoe lachend und bestellte den Heilbutt nach Cornwall-Art.

»Du solltest einfach mehr rauskommen«, meinte Ben, der sich für das Wagyu-Steak entschied und zwei Gläser Shiraz dazu bestellte.

»Vielleicht hast du recht«, räumte Zoe ein. »Hast du die ganzen gerahmten Bilder von Mrs Bell und ihrem Mann aus all den Jahren gesehen?«

»Eine hyperglückliche Familie«, sagte Ben, während der Kellner die Gläser absetzte.

»Ja, wahrscheinlich.« Gedankenverloren neigte Zoe den Kopf zur Seite. »Aber es war gut. Dass sie jetzt weiß, dass ihre Geschichte vollständig ist, meine ich. Das hat ihr deine Nachricht heute beschert, Ben, das letzte Stück in einer augenscheinlich sehr glücklichen Liebesgeschichte. Meiner Meinung nach ist das etwas für die Löffelliste.«

Ben zog die Nase kraus, dachte einen Moment lang über Zoes Bemerkung nach und lehnte sich im Rattanstuhl zurück, wobei die Sonne seine Haut zum Schimmern brachte. »Ich glaube, das meiste von meiner Löffelliste habe ich schon abgehakt.«

Überrascht sperrte Zoe den Mund auf. »Wirklich? Was zum Beispiel?«

»Ich bin in der Welt herumgereist, war Bungee-Jumping in Argentinien, bin mit einem Fallschirm aus einem Flugzeug gesprungen, die Rennstrecke von Silverstone gefahren, war Teil eines Formel-Eins-Teams in Monaco …«

»Du warst Teil eines Formel-1-Teams?«, rief Zoe.

»Ich war ein paar Tage lang Wasserträger, als ich noch studiert habe.« Ben zwinkerte. »Ein Kumpel hat mir einen Gefallen getan, aber es war echt aufregend.«

Ungläubig schüttelte Zoe den Kopf. »Was noch?«

»Äh, ich war bei der Olympiade, bin auf dem Pferd einen Strand entlanggeritten …«

»Das macht in Australien jeder«, sagte Zoe und verdrehte die Augen, während sie nach ihrem Weinglas griff.

»Aber nicht jeder in Australien nimmt am London Marathon teil, macht Trekking auf dem Inka-Trail oder betrinkt sich gemeinsam mit The Rock eine Nacht lang in einer Bar in Las Vegas.«

»Mit dem Filmstar?«

»Ja.« Ben zuckte die Achseln, als sei das keine große Sache.

»Das war natürlich, bevor er so berühmt wurde. Er war mit ein paar Freunden da.«

»Na los, lass hören«, drängte ihn Zoe und war selbst überrascht, dass sie die Aussicht auf ein bisschen Promiklatsch so begeisterte.

Ben tippte sich an die Nase. »Du weißt doch, was in Vegas passiert, bleibt in Vegas. Nur so viel: Er war Trauzeuge auf meiner Hochzeit.«

Nun bekam Zoe endgültig Stielaugen. »Echt?«

»Nein!« Lachend warf Ben den Kopf zurück. »Aber du solltest dein Gesicht sehen.«

»Wer war denn Trauzeuge auf deiner Hochzeit?«, fragte Zoe und fühlte sich leicht gekränkt.

»Ich hatte keinen«, sagte Ben und spielte mit der Serviette. »Es war ganz schlicht, nur wir beide und zwei Trauzeugen, die wir auf der Straße aufgegabelt hatten. Wir wollten beide keinen großen Wirbel, und vermutlich war es besser so, nachdem wir uns schon zwei Jahre später wieder getrennt haben.«

Dazu sagte Zoe nichts. Die Stimmung trübte sich ein, und sie wollte das Ruder herumreißen.

»Irgendwas muss es doch noch geben, oder?«, drängte sie. »Auf deiner Löffelliste, meine ich. Ich habe mit meiner noch nicht mal richtig angefangen.«

Ben schüttelte den Kopf. »So richtig überrascht mich das nicht.«

Die Bemerkung verursachte Zoe Unbehagen. Sie hatte sich eigentlich nie Gedanken über eine Löffelliste gemacht. Genau genommen war sie zu sehr damit beschäftigt gewesen, einfach nur den Alltag zu überstehen, seit Sean gestorben war.

»Egal«, sagte sie ungeduldig. »Jetzt geht es um dich.«

»Okay, lass mich nachdenken.« Ben biss sich auf die Lippen.

»Weißt du, ich war überall auf der Welt, aber ich war noch nie an der äußersten Ecke dieses Landes hier. Ich möchte mal auf die Halbinsel Lizard, umgeben von all der Natur, dem Meer, den Vögeln, den Klippen und der Küste, und mich darin verlieren.«

»Du warst am anderen Ende der Welt, zum Bungee-Jumping in Argentinien, aber du warst noch nie am südlichsten Punkt deines Heimatlands?«, rief Zoe. »Warum nicht?«

»Keine Ahnung«, meinte Ben und fuhr sich in der vertrauten Geste mit der Hand über den Kopf. Zoe hatte festgestellt, dass er es immer dann tat, wenn er sich über etwas wunderte. »Keine Zeit. Das Gefühl, dass es ja gleich um die Ecke ist und ich schon noch Gelegenheit haben werde. Wer weiß. Bestimmt fahre ich irgendwann mal hin.«

»Das solltest du wirklich tun. Es ist wunderschön«, sagte Zoe, als das Essen gebracht wurde.

Zum Dank nickte Ben dem Kellner zu und nahm das Besteck in die Hand. »Wann warst du da?«

»Kurz nachdem ich aus Australien hierhergezogen bin. Ich war dort, in Bath, natürlich, in Snowdonia, den Highlands, dem Lake District.«

Ben zog die Augenbrauen hoch. »Du hast ganz schön viel unternommen.«

»Großbritannien ist nicht groß. Die meisten Orte erreicht in man mit dem Auto, Zug oder Flugzeug in zwei, drei Stunden«, meinte Zoe. »Und gleich vor der Haustür liegt Europa. All die Länder sind nur einen kurzen Flug entfernt.«

»Bei dir klingt es so, als wäre das Beste an England, dass man es nicht weit hat zu anderen Orten.« Ben lachte und spießte eine Frühkartoffel mit der Gabel auf.

Zoe zuckte die Schultern. »Fändest du es denn schlimm, wenn es so wäre?«

Wieder lachte Ben, und als Zoe lauschte, wie der Klang des Lachens in seinem Körper nachhallte, dachte sie, dass es kein schöneres Geräusch gab als das.

»Vielleicht könntest du mit mir hinfahren?«, sagte Ben leichthin. »Nach Lizard, meine ich. Du könntest mir alles zeigen, wenn du dich da so gut auskennst.«

Erstaunt sah Zoe ihn an. »Ich würde nicht behaupten, dass ich mich da gut auskenne. Ich war nur ein einziges Mal da.«

Peinlich berührt flackerten seine Augen. »Kein Problem«, sagte er und schaufelte sich noch eine Kartoffel in den Mund. »Es war eine dumme Idee, vergiss es.«

Während sie ihm beim Essen zusah, überkamen sie Schuldgefühle, dass sie ihn verstimmt hatte. »Weißt du, vielleicht wäre es schön, das zusammen zu machen.«

»Wirklich?« In Bens Augen schien Optimismus auf.

»Ja.« Zoe merkte, dass sie es ehrlich meinte. »Wirklich.«

Als sie einander schüchtern anlächelten, spürte Zoe, wie sich Freude in ihrem Körper ausbreitete. Und diesmal hatte es nichts mit einem Auto zu tun.

Neunzehn

Seit dem Mittagessen im Hotel hatte sich Bens und Zoes Beziehung verändert. Ben kaufte automatisch einen Milchkaffee für sie mit, wenn er sich seinen Cappuccino im Café gegenüber dem Hospiz holte. Im Gegenzug überließ sie ihm mittags die Eier in ihrem Salade niçoise, und oft wechselten sie sich damit ab, einander abzuholen und wieder nach Hause zu bringen, wenn ihr Schichtdienst zur selben Zeit begann und endete.

Sie kommentierten es nicht, aber alles war anders – auf gute Art anders, dachte Zoe, als sie am Stationstresen saß und den Blick über die Abteilung schweifen ließ. Das einzige Problem war, dass sie nicht so genau wusste, in welchem Verhältnis sie zueinander standen, und – vielleicht noch akuter – nicht wusste, in welchem Verhältnis sie zu ihm stehen wollte. Hatte Ben sie als Freundin nach Cornwall eingeladen? Wollte er in einer größeren Gruppe verreisen? Oder hatte er etwas anderes im Sinn, etwas, wozu sie noch nicht bereit war?

Zoe hatte es satt, sich darüber den Kopf zu zerbrechen. Sarah war der Meinung, es sei offensichtlich, dass Ben mit ihr verreisen wollte, weil er mehr als eine Freundschaft wollte. Sarah hatte sie beide beobachtet, wie sie einander an jenem Sonntag im Café angesehen hatten, und die Chemie zwischen ihnen wahrgenommen. Doch Zoe hoffte, dass sich Sarah täuschte; ihr stand der Sinn so gar nicht nach einer Romanze.

Nachdem Sean gestorben und sie ihrer Ehe entflohen war, hatte Zoe das Gefühl gehabt, dass ihr die Fähigkeit zu lieben abhandengekommen war. Die Erkenntnis, dass sich in ihrem Herzen etwas Ben gegenüber regte, überforderte sie; seit sie David kennengelernt hatte, hatte sie nichts dergleichen mehr erlebt, und es machte ihr Angst.

Sie schüttelte den Gedanken daran, welche Richtung ihr Leben unerwartet genommen hatte, ab und befasste sich mit der Liste der Neuzugänge. Heute waren zwei Aufnahmen geplant. Mrs Harper sollte wieder einmal für zwei Tage kommen, was Zoe zum Lächeln brachte. Sie hatte die Mutter des Hospizbesitzers schon eine Weile nicht mehr gesehen. Der andere Neuzugang war Ricky Pagett, und beim Gedanken an ihn drehte sich ihr der Magen um. Ricky war erst vier Jahre alt und litt an einem Neuroblastom. Er war seit einem Jahr zur Tagespflege im Hospiz, damit seine Mutter Ella hin und wieder eine Verschnaufpause hatte. Zoe war klar gewesen, dass er eines Tages in Vollzeit aufgenommen werden müsste, sie hatte allerdings gehofft, es würde noch eine Weile dauern.

»Ricky Pagett«, murmelte Ben hinter ihr. Sie hob den Kopf und sah, dass er die Liste überflog. »Ich habe gestern mit seiner Mutter gesprochen. Sie wirkte erstaunlich nüchtern.«

»Innerlich ist sie bestimmt am Boden zerstört«, entgegnete Zoe. »Wahrscheinlich ist das ihre Art, damit fertigzuwerden. Nach Seans Tod war ich genauso. Ich habe jedes Detail seiner Beerdigung geplant und dachte, so stehe ich das Ganze durch, aber die Wahrheit ist, dass dich nichts auf den Tod deines Kindes vorbereitet.«

Ben drückte ihre Schulter, und seine großen hellbraunen Augen wirkten besorgt. »Soll ich die Aufnahme heute übernehmen oder Miles darum bitten?«

Erschrocken sah Zoe ihn an. »O Gott, nein! Mir ist es wichtig, dass Ricky einen guten Tod hat. Außerdem hast du heute Vormittag doch dieses Meeting zum Finanzetat.«

»Wenn du dir wirklich sicher bist?«

»Mehr als sicher.« Sie lächelte ihn an. »Aber danke, dass du dir meinetwegen Gedanken gemacht hast.«

»Okay. Sag Bescheid, wenn du Unterstützung brauchst.«

Mit diesen Worten ging er davon. Sie sah, wie Mrs Harper von ihrem Sohn zur Tür hereingeschoben wurde, und stand auf, um sie zu begrüßen.

»Schön, Sie wiederzusehen«, sagte sie herzlich.

»Ich wünschte, ich könnte dasselbe behaupten«, antwortete Mrs Harper schroff, doch dann wurde ihre Miene sanfter. »Aber ich muss schon sagen, heute sehen Sie ein wenig aufgeräumter aus als beim letzten Mal. Haben Sie sich die Haare gebürstet?«

»Mutter!«, rief Mr Harper.

Zoe entfuhr ein Lachen. Sie war nicht beleidigt. »Genau genommen habe ich mir das Haar nicht nur gebürstet, Mrs Harper, sondern schneiden lassen. Nichts Besonderes.« Sie betastete die losen Locken, die ihr Gesicht umrahmten. Sarah hatte sie letzte Woche überredet, sich zeitgleich mit ihr einen Termin beim Friseur geben zu lassen. Normalerweise schnitt Zoe sich den Pony selbst, wenn er zu lang wurde, aber Sarah hatte darauf beharrt, dass damit Schluss sei, und einen Termin für sie vereinbart. Zoe war nur widerwillig mitgegangen, sie hatte es für reine Zeitverschwendung gehalten. Doch als der Friseur die gesplissten Spitzen abgeschnitten und die ungleichen Längen in etwas verwandelt hatte, was ihrem Gesicht mehr Form verlieh, hatte Zoe beim Anblick ihres Spiegelbilds gelächelt. Sie sah aus wie ein Mädchen, das sie früher einmal gekannt hatte, beinahe wie eine alte Freundin.

Schnuppernd taxierte Mrs Harper sie. »Es steht Ihnen. Das Leben ist zu kurz, um wie eine struppige Katze herumzulaufen.«

Zoe lachte, während Mrs Harpers Sohn zusammenzuckte, sein Kopf rot wie eine Tomate. Sie wollte ihr zustimmen, doch da wurde ihre Aufmerksamkeit von zwei Sanitätern in Anspruch genommen, die einen kleinen, geschwächten Jungen zur Tür hereinschoben. Ricky Pagett war eingetroffen.

Sie und einer der Sanitäter wechselten einen Blick, aber das Lächeln erreichte bei keinem von ihnen die Augen. Es war wie eine Art Geheimcode für die traurige Situation. Sie wussten beide, wie hart es war, wenn ein Kind im Hospiz aufgenommen wurde und ein Leben endete, das kaum begonnen hatte.

»Entschuldigen Sie mich bitte«, sagte sie zu Mrs Harper.

Sie wandte sich ab, doch im selben Moment packte Mrs Harper sie am Arm. »Ist das ein Kind?«, flüsterte sie ruppig.

Zoe nickte. »Vier Jahre alt.«

»Und das ist die Mutter?« Mrs Harper deutete auf Ella. Zoe bemerkte deren aschfahles Gesicht, als sie neben der Trage herging und Rickys Hand keinen Augenblick losließ.

»Ja«, bestätigte Zoe knapp.

»Bitte kümmern Sie sich darum, dass sie *alles* kriegt, was sie braucht, Zoe? In Ordnung?«, flüsterte Mrs Harper mit Nachdruck, ohne den Blick von Ella abzuwenden. »Falls ich irgendwie helfen kann, geben Sie mir bitte Bescheid. Ich bin zu allem bereit.«

Überrascht drehte sich Zoe zu ihr um und bemerkte, dass die alte Dame gegen die Tränen ankämpfte.

»Das mache ich.«

Mrs Harper schenkte ihr ein kurzes Lächeln und ließ ihren Arm los.

»Na dann, Mutter, schauen wir, dass du im Aufenthaltsraum

eine Tasse Tee bekommst«, sagte Mr Harper und nickte Zoe kurz zu, bevor er seine Mutter weiterschob.

Während Zoe den beiden den Flur hinunter nachblickte, überkam sie das Gefühl, dass diesem Gespräch mehr zugrunde lag als bloß Mrs Harpers Wunsch, dass es der jungen Mutter gut erging. Sie wäre der Sache gern auf den Grund gegangen, aber dafür blieb keine Zeit. Jetzt brauchten Ella und Ricky sie an ihrer Seite.

»Hallo«, sagte sie, ging auf die junge Frau zu und schenkte Ricky ein herzliches Lächeln. »Wie geht es Ihnen beiden?«

Ella lächelte. Ihre Augen waren rot und wund vom Weinen. »Uns geht es gut, stimmt's, mein Liebling?« Sie wandte sich Ricky zu, doch der schlief tief und fest. Darüber war Zoe froh. Ricky war zu jung, um derart zu leiden, und um seiner selbst und seiner Mutter willen, die mit vierundzwanzig ebenfalls zu jung war, um etwas so Schmerzliches durchzustehen, hoffte Zoe, dass Rickys Ende schnell und so wenig qualvoll wie nur möglich sein würde.

»Er hat seit Tagen schreckliche Schmerzen.« Ellas Stimme war brüchig. »Ich habe ihm Morphium gegeben, aber das scheint alles nicht zu helfen.«

»Jetzt sind wir da«, sagte Zoe freundlich. »Wir kümmern uns, dass alles so gut wie möglich für Sie beide läuft.«

Ella nickte, und Zoe merkte, dass nicht nur Ricky seine Mutter brauchte, sondern Ella dringend ihre Familie an ihrer Seite brauchte.

»Können wir jemanden anrufen?«

»Nein«, erwiderte Ella mit schwacher Stimme. »Mum macht eine Kreuzfahrt. Ich hatte damit gerechnet, dass Ricky mehr Zeit bleibt, und habe ihr gesagt, sie soll fahren. Sie hat sich sehr lieb um uns gekümmert. Ich will ihr den Urlaub nicht verderben. Es ist ihr erster Urlaub seit vielen Jahren.«

Zoe runzelte die Stirn. »Ich denke, sie wäre jetzt gern für Sie da, Ella.«

Aber Ella schüttelte den Kopf. »Ich will ihr keine Mühe machen.«

Da bemerkte Zoe den zusammengepressten Kiefer und die eiserne Entschlossenheit in Ellas haselnussbraunen Augen. Sie wollte das hier auf ihre Art machen, einen intimen Moment zwischen Mutter und Kind haben.

Zoe dachte an die leeren, tristen Tage zwischen Seans Tod und seiner Beerdigung. Damals hatte sie darauf bestanden, dass alles nach ihren eigenen Vorstellungen ablief, und bei Ella bemerkte sie dieselbe Bestimmtheit. Zoe würde ihr helfen, so gut es ging. Der Tod ihres Sohnes würde Ella für den Rest ihres Lebens begleiten, und Zoe wollte nicht, dass Ella in dieser Hinsicht irgendeinen Grund zur Reue hatte.

»Wir haben Ihnen ein hübsches Zimmer auf der Kinderstation hergerichtet«, sagte Zoe munter. »Miles hat sich heute Morgen darum gekümmert.«

Bei der Erwähnung von Miles hellte sich Ellas Gesicht kurzzeitig auf. »Oh, Ricky, Schätzchen, Miles ist heute da.«

Erstaunt zog Zoe die Augenbrauen hoch. Gewöhnlich hatte Miles keine so innige Beziehung zu den Patienten, dass sie nach ihm fragten.

»Ich schau, dass wir ihn finden, okay?«

Zoe wandte sich an den Sanitäter und erklärte ihm, wohin sie Ricky bringen sollten. Als sie ihnen hinterherblickte, wusste Zoe bereits, dass sie das Hospiz erst verlassen würde, wenn Ella es auch täte. Es war das Ende ihrer Reise als Mutter und Sohn, und Zoe würde dafür Sorge tragen, dass es schön und friedlich war.

Zwanzig

Kurz nachdem Ricky gestorben war, kam die Sonne hinter den Wolken hervor. Zoe nahm den hellen gelben Ball, der vom Himmel herunterstrahlte, während Ella mit vom Schock klappernden Zähnen und einer Tasse Tee in der Hand dasaß, als Zeichen für eine lichtere Zukunft.

Zoe sah durch das Fenster in der Tür in das kleine, aber behagliche Familienzimmer. Miles hatte Ella den Arm um die Schulter gelegt. Zuneigung zu ihrem Kollegen durchströmte Zoe, und sie dachte an die Karte in ihrer Tasche, die sie für Ella geschrieben hatte.

Ricky war zu jung gewesen und an zu viele Maschinen angeschlossen, um seiner Mutter eine Nachricht zu hinterlassen. Trotzdem hatte Zoe der Mutter etwas überreichen wollen, woran sie sich in den dunkelsten Stunden festhalten konnte, die ihr bevorstanden. Also hatte Zoe sorgfältig darüber nachgedacht, welche Worte sie Ella mitgeben wollte. Das schlimmste Ereignis war eingetreten, und da brauchte man die Gewissheit, dass man es überleben würde.

Sie schob die schwere Brandschutztür auf und lächelte Ella und Miles an, die zuerst sie und dann das Tablett in ihren Händen musterten.

»Bitte schön«, sagte Zoe sanft. »Ich dachte, ihr zwei könnt etwas Warmes vertragen. Euer Tee ist bestimmt längst eiskalt.«

Miles schenkte ihr einen dankbaren Blick. »Danke, Zoe.«

»Alles okay bei dir?«, formte sie lautlos mit den Lippen.

Miles bedeutete ihr, sich ihm und Ella gegenüber hinzusetzen. Er nahm Ella die Tasse aus der Hand und ersetzte sie durch eine frische, warme. »Trinken Sie ein bisschen, meine Liebe.«

Ella erwiderte nichts, als sie die Tasse entgegennahm, sondern starrte weiterhin ausdruckslos auf den Boden.

»Sie können hier so lange bleiben, wie Sie wollen«, erklärte Zoe. »Es gibt keine Eile, irgendetwas zu machen oder irgendwohin zu gehen.«

»Danke«, sagte Ella mit tonloser Stimme.

»Sind Sie immer noch sicher, dass wir Ihre Mutter nicht anrufen sollen?«, fragte Zoe. »Ich denke, sie wäre jetzt gern für Sie da.«

Bei diesen Worten hob Ella den Kopf und blickte Zoe in die Augen. »Oh, doch, bitte.«

Zoe sah Miles an, der augenblicklich aufstand. »Ich mache das.«

Zoe lächelte ihn an. Er saß seit fast zwei Stunden bei Ella und konnte mit Sicherheit eine Pause brauchen, um sich anschließend mit neuer Kraft weiterzukümmern.

»Ich weiß nicht, wie ich das aushalten soll«, flüsterte Ella, als Miles die Tür hinter sich zugemacht hatte. »Ricky war mein Ein und Alles. Ohne ihn bin ich nichts. Ricky ist ... war«, korrigierte sie sich, »so ein guter Junge. Warum passiert so was? Mum hat in den vergangenen Wochen oft gesagt, dass er immer bei mir sein wird, dass er in den Himmel kommt, aber ich weiß nicht, ob das wahr ist. Was denken Sie?«

Zoe schwieg einen Augenblick. In den letzten zwei Jahren hatte sie sich oft gefragt, ob es ein Leben nach dem Tod gab und, falls ja, was das für Sean bedeutete. Sie hatte keine Ahnung.

Noch eine ganze Weile nach Seans Tod hatte sie sich an die Vorstellung geklammert, dass er im Geiste bei ihr und David war, als könne er mal so eben bei ihnen hereinschneien, wenn ihm danach war, oder eher und egoistischer, wann immer Zoe ihn brauchte. Aber im Laufe der Zeit war Zoe dazu übergegangen, zu hoffen, dass es nicht so war. Obwohl die Vorstellung, ihn um sich zu haben, wunderschön war, wünschte sie sich das nicht für ihren Sohn. Zoe wünschte Sean im Tod dasselbe, was sie ihm im Leben gewünscht hatte: dass er glücklich war.

»Was ich glaube, ist: Wo auch immer er ist, er hat keine Schmerzen, braucht weder Medikamente noch Maschinen und hat keinen Kummer mehr«, antwortete Zoe aufrichtig. »Ich denke, dass Ihnen einige wunderbare Erinnerungen bleiben werden, an denen Sie sich festhalten können und die Ihnen niemand nehmen kann.«

»Ich glaube nicht, dass das möglich ist.« Energisch schüttelte Ella den Kopf. »Ich werde niemals in der Lage sein, mich an Ricky zu erinnern, ohne an die Qualen zu denken, die er durchgemacht hat.«

Zoe beugte sich vor und tätschelte Ellas Knie. »Ich verspreche Ihnen, dass es nicht immer so sein wird. Ricky war nur eine kurze Zeit seines Lebens krank. Davor gab es Lachen und Schmusen und Gutenachtgeschichten, Freudengeschrei, wenn er eine Rutsche hinuntergerutscht ist, oder glucksende Aufregung, als er die ersten Schritte gemacht hat. Irgendwann werden Sie voller Zärtlichkeit an diese besonderen Momente denken, das verspreche ich Ihnen, und entscheidend ist: Sie werden sich erinnern *wollen*.«

Ella sah Zoe voller Ernst an. »Sie klingen so, als hätten Sie das selbst erlebt.«

»Ja, das habe ich. Mein Sohn ist vor etwas mehr als zwei Jahren gestorben. Er war erst sieben.«

»Und Sie schaffen das?«, fragte Ella, und ihre Stimme klang ungläubig.

»Ja, ich habe es überstanden und tu das auch weiterhin«, antwortete Zoe langsam und stellte ihre Teetasse auf dem Tisch ab. »Es war ein schwerer Weg. Manchmal überrumpelt mich der Schmerz immer noch, und ich kann nicht fassen, dass mein Sohn tot ist. Eine Woche kann vergehen, ohne dass es wehtut, und dann, ganz unvermittelt ...« Zoe schnippte mit den Fingern. »... überfällt mich die Erkenntnis, dass er fort ist, so heftig, als stünde ich im Boxring mit Anthony Joshua. Dann ist die ganze Trauer wieder da, die ich am Anfang gespürt habe.«

Ella schüttelte den Kopf. »Ich habe nicht dieselbe Kraft wie Sie. Ich schaffe das nicht.«

Die junge Mutter kauerte sich zu einem kleinen Ball zusammen und schaukelte auf dem kleinen Sofa vor und zurück.

Zoe wechselte den Platz, setzte sich neben die Frau und hielt sie in den Armen. »Sie stehen das durch, Ella. Es wird Tage geben, an denen Sie denken, dass Sie nicht weitermachen können, aber Sie können das. Sie müssen die Erinnerung an Ricky am Leben halten und für ihn leben. Vertrauen Sie mir, Ella, eines Tages werden Sie nur mehr mit Liebe an Ricky denken, und diese Liebe wird Sie durch das, was kommt, begleiten.«

An Zoes Schulter brach Ella in Schluchzen aus. Zoe wusste, dass es keine Worte gab, die ihren Kummer jetzt lindern konnten. Das Beste, worauf Ella hoffen konnte, war, dass sie lernen würde, damit zu leben.

Nach einer Weile hörte Ella auf zu weinen und hob den Kopf. Sie griff nach ihrer Tasse, und dabei schweifte ihr Blick zu dem kleinen quadratischen Umschlag mit ihrem Namen darauf, der auf dem Tablett lag.

»Von wem ist das?«

»Von mir. Es ist nichts Besonderes.« Zoe war verlegen. Sie erklärte nur ungern, warum sie die Briefe schrieb. »Eine kleine Geste, um Ihnen über die nächste Zeit zu helfen.«

Ella nahm den Umschlag und öffnete ihn behutsam. Darin war eine kleine weiße Karte, auf der nichts als zwei ineinander verschlungene Hände abgebildet waren.

Sie klappte die Karte auf, und Zoe beobachtete Ella dabei, wie sie die Worte las, die Zoe so sorgfältig gewählt hatte.

Manchmal gibt es keine Worte und kein Entrinnen vor dem Schmerz, die Liebe aber gibt es, und es wird sie immer geben.

Ella schien die Zeilen ein paarmal zu lesen, bevor sie die Karte auf den Tisch legte und wieder zu weinen begann. Beunruhigt streckte Zoe die Hand aus, um sie festzuhalten, aber Ella schüttelte den Kopf.

»Etwas Schöneres über all das hat mir kein Mensch gesagt. Danke, Zoe.«

Und während Ella weiterweinte, wandte Zoe den Blick zum Fenster und sah, dass die Sonne noch heller strahlte. Trotz ihrer Unsicherheit, was das Leben nach dem Tod anging, hatte sie in diesem Augenblick das Gefühl, dass Sean bei ihr war, sie ermunterte, nach vorne zu sehen und ihre Träume auszuleben ebenso wie seine. Zoe hielt Ella fest im Arm. Das hier war sie einst selbst gewesen. Sie hatte etwas so Katastrophales erlebt, dass der Kummer ihr ganzes Leben vereinnahmt hatte. Vielleicht war es ja jetzt an der Zeit zuzulassen, dass die Hoffnung ihren Körper durchströmte wie die Sonne, die durchs Fenster hereinschien und sie sanft küsste.

Einundzwanzig

Nachdem Ella schließlich mit Beistand ihrer besten Freundin nach Hause aufgebrochen war, verspürte Zoe das dringende Bedürfnis nach einem Drink. Sie fragte sowohl Ben als auch Miles, ob sie sie ins Pub gegenüber begleiten wollten, doch ihr australischer Kollege erklärte sich für zu erschöpft, und Zoe konnte erkennen, wie sehr es ihm zugesetzt hatte, dass Ella sich an diesem Tag auf ihn gestützt hatte.

Zoe hingegen fühlte sich merkwürdig energiegeladen. Ella hatte sie daran erinnert, was sie erreicht und welchen Fortschritt sie seit jenen frühen Tagen der Trauer gemacht hatte.

Sie nahm das eisgekühlte Glas Weißwein, das Ben ihr netterweise geholt hatte, schnupperte daran und war skeptisch. Zu Hause in Australien duftete der Wein intensiver, irgendwie frischer.

»Du bist so gedankenverloren«, sagte Ben, als sie einen Schluck nahm und die Nase rümpfte.

Zoe hob ihr Glas. »Es geht mir gut. War ein harter Tag.«

»Wenn du mal reden willst …«

»Nein, will ich nicht«, schnitt Zoe ihm das Wort ab, bevor er noch etwas sagen konnte.

»Okay. Was hältst du dann von einer weiteren Briefzustellung?«

Zoe verzog das Gesicht. »In diesem Augenblick: nichts.«

»Nicht jetzt.« Ben grinste. »Aber nächste Woche hast du doch am Freitag frei, oder?«

»Kann sein«, erwiderte Zoe unverbindlich.

»Ich weiß, dass du freihast – ich habe den Dienstplan geschrieben«, sagte Ben augenzwinkernd. »Ich habe auch frei. Ich habe mir gedacht, wir könnten nach Wales fahren.«

»Welche Gegend?«

»In die Nähe von Cardiff.« Ben trank einen Schluck Bier. »Die Sache wird dir gefallen, es ist was anderes als sonst.«

»Inwiefern anders?«, fragte Zoe.

Bens Lippen umspielte ein Lächeln. »Ich habe ein paar letzte Worte für ein Pferd.«

Zoe verschluckte sich beinahe an ihrem Wein. »Du willst nach Wales fahren, um einem Pferd eine Nachricht zu überbringen?«

»Ich weiß, das ist ungewöhnlich«, meinte Ben und versuchte, ernst zu bleiben. »Aber hör mich erst an.«

»Ich kann es gar nicht erwarten.« Sie zog die Strickjacke aus und machte sich bereit für seine Erklärung.

»Vor ungefähr zwei Jahren habe ich mich um ein sehr liebes Mädchen gekümmert; sie hieß Hannah. Sie war erst zwölf, als sie an Leukämie starb«, erzählte Ben.

»Das arme Mädchen«, flüsterte Zoe.

»Es war schrecklich. Hannah sprühte nur so vor Leben.«

»Das ist bei Kindern immer so«, sagte Zoe, vor deren innerem Auge Bilder des lachenden, frechen Ricky vorbeiflimmerten, wie sie ihn anfangs kennengelernt hatte. »An welcher Stelle kommt das Pferd ins Spiel?«

»Sie hatte ein Pferd namens April, allem Anschein nach war es ihr bester Freund. Hannahs Eltern hatten sich kurz zuvor scheiden lassen, und vermutlich hatte April ihr geholfen, damit klarzukommen.« Ben zuckte die Schultern, und Zoe dachte daran, dass auch er aus einer »kaputten« Familie kam. »Kurz bevor Hannah starb, bat sie mich, ein Auge auf April zu haben. Sie machte sich Sorgen, dass das Pferd ohne sie nicht zurechtkäme und ihr kleiner Bruder Josh sich nicht richtig kümmern würde, also versprach ich ihr, nach ihrem Tod hinzufahren.«

»Und das hast du nicht getan.«

Die Röte stieg Ben in die Wangen, als er den Kopf schüttelte. »Ich hatte mein Versprechen schon ernst gemeint, aber du weißt ja, wie es ist, das Leben, die Arbeit, bla bla.«

Zoe löste den Pferdeschwanz und schüttelte ihr Haar. Die Spannungskopfschmerzen, die sie schon den ganzen Tag quälten, klangen langsam ab. »Warum jetzt?«

»Weil du, Zoe Evans, die perfekte Pflegerin bist und mir klargemacht hast, wie wichtig es ist, ein Versprechen zu halten, das man einem Sterbenden gegeben hat.«

Zoe lachte. »Was hast du vor? Dort aufzukreuzen und zu sagen, dass du ein Pferd besuchen willst?«

»Ja, vielleicht.« Ben wirkte verunsichert. »Ist daran etwas falsch?«

»Nein, gar nicht.« Zoe kicherte und griff nach ihrem Glas. »Aber meinst du nicht, dass so etwas Bestürzung in der Familie hervorruft?«

»Was glaubst du, warum ich will, dass du mitkommst?«, sagte Ben und verdrehte die Augen. »Wie auch immer, Hannah hat mich gebeten, dem Pferd zu sagen, wie sehr sie es geliebt hat, und das werde ich tun.«

»Also gut.« Zoe nahm einen Schluck und stellte dankbar fest, dass der Geschmack besser geworden war. »Wann soll es losgehen?«

»Soll ich dich um acht abholen?«, schlug Ben vor, griff in seine Tasche und holte eine Packung Bacon-Chips heraus. Sie runzelte die Stirn. Das tat seinem RDS ganz bestimmt nicht gut, und sie wollte gerade etwas in diesem Sinne sagen, als sie Miles an der Bar entdeckte und zu sich herüberwinkte.

»Ich dachte, du bist zu müde«, sagte sie, als sie zwei Gläser in seinen Händen bemerkte.

Miles schenkte ihr ein mattes Lächeln. »Es war ein beschissener Tag. Ich habe beschlossen, mich euch doch anzuschließen.«

»Das freut mich.« Zoe lächelte und sah im selben Moment Sarah aus der Damentoilette kommen. Ihr Blick schweifte von Sarah zu Miles und zurück.

»Zoe, da bist du ja.« Strahlend kam Sarah auf sie zu. »Ich wollte dich bei der Arbeit abholen und fragen, ob du Lust hast, was trinken zu gehen, aber Miles hat gesagt, dass du schon Gesellschaft hast.«

»Ich dachte, ich begleite sie hierher«, fügte Miles erklärend hinzu.

»Wie ritterlich von dir«, meinte Zoe und betrachtete die beiden überrascht.

»Nicht wahr?« Miles ignorierte Zoes besorgte Miene und zog einen Stuhl für Sarah heraus.

»Warum hast du nach mir gesucht?«, wandte sich Zoe an ihre Freundin.

»Miles hat mir von dem kleinen Jungen erzählt, der heute aufgenommen wurde, also wollte ich nach dir sehen.« Sarahs Blicke verrieten, was beide dachten, nämlich dass es für Zoe in mehrfacher Hinsicht hart gewesen sein musste.

Zärtlich lächelte Zoe ihre Freundin an. »Es geht mir gut, aber danke trotzdem.«

»Tatsächlich geht es ihr so gut, dass sie sich bereit erklärt hat, gemeinsam mit mir einem Pferd eine Nachricht zu überbringen«, warf Ben fröhlich ein.

»Wie bitte?«, fragte Sarah verblüfft nach.

Während Ben die Geschichte grob umriss, zeichnete sich auf Miles' und Sarahs Gesichtern ungläubiges Staunen ab, und Zoe musste kichern.

»Ich weiß wirklich nicht, was ich dazu sagen soll!«, rief Sarah. »Ich kann mich nicht erinnern, dass du schon einmal einem Pferd einen Brief überbracht hast.«

»Genau genommen ist es kein Brief, sondern eine Nachricht«, betonte Ben. »Ich weiß, das klingt verrückt, aber ich habe einem kleinen Mädchen ein Versprechen gegeben.«

»Nicht schlecht, Kumpel«, sagte Miles und nahm einen tiefen Schluck von seinem Bier. »Weißt du, was, wenn das gut läuft, dann können wir es auf unsere Instagram-Seite stellen.«

»Du lieber Himmel! Sollten wir uns nicht lieber auf Pfleger in dunkelblauen Kitteln beschränken, die Benefizwanderungen machen oder so?«, entgegnete Zoe murrend.

»Sei nicht so ein altmodischer Miesepeter. Das ist gut fürs Hospiz, dadurch bekommt es mehr Aufmerksamkeit, und die Kinder finden es auch toll. Schau mal!« Miles zog sein Handy heraus und tippte mit seinem dicken Finger auf das Icon, damit Ben und Zoe sich die Seite ansehen konnten.

»Du hast ein Bild von Ella und Ricky gepostet!«, schrie Zoe.

»So ist es.« Miles grinste. »Und bevor du loslegst: Ich habe Ellas Einverständnis. Aber schau dir die Kommentare und Likes an. Es wurde über fünfzig Mal geteilt, mehr als tausend Likes, und ich komme nicht einmal nach, die ganzen Nachrichten an Ella durchzulesen.«

Zoe schnappte sich das Handy aus der Hand von Miles und scrollte durch die Kommentare. Er hatte recht, es gab Hunderte Kommentare voller Zuspruch und liebevoller Unterstützung. Zoe wusste, dass sie der jungen Frau Trost schenken würden.

Als Sean gestorben war, hatte Zoe das Bedürfnis gehabt, jedem Menschen, der bereit war, ihr zuzuhören, von ihm zu erzählen. Ella konnte das mit all diesen Menschen tun, die bereitwillig Mitgefühl und Trost spendeten.

»Davon hatte ich keine Ahnung«, sagte sie schließlich. »Das ist wunderschön.«

Miles grinste. »Die Idee kam mir schon vor einer ganzen Weile. Den Patienten scheint es sehr zu gefallen.«

»Ist eine Art moderne Version deiner Briefe, Zoe«, merkte Sarah ironisch an.

»Haha. Möchte noch jemand was trinken?«, fragte Zoe und erhob sich.

Sarah und Miles schüttelten den Kopf, und Ben blickte stirnrunzelnd auf die große glänzende Uhr an seinem Handgelenk. »Danke, aber ich muss los.«

Miles zog eine Augenbraue hoch. »Es ist doch noch früh.«

»Ich weiß, aber ich habe eine Verabredung und bin jetzt schon spät dran«, erklärte Ben und lachte nervös. »Toller erster Eindruck.«

Miles prostete ihm mit seinem vollen Bierglas zu. »Das kenne ich, Kumpel. Bring besser ein paar Blumen mit, wenn du die Sache noch retten willst.«

»Gute Idee.« Ben grinste Miles dankbar an, setzte sein leeres Glas ab und griff sich die Jacke von der Stuhllehne.

Die Enttäuschung versetzte Zoe einen Stich. Ben hatte ein Date? Was also waren sie beide dann? Gleich darauf rief sie sich zur Vernunft. Ben und sie waren einfach Freunde und Kollegen. Außerdem hatte er ihr noch nicht einmal gesagt, dass er sie gernhatte. Es war dumm von ihr gewesen, etwas anderes zu denken. Sie sah Ben an und bemühte sich um ein Lächeln, als sich ihre Blicke trafen.

»Na, hoffentlich wird es schön«, brachte sie heraus. »Morgen früh wollen wir alle schmutzigen Details hören.«

Als Ben das Pub verließ, spürte Zoe, wie sich Sarahs Blick in sie bohrte.

»Was ist?«

»Nichts«, antwortete Sarah schnell und wandte sich dann an Miles. »Geh und hol ihr noch einen Drink.«

»Aber ich bin gar nicht dran«, protestierte Miles.

Finster blickte Sarah ihn an. »Tu es einfach.«

Miles schlurfte davon und ließ Sarah und Zoe allein.

»Ein Date also?«, meinte Sarah.

Zoe nickte und spielte mit einer Haarsträhne. »Sieht so aus.«

»Tut mir leid«, sagte Sarah mit einem reumütigen Lächeln. »Ich habe mich getäuscht.«

»Ist egal. Wir arbeiten zusammen, da wäre es dumm, die Sache weiterzutreiben, außerdem bin ich ohnehin nicht bereit für eine Beziehung.«

»Solange es dir gut dabei geht?«, hakte Sarah nach.

Eine Pause trat ein, als Zoe einen Augenblick nachdachte. Ging es ihr gut damit? Sie dachte an Ella und Ricky. Dann an Sean, David und Ben. Sie dachte an all den Kummer in der Welt, wenn man zu sehr liebte und sich zu tief hineinziehen ließ. Zum Glück, so dachte sie, als Miles mit einem neuen Glas Wein zurückkehrte, war sie noch mal davongekommen.

»Es geht mir gut«, sagte sie, und fast hätte sie es selbst geglaubt.

Zweiundzwanzig

Die Neuigkeit von Bens Verabredung hatte Zoe tiefer erschüttert, als sie sich eingestehen wollte. Zu Hause war sie sofort ins Bett gegangen, hatte aber nicht einschlafen können. Stattdessen hatte sie erhitzt dagelegen und sich über sich selbst geärgert, dass sie die Situation derart missverstanden hatte.

Als sie endlich weggedämmert war, war es schon beinahe wieder Zeit zum Aufstehen. Der Wecker klingelte neben ihrem Ohr, kaum dass sie eingeschlafen war, und forderte sie auf, sich dem Tag zu stellen. Mit bleischweren Augenlidern hob Zoe die Hand und brachte ihn zum Schweigen, schwang die Beine aus dem Bett und tappte in die Küche. Es war noch früh, erst kurz nach fünf – zu früh für ein Frühstück. Aber wenigstens einen Kaffee wollte sie trinken und stellte die Kaffeemaschine an. Über das Mahlen der Kaffeebohnen hinweg hörte sie ihr Handy auf dem Küchentresen vibrieren. Mit glasigen Augen griff sie danach. Ihr Magen krampfte sich bang zusammen, als sie die Instagram-Benachrichtigung las, dass David sie in einem Post getaggt hatte.

Argwöhnisch klickte sie auf das bunte Icon. Als sie begriff, was sie vor sich sah, drehte sich ihr der Magen um. Es war ein Bild von Sean. Mit seinem vertrauten breiten Grinsen und dem strubbeligen Haar strahlte er ihr entgegen. Im dämmrigen Licht betrachtete sie sein Gesicht, fuhr mit dem Zeigefinger über den

Bildschirm und blickte auf die begleitende Bemerkung. *Mein Sohn, meine Welt, meine Familie.*

Sie scrollte zum nächsten Bild und sah, dass es ein Foto von ihnen dreien war, das kurz vor Seans Tod aufgenommen worden war. Sie waren in der Region von Gold Coast im Urlaub, und David hatte ein Selfie bei Sonnenuntergang gemacht. Alle drei sahen glücklich aus. Zoe hatte einen Arm um Seans Schulter gelegt und den anderen um Davids Taille. Sean lachte für das Foto, er war voller Sand, und seine Augen funkelten aufgeregt, weil Zoe ihm erlaubt hatte, das Restaurant für das Abendessen auszusuchen. Sie hatte gehofft, dass er sich für eines der schicken Lokale an der Promenade entscheiden würde, aber natürlich hatte ihr Sohn gegrillte Rippchen und Glückskekse vorgezogen.

Zoe schüttelte die Erinnerung ab und wischte zum nächsten Bild. Darauf war Sean zu sehen, wie er die Kerzen auf seiner Geburtstagstorte ausblies – sein siebter und letzter Geburtstag. Darunter hatte David geschrieben: *Unser Junge. Unvergessen und immer in unseren Herzen. Alles Gute zum Geburtstag, Sean, von Mum und Dad xxx*

Zoe warf das Handy auf den Tisch und trat einen Schritt zurück, als stünde es in Flammen. Heute war Seans Geburtstag. Er wäre zehn Jahre alt geworden. Zweistellig! Der Morgen brach an und erhellte den Raum, und Zoe wusste nicht, was schmerzlicher war: das Bewusstsein, dass ihr Junge jetzt eigentlich auf dem Weg wäre, ein Mann zu werden, oder die Tatsache, dass sie nicht an seinen Geburtstag gedacht hatte. Zoe wurde blass. Wie hatte sie das vergessen können?

In dem Moment sah sie eine Nachricht von David aufleuchten. Zaghaft griff Zoe wieder nach dem Handy.

Unserem schönen Jungen alles Gute zum Geburtstag. Ich weiß, aus ihm wäre ein wunderbarer junger Mann geworden. Er ist immer in meinen Gedanken. David xx

Als Zoe die Nachricht gelesen hatte, presste sie sich das Handy an die Brust, schloss die Augen und versuchte, Atem zu schöpfen. Seans Geburtstag brachte sie immer aus dem Lot, und im Kopf schwirrten ihr die Was-wäre-wenn-Fragen herum. Sie machte die Augen wieder auf und klickte noch einmal auf den Instagram-Post. Sie betrachtete das Strandfoto und erinnerte sich an den salzigen Geruch in der Luft und daran, wie die Wellen ans Ufer gerollt waren und Sean und sie an den Beinen gekitzelt hatten. Jauchzend vor Freude hatten sie David zugerufen, er solle sich beeilen, bevor sie ganz und gar durchnässt wären. David hatte gelacht und sie damit aufgezogen, dass er das Bild nicht richtig hinbekam, und immer noch eins und noch eins eingefordert.

Zoe hatte seine Absicht durchschaut: Er wollte diese Glücksblase aufblähen. Er wollte nicht, dass der Moment verging, und sie ebenso wenig.

Sechs Monate später war Sean tot, und die Erinnerung an diese Reise war eines der Dinge gewesen, an die sie sich in den darauffolgenden dunklen Stunden geklammert hatte.

Als sie Davids Nachricht ein weiteres Mal las, spürte sie, wie sich etwas in ihr regte. Ihr war nicht klar, ob es das Schuldgefühl war, der frühe Morgen oder die Tatsache, dass sie Selbstmitleid empfand nach dem Erlebnis mit Ben am Vorabend. Doch unversehens tippte sie eine Antwort.

Und auch in meinen. Zoe x

Zur Mittagszeit saß Zoe im Café auf der anderen Straßenseite und machte sich lustlos an einem Thunfischsandwich zu schaffen, in Gedanken voller Selbstvorwürfe, dass sie den Geburtstag ihres einzigen Kindes vergessen hatte. Sie war so von ihren Schuldgefühlen vereinnahmt, dass sie Ben erst bemerkte, als er ihr auf die Schulter tippte.

Erschrocken zuckte sie zusammen und legte die Hand an die Brust. »O mein Gott, hast du mich aber erschreckt!«

Ben grinste und deutete auf den Plastikstuhl ihr gegenüber. Zoe schob das Essen von sich.

»Willst du nichts essen?«, fragte er.

»Kein Hunger«, antwortete Zoe.

»Ich auch nicht«, meinte Ben und nippte an dem Milchkaffee, den man ihm brachte.

»Das sieht dir gar nicht ähnlich.«

Ben zuckte die Schultern. »Ja, in letzter Zeit fühle ich mich nicht so gut. Hab viel um die Ohren.«

Zoe musterte ihn und bemerkte, dass Ben beunruhigt und müde wirkte.

»Hat es etwas mit deinem Date gestern Abend zu tun?«, platzte sie heraus.

»Mein Date?«, wiederholte er überrascht.

»Ja.« Plötzlich empfand Zoe Verlegenheit darüber, dass sie es angesprochen hatte. »Ich habe mich nur gefragt, ob es schlecht lief oder so.«

Die Frage brachte Ben zum Lachen, und Zoe fügte »Beschämung« zur Liste ihrer Gefühle hinzu. Es ging sie nichts an.

»Es war schon in Ordnung.« Achselzuckend nahm er einen kleinen Schluck. »Sie war nett, aber sie sah kein bisschen so aus wie auf dem Foto.«

»Oh, es war ein Tinder-Date«, ergänzte Zoe wissend.

Ben nahm den missfälligen Ton zur Kenntnis. »Ist daran etwas falsch?«

»Nein. Ich hatte einfach nicht damit gerechnet, dass es die Art ist, wie du dich verabredest. Mein Fehler.«

»Ist es eigentlich auch nicht. Candice hat mich überredet. Sie behauptet, dass sie auf Tinder immer gute Dates kennenlernt«, räumte Ben ein.

Zoe legte die Stirn in Falten »Mir war gar nicht klar, dass Candice auf Partnersuche ist. Ich dachte, sie wäre viel zu beschäftigt.«

»Das ist sie auch.« Ben zog die Augenbrauen hoch. »Aber sie wird dir erklären, dass das Leben nicht nur aus Arbeit bestehen sollte, sondern auch aus Spaß, also nimmt sie sich die Zeit und trifft sich sowohl mit Männern als auch mit Frauen.«

»Klingt so, als habe sie die oder den Richtigen noch nicht gefunden«, scherzte Zoe.

Ben lächelte und schüttelte den Kopf. »Ehrlich gesagt glaube ich nicht, dass sie darauf aus ist. Meine Schwester ist gern Single. Trotzdem meint sie, dass ich zu viel Zeit beim Arbeiten verbringe, und hat mir deswegen ein Date organisiert. Aber sie war todlangweilig. Wir werden uns nicht wiedersehen.«

Zoe lächelte. »Wenigstens hast du etwas Neues ausprobiert.«

»Stimmt. Ich habe Candice erklärt, dass ich keine Zeit für so was habe, aber sie lässt sich nichts sagen.«

»Dieses Gefühl kenne ich«, sagte Zoe und sah, wie Ben die Reste ihres Sandwiches musterte.

»Du kannst es haben, wenn du willst.« Sie schob ihm den Teller hin und hoffte, dass sich ihre Neugier damit ein wenig wiedergutmachen ließ.

Ben schüttelte den Kopf und platzte plötzlich mit der Frage heraus: »Hast du manchmal Dates?«

Die Frage traf sie unvorbereitet. »Was? Nein, natürlich nicht, ich bin verheiratet.«

»Na ja, nicht wirklich.«

Zoe wurde blass. »Aber ich bin auch nicht geschieden.«

»Hattest du seit dem Umzug nach England nie eine Verabredung?«

»An so was bin ich nicht interessiert«, sagte sie mit Nachdruck. »Ich konzentriere mich auf die Arbeit.«

»Darauf stoßen wir an«, sagte Ben und hob die Kaffeetasse.

Lächelnd tippte Zoe mit ihrer halb leeren Tasse an seine. »Wenn es nicht an einem schlechten Date liegt, was ist dann los?«

Eine Weile reagierte Ben gar nicht, und Zoe versuchte, seine Miene über den Tisch hinweg zu deuten. Er wirkte schuldbewusst, fand sie, und im Zwiespalt.

»Ach, es ist nichts«, meinte er schließlich. »Was ist mit dir? Du wirkst nicht so, als wäre alles okay.«

Verdrossen schüttelte sie den Kopf und sagte dann mit schwacher Stimme: »Heute Morgen beim Aufwachen habe ich Seans Geburtstag vergessen.«

»Wie meinst du das?«

Zoe erzählte ihm von Davids Instagram-Post und wie unglücklich und schuldig sie sich fühlte, weil sie diesen wichtigen Tag ihres Sohnes vergessen hatte.

Als sie fertig war, sah Ben sie ganz betroffen an. »Zoe, du Liebe, da hast du wirklich eine Menge zu verkraften.«

»Ja. Ich dachte nur, ich sei drüber weg.«

»Wieso solltest du darüber weg sein?«, rief Ben. »Ich bin noch nicht einmal über den Tod meiner Mutter weg. Ich vermisse sie jeden Tag. Ich mag mir gar nicht vorstellen, wie kompliziert die Gefühle sind, die dich umtreiben. Trauer ist eine so schreckliche

Bestie – ständig verändert sie sich, ist so vielschichtig. Das, was du gerade durchmachst, bedeutet ja nicht, dass du deinen Jungen weniger liebst oder vergessen hast. Es ist Teil des Weges. Du musst dir selbst verzeihen.«

Zoe nickte, dankbar, dass ihr Freund sie verstand. »Wie kommt es, dass du immer das Richtige sagst?«

»Weil ich der Meister der Gefühle bin.« Bens Lippen umspielte ein Lächeln. »Außerdem, bloß weil du beim Aufwachen nicht an Seans Geburtstag gedacht hast, heißt das noch lange nicht, dass es dir nicht später unter der Dusche eingefallen wäre. Es ist Zufall, dass David früher dran war, und im Übrigen darfst du den Zeitunterschied nicht vergessen. Er hatte den ganzen Tag Zeit, sich diese Nachricht zurechtzulegen. Du hingegen musstest dich in aller Herrgottsfrühe damit auseinandersetzen. Du musst das Positive im Blick haben.«

»O ja, und das wäre?«

»Du bist aufgewacht und hast ein schönes Foto deines Sohnes gesehen, das wunderbare Erinnerungen weckt.«

Zoe wurde bewusst, dass Ben recht hatte, und sie spürte, wie eine Last von ihr abfiel. »Danke.«

»Gern geschehen.«

»Bist du sicher, dass du mir nicht sagen willst, was los ist?«

Er schüttelte den Kopf und sah auf die Uhr. »Ich muss zurück an die Arbeit.«

»Ganz sicher?«, versuchte es Zoe noch einmal.

»Ja, alles okay. Ein andermal.«

*

Zoe war erleichtert gewesen, als Ben ihr erklärt hatte, dass er kein Interesse an einer Beziehung hatte. Und als sie selbst gesagt hatte, sie sei verheiratet, hatte sie es im tiefsten Innern auch so gemeint. Aber sie machte sich Sorgen um Ben. Er hatte ihr seine Hilfe angeboten, wann immer sie sie brauchte, und Zoe wollte sich dafür revanchieren. Als sie ihn am folgenden Dienstag im Personalraum dabei antraf, wie er nach Schichtende Akten in seine Tasche stopfte, sprach sie ihn an.

»Hast du Zeit, was trinken zu gehen?«

Ben wirkte unschlüssig, doch dann fuhr er sich mit der Hand über die Glatze und nickte knapp. »Okay, dann mal los.«

»Prima.« Zoe strahlte und setzte sich den Rucksack auf die Schulter. »Ich lade dich ein.«

Bevor Ben es sich anders überlegen konnte, schleuste sie ihn aus dem Hospiz ins Pub auf der anderen Straßenseite.

»Und wozu ist das nun gut?« Argwöhnisch betrachtete Ben das Bier, das Zoe vor ihn hinstellte.

»Was?«, fragte Zoe und setzte sich ihm gegenüber in eine der Nischen im rückwärtigen Teil des Pubs. Sie war froh, dass sie eine freie Nische gefunden hatte, denn sie hoffte, dass eine intimere Atmosphäre Ben dazu brachte, sich ihr anzuvertrauen. »Können zwei Freunde nicht einfach zusammen was trinken gehen?«

»Klar.« Ben zog die Jacke aus. »Aber irgendwie habe ich das Gefühl, dass du was von mir willst, und da wir am Freitag nach Wales fahren, frage ich mich, ob du es auf meinen Porsche abgesehen hast.«

»Ich will gar nichts von dir«, sagte sie entschieden. »Trotzdem fahre ich dieses Auto viel besser als du!«

Ben brach in schallendes Gelächter aus. »Wenn du das sagst.«

Mit einem sanften Lächeln sagte Zoe: »Ich wollte nur wissen, ob es dir gut geht. Und dir Gelegenheit zum Reden geben, wenn du das willst. In den letzten Tagen wirkst du irgendwie anders als sonst.«

»Es geht mir gut«, antwortete Ben schnell.

»Wenn du meinst.« Zoe hatte nicht vor, ihn zum Reden zu drängen. »Aber wir sind Freunde, und Freunde sind füreinander da.«

Ben lehnte sich zurück und kniff sich in den Nasenrücken. Seine Stimme klang kläglich, als er sagte: »Ich habe etwas Schreckliches gemacht.«

Erschrocken riss Zoe die Augen auf. »So schlimm wird es schon nicht sein.«

Verbissen blickte Ben in sein Glas. »Doch. Ich habe Mrs Myersons Brief aufgemacht.«

Zoe wusste nicht, ob sie erleichtert oder empört über Bens Eingeständnis sein sollte. Fremde Briefe zu öffnen war zwar absolut nicht richtig, aber sie hatte mit etwas Schlimmerem gerechnet.

»Aber warum?«

Einen Moment lang dachte Ben nach. »Nachdem wir Mrs Myersons Mann nicht gefunden hatten, hatte ich Schuldgefühle. Ich wollte wissen, wie wichtig ihre Worte waren und ob ich ihm etwas wirklich Entscheidendes vorenthalten habe.«

»Und, war es so?«, fragte Zoe.

Wortlos griff Ben in seine Tasche und zog den mittlerweile vertrauten Umschlag heraus. Es war der geöffnete Brief an Mr Myerson, den er nun über den vom Bier klebrigen Tisch schob. Zögernd sah Zoe Ben an, doch der schob ihn ihr noch näher hin.

Widerstrebend zog sie den Brief heraus und begann zu lesen.

Lieber Michael,

nur ein paar wenige Worte, mein Liebling, denn mir fehlt die Kraft, mehr zu schreiben. Wir wissen beide, dass es bald

zu Ende geht, und falls mir keine Zeit mehr bleibt, möchte ich es jetzt sagen. Michael, ich liebe dich, und es tut mir leid.
Hätte ich deinen Rat befolgt und wäre früher zum Arzt gegangen, würde ich vielleicht noch länger leben und wir beide könnten zusammen sein. Die traurige Wahrheit ist, dass ich das versäumt habe. Ich hielt die Sache für bedeutungslos und war zu sehr mit der Arbeit beschäftigt. Jetzt wünschte ich natürlich, ich hätte es anders gemacht. Das Bewusstsein, dass ich dich verlassen muss, bricht mir das Herz. Von allen Dingen, die ich erreicht habe, all den Preisen, die ich gewonnen habe, und der Forschung, an der ich beteiligt war, waren die vierzig Jahre als deine Ehefrau meine größte Errungenschaft.
Verzeih mir, mein Liebling.
Deine Heidi

Als Zoe zu Ende gelesen hatte, merkte sie, dass es draußen vor dem Fenster zu regnen begonnen hatte. Sie hob den Kopf und spürte einen Kloß im Hals. Es musste Mrs Myerson viel Kraft gekostet haben, diesen Brief zu schreiben, als sie im letzten Stadium ihrer schrecklichen Krankheit gewesen war. Zoe fühlte sich schuldig. Diese Worte gehörten Mrs Myersons Mann, für ihn könnten sie alles verändern.

»Wir müssen versuchen, ihn zu finden. Irgendjemand weiß bestimmt, wo er ist«, sagte sie.

»So ist es. Kurz nach unserem Versuch, den Brief zu überbringen, habe ich in meinem alten Krankenhaus angerufen. Dort hat man mir gesagt, dass Mr Myerson ein Jahr nach seiner Frau gestorben ist«, sagte Ben tonlos.

»O nein«, rief Zoe. »Das tut mir so leid, Ben, aber das

konntest du nicht wissen. Bestimmt war es schon ein Trost für Mrs Myerson, diesen Brief überhaupt zu schreiben.«

Ben ließ den Kopf hängen und gab ein kurzes Schnauben von sich. »Dieser Brief quält mich jetzt schon seit zwei Wochen, Zoe, aber nicht, weil ich ihn nicht zugestellt habe.«

»Warum dann?«

»Weil er etwas in mir angestoßen hat«, antwortete Ben grimmig.

»Wie meinst du das?«

»Mrs Myerson hat mich dazu gebracht, über meinen eigenen Gesundheitszustand nachzudenken. Seit Monaten habe ich diese Magenbeschwerden, und ich habe nichts dagegen unternommen und einfach gehofft, dass es schon besser wird. Immer wieder habe ich den Brief durchgelesen und gedacht, ich sollte mich endlich mal selbst durchchecken lassen, wenn auch nur, um mir zu ersparen, ständig diese dämlichen Medikamente zu kaufen.«

Zoe lächelte über seinen schwachen Versuch zu scherzen und sah ihn aufmunternd an.

»Vor ein paar Tagen hatte ich einen Termin beim Arzt, und ich hatte fest damit gerechnet, er sagt, dass es sich bloß um ein Reizdarmsyndrom handelt.«

»Aber das hat er nicht getan?«, drängte Zoe ihn, weiterzureden.

Ben schüttelte den Kopf. »Er hat mich für Untersuchungen ans Krankenhaus überwiesen. Nächsten Montag habe ich einen Termin beim Proktologen, um die Ergebnisse zu besprechen.«

»Oh, Ben.« Schockiert riss Zoe die Augen auf und nahm sich gerade noch rechtzeitig zusammen, bevor Ben zu ihr aufsah, in dessen Gesicht die Panik deutlich sichtbar aufblitzte.

»Ich habe Angst, Zoe«, bekannte er leise. »Ich hatte ja schon öfter beängstigende Erlebnisse, aber das hier macht mir mehr Angst als alles andere.«

Bei diesem Eingeständnis sprang Zoe auf und ging um den Tisch herum zu Ben. Sie wartete nicht auf seine Erlaubnis, ihn in den Arm zu nehmen.

»Es wird alles gut. Mach dir keine Sorgen.«

Aber noch während sie ihm dieses Versprechen gab, war ihr nur zu bewusst, dass sie keine Ahnung hatte, ob es stimmte.

Dreiundzwanzig

Als der Freitag kam, war Zoe erschöpft. Nach Bens Eingeständnis vom Dienstagabend hatte er sich aus Zoes Umarmung gewunden, ihr für das Bier gedankt und war abrupt aufgebrochen. Kurz hatte sie mit dem Gedanken gespielt, ihm hinterherzurennen, aber sie hatte sich gebremst. Zwanzig Jahre Arbeit als Krankenpflegerin hatten ihr beigebracht, dass die Menschen meistens Zeit für sich brauchten, wenn sie mit beängstigenden Nachrichten konfrontiert wurden, also hatte sie ihn ziehen lassen. Auf der Fahrt nach Wales hätten sie genug Zeit zum Reden, vorausgesetzt, Ben wollte immer noch hin.

Beim Aufstehen warf sie einen Blick auf ihr Handy und war froh, eine Nachricht von Ben vorzufinden, die er am frühen Morgen geschrieben hatte und in der er so gut gelaunt klang wie üblich.

> Bis gleich, Zo! Ich bringe Bacon-Sandwiches und Kaffee mit, also vergeude keine Zeit mit Frühstücken. B x

Während sie draußen vor dem Haus auf ihn wartete, hoffte sie, dass ihn der Ausflug auf andere Gedanken bringen würde. Unter normalen Umständen befürwortete sie das Öffnen fremder Briefe nicht, aber sollte Ben wirklich krank sein, dann hatte es vielleicht sein Gutes, dass Mrs Myersons Worte ihm den Anstoß gegeben hatten, sich untersuchen zu lassen.

Ben fuhr vor und stieg mit einem strahlenden Lächeln aus dem Auto.

»Einen wunderschönen guten Morgen, die Dame!«, sagte er und verbeugte sich.

Argwöhnisch betrachtete sie ihn. »Was steckt da nun dahinter?«

Ben nahm ihr den Rucksack ab und verstaute ihn im Kofferraum. »Einfach nur Spaß.«

»Okay …« Verwundert zog sie die Beifahrertür auf und setzte sich ins Auto.

Kaum dass sie sich angeschnallt hatte, brauste Ben röhrend die Straße hinunter, und Zoe klammerte sich an den Sitz, weil sie halb befürchtete, dass sie gleich abhoben.

»Warum hast du es so eilig?«, fragte sie, als Ben in hohem Tempo eine Kurve nahm.

»Entschuldige.« Er grinste kleinlaut. »Ich freue mich einfach auf unseren Ausflug.«

»Bist du sicher, dass da nicht noch etwas anderes ist?«, fragte Zoe zweifelnd.

Ben zog die Schultern hoch. »Wegen der Sache neulich abends. Ich hätte nichts sagen sollen. Es tut mir leid.«

»Doch, natürlich solltest du«, widersprach Zoe. »Wenn du dir Sorgen machst, musst du darüber reden.«

»Ich mache mir keine Sorgen, nicht mehr jedenfalls«, sagte Ben, ohne den Blick von der Straße abzuwenden. »Es war ein Schock, als mich der Hausarzt zu den Untersuchungen geschickt hat, das ist alles. Aber seitdem habe ich darüber nachgedacht. Ich arbeite selbst im Gesundheitswesen. Ich weiß, dass ich jung und gesund bin. Das ist bestimmt nur eine Routineuntersuchung. Es ist sinnlos, sich über etwas den Kopf zu zerbrechen, was noch gar nicht passiert ist.«

»Wirklich?«, drängte Zoe. »Neulich hast du doch sehr mitgenommen gewirkt.«

Ben setzte den Blinker nach links und schüttelte den Kopf. »Es tut mir leid. Ehrlich, Zo, es war nett von dir, für mich da zu sein, aber ich habe mich lächerlich benommen.«

Sie wandte sich ab und sah aus dem Fenster, als sie die Brücke über den Severn überquerten, fest entschlossen, die schlechte Laune abzuschütteln, die den Tag zu verdüstern drohte. Wenn sie sich selbst gegenüber ehrlich war, plagte sie sich nicht nur wegen Ben, sondern auch wegen Sarah. Kurz bevor Ben sie abgeholt hatte, hatte die erzählt, dass Miles sie um ein Date gebeten hatte.

Zoe war entsetzt gewesen, und offensichtlich war ihrem Gesicht anzusehen, wie sehr ihr diese Vorstellung missfiel. Sarah aber hatte nur gelacht.

»Ich denke, mit Miles kann ich lernen, wieder Spaß mit einem Kerl zu haben. Genau das brauche ich«, hatte sie gesagt. »Du machst doch das Gleiche mit Ben, und ich halte das für eine gute Sache.«

Zoe hatte die Bemerkung mit einer hochgezogenen Augenbraue quittiert. »Wie meinst du das, dass ich mit Ben Spaß habe?«

»Ihr verabredet euch …«, fing Sarah an, doch Zoe schnitt ihr das Wort ab.

»Aber das sind doch keine Dates! Er hatte ein Date mit einer anderen, weißt du noch? Wir sind Freunde. Keiner von uns ist an einer Beziehung interessiert. Ich unterstütze ihn nur bei einer Sache, die mit unserem Beruf zu tun hat.«

Jetzt war es an Sarah, die Augenbraue hochzuziehen, und sie sah dabei etwas ulkig aus, weil ihr Haar vom Schlafen noch verstrubbelt war und senkrecht in die Höhe stand. »Sieh mal, Zoe. Ihr wart in einem schicken Hotel zum Mittagessen, er hat dich eingeladen, mit ihm nach Lizard zu fahren, und jetzt seid ihr auf dem Weg nach Wales. Ob er Verabredungen hat oder nicht, und auch wenn du behauptest, dass du kein Interesse hast, denke ich doch, dass mehr als Freundschaft dahintersteckt, und daran ist auch gar nichts auszusetzen. Du hast jahrelang nichts anderes gemacht, als dich mit mir und Lottie einzuigeln, fernzusehen und arbeiten zu gehen. Und jetzt fängst du endlich an, flügge zu werden, und das freut mich unheimlich.«

Bei diesen Worten spürte Zoe, wie Wut in ihr hochkochte. »Also war ich die ganze Zeit bloß eine Bürde für dich und Lottie?«

Ungläubig sah Sarah sie an. »Nein! Was redest du da? Ich sage nur, dass ich dich nie so glücklich erlebt habe, und ich denke, das liegt auch an Ben. Und ich nehme mir ein Beispiel an dir und gönne mir etwas Spaß mit Miles. Es ist gut so, Zoe. Wir schauen nach vorne.«

Aber Zoe fühlte sich nicht gut dabei. »Ich schaue nicht nach vorne, und ich hatte keine Ahnung, dass ich dir dabei im Weg gestanden habe. Miles ist lustig, das ist schon wahr, aber er lutscht dich aus und spuckt dich wieder aus, wenn er dich rumgekriegt hat.«

»Wenn er mich rumgekriegt hat?«, schrie Sarah. »Wir leben im 21. Jahrhundert, und meines Wissens bin ich eine erwachsene Frau und durchaus in der Lage, eine Entscheidung zu treffen. Du solltest wirklich mehr unter die Leute kommen.«

»Tatsächlich?«, schoss Zoe zurück.

»Ja, genau.« Sarahs Gesicht war rot. »Dass du dein Leben wegen Sean auf Eis legst, bringt ihn nicht zurück. Du bist Krankenschwester, du müsstest das eigentlich wissen.«

Wie ein scharfes Messer rammte sich der Schmerz bei Sarahs Worten in ihren Körper. Doch sie musste Sarah zugutehalten, dass sie erschüttert wirkte, denn sie riss die Augen auf und presste sich die Hände auf den Mund, als ihr dämmerte, was sie gesagt hatte. Natürlich hatte sie versucht, sich zu entschuldigen, aber Zoe hatte nichts davon hören wollen. Sie hatte den Rucksack gepackt, war aus dem Haus geflohen und hatte draußen auf Ben gewartet. Ihr war klar, dass Sarah die Worte im Zorn herausgerutscht waren, aber sie taten trotzdem weh.

Während Ben nun den Wagen weiter geschmeidig Richtung Wales lenkte, verdrängte Zoe die Gedanken an den Streit und konzentrierte sich auf die Tatsache, dass es ein perfekter Sommertag war. Die Sonne schien, sie war in netter Gesellschaft, und Ben hatte nicht nur Bacon-Sandwiches, sondern auch Kaffee und Kekse eingepackt. Sie trank einen Schluck aus dem Plastikbecher, den er für sie mitgenommen hatte, und warm rann die Flüssigkeit ihre Kehle hinunter und besänftigte ihr Gemüt.

»Hast du dir schon eine Rede zurechtgelegt?«, fragte Zoe, als sie die Grenze überquert hatten und die Schilder sowohl auf Englisch als auch auf Walisisch nach Cardiff wiesen.

»Rede?« Kurz wandte Ben den Blick von der Straße und sah sie erschrocken an. »Ich habe keine Rede! Hätte ich mir eine Rede überlegen sollen?«

Trotz ihrer niedergedrückten Stimmung musste Zoe kichern. »Ich weiß nicht, ob man einem Pferd eine Rede halten kann. Ich dachte eher an das, was du der Familie sagen willst.«

»Ach so.« Erleichterung zeichnete sich auf seinem Gesicht ab. »Ich dachte, ich improvisiere. Ich habe kürzlich mit Hannahs Vater telefoniert, und er hat sich gefreut, von mir zu hören.«

»Das ist schon mal ein Anfang«, sagte Zoe. »Und was das Plaudern mit dem Pferd angeht?«

»Er hatte nichts dagegen einzuwenden.«

Zoe schwieg. Sie hatte in ihrem ganzen Leben wahrscheinlich noch nie etwas improvisiert, aber das hier war nicht ihre Baustelle, dieses Rodeo würde Ben reiten. Das unbeabsichtigte Wortspiel brachte sie innerlich zum Schmunzeln. Der Tag hatte unschön begonnen, aber sie spürte, dass ihre Laune sich hob.

»Du hältst das für eine dumme Idee, oder?«, fragte Ben.

»Nein, ganz und gar nicht. Es ist nicht die Art, in der ich die Dinge handhabe, aber mir wird immer deutlicher bewusst, dass meine Herangehensweise nicht die einzig mögliche ist – oder schon gar nicht die beste«, brummte sie düster.

»Wow, was war das?«, fragte Ben und bog in eine schmale Landstraße ab.

»Ach, nichts.« Zoe seufzte. »Heute Morgen habe ich mich mit Sarah gestritten, das ist alles. Kümmre dich einfach nicht um mich. Das wird bald wieder.«

»Willst du darüber reden?«, fragte Ben.

»Nein. Doch!«, jammerte Zoe, der einfiel, dass sie Ben vor kaum mehr als einer Stunde vorgehalten hatte, wie wichtig es war, zu reden.

Ben lachte. »Falls es dir hilft, wir haben noch ein Stück Weg vor uns, also tu dir keinen Zwang an.«

Sie erzählte ihm, dass Miles Sarah um ein Date gebeten hatte, was Zoe für eine schreckliche Idee erklärt hatte, und schließlich berichtete sie auch von Sarahs letztem Vorwurf, dass Zoe ihr Leben seit Seans Tod auf Eis legte und nichts ihn wiederbringen konnte.

Ben zuckte sichtlich zusammen. »Wir haben alle schon einmal Dinge gesagt, die wir nicht so meinen.«

»Ja, ich weiß«, gab Zoe zu. »Es hat nur so wehgetan.«

»Vielleicht hast du ihr auch wehgetan. Es geht nur um ein Date mit Miles, und er ist echt in Ordnung, allenfalls ein bisschen unreif. Vielleicht muss er einfach nur die richtige Frau finden. Ein Date heißt doch noch lange nicht, dass es was Ernstes ist«, argumentierte Ben.

»Wahrscheinlich hast du recht«, meinte Zoe. »Vielleicht waren wir beide ungerecht. Aber dass sie so etwas über Sean sagt …«

Sie verstummte, weil ihr Handy klingelte. Sie kramte im Fußraum, bis sie es endlich fand. Beim Blick auf das Display verzog sie das Gesicht.

»Es ist Sarah.«

»Gehst du ran?«

»Nein«, sagte Zoe mit Nachdruck und schob das Handy zurück in die Tasche zu ihren Füßen. »Ich bin noch nicht so weit, ich muss mich erst beruhigen.«

»Dann stell das Handy auf stumm, und lass uns den Tag genießen«, schlug Ben vor, ohne die Straße aus den Augen zu lassen. »Vielleicht könnten wir im Anschluss irgendwo zu Abend essen und die schöne Landschaft genießen. Oder wir machen einen Umweg über Gower.«

Überrascht sah Zoe ihn an. »Wo ist Gower?«

Bens Augen blitzten vergnügt. »Ha, da warst du also noch nie! Dein Bondi Beach wird es schwer haben gegen den Strand von Rhossili!«

»Das glaubst auch nur du!«, neckte ihn Zoe. »Bondi ist schon sehr besonders.«

»Ja, aber Gower auch.«

Lachend wollte Zoe Einspruch erheben. Sie hatte keine Strandsachen dabei, keine Schuhe, die sich für den Sand eigneten, und auch nicht genug zu essen und zu trinken. Außerdem hatten sie beide morgen Vormittag Dienst im Hospiz.

Aber dann dachte sie an Sarahs Bemerkung vom Morgen. Vielleicht sollte sie sich ein bisschen Spaß gönnen.

»Dann mal los«, sagte sie und fragte sich im selben Moment, wohin sie diese Worte führen würden.

Vierundzwanzig

Sie hatten eine lange Mittagspause in einem kleinen Pub am Stadtrand gemacht und erreichten die Pferdekoppeln kurz nach Schulschluss. Als sie aus dem Wagen stiegen, kam ihnen ein stämmiger, kleiner Mann entgegen, auf dem Gesicht ein Lächeln, das beinahe so breit war wie er selbst.

»Sie müssen Ben und Zoe sein«, sagte er und streckte ihnen die Hand entgegen. »Ich bin Jack, und das hier ist Josh.« Er schob einen jungen Burschen, der sich hinter ihm versteckte, nach vorne. »Sag Guten Tag.«

Ein schlaksiger Junge mit schwarz glänzendem Haar, der noch nicht richtig ausgewachsen war, sah flüchtig zu ihnen hoch, bevor er den Kopf mit feuerroten Wangen wieder zu Boden senkte.

»Hallo«, brachte er heraus.

Zoe hatte Mitleid mit ihm. Es war schwer genug, Kind zu sein, auch ohne zu Gesprächen mit bekloppten Fremden genötigt zu werden, die dem Pferd der toten Schwester etwas einflüstern wollten.

»Hi, Josh«, sagte Zoe freundlich. »Es ist nett von dir, dass wir April besuchen dürfen.«

Ben nickte. »Ja, und es tut mir leid, dass es so lange gedauert hat.«

Jack schüttelte den Kopf. »Ehrlich gesagt hätten wir Sie vermutlich für verrückt erklärt, wenn Sie früher gekommen wären.«

»Dann hat sich mein ewiges Zuspätkommen also endlich einmal ausgezahlt«, sagte Ben mit einem kleinen Lachen.

»Einen Tee oder Kaffee, bevor es losgeht?«, fragte Jack mit seinem melodiösen walisischen Akzent.

Höflich lehnten Ben und Zoe ab.

»Wir hatten schon einen auf dem Weg hierher«, erklärte Zoe.

»Ich denke, wir sollten uns dranmachen und April kennenlernen, wenn das recht ist«, meinte Ben.

»Gern. Zeig ihnen den Weg, Josh«, forderte Jack seinen Sohn auf.

Auf dem Weg über das Feld zu den Pferdeställen veränderte sich Joshs Haltung deutlich. Er richtete den Kopf auf, und sein Gang wurde beschwingter.

»Da ist sie«, sagte er beinahe ehrfürchtig, als sie zu einem kleinen braunen Pferd mit dichter schwarzer Mähne kamen. April war dabei, schmatzend an einem Heuballen zu kauen, aber kaum bemerkte sie Josh, hielt sie inne und begrüßte ihn mit einem sanften Wiehern. Josh erwiderte den Gruß, indem er ihr über die Nase und die Ohren strich.

»Sie ist wunderbar«, sagte Zoe, trat vor und tätschelte April, die sich ihr entgegenneigte.

»Sie mag Sie.« Josh lächelte Zoe schüchtern an.

Mit einem Strahlen fuhr Zoe fort, das Pferd zu streicheln. »Ich mag sie auch. Was bist du für eine Schöne«, murmelte sie ihr ins Ohr. »Reitest du sie oft?«, wandte sie sich an Josh. »Ihr zwei seht so aus, als seid ihr echte Freunde.«

Josh schüttelte den Kopf, sodass ihm die langen Ponyfransen ins Gesicht fielen. »Nein. Beim letzten Ausritt bin ich runtergefallen.«

»Josh ist kein so risikofreudiger Typ, insbesondere seit Hannah gestorben ist«, erklärte Jack, der inzwischen dazugekommen war.

Zoe hörte nicht auf, April zu streicheln. Für so ziemlich jeden Australier war das Reiten eine Art Initiationsritus, für den Fall, dass man sich eines Tages im Busch wiederfand. Bei diesem Gedanken wurde Zoe plötzlich bewusst, dass Sean in der Woche, in der er starb, seine erste Reitstunde hätte haben sollen. Er war ganz aufgeregt gewesen, und auch Zoe hatte sich darauf gefreut, beim Trotten rund um den Reitplatz Fotos von ihm zu machen.

Sie beobachtete Josh, der April die Arme um den Hals schlang. Sie war seine beste Freundin, erkannte Zoe wehmütig. Es war schade, dass er sich wegen eines einzigen Unfalls nicht traute, sie zu reiten. Sie fragte sich, was sie zu Sean gesagt hätte, wenn er während der Reitstunde vom Pferd gefallen wäre. Zweifellos etwas in der Art, wie es ihre Mutter immer gesagt hatte. *Jetzt stell dich nicht an und steig wieder auf!* Selbst als Erwachsene vermisste sie die Weisheit ihrer Mutter. Als sie sich im Stall umsah, wurde Zoe von Heimweh übermannt. Wie gern hätte sie Ruth jetzt gefragt, was sie von Ben und dieser ganzen Situation hielt.

»Darf ich April ein Pfefferminzbonbon geben?«, fragte sie, um von den Gedanken loszukommen, und lächelte, als April die Ohren bei dem Wort spitzte.

Jack lachte. »Klar. Das machen wir auch immer, stimmt's, Josh?«

Sie griff in die Jackentasche und legte ein paar Polos, die sie eigens gekauft hatte, auf ihre Handfläche. Mit ausgestrecktem Arm, den Daumen fest angelegt, damit April nicht hineinbiss, hielt sie dem Pferd die Bonbons hin, und im Nu hatte April sie hinuntergeschlungen. Zoe kicherte, als sie die nasse Zunge auf ihrer Haut spürte.

»Ich weiß, das ist ziemlich frech, aber es wäre nicht vielleicht möglich, dass ich mit April eine Runde um die Koppel reite?«

Erschrocken sah Ben sie an. »Zoe macht einen Witz.«

»Nein, nein, das ist schon in Ordnung«, meinte Jack freundlich. »April würde sich bestimmt freuen. Normalerweise kommt ein Mädchen aus dem Dorf her, um sie zu reiten, aber sie ist seit ein paar Tagen krank, sodass April nur wenig Bewegung bekommen hat. Sie können also reiten?«

»O ja. Allerdings ist das letzte Mal eine Weile her«, antwortete Zoe aufrichtig.

»Wenn Sie schon länger nicht geritten sind, dann wollen Sie doch nicht so anfangen, oder? Wollen Sie dann nicht lieber in einer Halle sein mit Reitlehrern und Tierpflegern in der Nähe?«, fragte Josh mit Furcht in der Stimme.

»Ja, vielleicht hat Josh recht, Zoe«, warf Ben ein, der beunruhigt wirkte. »Du bist kein Kind mehr, wenn du dir etwas brichst, ist das viel schlimmer.«

Zoe schüttelte den Kopf. »Leute, immer mit der Ruhe. April ist bestimmt nett zu mir.«

»Da bin ich mir sicher. Sie ist ein wunderbares Pferd«, sagte Jack liebevoll. »Hannah und April haben so viele Preise gewonnen. Sie ist ganz sanft.«

»Perfekt.« Zoe strahlte und wandte sich erwartungsvoll an Josh. »Magst du mir helfen, ihr Sattelzeug herauszusuchen?«

Josh nickte wortlos, und Zoe zwinkerte Ben zu. »Vielleicht ist jetzt der richtige Augenblick für deine Unterredung mit April?«

Jack klatschte begeistert in die Hände. »Ah, genau. Wir versprechen auch, nicht zu lauschen.«

Beunruhigt sah Ben Zoe an, trat dann zögerlich auf April zu und stellte sich an ihr Ohr.

»Na los«, forderte Zoe ihn auf, weil Ben nicht weiterzuwissen schien.

Dann sah sie zu, wie Ben vielleicht zwei Minuten lang in

Aprils Ohr flüsterte. Als er zurücktrat, wieherte April leise und stupste Ben mit der Nase an die Brust.

»Sie freut sich«, sagte Josh und lachte aufgeregt. »Ihr hat gefallen, was Sie gesagt haben.«

»Wir bringen Sie nicht in die Verlegenheit, uns zu erzählen, was es war.« Jack grinste, doch dann wurde seine Miene traurig. »Auch wenn wir es natürlich liebend gern wüssten.« Kurz verdüsterten sich seine Augen, und dann sagte er: »So wie ich Hannah kenne, war es etwas Kitschiges.«

Ben schenkte Jack ein warmes Lächeln. »Ganz genau, das war es.«

Jack erwiderte nichts, sondern steckte zufrieden mit der Antwort die Hände in die Hosentaschen. Sein Blick wanderte zu Josh, der aufgeregt zu einem kleinen Raum neben Aprils Box ging und kurz darauf mit einem Sattel, einer Kappe, Zaumzeug und Gerte zurückkehrte. Gemeinsam sattelten sie das Pferd, und schließlich stieg Zoe auf und fühlte sich wie das kleine Mädchen in der Reithalle, während Ruth am Rand stand und sie anspornte.

Sie spürte alle Blicke auf sich und gab April instinktiv einen sanften Stups in die Rippen, und so trabten sie rund um das Feld. Fast auf Anhieb genoss Zoe den Wind im Gesicht, während sie und April eins wurden und sich vorwärtsbewegten. Es versetzte sie zurück in die Kindheit, als sie keine andere Sorge hatte als die, wofür sie ihr Taschengeld ausgeben sollte. Wie sehr sich das Leben verändert hatte.

Bald darauf kehrten ihre Gedanken in die Gegenwart zurück, und sie ritt zu der am Rand wartenden Gruppe, die ihr ehrfürchtig und staunend entgegenblickte. Lächelnd brachte sie April zum Stehen, kletterte vorsichtig herunter und drückte Josh die Zügel in die Hand, der sie immer noch verblüfft anstarrte.

»Sie haben das einfach so gemacht«, sagte er.

»Genau.« Zoe tätschelte April am Hals und sah Josh strahlend an. »Weißt du, ich habe das vorhin nicht gesagt, aber als ich das letzte Mal geritten bin, habe ich mir den Arm gebrochen.«

»Und Sie sind trotzdem aufgestiegen?«, staunte Josh.

»Jep. Ich wusste, dass April auf mich aufpasst. Sie wird auf jeden aufpassen, der sie reitet.«

Josh sagte nichts, sondern sah auf der Suche nach Bestätigung zuerst seinen Vater und dann wieder Zoe an. »Ist das wirklich wahr?«

»Natürlich ist das wahr«, sagte Ben, dem klar wurde, dass Zoe Josh Mut machen wollte. »Das war auch eine der Sachen, die ich April von Hannah ausrichten sollte. Sie wollte, dass ich ihr dafür danke, dass sie immer auf Hannah achtgegeben hat, und ich sollte ihr sagen, dass sie sie niemals vergessen würde.«

Jack nickte. »Hannah und Josh haben April immer geliebt. Obwohl April eigentlich Hannahs Pferd war, war sie immer einverstanden, dass du dich um sie kümmerst und sie reitest.«

»Wir sind zusammen dort hinten in den Wald geritten«, erzählte Josh und deutete um die Ecke.

»Ich glaube, sie wird auch weiterhin auf dich achtgeben«, sagte Zoe behutsam. »Sieh doch, wie gut sie auf mich aufgepasst hat, dabei kannte sie mich gar nicht.«

Joshs blaugrüne Augen waren voller Zweifel. »Meinen Sie?«

»Ganz bestimmt«, antwortete Ben entschieden, bevor er Jack einen Blick zuwarf, um sich zu versichern, doch der nickte eifrig.

Es trat eine Pause ein, und Zoe konnte sehen, dass der Junge sich die Sache durch den Kopf gehen ließ.

»Okay. Vielleicht mache ich mit ihr eine Runde um die Koppel, und falls ich runterfalle, können Sie mir helfen, weil Sie beide ja Krankenpfleger sind.«

»Ganz genau.« Zoe reichte ihm die Reitkappe. »Aber wetten, das tust du nicht. Vertrau April, sie passt auf dich auf.«

Leicht nervös kletterte Josh in den Sattel, und nachdem er ihr etwas ins Ohr geflüstert hatte, setzten sie sich langsam in Bewegung.

Im selben Maß, in dem seine Zuversicht wuchs, nahm auch die Freude auf seinem Gesicht zu, und glücklich beobachteten Zoe, Ben und Jack, wie er von Schritt in Trab wechselte.

»Er wollte April nicht mehr reiten, seit er in der Woche nach Hannahs Tod heruntergefallen ist. Ich hatte schon darüber nachgedacht, sie zu verkaufen. Ich dachte, es tut ihm nicht gut, sich so in der Vergangenheit zu vergraben, und dem armen Tier auch nicht, wenn es nie geritten wird. Aber schauen Sie ihn jetzt an!«, staunte Jack. »Er sieht glücklich aus. Ich kann Ihnen beiden gar nicht genug danken.«

Ihr Auftrag war erledigt, dachte Zoe. Ben hatte einem kleinen Mädchen das Sterben erleichtert und ihren Bruder ins Leben zurückgeholt. Zoe holte ihr Handy heraus und machte ein Foto für die Instagram-Seite des Hospizes. Es war ein Happy End, eines, das geteilt werden sollte.

Die Trauer war eine merkwürdige Angelegenheit, sinnierte Zoe. Sie konnte einen an gänzlich ungeahnte Orte führen. Während sie die stolzen und glücklichen Gesichter von Ben, Jack und Josh fotografierte, wurde ihr bewusst, dass die Trauer um ihren Sohn sie zwar gelähmt hatte, sie ihr andererseits aber auch für Dinge im Leben die Augen geöffnet hatte, die sie andernfalls niemals ausprobiert oder getan hätte. Es gab Zeiten, in denen einem das Leben das Herz brach, aber es gab auch solche, in denen es durchaus lebenswert war.

Fünfundzwanzig

Nachdem sie sich kurz, aber herzlich von Jack und Josh verabschiedet hatten, mit dem Versprechen, in Kontakt zu bleiben, stiegen Zoe und Ben ins Auto und machten sich über die Küstenstraße auf den Weg zum Strand.

»Du warst unglaublich!«, rief Ben, als sie die Pferdekoppeln hinter sich gelassen hatten. »Woher wusstest du, was du bei Josh erreichst, wenn du April reitest?«

»Ich wusste es nicht.« Zoe zuckte die Achseln. »Ich habe gesehen, wie verloren er war und dass April seine beste Freundin ist. Er hatte keine Angst davor, sie zu reiten, er hatte nur Angst davor, etwas zu riskieren.«

»Hast du dich darin selbst wiedererkannt?«, fragte Ben.

»Ich glaube schon. Vielleicht habt ihr recht, Sarah und du, und ich hatte einfach zu große Angst davor, nach vorne zu sehen. Irgendwie hatte ich das Gefühl, Sean gegenüber illoyal zu sein, da kam es mir sicherer vor, an Ort und Stelle zu bleiben. Und bei Josh habe ich etwas Ähnliches erkannt.«

»Darauf wäre ich nie gekommen«, sagte Ben voller Bewunderung, »aber ich komme ja auch nicht von einer Rinderfarm im Outback.«

Zoe lachte. »O ja, du kennst dich dafür umso besser im Scherbenviertel von Bath aus.«

»Ganz genau«, scherzte Ben, doch dann wurde seine Miene

ernst. »Ehrlich, Zoe, es war einfach umwerfend zuzusehen, wie du Josh geholfen hast. Ich war so blöd und dachte, der Auftrag sei erledigt, wenn ich Hannahs Bitte erfülle und mit dem Pferd rede. Aber eigentlich ging es um Josh. Du warst in der Lage, auf eine Weise zu ihm durchzudringen, auf die ich nie gekommen wäre. Du hast eine echte Gabe.«

»Ach was«, widersprach Zoe beschämt. »Ich habe nichts gemacht, was jeder andere nicht auch gemacht hätte. Es liegt einfach nur daran, dass ich einen ähnlichen Verlust erlebt habe. Ich weiß, wie niederschmetternd es sein kann, wenn deine ganze Welt zusammenbricht, und wie schwer es ist, wieder deinen Platz darin zu finden. Das braucht Zeit, und du musst den richtigen Schlüssel finden. Josh hat einfach nur den Schlüssel gebraucht.«

»Du bist zu bescheiden«, sagte Ben nachdrücklich. »Du hast ein Händchen für Menschen, Zoe. So deutlich habe ich das bislang gar nicht wahrgenommen. Du inspirierst mich jeden Tag dazu, ein noch besserer Pfleger zu werden.«

Überrascht sah Zoe ihn an. Ziemlich sicher hatte niemand je zuvor etwas so Nettes über ihre Arbeit als Krankenschwester gesagt. Trotzdem hatte sie nicht das Gefühl, dass sie irgendetwas anders machte als andere Pfleger. Aber es machte sie verlegen, wie Ben sie ansah, der den Blick von der Straße abgewandt hatte und sie fixierte.

»Was hast du zu April gesagt?«, fragte sie leichthin.

Ben lachte. »Ich habe ihr das Lied *My Lovely Horse* aus *Father Ted* vorgesungen. Kennst du das?«

Zoe erinnerte sich an die legendäre Sitcom über drei irische Pfarrer und brach in schallendes Gelächter aus. Der Text und die Melodie wurden jedes Mal, wenn sie das Lied hörte, zum Ohrwurm.

»Das hast du April vorgesungen?«

»Jep. Was hätte ich sonst tun sollen? Hannah hat mir keine klaren Anweisungen gegeben, und April ist fraglos ein großartiges Pferd.«

Hierin musste Zoe ihm zustimmen. Gerade wollte sie etwas Entsprechendes erwidern, da nahm Ben eine Kurve, und ihr Blick fiel auf eine ausgedehnte Fläche goldgelben Sands und dahinter, soweit das Auge reichte, den Ozean. Mit einem begeisterten Jauchzen machte sie das Fenster auf und freute sich an dem Geräusch der Wellen, die sich am Ufer brachen.

»Ich bin im Himmel«, rief sie, als Ben eine Parklücke fand.

Er schaltete den Motor ab und grinste sie an. »Ich auch.«

*

Danach schien sich der Tag aufzulösen. Zoe vergaß die Zeit und genoss die pure Schönheit des Strands mit Ben an ihrer Seite, während sie barfuß durch den Sand stapften, die Sonne ihre Körper wärmte und sich ihnen die perfekte Kulisse bot, um sich gegenseitig Geschichten aus ihrem Leben zu erzählen.

»Ich fasse es nicht, dass du die Schuhe und den Kalender deines Lehrers aufs Dach geworfen hast und dann auch noch ungestraft davongekommen bist!«, sagte Zoe lachend, als sie sich in den Sand setzten und die Möwen über ihnen kreischten.

»Wieso nicht? Ich war nicht immer Mr Nice Guy.«

»Ich würde behaupten, ein paar Leute in der Arbeit halten dich auch heute nicht für Mr Nice Guy. Hast du letzte Woche nicht die Überstunden gestrichen?«, warf Zoe ein.

Ben verzog das Gesicht, während er versuchte, eine gemütliche Position im Sand zu finden. »Ja. Das sind die Freuden des Troubleshooters.«

»Nach der Sache giltst du wahrscheinlich eher als Troubleshitter«, sagte Zoe mit einem schiefen Grinsen.

»Sehr plastisch.« Mit den Zehen kickte Ben einen Sandklumpen fort.

»Die Leute meinen es nicht so«, beschwichtigte Zoe. »Du bist der Chef, du kriegst die Prügel. Das ist einer der Hauptgründe, warum ich die Leitung nie wollte. Egal, lass uns nicht über die Arbeit reden.«

Sie verfielen in Schweigen, und es war nichts zu hören als das Kreischen zweier Kinder, die in den Wellen spielten.

»Hör mal, Zoe, ich habe ein Problem, über das ich mit dir reden wollte.« Ben klang zögerlich.

»Ach ja?« Überrascht wandte Zoe sich ihm zu. Auf seinem Gesicht zeichneten sich Sorgenfalten ab.

»Die Sache ist, ich hatte mir immer geschworen, eines nicht zu tun, und jetzt habe ich es doch getan. Ich habe gehofft, du kannst mir vielleicht helfen.«

»Geht es um deinen Termin im Krankenhaus? Ben, du weißt, dass ich immer für dich da bin.«

Ben lachte über die Frage und schüttelte den Kopf. »Nein, Zo, damit hat es nichts zu tun. In gewisser Weise wäre ich froh, es ginge darum, wahrscheinlich wäre das einfacher.«

»Was, um alles in der Welt, ist es dann?«

Ben senkte den Blick zu Boden und zeichnete mit dem Finger Kreise in den Sand. Ganz offensichtlich wollte er Zeit gewinnen.

»Ich habe mich in jemanden bei der Arbeit verliebt, und ich weiß nicht, was ich tun soll«, platzte er heraus.

Zoes Herz begann zu rasen. »Miles steht auf Frauen, fürchte ich«, sagte sie in der Hoffnung, dass der Scherz sie zurück auf sicheres Terrain brachte.

»Tu das nicht.« Bens Stimme war sanft. »Ich denke, du weißt, was ich für dich empfinde, Zo. Sicher weißt du das, oder?«

Er hob den Blick und streckte langsam die Hand aus. Sie wich nicht zurück, und er strich ihr mit dem Zeigefinger über die Wange.

Als sie seine Fingerspitze auf ihrer Haut spürte, überlief Zoe ein wohliges Schaudern. Sosehr sie sich eingeredet hatte, keine Gefühle für Ben zu haben – sie hatte sich etwas vorgemacht. Ihre Reaktion auf seine Berührung war für sie beide ein deutliches Zeichen.

»Ich dachte, du fängst nichts mit Kollegen an«, flüsterte sie.

»Tu ich auch nicht«, erwiderte Ben. »Deswegen ist das auch so schwer für mich. Und deswegen hat Candice mich zu diesem Tinder-Date geschickt, damit ich über meine Gefühle für dich hinwegkomme.«

»Candice wusste das?«

»Sie wusste es vom ersten Augenblick, als sie uns zusammen gesehen hat. Sie meint, die Chemie zwischen uns ist offensichtlich.« Ben lachte. »Aber im Grunde ist Candice eine unverbesserliche Romantikerin.«

»Und du nicht?«, fragte Zoe und bemühte sich, die Erregung, die durch ihren Körper wogte, zu ignorieren.

»Ich habe versucht, es nicht zu sein. Sich in eine Kollegin zu verlieben, die man bewundert, kann eigentlich zu nichts Gutem führen. Andererseits kann ich nicht ständig in deiner Nähe sein, ohne dir zu sagen, was ich empfinde. Neulich bei dem Date habe ich die ganze Zeit nur daran gedacht, dass ich bei dir sein will«, fuhr Ben fort, und seine Stimme klang beinahe flehentlich. »Deshalb habe ich den Abend frühzeitig beendet und bin voller Schuldgefühle nach Hause gegangen. Ich habe versucht, gegen meine Gefühle anzukommen, Zoe, aber es gelingt mir nicht.«

»Und warum erzählst du mir jetzt davon?«, fragte sie und war sich sicher, dass Ben ihr klopfendes Herz über das Geräusch der sich brechenden Wellen hinweg hören konnte.

»Ich weiß nicht«, klagte Ben. »Weil ich meine Gefühle nicht länger verbergen kann. Weil ich wissen muss, ob es irgendeine Hoffnung gibt, dass du dasselbe empfindest. Mir ist klar, dass du es wahrscheinlich nicht tust, ich weiß, dass du wohl noch nicht so weit bist, aber vielleicht hat mein Arztbesuch mich dazu gebracht, darüber nachzudenken, was wirklich wichtig ist. Vielleicht besteht das Leben nicht nur aus Arbeit und Leistung. Und sollte es so sein, dass ich jemanden gefunden habe, der meine Gefühle erwidert, dann kann mir die Arbeit und alles, was dazugehört, gestohlen bleiben. Das hier ist viel wichtiger.«

Die Hoffnung in Bens Augen, nachdem er seine Rede beendet hatte, ließ Zoe schwindeln. Sie war so zufrieden mit sich gewesen, dass sie ihre Gefühle unterdrückt und sich eingeredet hatte, wie gut es war, dass Ben kein Interesse an ihr hatte. Nicht, solange sie verheiratet war, und nicht, solange sie wegen Sean noch derart am Boden zerstört war. Plötzlich aber war ihr, als würde sie keine Luft mehr bekommen, und ihr wurde bewusst, dass sie ihre Gefühle für Ben nicht länger leugnen konnte.

»Bist du denn sicher, dass du mich willst?«, brachte sie mühsam heraus. »Ich bin eine Zumutung, Ben.«

»Du hast kein Monopol darauf, eine Zumutung zu sein«, sagte Ben, griff nach ihrer Hand und drückte sie sich ans Herz. »Und wenn du eine Zumutung bist, hast du es trotzdem verdient, geliebt zu werden.«

Seine Berührung erdete sie, und als sie ihre ineinander verwobenen Finger betrachtete, dachte Zoe, wie natürlich das alles erschien. Sie schloss die Augen und holte tief Luft, um sich zu beruhigen. Wenn das Leben sie eines gelehrt hatte, dann, dass es kein perfektes Timing gab und man manchmal vom Kurs abgebracht wurde, wenn man am wenigsten damit rechnete.

Ben küsste ihren Handrücken, und Zoe riss die Augen auf.

»Ich will dich glücklich machen«, sagte er. »Ich will dein Herz zum Klingen bringen und dein Leben mit Freude erfüllen. Ich will dir alles geben, Zoe Evans.«

Als Zoes blaue Augen auf Bens braune Augen trafen, schien der Boden unter ihr zu erbeben. Ohne darüber nachzudenken, beugte sich Zoe nach vorne, berührte mit ihren Lippen seine und gab sich den Gefühlen hin, die sie sich nicht hatte eingestehen wollen, seit sie Ben Tasker nähergekommen war.

Sechsundzwanzig

Die Sonne schien durchs Fenster herein, und Zoe öffnete blinzelnd die Augen und entdeckte eine dampfende Tasse auf dem Nachttisch. Schläfrig tastete sie danach und dankte ihrer Mitbewohnerin still, dass sie ihr den Streit nicht nachtrug. Erst als sie einen vorsichtigen Schluck nahm, überkam sie die Panik. Das hier war nicht ihre übliche Tasse, es war nicht ihre Bettwäsche, nicht ihr Bett, und es war nicht ihr Zimmer. Abrupt setzte sie sich auf, wobei sie braune Flüssigkeit über den makellos weißen Laken verschüttete, und musterte die Umgebung, während ihr im selben Augenblick bewusst wurde, dass sie nackt war. Das breite Doppelbett, die hohe Decke, die altmodischen Schiebefenster, von denen aus man die grünen Felder um Bath überblicken konnte. Die Mark-Rothko-Drucke an den Wänden und die Stereoanlage von Bose, aus der etwas beruhigendes Klassisches erklang, sofern sie sich nicht täuschte.

Wo zum Teufel war sie? Als sie im Stock unter sich Schritte hörte, fiel es ihr ein: Sie war bei Ben. Erinnerungen an den Vortag überschwemmten sie. Der Ausflug nach Wales, der Ritt auf April, Josh und sein Vater, der Spaziergang am Strand, das Liebesgeständnis und der Kuss. Der süße, zärtliche Kuss, der Zoe das Gefühl gab, nach Hause gefunden zu haben.

Und dann war das Danach gewesen. Die Fahrt zurück nach Bath, die Burger im ältesten Hamburger-Lokal der Stadt, Zoe, die über ihren Zwiebel-Atem lachte, als sie durch den Vicky-Park spazierten, wie Ben ihn nannte, und, ohne ein Wort darüber zu verlieren, wussten, dass sie zu ihm nach Hause gingen. Er hatte den Schlüssel ins Schloss gesteckt, sie waren nach oben in sein Schlafzimmer gegangen. Und es hatte keinerlei Zögerlichkeit oder Verlegenheit geherrscht, als er sie hineinführte.

Zoe spürte, wie ihre Wangen heiß wurden, als sie zurück auf das weiche Kissen sank und die Erinnerung Revue passieren ließ. Seit David war sie mit keinem Mann zusammen gewesen, aber Ben hatte ihr Wesen instinktiv erfasst.

»Vertrau mir«, hatte er gesagt.

Und das hatte sie getan.

Sie hatten sich geküsst und waren einander in die Arme gefallen, sehnten sich verzweifelt nach mehr und hielten sich doch bewusst zurück, um dieses erste Mal, dass sie einander sahen und berührten, voll auszukosten. Gefolgt von gierigem Verlangen. Hände, die den Körper des anderen erforschten, Umrisse ertasteten, als wären es unentdeckte Länder. Es war wunderschön gewesen. Tatsächlich war es eine der schönsten und zärtlichsten Nächte in Zoes Leben gewesen. Mit plötzlichem Schaudern dachte sie an jeden einzelnen Kuss, jeden erregten Atemzug. Da ging die Zimmertür auf.

Plötzlich war sie verlegen. Sie drehte den Kopf und blickte dem grinsenden Ben entgegen.

»Morgen.«

Mit einem schwer beladenen Tablett voller Toast und Frühstücksgebäck kam er herein. »Dachte, du hast vielleicht Hunger.«

Zoe sah ihm in die Augen und setzte sich, die Bettdecke unters Kinn geklemmt, auf, während er sich ihr gegenüber aufs Bett kauerte und das Tablett in ihre Richtung schob.

»Da hast du ganz richtig gedacht.« Sie grinste, und ihre Befangenheit löste sich, als sie nach einem Toast griff und einen großen Bissen nahm. »Mmm, Vegemite.«

Ben lachte. »Ich liebe das seit meiner Rucksackreise durch Australien. Ist viel besser als Marmite.«

»Erwähn das bloß nicht Sarah gegenüber. Sie ist durch und durch Marmite-Fan.«

Ben fuhr ihr mit dem Finger über die Wange und leckte ihn ab. »Vegemite. So kann ich dich unmöglich zur Arbeit gehen lassen.«

Beim Wort »Arbeit« stöhnte Zoe laut auf. »Warum hast du das nur erwähnt. Wie spät ist es?«

Er warf einen Blick auf sein Handy auf dem Nachttisch. »Kurz vor neun. In ein paar Stunden fängt meine Doppelschicht an. Du hast die Zehn-Uhr-Schicht, oder?«

»Ja«, brummte Zoe. »Ich komme zu spät, und mein Chef bringt mich um. Der ist ein echter Mistkerl.«

»Ach was, tatsächlich?«, kicherte Ben. »Ich habe so eine Ahnung, dass er sehr verständnisvoll reagieren wird, wenn du unpünktlich bist.«

Als Ben sich vorbeugte, um sie zu küssen, waren alle Gedanken an die Arbeit und das Zuspätkommen vergessen, und Zoe gab sich ganz seiner köstlichen Berührung hin.

*

Es kam einem Wunder gleich, dass sie nur dreißig Minuten zu spät zur Arbeit erschien, dachte Zoe, als sie mit gesenktem Kopf durch den Haupteingang ins Hospiz schlich. Den Blick starr nach unten gerichtet, eilte sie zum Personalraum, doch noch bevor sie die Hand auf die Klinke legen konnte, hörte sie hinter sich Miles lachen.

»Ich glaube, ich träume! Zoe Evans kommt zu spät zur Arbeit und ist noch nicht einmal im Kittel!«

Zoe hob den Kopf und spürte, wie ihre Wangen schon zum zweiten Mal an diesem Tag rot wurden. »Ja, ja, schon gut. Passiert aber nicht allzu oft, oder?«

Miles grinste. »Zugegeben. Ich wünschte nur, du hättest mir rechtzeitig Bescheid gesagt. Hätte ich gewusst, dass du nicht heimkommst, hätte ich heute Nacht bei Sarah bleiben können.«

Jetzt war es Zoe, die eine ungläubige Miene machte. Ihr war nicht klar gewesen, dass Sarah und Miles ihr Date schon so bald geplant hatten.

»Das war ein Witz.« Wieder lachte Miles. »Ich war der perfekte Gentleman.«

Bei diesem Eingeständnis konnte Zoe ihre Neugier nicht mehr verhehlen. »Lief es gut?«

»Du magst es kaum glauben, Zoe, aber ich weiß mich durchaus zu benehmen, und nicht jede Frau ist für mich eine Kerbe im Bettpfosten. Ich habe dir schon einmal gesagt: Ich mag Sarah wirklich.«

Zoe verlagerte den Rucksack auf die andere Schulter und nickte. »Geh einfach sorgsam mit ihr um. Sie hat ein Kind, und ich weiß, du hast sie gern, aber es geht hier nicht nur um Sarah.«

Sie sahen einander verhalten an. Miles räusperte sich und richtete sich auf, ohne dass er Zoe aus den Augen ließ. »Das weiß ich, also hör auf, mir Vorträge zu halten, und kümmre dich um deinen eigenen Kram, okay?«

Mit diesen Worten schob er sich an ihr vorbei und stapfte über den Flur davon. Zoe war verletzt. Sie machte sich einfach nur Sorgen um ihre Freundin. Beim Gedanken an Sarah musste sie kurz stöhnen. Es war nicht schön, sich mit Sarah zu streiten. Sie waren beste Freundinnen, und Zoe nahm sich fest vor, sich heute Abend nach der Arbeit mit ihr zu versöhnen. Vielleicht könnte sie Pizza und dazu ein paar Extra-Teigbällchen für Lottie bestellen. Sie könnten sich einen Film zusammen anschauen, ein Glas Wein trinken und, wenn Sarahs Tochter im Bett war, über ihre Dates plaudern.

Schnell tippte sie eine Nachricht an Sarah, um ihr das vorzuschlagen, steckte das Handy in die Tasche und nahm sich vor, sich keine Sorgen zu machen, falls sie den ganzen Tag keine Antwort bekäme.

Als sie jedoch am Abend nach Hause kam, wurden all ihre schönen Pläne zunichtegemacht, denn aus dem Wohnzimmer kam schallendes Gelächter. Sie folgte den Geräuschen. Sarah, Miles und Lottie lagen gemeinsam ausgestreckt auf dem Sofa und sahen sich eine dämliche Komödie im Fernsehen an.

»Hi«, sagte sie argwöhnisch und fühlte sich wie eine Außenseiterin.

»Hi«, erwiderte Sarah lächelnd, doch der Tonfall war förmlich. »Komm nur rein.«

»Zoe!«, rief Lottie. »Mum hat gesagt, dass du mir mein Lieblingsessen bestellst.«

Lottie richtete sich auf und sah Zoe mit ihren herzzerreißend schönen Augen an, aus denen die reine Zuneigung sprach. Sarah lachte. Lottie beherrschte den Blick der Katze aus *Shrek* mit Perfektion, wenn sie etwas unbedingt haben wollte.

»Schon erledigt«, sagte Zoe. »Pizza und Teigbällchen sind auf dem Weg hierher.«

»Hoffentlich ist genug für mich da«, warf Miles ein, als es an der Tür klingelte. Er stand augenblicklich auf, ging an die Tür und kehrte kurz darauf mit drei Pizzakartons und einem kleineren Karton mit Knoblauchbrot zurück.

»Ich wollte schon das Knoblauchbrot weglassen, aber gut, dass ich es nicht getan habe, jetzt wo wir einen Gast haben«, sagte Zoe mit einem – nur ein bisschen – gezwungenen Grinsen, nahm Miles die Kartons aus der Hand und setzte sie auf dem Tisch ab.

Kaum hatte sie die Worte ausgesprochen, bereute sie sie, denn sie bemerkte, wie Miles und Sarah einen Blick wechselten, der Zoe erneut das Gefühl gab, nicht dazuzugehören. Sie versuchte, die unguten Gefühle zu unterdrücken, als Sarah einen Karton aufklappte und sich eine Pizzaecke nahm.

»Ich dachte, wir könnten einen Film zusammen sehen«, sagte Sarah vorsichtig. »Hast du Lust?«

»Okay.« Zoe nahm sich ein großes Stück Pizza. Eilig biss sie ein paarmal ab. Unbequem kauerte sie im Sessel, statt auf dem Sofa, weil Miles ihren üblichen Platz eingenommen hatte, und versuchte, sich nicht zu ärgern. Aber selbst mit dem Bauch voller Pizza konnte sie ihre schlechte Laune nicht abschütteln und nahm Miles übel, dass er sich ausgerechnet in dem Augenblick hineingedrängt hatte, in dem sie die Sache zwischen ihr und Sarah hatte klären wollen. Erst später, als Lottie im Bett und Miles aufgebrochen war, konnte Zoe sich etwas entspannen.

»Sieht so aus, als läuft es gut mit dir und Miles«, sagte Zoe, als sie und Sarah endlich allein waren.

Sarah holte eine Flasche Wein aus dem Kühlschrank. Sie schenkte zwei Gläser ein und schob Zoe eines über den Tisch zu. »Es ist schön.«

»Das freut mich.«

Sarah verzog das Gesicht. »Wirklich?«

Kurz dachte Zoe nach. War es so? »Doch, natürlich.«

Wieder herrschte eine Weile Schweigen, während Sarah den Blick auf die Tischplatte gesenkt hielt. Dann hob sie den Kopf. »Zoe, was ich gesagt habe, tut mir wirklich leid. Das war dumm.«

»Ist schon gut.« Zoe nahm einen Schluck und versuchte, ihr galoppierendes Herz zu bändigen.

Sarah legte Zoe die Hand auf den Unterarm, und ihr Griff war so fest, dass Zoe sich beinahe vor Schmerzen wand. »Nein, im Ernst, ich glaube, die Sache mit Miles hat mich irgendwie überwältigt. Ich habe nicht nachgedacht.«

»Vergiss es einfach.« Zoe winkte ab. »Solche Sachen passieren. Vielleicht täusche ich mich bei Miles. Er scheint es total ernst zu meinen.«

»Er hat mich überrascht«, gab Sarah zu.

»Mich auch.« Zoe setzte das fast volle Weinglas ab und schob es von sich. Sie stand auf und reckte die Arme über den Kopf. »Ich freue mich, dass alles okay ist, aber ich glaube, ich gehe jetzt ins Bett. Ich bin völlig erledigt von der letzten Nacht und der Arbeit heute.«

»Aber wir haben noch gar nicht über die Fahrt nach Wales geredet!«

»Ein andermal«, sagte Zoe. »Ich bin fix und fertig. Wir sehen uns morgen früh.«

Bevor Sarah weitere Einwände erheben konnte, machte sich Zoe auf den Weg ins Bett, während sie sich sagte, wie schön es war, dass Sarah und Miles sich so gut verstanden. Erst als sie die Leselampe am Bett ausknipste und die Augen schloss, wurde ihr bewusst, dass ein winziger, schrecklicher Teil von ihr Angst hatte, dass sich etwas verändern könnte, und davor, was diese Veränderung mit sich bringen würde.

Siebenundzwanzig

Als Zoe am Montagmorgen zur Arbeit kam, hatte sie den Eindruck, jede einzelne existierende Emotion durchlebt zu haben. Sie hatte den Sonntag damit zugebracht, Hausarbeit zu erledigen, und während sie wusch, bügelte und zusammenlegte, hatte sie sich in Grübeleien verloren. Sie fühlte sich so schuldig wegen ihrer eigennützigen Gedanken Sarah gegenüber, dass sie ihr und Lottie das Frühstück ans Bett gebracht und anschließend Wohn- und Badezimmer geputzt hatte, obwohl Sarah an der Reihe war. Es hatte ihre Lieblosigkeit nicht wiedergutgemacht, und Zoes Bemühungen hatten Sarah verblüfft, aber Zoe selbst hatte sich besser gefühlt.

Dann war da noch Ben – der unglaubliche, wunderbare Ben. Wann immer Zoe an ihn dachte, grinste sie wie eine verliebte Teenagerin. Sie errötete, wenn sie an manche der Highlights von Freitagnacht dachte, und wusste, sie würde diesen Abend ganz für sich behalten, egal, wie sehr Sarah sie bedrängte.

Zoe rief sich zurück ins Hier und Jetzt, stopfte ihre Sachen in den Spind und machte sich auf den Weg zum Stationstresen, um den Dienstplan durchzusehen. Schuldbewusstsein erfasste sie, als sie den obersten Eintrag las: *Ben dienstfrei.*

Wie hatte sie vergessen können, dass Ben heute im Krankenhaus war? Ihre eigenen Gefühle hatten sie derart in Anspruch genommen, dass sie nicht mehr an seinen Termin gedacht hatte.

Das schlechte Gewissen nagte an ihr, aber Zoe war klar, dass ihr das auch nicht weiterhalf. Stattdessen holte sie das Handy heraus und schrieb ihm eine Nachricht, in der sie ihm Glück für die Untersuchung wünschte. In der Hoffnung auf eine Antwort starrte sie einen Augenblick auf das Telefon, aber als keine kam, wusste sie, dass es an der Zeit war, ihre Aufmerksamkeit der Arbeit zuzuwenden statt ihrem Privatleben. Was auch immer der Arzt Ben zu sagen hatte, sie würden die Sache gemeinsam angehen.

Sie hörte ein klingelndes Lachen, und als sie den Kopf hob, sah sie, dass es von Mrs Harper stammte, die im Erkerfenster saß und mit ihrem Sohn scherzte. Mutter und Sohn wirkten zufriedener als früher, wenn sie beieinander waren, und Zoe freute sich.

»Mrs Harper.« Strahlend ging Zoe auf sie zu. »Mr Harper. Schön, Sie beide zu sehen.«

»Guten Tag, Zoe.« Mr Harper erwiderte ihr Lächeln. »Wie geht es Ihnen?«

»Das wollte ich Sie auch gerade fragen. Mir geht es gut, danke. Und Ihnen?« Sie wandte sich an Mrs Harper.

Die alte Dame schüttelte den Kopf. »Es geht mir gut. Simon hat mich hergebracht, weil ich in letzter Zeit etwas müde bin.«

Zoe runzelte die Stirn. »Inwiefern müde?«

»Nicht mehr als jeder andere auch«, erwiderte Mrs Harper.

»War der Arzt bei Ihnen?«

»Noch nicht«, sagte Mr Harper, und deutlich zeichnete sich in seinen hellgrauen Augen Sorge ab. »Ich habe ihn gebeten, sich gleich als Erstes meine Mutter anzusehen.«

»Und ich habe dir erklärt, dass ich keine Sonderbehandlung will«, sagte Mrs Harper entschieden.

Zoe spürte, dass sie sich besser nicht auf diesen Streit einlassen sollte, und wechselte das Thema. »Ich wollte fragen, ob Sie irgendetwas brauchen. Vielleicht noch eine Tasse Tee?«

Beide Harpers schüttelten den Kopf, und der neue Hospizbesitzer erhob sich. »Ich muss los. Heute stehen jede Menge Besprechungen an.«

»Wenn Sie meinen. Ich wollte Sie nicht unterbrechen«, sagte Zoe und sah zu, wie sich Mr Harper die Jacke anzog.

»Das haben Sie nicht. Ich bin ohnehin schon spät dran.«

Er beugte sich zu seiner Mutter hinunter, küsste sie auf die Wange und tätschelte ihr die Schulter. »Bis später.«

»Auf Wiedersehen«, rief Mrs Harper ihrem Sohn nach, als er über den Flur Richtung Ausgang ging. Dann wandte sie sich an Zoe. »Jetzt hätte ich doch gern eine Tasse Tee, wenn das möglich ist. Vielleicht können Sie mir ja Gesellschaft leisten?«

Zoe sah auf die Uhr. »Meine Schicht beginnt eigentlich erst in einer halben Stunde. Da kann ich uns also etwas zu trinken holen.«

Kurz darauf kehrte Zoe mit einer dampfenden Tasse Tee für Mrs Harper und einer Tasse löslichem Kaffee für sich selbst zurück.

»Sie scheinen sich gut mit Ihrem Sohn zu verstehen«, sagte sie und stellte die Tassen auf den Tisch am Fenster.

»Ja.« Mrs Harper lächelte. »Ich denke, das Schöne am Sterben ist, dass man sich nicht mehr verstellen muss, weil es keine Rolle mehr spielt.«

Jedem anderen mochte diese Bemerkung etwas frivol erscheinen, aber Zoe wusste, dass die alte Dame es nicht flapsig meinte. Vielmehr war sie das, was alle Menschen viel öfter sein sollten: ehrlich.

»Sie haben einen neuen Umgang miteinander gefunden.«

»Genau. Ich habe nicht mehr den Drang, mich einzumischen. Das machen alle Mütter, oder? Sich einmischen. Und ich glaube, Simon fängt an zu verstehen, dass er meine Krankheit nicht beherrschen kann.«

»Obwohl er Sie hierhergebracht hat?«

Es trat eine kurze Pause ein, und Mrs Harper sah aus dem Fenster auf den Garten, der satt und grün in der Morgensonne lag.

»Ja, obwohl er mich hierhergebracht hat«, meinte Mrs Harper dann. »In gewisser Weise bin ich ihm dankbar. Hierher zurückzukommen hat mir die Gelegenheit gegeben, mich mit der Vergangenheit zu versöhnen.«

»Wirklich?«, fragte Zoe überrascht nach. »Sollte man die Vergangenheit nicht lieber ruhen lassen?«

»Bis vor Kurzem hätte ich Ihnen zugestimmt, aber in letzter Zeit bin ich mir da nicht mehr so sicher.« Mrs Harpers Blick schweifte zum See. »Ich denke, dadurch habe ich die Chance bekommen, mich auch an die guten Dinge zu erinnern, die ich hier erlebt habe, und nicht nur an die schlechten.«

Zoe nickte und folgte Mrs Harpers Blick über das Gelände. Dann sah sie die alte Dame an und beobachtete sie bei der Betrachtung jenes Orts, der einmal ihr Zuhause gewesen war. Der friedliche Gesichtsausdruck war unübersehbar.

Unvermittelt musste Zoe an Sydney denken. Sie dachte an das Zuhause, das sie mit David und Sean geteilt hatte, und ihr wurde bewusst, dass Mrs Harper recht hatte. Auch an den finstersten Orten gab es gute Zeiten.

*

Erst viel später hörte Zoe von Ben, genau genommen sah sie ihn, als es kurz nach sieben an der Tür klingelte.

»Ich gehe schon«, rief Zoe.

Beim Öffnen der Tür konnte sie zunächst nicht erkennen, wer es war, denn ein riesiges Stoff-Einhorn verdeckte die Sicht.

»Äh, Ben?« Sie lachte, als sie einen dunkelhäutigen, schimmernden Kopf hinter dem üppigen rosa und weißen Fell ausmachte.

»Wie hast du das erraten?« Ben setzte das Einhorn auf dem Boden ab, um sie zu küssen. Sie kostete das Gefühl seiner sanften Lippen aus, bis Ben sich von ihr löste und sie einander in die Augen sahen, beide durchdrungen von der reinen Freude, beieinander zu sein.

Sie starrte ihn und das Einhorn an, kurzzeitig verunsichert, ob sie zuerst nach dem Stofftier oder nach der Untersuchung im Krankenhaus fragen sollte.

»Wie ist es gelaufen?«, erkundigte sie sich, als sie die Ungewissheit nicht länger ertragen konnte.

Ben lächelte. »Es ist alles in Ordnung. Später erzähle ich dir das genauer.«

Er ging an ihr vorbei ins Wohnzimmer, wo Sarah, Lottie und Miles waren.

»Oh, Ben. Was ist das?«, fragte Sarah mit Blick auf das Einhorn.

»Mensch, Kumpel, du lässt uns echt schlecht aussehen«, scherzte Miles und schob Ben eine kalte Flasche Bier direkt aus dem Kühlschrank in die Hand.

»Prost, mein Freund«, sagte Ben und hob dankbar die Flasche. Dann wandte er sich Lottie zu, die ihn erwartungsvoll ansah.

»Ist das für mich?«, fragte sie ungeduldig.

Ben lachte und setzte ihr das Einhorn auf den Schoß. Zoe unterdrückte ein Kichern, denn es war beinahe zwei Mal so groß wie Sarahs Tochter. »Um dir zu zeigen, dass man mit harter Arbeit eine Menge Spaß haben kann. Es gehört dir.«

Lottie verschlug es vor Begeisterung den Atem, und sie schlang die Arme um das Einhorn, doch Sarah warf ihr einen mahnenden Blick zu.

»Ich glaube, du hast etwas vergessen, mein Fräulein«, rügte sie ihre Tochter.

Sofort blickte das Mädchen von dem Stofftier auf und sah Ben mit ihrem Gestiefelter-Kater-Blick an. »Entschuldigung«, sagte sie kleinlaut. »Danke, Mr Ben.«

Ben kniete sich neben sie und dankte dem Kind mit einem breiten Lächeln. »Bitte schön. Wenn du Einhörner so gernhast, dann kann ich nachher auch eines für dich zeichnen, wenn du willst.«

Bei dieser Aussicht leuchteten Lotties Augen auf. »Ehrlich?«

»Klar.« Ben grinste. »Und es kostet dich noch nicht einmal eines der Fischstäbchen, die du schon fast aufgegessen hast.«

»Sie können eins haben, Mr Ben«, sagte Lottie voller Ernsthaftigkeit und schob ihm ein Stück Fisch mit Panade hin.

Ben dachte kurz nach, griff zu und tauchte das Stück in den großen Ketchup-See auf Lotties Teller. »Danke. Wenn du magst, kriegst du was von meinem Chow Mein ab.«

Er stand auf und langte in die Tüte mit den Kartons vom chinesischen Imbiss, die er für alle mitgebracht hatte.

Lottie rümpfte die Nase. »Ich mag kein Chow Mein, Mr Ben.«

»Umso besser, dann bleibt mehr für mich übrig«, antwortete Ben fröhlich. »Oh, und noch etwas.«

»Was?«

»Einfach Ben reicht auch. Du musst nicht Mister zu mir sagen. Da komme ich mir vor wie eine Comicfigur aus den Achtzigerjahren.«

Lottie nahm den letzten Bissen ihres Fischstäbchens und schien verwirrt. »Okay, Einfach Ben.«

Erwartungsvoll sah Ben die anderen an. »Das habe ich mir wohl selbst zuzuschreiben, oder?«

»Ich würde sagen, du bist zielgenau in die Falle getappt.« Sarah lachte. »Ich hole uns ein paar Teller.«

Zwei Stunden später saßen sie im Wohnzimmer, während im Hintergrund eine Spotify-Playlist lief, die Miles ausgesucht hatte. Durch das Fenster wehte eine leichte Brise herein; der Abend war sehr entspannt. Zoe blickte Ben an. Er wirkte zufrieden, nachdem er sich das chinesische Essen hatte schmecken lassen. Vielleicht war im Krankenhaus ja wirklich alles gut gegangen.

»Habt ihr morgen schon was vor? Ich habe den Rest der Woche frei«, sagte Sarah, als alles aufgegessen war und Ben Lottie ins Bett gebracht hatte.

»Ich habe morgen eine geteilte Schicht«, sagte Miles stirnrunzelnd.

Sarah wirkte enttäuscht. »Wie schade. Ich hatte gehofft, wir könnten was unternehmen.«

Miles lächelte. »Ja? Vielleicht nach der ersten Hälfte? Ich habe um drei Uhr eine längere Pause.«

Es war unübersehbar, wie sich Sarahs Miene aufhellte, und Zoe konnte nicht anders als sich freuen. Sie wandte den Blick zu Ben, und sie sahen einander in die Augen und lächelten.

»Hast du morgen was vor?«, fragte er sie.

»Ich habe bis zwölf Dienst«, antwortete Zoe.

»Es gibt noch einen letzten Brief, den ich überbringen muss. Ich hatte gehofft, dass du mir hilfst.«

»Wohin musst du denn?« Zoe kratzte sich am Kopf und dachte über die Bitte nach.

»Zu mir nach Hause. Es ist ein Videocall«, erklärte Ben.

»Wieso?«

»Anders geht es nicht«, meinte Ben. »Es handelt sich um eine Dame namens Irene, die vor einer Weile ihre Mutter verloren hat. Sie lebt in deiner alten Gegend, Zo.«

»In London?«

Ben schüttelte den Kopf. »In Sydney.«

»Das wird eine Reise in die Heimat, Zoe«, sagte Sarah, klatschte in die Hände und drehte sich zu Ben. »Hast du schon einmal mit Irene gesprochen?«

»Wir haben per E-Mail kommuniziert. Ich habe gesagt, dass ich die Briefe gern persönlich überbringe, aber Australien ist ein bisschen weit weg.«

Die Vorstellung, mit jemandem in der Heimat zu reden, brachte Zoe aus dem Gleichgewicht. In letzter Zeit dachte sie viel über Australien nach, und Bens Bitte gab Zoe das Gefühl, dass die Vergangenheit sie verhöhnen wollte.

»Na gut. Hoffentlich sind diesmal keine Pferde involviert.«

»Versprochen.« Ben grinste. »Wir haben uns für neun Uhr abends unserer Zeit verabredet. Möchtest du zum Abendessen kommen? Candice geht aus.« Ben warf die Bemerkung leichthin ein, aber Zoe wusste, was er im Sinn hatte. Bei der Aussicht auf eine weitere Nacht mit Ben begann ihr Herz zu rasen.

»Klingt wunderbar«, sagte sie beiläufig.

»Bring du den Wein mit. Ich mache uns Steaks. Es wird ein richtiges Aussie-Essen.«

Miles und Zoe verdrehten unwillkürlich die Augen.

»Granate, Kumpel«, sagte Miles mit übertrieben australischem Akzent.

Ben lachte, und Sarah streckte sich und gähnte. »Ich muss ins Bett, ich bin total erschöpft.«

Miles stellte sein Bier ab. »Ja, ich mach mich besser auch auf den Weg. Ich muss morgen früh raus.«

Ben drohte ihm mit den Finger. »Komm ja nicht zu spät. Morgen früh bist du der dienstälteste Pfleger auf der Station.«

Miles reagierte erschrocken auf diese Bemerkung, doch Zoe konnte auch Freude auf seiner Miene ausmachen.

»Okay, Boss«, sagte er ungezwungen, aber sie sah, dass ihm die Verantwortung etwas bedeutete.

Nachdem sie sich verabschiedet und Gute Nacht gewünscht hatten, waren Zoe und Ben endlich unter sich. Zoe ertrug die Anspannung nicht länger.

»Also? Wie ist es im Krankenhaus gelaufen? Ich habe mir solche Sorgen gemacht!«

Ben beugte sich über das Sofa und strich Zoe eine Haarsträhne hinters Ohr. »Es gibt keinen Grund zur Sorge. Alles wird gut.«

Jahrzehntelange Erfahrung als Krankenschwester ließ Zoe aufhorchen. »Was meinst du mit: Es *wird* gut?«

Einen Augenblick herrschte Schweigen, dann platzte Ben heraus: »Ich habe Darmkrebs.«

Kurz dachte Zoe, sie habe ihn falsch verstanden. Erst dann erreichten sie die Worte.

»Aber du hast doch gesagt, es ist alles in Ordnung?«

»Das wird es auch sein«, beharrte Ben. »Der Arzt ist guter Dinge, dass er den Tumor in einer einfachen Operation entfernen kann. Er meint, wir haben ihn frühzeitig entdeckt. Nächste Woche gehe ich ins Krankenhaus.«

Zoe starrte ihn an. Sie hatte das Gefühl, die Welt rase an ihr vorbei, und sie mühte sich ab, Schritt zu halten.

»Ich brauche ein paar Tage, um mich zu erholen, mehr nicht. Danach bin ich so gut wie neu«, fuhr Ben bemüht unbekümmert fort.

Als er sich zu ihr beugte, um sie zu küssen, versuchte Zoe, ihre Angst fortzuschieben. Aber wenn sie das Leben eines gelehrt hatte, dann, dass man nach einer Krise selten so gut wie neu war.

Achtundzwanzig

Der Duft nach frisch gemähtem Gras und die warme Juliluft brachten Zoe zum Lächeln, als sie am darauffolgenden Abend zu Ben ging. Es war so anders als der Sommer in Australien, wo alle in Deckung gingen und nach kühleren Temperaturen lechzten.

Zu ihrem großen Erstaunen hatte sich bei Zoe in letzter Zeit Heimweh bemerkbar gemacht. So überraschend war das aber vielleicht gar nicht. Immerhin hatte sie mehr als vierzig Jahre in Australien gelebt, da trug sie das Land im Herzen. Normalerweise überkam sie nur dann die Sehnsucht nach ihrer Heimat, wenn sie mit ihrer Mutter telefonierte oder bei Facebook herumstöberte und Fotos ihrer alten Freunde mit deren Kindern sah. Zoe inspizierte die Gesichter und betrachtete mit neugierigem Staunen die Jungen, mit denen Sean zur Schule gegangen war und die immer mehr zu Männern wurden. Von manchen der Frauen hörte Zoe hie und da über die Social-Media-Kanäle. Beiläufige Nachrichten, in denen immer dasselbe stand. *Kaum zu glauben, wie viel Zeit vergangen ist. Wir sollten mal wieder reden.* Und dann das muntere, bedeutungslose: *Wir vermissen dich alle sehr.* Zoe antwortete nur selten. Diese Frauen waren keine echten Freundinnen. Als Sean gestorben war, waren sie wie vom Erdboden verschluckt gewesen, als wäre der Tod eines Kindes eine ansteckende Krankheit. Auf gewisse Weise verstand Zoe das sogar. Sean war ein tragischer Unfall zugestoßen, und Zoe wusste, dass die Frauen dachten: *Gott sei Dank war es nicht mein Kind.* Denn so schrecklich es war: Sie hätte dasselbe gedacht, wäre das Kind einer anderen gestorben.

Sie fragte sich, wie diese Frauen reagieren würden, würde sie ihnen von Ben erzählen. Davon, dass sie möglicherweise damit rechnen musste, einen weiteren Menschen zu verlieren, der ihr nahestand. Kämen sie damit besser klar, weil es sich um einen Erwachsenen mit einer gängigen Krankheit handelte? Oder würden sie sich auch davor zurückziehen?

Zoe rief sich zur Vernunft. Ben lag nicht im Sterben. Ihm stand etwas Schreckliches bevor, aber seine Prognose war gut. Als Pflegerin wusste sie, dass der Schlüssel zu einer Heilung bei Krebs sehr oft in der frühzeitigen Diagnose lag. Glücklicherweise konnte Ben davon profitieren.

Als sie an Bens Haustür stand wurde sie von der strahlenden Candice begrüßt.

»O Gott, bin ich froh, dich zu sehen! Ben treibt mich in den Wahnsinn.« Sie stöhnte laut, während sie Zoe umarmte und mit derselben Bewegung ins Haus zog.

»Wieso?« Zoe kicherte und reichte ihr die Rotweinflasche, die sie unterwegs gekauft hatte. »Meinst du, das hilft?«

Candice küsste erst die Flasche und dann Zoe. »Das will ich hoffen. Eigentlich sollte ich schon unterwegs sein, aber natürlich kriegt Ben Zoom nicht zum Laufen. Mein Bruder ist zwar ein sehr intelligenter Mann, aber in technischen Fragen sieht sogar Homer Simpson neben ihm schlau aus.«

Tatsächlich schallten die schlimmsten Flüche durch die Wohnung. Candice zog die Augenbrauen hoch, um auszudrücken: Was habe ich gesagt?

»Ben«, brüllte sie. »Zoe ist da und sie mag es nicht, wenn du fluchst wie ein Bierkutscher, wo eure Beziehung noch so neu ist.

Lass der armen Frau wenigstens noch ein bisschen den Anschein von Romantik, okay?«

»Schon gut, schon gut«, schrie Ben über den Flur, während Candice Zoe einen wissenden Blick zuwarf und ihr zum Abschied winkte. Nur mühsam unterdrückte Zoe ihr Lachen, als sie ins Wohnzimmer kam und Ben sah, der sich über den Laptop beugte und wie ein Besessener auf die Tastatur einhämmerte. Überall lagen Kabel herum, und auf dem Parkettboden war Papier verstreut.

»Was ist los?«, fragte sie mit Blick auf das Chaos um ihn herum.

Mit Leichenbittermiene sah Ben zu ihr auf. »Ich krieg das Internet nicht zum Laufen. In ein paar Minuten soll dieser Videocall stattfinden, aber wenn der verfluchte Laptop nicht funktioniert, dann wird daraus nichts!«

»Hast du es mal mit einem Neustart des Routers versucht und ihn aus- und wieder eingeschaltet?«

Ben warf ihr einen derart vernichtenden Blick zu, dass es Zoe so vorkam, als habe sie vorgeschlagen, einem Welpen einen Tritt zu versetzen.

»Okay. Hast du die IP-Adresse eingetippt und dich in deinem Account eingeloggt?«

Bewunderung löste den vernichtenden Blick ab. »Welche Sprache sprichst du, Frau?«

Zoe lachte und streckte die Hände nach Bens Laptop aus. »Ich sage, her damit.«

Mit ein paar Klicks hatte Zoe sich in Bens WLAN eingeloggt, das Problem ausgemacht und das Internet zurückgesetzt, und das alles, zumindest in Bens Augen, ohne große Mühe.

»Ich hatte keine Ahnung, dass du so ein Computergenie bist!«, stieß er hervor und sah von dem tadellos funktionierenden WLAN zu Zoe.

»Es gibt eben ein paar Dinge, bei denen ich mir nicht so gern in die Karten schauen lasse.« Zoe lehnte sich auf dem Sofa zurück. »Du kannst mir deine Dankbarkeit beweisen, indem du mir etwas zu trinken bringst.«

Ben holte ihr ein Glas und setzte sich neben sie. »Mir fällt noch eine andere Möglichkeit ein, dir meine Dankbarkeit zu beweisen.«

Er fing an sie zu küssen, und Zoe erwiderte seine Küsse, gierig nach mehr, als Ben abrupt zurückwich, einen gequälten Ausdruck auf dem Gesicht.

»Wir müssen diesen Call machen«, sagte er leicht atemlos.

Träge grinste Zoe ihn an. »Okay, aber dieses Gespräch will ich später fortsetzen.«

Ein Schock durchfuhr sie, und sie erstarrte. Niemals in ihrem Leben war sie selbstbewusst genug gewesen, um so etwas einem Mann gegenüber auszusprechen, aber Ben war anders. Er gab ihr Selbstvertrauen und das Gefühl, kompetent und zu allem in der Lage zu sein, was sie wollte. Sie beugte sich über ihn, als er den Laptop einrichtete, und es erfüllte sie mir Zufriedenheit, dass sie diejenige gewesen war, die seine Probleme gelöst hatte.

»Wie alt ist der Brief?«, fragte Zoe, als Ben den Bildschirm so positionierte, dass sie beide zu sehen waren.

»Erst sechs Monate. Er kommt von meiner alten Arbeitsstelle, aber ich habe Irene nicht mehr angetroffen, bevor sie nach Australien zurückgereist ist.«

Zoe nickte. Das klang nicht allzu übel. »Und das ist nun dein letzter Brief?«

»Von dem einen abgesehen, den ich Mr Myerson nicht mehr zustellen kann, ja.« Freudig rieb Ben die Hände aneinander. »Dann habe ich ein reines Gewissen, und das alles habe ich nur dir zu verdanken.«

Kurz darauf tauchte eine Frau in Zoes Alter mit langem blondem Haar, sonnengebräunter Haut und einem warmherzigen Lächeln auf dem Bildschirm auf.

»Hi, Irene.« Ben lächelte und winkte der Frau zu. »Das ist meine Freundin Zoe.«

Zoe hatte keine Zeit, ihre Überraschung über Bens Verwendung des Worts »Freundin« zu verdauen, weil Irene gleich zu reden begann.

»Hi, Ben«, sagte sie und winkte zurück. »Schön, Sie kennenzulernen, Zoe. Ich habe gehört, Sie kommen aus der Gegend hier.«

»Ja, genau. Ich habe eine Weile in Mosman gelebt, und davor hatte ich ein kleines Haus nicht weit vom Strand.«

Irene klatschte begeistert in die Hände. »Ich wohne ganz in der Nähe von Manly.«

Zoe betrachtete die nur zu vertraute Küstenkulisse hinter Irene. Die Wolken mochten grau und dicht sein, aber der Strand war immer schön, egal zu welcher Jahreszeit.

»Wow, der Ausblick ist unglaublich«, sagte sie wehmütig.

Irene warf einen Blick über die Schulter zum Fenster. »Ich bin vor ein paar Jahren hierhergezogen. Hab mir eine kleine Wohnung gekauft. Schön, oder?«

»Ich habe wahnsinnig gern dort gelebt«, sagte Zoe voller Bewunderung.

»Mum auch. Ich war sehr erstaunt, als sie gesagt hat, dass sie zurück nach England will.« Irene griff nach einem Glas Wasser. »Sie war als Teenagerin nach Australien gekommen, aber sie wollte ihr Lebensende in England verbringen. Ich habe das nicht verstanden.«

»Es hat schon auch seinen Charme«, sagte Zoe, und ihr Blick wanderte von Irenes Gesicht zum Strand dahinter. Das Bild wirkte so plastisch, dass sie beinahe die Meeresluft zu riechen glaubte. »Das mit Ihrer Mutter tut mir leid. Es war Brustkrebs, oder?«

»Ja. Sie hatte es Jahre zuvor schon einmal gehabt und den Krebs besiegt. Dann kam der Scheißkerl wieder.« Zoe sah, wie sich Tränen in Irenes Augen sammelten, bevor sie ein falsches Lächeln aufsetzte. »Was ist denn nun mit diesem Brief?«

»Gleich zur Sache, oder wie?«, meinte Ben.

»Alles andere bringt nichts.«

Ben murmelte zustimmend und griff nach dem Umschlag, den er Irene zeigte, bevor er ihn vorsichtig mit einem Brieföffner aufschlitzte. Er zog ein gefaltetes Blatt heraus und las vor.

»Liebe Irene«, begann er. »Wenn du das hier liest, dann bin ich schon tot und ein dummer Feigling.«

Ben hielt inne, und Irene und Zoe lächelten einander an. Irenes Mutter mochte Britin gewesen sein, aber sie war unverblümt wie eine waschechte Australierin.

»Ich wollte dir das schon lange sagen. Aber die Wahrheit ist, dass ich eine verdammte Memme bin, also habe ich mir das fürs Totenbett aufgehoben. Die Sache ist, dass ein anderer dein Vater ist als der, den du dafür hältst. Das wird jetzt ein Schock sein, aber eigentlich ist Dave McGraw dein Vater. Er weiß, was ich mache. Seiner Meinung nach ist es nicht in Ordnung, dir das auf diese Weise zu sagen, aber so ist es nun mal.«

Während Ben weiterlas, beobachtete Zoe Irene sehr genau. Sie schien die Nachricht gefasst aufzunehmen. Ihre Miene war beherrscht, ihr Atem ging ruhig. Zoe hatte einen ähnlichen Brief überbracht, kurz nachdem sie nach England gekommen war. Die Nachricht war allerdings nicht gut aufgenommen worden, und der Mann, der weit jünger als Irene gewesen war, hatte Zoe aus dem Haus geworfen.

»Gott sei's getrommelt und gepfiffen«, sagte Irene, als Ben fertig war. »Mein Vater war ein Mistkerl, wir haben uns nie verstanden.«

»Geht es Ihnen wirklich gut, Irene?«, fragte Ben sanft.

Irene holte tief Luft, und die Meeresbrise, die durchs Fenster hereinkam, wehte ihr das blonde Haar übers Gesicht. »Im tiefsten Innern habe ich es immer gewusst. Dad hat uns verlassen, als wir Kinder noch ganz klein waren, aber weil er die Rechnungen zahlte, während Mum mich und meine drei Brüder großzog, hielt sie es vermutlich für das Beste, nichts zu sagen.« Irene schüttelte den Kopf und lächelte. »Also ist der gute alte Dave mein Dad. Na so was.«

Zoe war leicht besorgt. »Dieser Dave, ist der in Ordnung?«

»Er ist ein Goldstück. Hat sich um uns gekümmert, nachdem Mum gestorben war. Wahrscheinlich hat er darauf gewartet, dass ich was sage, aber unser Ben hier hat sich ein bisschen Zeit gelassen.«

Die Gewissensbisse, die sich auf Bens Miene abzeichneten, entgingen Zoe nicht, und sie drückte besänftigend seine Hand.

»Es tut mir wirklich leid, Irene«, sagte er. »Zoe hat mir geholfen, alle liegen gebliebenen Briefe zu überbringen.«

Irene wischte seine Besorgnis fort und grinste ihn an. »Alles in Ordnung, Ben, ich mache nur Spaß. In Wahrheit bin ich hin und weg. Es ist das schönste Geschenk, das Mum mir nach ihrem Tod machen konnte.«

Zoe, Ben und Irene tauschten noch ein paar Höflichkeiten aus und beendeten das Gespräch. Kopfschüttelnd klappte Ben den Laptop zu.

»Meinst du, es geht ihr wirklich gut? Sie hat erstaunlich gelassen gewirkt für jemanden, der eben erst erfahren hat, dass der Freund der Familie tatsächlich der eigene Vater ist.«

»Ich denke schon. Ich glaube, Irene hätte schon gesagt, wenn es ihr schlecht damit geht.«

»Aber sie wirkte so gefasst«, wandte Ben ein und kratzte sich gedankenverloren am Kinn.

»Ein bisschen so wie jemand, den ich kenne.«

Ben war verwundert. »Wie meinst du das?«

»Was ich meine ist: Du erzählst mir gestern, dass du Krebs hast«, erklärte Zoe sanft, »aber du benimmst dich, als sei nichts geschehen. Weiß Candice Bescheid?«

»Noch nicht«, antwortete Ben barsch. »Ich muss das selbst erst begreifen.«

Er fuhr sich mit den Händen über Gesicht und Kopf, blickte Zoe an, und sie konnte die Entschlossenheit in seinen Augen erkennen.

»Ich muss auf meine Art damit klarkommen. Der Arzt meint, dass alles gut wird und die OP die Sache löst. Dabei will ich es belassen. Ich brauche nur ein bisschen Abstand, okay?«

»Okay.« Zoe merkte, dass der Zauber von eben dahin war. »Vielleicht sollte ich lieber nach Hause gehen und dir etwas Ruhe lassen.«

Als Ben nicht widersprach, wusste Zoe, dass sie ausgesprochen hatte, was Ben hören wollte. Zwanzig Minuten später saß sie im Fond eines Taxis und lehnte den Kopf zurück. Sie schloss die Augen, dachte an den Ausblick aus Irenes Fenster, und wider Erwarten spendete ihr die Erinnerung daran Trost.

Neunundzwanzig

Im Laufe der folgenden Woche bekam Zoe Ben kaum zu Gesicht. Der Dienstplan im Hospiz sagte ihr, dass er ständig in Meetings war und einen Großteil der Zeit in *St Mary's* zubrachte, also versuchte sie, sich keine Sorgen zu machen. Er hatte deutlich gemacht, dass er Abstand brauchte, und Zoe wusste, sie sollte das respektieren. Aber die Briefschreiberin in Zoe wollte Ben doch wissen lassen, dass sie für ihn da war, also fing sie an, ihm Nachrichten in den Spind zu legen.

Gestern Abend hat mich Lottie gefragt, ob ich das Einhorn mit ins Bett nehmen will, das du ihr geschenkt hast, weil sie meinte, ich sähe aus, als hätte ich eine Umarmung nötig. Ich vermisse dich, aber ich verstehe schon, dass du auf deine Art damit umgehen musst. Zo x

Später hatte Ben ihr geantwortet.

Ich bin ein Dummkopf, allerdings ein Dummkopf, der verrückt nach dir ist. xxx

Die Botschaften gaben Zoe Halt, und in gewisser Hinsicht genoss sie diese altmodischen verliebten Rituale. Aber sie machte sich nicht nur Sorgen um Ben, sie stellte auch fest, dass sie seit dem Videocall mit Irene viel über ihre australische Heimat nachdachte. Sie erinnerte sich an glücklichere Zeiten und damit hin und wieder auch an David. Sie hatten sich am Strand von Manly kennengelernt, als Zoe zwanzig war. Gemeinsam mit ihrer Freundin Amanda war sie nach der Schicht etwas trinken gegangen, und da war David hereingekommen, braun gebrannt und mit einem breiten Lächeln. Sie hatten einander in die Augen gesehen, und im nächsten Moment hatte er ein Bierglas vor Zoe hingestellt, und sie hatte gelächelt. Er war der erste Kerl, dem sie begegnete, der richtig erraten hatte, was sie trinken wollte, und das ganz, ohne ein Wort mit ihr zu wechseln.

David hatte sie in ihrem Wesen erkannt, etwas, das auch in ihrer Ehe so geblieben war, bis zu jenem Tag, der alles verändert hatte.

Seans Geburtstag war mehr als zehn Tage her, und sie hatte seither nichts von David gehört. Zu ihrer eigenen Überraschung stellte sie fest, dass sie sich Gedanken darüber machte, ob es ihm gut ging und ob er glücklich war. Sie fragte sich sogar, ob er eine Freundin hatte. Die Vorstellung war ihr nicht angenehm, aber das war nicht der einzige Grund, warum sie so nachdenklich war. Heute war ihr fünfundvierzigster Geburtstag, und bislang hatte sie diese Tatsache erfolgreich ignoriert. Sie hatte noch nie viel für Feiern übriggehabt, und mittlerweile erinnerte sie jeder Geburtstag daran, dass sie zwar den Luxus genoss, älter zu werden, Sean hingegen nicht.

Eben hatte sie ihre Sachen in den Rucksack gestopft und ihn über die Schulter geworfen, um sich auf den Heimweg zu machen und sich ein Bad zu gönnen, als Ben hereinkam. Überrascht lächelte sie; es fühlte sich an, als hätte sie ihn eine Ewigkeit nicht gesehen.

Ben grinste. »Gehst du?«

Zoe nickte und fuhr sich mit den Fingern durchs Haar. »Ich hatte einen langen Tag.«

»Hast du Zeit, kurz was trinken zu gehen?«, fragte er.

Einen Augenblick hielt Zoe inne. Sie war müde, gleichzeitig aber sehnte sie sich danach, mit ihrem Freund zusammen zu sein.

»Nur ganz kurz«, meinte sie.

»Das passt.«

Ben nahm ihre Hand, und gemeinsam verließen sie das Hospiz und gingen in das Pub auf der anderen Straßenseite.

Beim Hereinkommen stellte Zoe fest, dass offenbar eine Party im Gange war, und erstaunlicherweise schienen einige Leute, die sie kannte, eingeladen zu sein. Sarah saß an der Falttür, die zum Biergarten hinausging, gemeinsam mit Zoes Freunden aus dem Hospiz, einschließlich Indira und der Direktorin Karen. Sogar Candice war da und nippte elegant an einem Sektglas.

»Was ist denn hier los?«, fragte Zoe verblüfft.

Ben schenkte ihr ein breites Lächeln, dann fing er an zu singen. Hinter ihm stimmte Miles ein, und schließlich schallten die unerbittlichen Happy-Birthday-Klänge durch das ganze Pub.

»Danke«, stieß Zoe hervor, als sie fertig waren. »Woher wusstest du das?«

Ben schloss sie in die Arme. »Ich habe Sarah gefragt.«

Entgeistert sah sie zu ihm hoch. »Du hast *was* gemacht?«

»Entschuldigung«, sagte er eilig. »Ich wusste, dein Geburtstag ist irgendwann im Juli, und ich wollte, dass es ein besonderer Tag für dich wird.«

»Du hast meine beste Freundin in Verlegenheit gebracht.«

Zoe fixierte Ben mit dem eisigsten Blick, den sie zustande brachte, während Miles zu Boden starrte und etwas murmelte, das klang wie: »Ich hab dir doch gesagt, lass die Finger davon, Kumpel.«

Als Ben sie mit einem Blick ansah, der sich mit Lotties perfekter Imitation des Gestiefelten Katers aus *Shrek* messen lassen konnte, wandte sie sich den Tortenbergen zu, die in der Mitte der Bar aufgebaut waren. Es waren Lamingtons, ihr Lieblingsgebäck, und wie es aussah, in unterschiedlichen Geschmacksrichtungen.

»Hast du das alles gemacht?«

»Wir haben sie gestern gebacken«, erklärte Ben. »Miles hat mir mit dem Rezept ausgeholfen.«

»Wollte sichergehen, dass sie authentisch sind«, fügte Miles schroff hinzu.

Zoe entzog sich Bens Griff und nahm sich ein Stück – es schmeckte himmlisch. »Tut mir leid«, sagte sie, den Mund voll Torte. »Ich mag es halt nicht so, wenn Bohei um meinen Geburtstag gemacht wird.«

»Ich wollte dich verwöhnen«, sagte Ben eilfertig.

»Und ich danke dir«, antwortete Zoe und nahm sich ein zweites Kuchenstück.

»Gibst du uns was vom Kuchen ab, Zo?«, fragte Miles hoffnungsvoll.

»Nein«, erwiderte sie hitzig und sah zwischen Ben und Miles hin und her. »Nur wegen der Lamingtons verzeihe ich euch, dass ihr meine Privatsphäre derart grob verletzt habt.«

»Alles klar.« Miles grinste. »Ich hole uns eine Runde. Willst du ein Bier?«

»Ein Glas Shiraz, bitte. Groß«, rief sie seinem Rücken hinterher. »Ich kann gar nicht fassen, dass ihr das gemacht habt.«

»Ich wollte dich zum Lächeln bringen«, sagte Ben kleinlaut. »Immer bist du für die anderen da. Jetzt bist du mal dran.«

Er beugte sich zu ihr und küsste sie sacht auf die Lippen, und Zoe spürte Hitze in ihrer Magengrube aufflackern. Sie ahnte, dass das echte Fest später stattfinden würde, wenn sie sich in Bens Armen verlieren konnte.

Ihr wurde bewusst, dass sie unhöflich war, und sie löste sich aus seiner Umarmung und ging zu dem Tisch, auf dem Miles dankenswerterweise ihren Wein abgestellt hatte. Als sie sich neben Sarah hinsetzte, hob ihre Freundin zum Gruß das Glas.

»Kaum zu glauben, dass wir dieses Jahr tatsächlich deinen Geburtstag feiern.«

»Und ich kann kaum glauben, dass du es sonst nie tust«, setzte Candice hinzu, die das Gespräch mithörte. »Was ist los mit dir, Mädchen? Du solltest jeden Augenblick im Leben feiern, der sich dir bietet.«

»Das ist etwas, was dir nicht weiter schwerfällt«, kommentierte Ben trocken, während er zusah, wie sich seine Zwillingsschwester ein zweites Glas Sekt aus der Flasche einschenkte, die er geholt und auf den Tisch gestellt hatte.

Candice knuffte ihn und trank einen Schluck. »Was hat das Leben für einen Sinn, wenn man es nicht genießt, solange es geht?«

Mit diesen Worten schenkte sie Zoe ein Glas Sekt ein und stieß mit ihrem gegen den Rand. »Na los, trink. Das hier ist eine Party.«

In den folgenden zwei Stunden verlor sich Zoe im unbeschwerten Gelächter ihrer Freunde. Erst als sie einige Gläser getrunken und beinahe Bens Bier umgeworfen hatte, merkte sie, dass es möglicherweise eines zu viel gewesen war.

Ben griff nach ihrer Hand und drückte sie. »Ich habe ein Geschenk für dich.«

»Willst du damit sagen, die Party ist gar nicht das Geschenk?«, fragte Zoe ungläubig.

Kopfschüttelnd griff Ben in die Brusttasche seines Jacketts, zog einen weißen Umschlag heraus und reichte ihn Zoe. Sie sah Ben an und dann den Umschlag. Er war unbeschriftet. Mit gerunzelter Stirn öffnete sie ihn, nahm einen A4-Bogen heraus und las ihn durch. Es war die Buchungsbestätigung für ein abgelegenes Cottage auf der Spitze der Halbinsel Lizard. Die Reservierung galt für ein Wochenende in drei Wochen.

»Du schenkst mir einen Wochenendurlaub?«, fragte Zoe atemlos.

»Ja, wobei ich hoffe, dass du mich mitnimmst!«

»Und woher wusstest du, dass ich nicht arbeiten muss oder etwas anderes vorhabe?«

»Ich habe dafür gesorgt, dass niemand im Dienstplan herumpfuscht, und außerdem habe ich Sarah gebeten, dich an dem Wochenende nicht für irgendwelche Aktivitäten einzuspannen.«

Zoe lachte und wandte sich ihrer Freundin zu.

»Schuldig im Sinne der Anklage«, bekannte Sarah.

Wieder las Zoe die Buchungsbestätigung durch. »Lizard, wow.«

»Ich dachte, dann schlage ich zwei Fliegen mit einer Klappe«, sagte Ben beiläufig. »Immerhin steht Lizard auf meiner Löffelliste.«

Zoe bemühte sich, die Sorgen angesichts von Bens anstehender Operation, die sie beim Wort »Löffelliste« wieder überkamen, fortzuschieben. Sie sollte in zwei Tagen stattfinden, aber Zoe wollte ihnen den Abend nicht verderben, indem sie sie erwähnte. Ben wäre zum Zeitpunkt ihres Kurzurlaubs hoffentlich schon auf dem Weg der Besserung, und sie beide könnten in die Zukunft blicken.

»Du alter Romantiker.« Zoe schenkte ihm ein breites Lächeln. »Es klingt wunderbar. O mein Gott, es liegt sogar direkt am Meer.«

»Ich habe mein Bestes getan«, sagte Ben und wirkte verlegen.

»Das ist mehr als dein Bestes – das ist ein Volltreffer«, rief Zoe und schlang die Arme um ihn. »Danke. Im Ernst, das ist der schönste Geburtstag, den ich je hatte.«

Ben legte seine Stirn an ihre. »Gut. Denn alles, was ich will, ist, dass dein Geburtstag heute und alle anderen in Zukunft perfekt sind. Ich liebe dich.«

In dem Augenblick, als diese drei Wörter heraus waren, wusste Zoe, dass ihr Herz seit Wochen um genau diesen Satz kreiste. Nun, da Ben die Worte offen ausgesprochen hatte, war sie endlich in der Lage, dasselbe zu tun.

»Ich liebe dich auch«, flüsterte sie.

Dreißig

»Zoe, na los, du kommst noch zu spät«, hallte Bens Stimme durchs Treppenhaus herauf.

»Ich komme schon«, antwortete sie, als sie ihn die Treppe hochstampfen hörte.

Sie drehte sich um, und da stand Ben, lächelte nervös, aber erwartungsvoll und drückte ihr einen Kaffee zum Mitnehmen in die Hand.

»Was ist das?«, fragte sie und nahm ihn entgegen.

»Nur weil ich nüchtern bleiben muss, heißt das noch lange nicht, dass das auch für dich gilt«, meinte er. »Außerdem wirst du deine Kraft brauchen, wenn du mich die nächsten beiden Wochen vertrittst.«

Zoe verdrehte die Augen bei der Vorstellung. »Gerade, wo ich dachte, ich sei den lästigen Job los.«

Ben lachte und legte ihr den Arm um die Taille. »Du liebst ihn doch. Aber mach's dir ja nicht zu gemütlich.«

»Keine Bange«, antwortete sie. »Sag mir noch mal, wie ich den Leuten deine Abwesenheit erklären soll.«

»Ich bin auf einer Konferenz. Simon und Karen wissen, was los ist, aber alle anderen nicht. Du kennst das doch, sobald man jemandem sagt, man hat Krebs, sehen sie einen mit anderen Augen an.«

Ben hatte recht, Zoe hatte es zahllose Male erlebt. Sie stellte sich auf die Zehenspitzen, küsste ihn und spürte, wie die Wärme seiner Lippen ihren Körper durchflutete. Dieser Mann hatte ihr Leben verändert. Zoe wollte für ihn da sein, wenn seine Welt vorübergehend aus den Fugen geriet.

»Bist du wirklich sicher, dass ich nicht mitkommen soll?«, fragte sie und löste sich aus seiner Umarmung.

Kopfschüttelnd gab Ben ihr einen Kuss auf die Stirn. »Das haben wir doch schon besprochen. Komm mich morgen besuchen, wenn alles vorbei ist. Ich kann mir nicht auch noch Sorgen um dich machen. Ich muss das allein durchstehen. Das mit uns beiden ist so neu, ich will es nicht damit verderben, dass du mir aufs Klo helfen musst.«

»Aber ich will für dich da sein …« Sie verstummte. In den zwei Tagen seit ihrem Geburtstag hatten sie dieses Gespräch schon oft genug geführt.

»Du hilfst mir, indem du mich im Job vertrittst. Dann gibt es für mich nicht so viel zu tun, wenn ich wiederkomme«, sagte Ben entschlossen.

»Okay, aber du gibst mir Bescheid, einverstanden?«, drängte sie. »Wie es gelaufen ist.«

»Zoe, Candice ruft dich an, wenn es irgendwas Dringendes gibt, ansonsten sehen wir uns morgen.«

Zoe spürte, dass sie auch aus dieser Meinungsverschiedenheit nicht als Siegerin hervorgehen würde, und sah auf die Uhr. »Ich bin spät dran. Das macht ja keinen tollen Eindruck.«

»Nein«, bestätigte Ben leichthin. »Wir sehen uns.«

Sie nickte, küsste ihn ein letztes Mal auf die Wange, sog den vertrauten Duft seines Aftershaves ein und brach auf. Als sie an der Haustür war, drehte sie sich noch einmal nach ihm um. In seiner Jogginghose und dem grauen University-of-Oxford-Sweatshirt sah er kerngesund aus. Es war kaum zu glauben, dass ihm eine so grausame Operation bevorstand, und noch schwerer zu ertragen, dass sie ihm nicht beistehen würde.

Als Zoe im Hospiz ankam, drehte sie beinahe durch vor Sorge, und so war die Ablenkung durch Miles, der ihr am Eingang wild entgegenwinkte, geradezu eine Erleichterung.

»Was machst du denn hier?«, fragte Zoe.

»Ich warte auf dich«, antwortete er barsch. »Seit geschlagenen zehn Minuten renn ich hier auf der Suche nach dir rein und raus. Die Leute halten mich schon für total durchgeknallt.«

»Das tun sie doch ohnehin«, scherzte sie. »Was ist denn passiert?«

»Es geht um Mrs Harper«, sagte er und begleitete sie hinein. »Sie will dich sehen.«

Besorgt sah Zoe ihn an. »Warum?«

»Sie wurde gestern Abend in Vollzeitpflege aufgenommen. Ihr Zustand ist nicht gut.«

Miles drückte ihr Mrs Harpers Akte in die Hand, und sie las die Aufzeichnungen der Nachtschicht durch. Verminderung der Sehkraft, zeitweise gestörte Sinneswahrnehmung, Schwäche. Das Ende war nah, und Mrs Harper und ihr Sohn würden Kraft brauchen für das, was ihnen bevorstand.

»Okay.« Zoe seufzte, gab Miles die Akte zurück und band ihr Haar zu einem Pferdeschwanz. »Was genau will sie von mir?«

»Sie sagt, sie braucht deine Hilfe bei etwas, was nur du machen kannst«, erklärte ihr Miles auf dem Weg zu Mrs Harpers Zimmer.

Zoe fragte sich, was sie erwartete. Als sie das Zimmer betrat, saß die alte Dame aufrecht im Bett und war dabei, mit einem Kugelschreiber auf ein Sudoku einzustechen.

»Was hat Ihnen das Sudoku denn bloß angetan?«, rief Zoe fröhlich.

Als Mrs Harper Zoes Stimme hörte, sah sie auf und strahlte. »Es geht weniger darum, was mir das Rätsel angetan hat, als darum, was ich ihm antun kann, wenn ich gerade mal bei Sinnen bin.«

Zoe lächelte aufmunternd. Sie wusste, welchen leicht manischen Prozess Mrs Harper vermutlich gerade durchmachte.

»Fühlen Sie sich wohl? Brauchen Sie irgendetwas?«, fragte Zoe und zog einen Stuhl heran, um sich ans Bett zu setzen.

Mrs Harper zog die Augenbrauen hoch. »Kommt darauf an. Sie haben nicht zufällig ein Wunderheilmittel im Ärmel?«

»Tut mir leid.« Zoe seufzte entschuldigend. »Ich wünschte, das hätte ich.«

»Ich auch, meine Liebe«, sagte Mrs Harper. »Aber es ist nicht Ihre Schuld, sondern die von diesem verfluchten Tumor und meinem eigenen dämlichen Körper, der nicht in der Lage ist, ihn abzuwehren. So ist das Leben, beziehungsweise in meinem Fall wohl eher der Tod.«

»Es tut mir trotzdem leid, dass ich nicht mehr tun kann.« Zoe streckte die Hand aus und schloss sie um die Hand der alten Dame.

Mrs Harper räusperte sich und legte die Zeitschrift beiseite. »Zoe, meine Liebe, ich will Klartext reden. Ich weiß über die Briefe Bescheid. Ich habe sogar gehört, dass Sie hin und wieder Videos machen.«

Zoe lachte, als sie sich daran erinnerte, wie sie letzte Woche auf Bitte eines jüngeren Patienten ein TikTok-Video gedreht hatte. »Man muss mit der Zeit gehen.«

»Keine Angst, ich will nichts allzu Technisches«, sagte Mrs Harper. »Ich möchte, dass Sie mir helfen, einen Brief zu schreiben.«

Zoe verstand und griff nach ihrem Notizblock. »Natürlich.«

Sie beugte sich über den Block, doch etwas in Mrs Harpers Augen sagte ihr, dass dieser Brief anders war. »Es geht nicht bloß um ein paar Worte für Ihre Nächsten, oder?«

Mrs Harper schüttelte den Kopf und zog ein Foto aus ihrer Tasche, die auf dem Nachttisch stand. »Das ist mein erster Mann Alfred und unser Sohn Nathaniel.«

Zoe starrte das Schwarz-Weiß-Foto an, auf dem ein auffallend hochgewachsener Mann ein ebenfalls recht großes Kleinkind an der Hand hielt. Sie standen an einem Strand, hinter ihnen war die Brandung zu sehen, und strahlten in die Kamera. Doch gleichzeitig behielt der Mann das Kind auf eine Art im Blick, die deutlich machte, dass alles andere unwichtig war. Die Verbindung zwischen den beiden war unübersehbar.

»Wir waren beide völlig verrückt nach Nathaniel, vom Augenblick seiner Geburt an. Wir konnten über nichts anderes reden«, flüsterte Mrs Harper.

»Das Bild ist wunderschön.« Zoe konnte den Blick nicht abwenden. Sie besaß ein ganz ähnliches von David und Sean, als der etwa ein Jahr alt war. Sie hatte es bei einem Familienausflug an den Strand gemacht. Zoe hatte unbedingt den Moment einfangen wollen, als David Sean an der Hand hielt und der seinem Vater voller Bewunderung in die Augen sah. Es war eher Zufall als Vorsatz gewesen, dass Zoe die gegenseitige Liebe, die sie ausstrahlten, festgehalten hatte. Das Foto war ein Beweis für diesen glücklichen Moment zwischen Vater und Kind, die durch Liebe, Vertrauen und alles, was dazwischenlag, verbunden waren. Zoe erkannte diesen Blick auch bei Nathaniel und Alfred. Dieser Moment war unendlich kostbar, und er musste Mrs Harper alles bedeuten.

»Nathaniel war fünf, als er starb. Er ist gemeinsam mit seinem Vater in dem See dort ertrunken.«

Zoe folgte Mrs Harpers Blick aus dem Fenster zu dem ruhigen Gewässer. Es war schwer vorstellbar, dass diese Szenerie eine derartige Tragödie in sich barg.

»Es war ein Bootsunfall. Damals machte man so etwas. Mein Vater lud immer wieder Freunde und die Familie ein, und sie trieben Unsinn auf dem See«, erklärte Mrs Harper. »Zoe, als ich hierherkam, habe ich Ihnen erzählt, dass ich in diesem alten Haus gelebt und es gehasst habe. Der Grund, warum ich es hasste, war, dass die beiden Menschen, die mir mehr als alles auf der Welt bedeuteten, bei einem schrecklichen Unfall ums Leben kamen.«

Voller Mitgefühl sah Zoe die Frau an. »Das tut mir so leid. Weiß Ihr Sohn Bescheid?«

Mrs Harper lächelte sie mit wässrigen Augen an. »Er kennt die groben Fakten. Ich habe ihm gesagt, dass es der Grund war, warum ich nicht hierherwollte.«

»Wie hat er reagiert?«, fragte Zoe.

»Es tat ihm leid«, antwortete Mrs Harper. »Genau wie mir. Ich hätte es ihm früher erzählen sollen, aber ich habe es nicht über mich gebracht. Hierher zurückzukehren hat so viele Gefühle aufgewühlt, dass ich es ihm erzählen musste.«

»Das tut mir leid.«

»Mir nicht«, meinte Mrs Harper. »Ich dachte, es wäre furchtbar, hier zu sein, tatsächlich aber war es das Beste, was passieren konnte. Ich hatte nie Frieden schließen können mit dem, was Nathaniel und Al zugestoßen ist, aber hier zu sein und die Erinnerungen erneut zu durchleben hat mir bewusst gemacht, wie viel unausgesprochen geblieben ist.«

»Es gibt also noch etwas, das Sie erledigen müssen?«, fragte Zoe nach.

»Ich denke schon.«

Als Mrs Harper Zoe das Gesicht zuwandte, erkannte die einen Ausdruck darin, der ihr selbst vertraut war. Stilles Leid und das Gefühl, alles zu tun, um nur irgendwie durch den Tag zu kommen.

»Ich habe gehört, dass Ihr Sohn gestorben ist, Zoe«, sagte Mrs Harper behutsam.

»Woher wissen Sie das?« Zoes Tonfall war schärfer als beabsichtigt.

»Einer der Pfleger hat es erwähnt, glaube ich. Allerdings war ich mir nicht ganz sicher, ob mir nicht der Tumor wieder mal einen Streich gespielt hat.« Sie lächelte reumütig. »Verzeihen Sie, wenn ich Ihnen zu nahe getreten bin.«

»Nein, ist schon gut.« Zoes Puls beruhigte sich langsam wieder. Es war die Wahrheit. Sie hatte ein Kind verloren, ein Kind, das sie über alles geliebt hatte und auf das sie unendlich stolz gewesen war. Sie sah Mrs Harper an, und sie tauschten einen Blick gegenseitigen Verstehens.

Zoe hatte einen Kloß im Hals, als die Gefühle aufwallten. »Es ist so schwer, darüber zu reden. Irgendwie scheint es niemals leichter zu werden.«

»Das stimmt«, bestätigte Mrs Harper traurig. »Das wird es nicht. Wie ist Ihr Sohn gestorben, wenn ich fragen darf?«

»Sean«, sagte Zoe. Ihr war wichtig, dass Mrs Harper den Namen ihres Sohnes erfuhr. »Er war sieben. Ein Unfall mit Fahrerflucht.«

»Wie schrecklich.« Auf Mrs Harpers Gesicht zeigte sich Betroffenheit. »Und Ihr Mann?«

Statt einer Antwort schüttelte Zoe den Kopf, auch um die drohenden Tränen zu unterdrücken. »Wir sind nicht mehr zusammen. Es war irgendwie seine Schuld. Er hat nicht richtig aufgepasst.«

Mrs Harper nickte. »Wahrscheinlich wäre es mir genauso gegangen, wäre Alfred nicht auch gestorben. Aber seit ich hier bin, ist mir klar geworden, dass all die Wut nichts besser macht. Es hilft den armen Menschen nicht, die man geliebt und verloren hat, und ganz gewiss hilft es einem selbst nicht in diesem ewig währenden Albtraum. Tatsächlich schadet man nur einem Menschen, und das ist man selbst. Deswegen brauche ich Ihre Hilfe.«

»Gern«, sagte Zoe.

Mrs Harper holte tief Luft. »Meine Tage sind gezählt. Ich hatte ein gutes Leben. Ich habe eine neue Liebe gefunden und hatte wieder ein Kind, aber meinen privaten Kummer habe ich immer mit mir herumgetragen. Ich möchte einen Brief an den Sohn schreiben, den ich verloren habe. Ich habe das Gefühl, dass ich ihm sagen muss, dass ich zwar weitergelebt, aber ihn nie vergessen habe und dass er immer einen festen Platz in meinem Herzen hatte. Können Sie mir dabei helfen?«

Einunddreißig

Am folgenden Tag ging Zoe durch die kahlen Korridore des Krankenhauses von Bath und fragte sich, warum Krankenhäuser überall auf der Welt gleich aussahen und dieselbe Atmosphäre verbreiteten. Woran lag das? Warum hoben Krankenhäuser ihre Unterschiede nicht heraus? Vielleicht lag es daran, dass Individualität an einem Ort, der sich ganz auf die Heilung von Kranken konzentrierte, fehl am Platz war und man ganz bestimmt nicht wollte, dass die Ärzte abgelenkt wurden.

Als sie die Station erreichte, auf der Ben lag, holte sie tief Luft und versuchte, sich zu beruhigen. Auch wenn Ben gesagt hatte, keine Nachricht sei eine gute Nachricht, hatte sie seit dem Augenblick, da sie ihm viel Glück gewünscht hatte, alle fünf Minuten ihr Handy gecheckt. In der Folge hatte sie die letzte Nacht kaum geschlafen und war tagsüber voller nervöser Hektik gewesen. Zoe konnte nicht zur Ruhe kommen, bevor sie nicht wusste, dass es Ben gut ging, und kaum war es Mittag, war sie zum Krankenhaus gehetzt, um ihn zu sehen. Erst als sie Candice auf einem Stuhl im Gang sitzen sah und bemerkte, wie erschöpft sie wirkte, hielt Zoe inne.

»Candice, ist alles in Ordnung?«, fragte sie behutsam und musterte Bens Zwillingsschwester. Anstelle der üblichen sprühenden Lebendigkeit machte sie einen grauen, blassen Eindruck.

Sie trug schwarze Leggings und einen formlosen Pullover, und ihre Augen waren geschwollen und rot.

Candice lächelte schwach. »Mir geht's gut. Die letzten vierundzwanzig Stunden waren einfach sehr lang.«

»Wie geht es ihm?«, wollte Zoe wissen.

»Gut.« Candice nickte. »Der Chirurg sagt, es ist gut gelaufen.«

»Oh, Gott sei Dank!«

Obwohl Zoe klar gewesen war, dass sie nervös war, wurde ihr erst bewusst, wie sehr, als Candice diese Worte aussprach und Erleichterung ihren Körper durchströmte.

»Es sieht so aus, als hätten sie alles erwischt. In den kommenden Tagen wollen sie das umgebende Gewebe untersuchen. Es ist zu hoffen, dass keine weitere Behandlung nötig ist, aber wir werden sehen.«

»Und wie gut erholt sich Ben?«

Candice verzog das Gesicht. »Du kennst meinen Bruder. Er will nach Hause und nervt das Personal damit, dass sie ihn entlassen sollen.«

»Du machst Witze.«

»Nein, ganz und gar nicht«, antwortete Candice und unterdrückte ein Gähnen. »Und ich habe auch gar nichts dagegen, aber ich war die ganze Nacht hier und brauche dringend Schlaf. Wäre es dir recht, wenn ich gehe?«

»Natürlich.«

»Danke.« Dankbar lächelte Candice sie an. »Wenn ich jetzt nicht gehe, dann falle ich um, glaube ich. Bis bald, Zoe.«

Nachdem sie Candice hinterhergesehen hatte, die über den Flur davonwankte, betrat sie Bens Zimmer. Er trug einen Krankenhauskittel, sein Kopf lag ruhig auf dem Kissen, und er schien zu schlafen. Zoe beschloss, nicht allzu lange zu bleiben. Er brauchte Ruhe. Sie beugte sich vor, küsste ihn auf die Stirn und spürte, wie er sich regte.

»Hallo, du«, flüsterte Ben und blinzelte.

»Wie geht es dir?«, fragte sie, kauerte sich auf die Bettkante und nahm seine Hände.

»Ganz gut«, sagte Ben und wollte sich aufsetzen, doch Zoe drückte ihn an den Schultern sanft zurück.

»Candice hat gesagt, dass es gut gelaufen ist.«

Ben nickte schläfrig. »Der Chirurg ist zuversichtlich.«

Zoe drückte seine Hände, und eine Last fiel von ihr ab. »Ich bin so froh.«

»Ich auch«, murmelte er. »Jetzt geht es nur darum, dass ich mich erhole.«

»Ganz genau.« Zoe tätschelte seine Hand. Sie konnte gar nicht in Worte fassen, wie erleichtert sie darüber war, dass dieser Albtraum so schnell vorüber war. Gerade als sie etwas dazu sagen wollte, betrat ein Arzt das Zimmer und kam auf Ben zu.

»Ist das dein Arzt?«, fragte sie.

Wieder nickte Ben und bat Zoe wortlos, ihm beim Aufsetzen zu helfen.

»Soll ich hierbleiben? Candice ist nach Hause gegangen«, fragte Zoe.

»Nein danke, Zo. Geh nur wieder«, meinte Ben.

Überrascht sah Zoe ihn an. »Sicher? Ich helfe gern, und ich könnte Fragen stellen, auf die du vielleicht nicht kommst, so Sachen.«

Sie zog die Bettlaken um seinen Körper fest und merkte, dass er sie genervt anstarrte.

»Zoe, lass das«, sagte er schroff. Mittlerweile war er richtig aufgewacht. »Es war schön, dich zu sehen, aber ich komm schon klar. Vielleicht können wir uns morgen sehen.«

Zoe war verletzt und nah dran, etwas zu erwidern.

»Klar«, sagte sie stattdessen und küsste ihn auf die Wange.

Sie verließ das Krankenhaus. Im Auto, auf der Fahrt zurück zur Arbeit, kämpfte Zoe mit gemischten Gefühlen. Natürlich war sie überglücklich, dass Ben auf gutem Weg war, gesund zu werden, gleichzeitig aber hatte sie den Eindruck, dass er sie fortstieß. Ihr war bewusst, dass er ihre junge Beziehung nicht zusätzlich belasten wollte, trotzdem wollte sie für ihn da sein. Er war ihr wichtig, sie liebte ihn. Das war es doch, was Beziehungen am Leben hielt.

Frustriert stellte Zoe das Auto in einer Parklücke vor dem Hospiz ab. In diesem Augenblick klingelte ihr Handy. Als sie abhob, schaltete sich die Mailbox ein. Es war Sarah.

Hallo. Kannst du mich zurückrufen, wenn du das hörst?

Zoe drückte auf das Anrufsymbol und rief Sarah an, aber auch sie konnte nur eine Nachricht auf der Mailbox hinterlassen.

»Hallo, Sarah. Hier bin ich, Zoe. Ich sollte dich zurückrufen. Versuch's einfach noch mal in der Arbeit.«

Sie legte auf, ging am Empfang vorbei, nickte zum Gruß und tauschte ein paar Höflichkeiten aus und betrat den Personalraum. Sie wollte sich gerade umziehen, als Miles mit sorgenvoller Miene auftauchte.

»Ist alles okay?«, fragte sie und schlüpfte aus den Turnschuhen.

»Klar.«

»Das solltest du vielleicht deinem Gesicht sagen«, empfahl sie ihm freundlich.

Miles lächelte verzagt. »So schlimm?« Er fuhr sich mit der Hand durch die braunen Locken. »Na ja, mir gehen ein paar Dinge durch den Kopf.«

»Aha?«

»Ich habe über Sarah nachgedacht. Meinst du, sie hätte Lust, an Weihnachten mit mir nach Australien zu kommen? Ich überlege, ob ich nicht heimfliege und meine Leute besuche. Dachte, es wäre vielleicht nett, wenn sie und Lottie meine Familie kennenlernen.«

»Wow. Ist es wirklich so ernst mit euch beiden?«, fragte Zoe verblüfft.

Miles' Miene wurde sanft. »Ich mag sie wirklich sehr, Zoe.«

Zoe atmete aus. »Ich habe nie erlebt, dass es dir so ernst mit jemandem war.«

»Sie ist die Richtige«, sagte Miles mit fester Stimme.

»Aber Weihnachten ist noch ewig hin«, gab Zoe zu bedenken.

»Nicht so ewig, wenn es darum geht, bezahlbare Tickets zu bekommen«, entgegnete Miles. »Ich dachte, ich könnte sie damit überraschen.«

Zoe runzelte die Stirn. »Aber hast du nicht sowieso vor, endgültig nach Australien zurückzugehen, wenn dein Visum ausläuft?«

»Ja …«, setzte Miles an, doch Zoe unterbrach ihn.

»Ist es nicht ziemlich sinnlos, Sarah nach Australien mitzunehmen? Sarah hat hier ihr Leben. Ich glaube nicht, dass sie in Australien leben will«, meinte Zoe.

Schmollend sah Miles sie an. »Die Dinge ändern sich. Wer weiß schon, was die Zukunft bringt.«

»Zugegeben, ich habe sie lange nicht mehr so glücklich erlebt. Vielleicht täusche ich mich ja.«

Bei dieser Bemerkung hellte sich Miles' Miene auf. »Das hoffe ich.« Dann schien ihm noch etwas einzufallen. »Ach, fast hätte ich es vergessen. Da ist ein Typ, der nach dir sucht. Sagt, er bleibt so lange hier, bis er dich gesehen hat. Er wirkt ein bisschen aufgeregt.«

Während sie noch voller Verblüffung Miles ansah, klingelte ihr Handy. Mit einem Tippen auf den grünen Knopf nahm sie den Anruf an und sagte: »Augenblick, Sarah. Warte kurz.«

»Zoe, halt«, hörte sie Sarah rufen.

Zoe wandte sich an Miles. »Was für ein Typ? Ist er Patient?«

Doch noch während sie die Worte aussprach, tauchte unvermittelt ein braun gebrannter, hochgewachsener Mann im Türrahmen auf, und Zoe spürte, wie alles Blut aus ihrem Gesicht wich. Diesen Mann kannte sie besser als sich selbst, und trotz der Zeit, die vergangen war, hatte er sich kein bisschen verändert. Dieselbe Statur, dasselbe träge Lächeln, dieselbe Ausstrahlung, bei der ihr Magen Purzelbäume schlug.

»Zoe«, hörte sie Sarahs Stimme wieder. »Ich will dir schon die ganze Zeit sagen, dass David auf der Suche nach dir ist.«

Der Schock fuhr Zoe in die Glieder, als sie ihrem Mann in die Augen sah, doch schließlich brachte sie heraus: »Danke, Sarah. Er hat mich gerade gefunden.«

Zweiunddreißig

Die vergangenen Jahre schienen sich zu verflüchtigen, als Zoe den Mann ansah, der ihr fremd und gleichzeitig so vertraut wie ein Paar Lieblingsschuhe war. Er wirkte so wie immer. Möglicherweise ein bisschen verhärmter. Müde und vom Leben etwas lädiert, den Falten im Gesicht und den leicht angegrauten Haaren an den Schläfen nach zu urteilen. Doch das Funkeln in seinen olivfarbenen Augen, die hochgezogenen Mundwinkel, als er ihren Anblick in sich aufsog, und seine Körperhaltung – aufrecht und stolz, als läge ihm die Welt immer noch zu Füßen –, das alles war wie früher.

Zoe überkam der merkwürdige Drang, auf ihn zuzulaufen und ihn fest in die Arme zu nehmen, aber sie bremste sich. Andererseits war David so lange ihr bester Freund und Vertrauter gewesen, dass es ihr unnatürlich vorkam, ihn nicht zu umarmen, so, wie sie es mehr als zwanzig Jahre lang getan hatte.

»David«, brachte sie mühsam heraus. »Das ist eine Überraschung!«

»Ja, das denke ich mir«, antwortete David grinsend, bevor er sich an Miles wandte, der sie beide erwartungsvoll beobachtete. »Lässt du uns kurz allein, Kumpel?«

Miles brauchte keine weitere Aufforderung. »Klaro.«

Eilig machte er sich aus dem Staub und zog die Tür fest hinter sich zu. Zoe lächelte. Miles konnte Streits nicht leiden, und sosehr er Klatsch und Tratsch auch liebte, die Erleichterung, an einer derartig unangenehmen Situation nicht teilhaben zu müssen, überwog seine Neugier bei Weitem.

»Verdammt, Zo, du hast dich kein bisschen verändert«, sagte David und seufzte anerkennend, während er die Tasche auf dem Boden abstellte und sie von oben bis unten musterte.

Zoe fühlte sich von der Situation kalt erwischt, zudem stand sie noch ganz unter dem Eindruck ihres Besuchs an Bens Krankenbett.

»Warum bist du hier?«, fragte sie, ohne auf sein Kompliment einzugehen.

David rieb sich mit den Händen über das Gesicht. Die Bartstoppeln ließen ihn noch müder wirken, dachte sie und fragte sich, wann er angekommen war.

»Ich musste dich sehen.« David trat einen Schritt auf sie zu. »Nachdem ich dir den Brief mit dem Antrag auf die Scheidung geschickt hatte, hatte ich das Gefühl, dass es nicht richtig ist, das Ganze zu beenden, ohne dich persönlich zu sehen. Ich habe die Vorschläge für die Vereinbarung dabei.«

Zoe sah ihn mit großen Augen an. David war immer ein anständiger Mensch gewesen, aber sie glaubte nicht, dass er dabei so weit ging, ans andere Ende der Welt zu fliegen, um eine Angelegenheit unter Dach und Fach zu bringen. Weswegen war er wirklich hier?

»Ich bin nicht hier, um Ärger zu machen, falls es das ist, was du denkst«, fuhr David fort. »Ich dachte einfach, so was sollte man persönlich klären. Ich finde, wir sind einander ein richtiges Gespräch schuldig.«

»Okay.« Zoe setzte sich auf die Holzbank, die in der Mitte des Raums stand, und sammelte ihre Gedanken. »Wann bist du angekommen?«

»Gestern Abend«, sagte er in seinem breiten australischen Akzent. »Hab den Zug von Heathrow genommen und bin heute früh gleich zu deiner Wohnung gefahren, aber deine Mitbewohnerin sagte, dass du bei der Arbeit bist.«

»Wo bist du untergebracht?«

»Hab mir ein Zimmer in Bristol gesucht. Bath ist die reine Abzocke«, antwortete David und setzte sich neben sie auf die Bank.

Sein vertrauter Geruch, die Mischung aus einem leichten Benzinhauch und Waschmittel, traf sie unvorbereitet. Zoe schloss die Augen und fühlte sich plötzlich an einen Ort und in eine Zeit zurückversetzt, als sie geglaubt hatte, das Leben sei fest vorgezeichnet.

»Du warst schon immer sparsam«, sagte sie und öffnete die Augen.

»Daran gibt es nichts auszusetzen, oder?«, erwiderte David mit einem freundlichen Schulterzucken.

»Was es umso überraschender macht, dass du den ganzen Weg hierhergekommen bist«, meinte Zoe und bemühte sich, ihre Nerven zu beruhigen. »Um ehrlich zu sein, hatte ich schon viel früher damit gerechnet, dass du die Scheidung einreichst.«

David nickte. »Warum hast du es nicht getan?«

»Keine Ahnung. Ich habe es wohl einfach noch nicht über mich gebracht. Es ist schwer, auseinanderzugehen, nachdem wir so lange zusammen waren, ein gemeinsames Leben, eine Familie hatten …«

Beim Gedanken an Sean verstummte sie und senkte den Blick zu Boden.

»Wir waren glücklich, stimmt's?«, wagte sich David zögerlich vor. »Früher.«

Zoe war unbehaglich zumute. David hatte kein Recht, so plötzlich und unangekündigt aufzukreuzen. Die Arbeit war ein sicherer Ort für sie, und Zoe wollte nicht, dass die Vergangenheit dort eindrang. Sie stand auf und schenkte David ein schmallippiges Lächeln, das ihre Augen nicht erreichte.

»Ich muss jetzt wirklich arbeiten. Ich bin ohnehin schon spät dran.«

David erhob sich und überragte sie mit seinen ein Meter achtzig. »Klar, in Ordnung. Ich wollte dir nur Bescheid sagen, dass ich da bin. Um wie viel Uhr hörst du auf? Ich warte auf dich.«

Panik stieg in Zoe auf. Dazu war sie noch nicht bereit. »Ich habe heute eine Doppelschicht«, log sie. »Kann ich dich morgen anrufen?«

»Ja klar«, sagte David freundlich. »Bis bald, Zo.«

Mit diesen Worten hob er seine Tasche auf, wendete sich zum Gehen, wobei er leise vor sich hin pfiff, und ließ Zoe mit dem Gefühl zurück, sie sei gerade aus der Achterbahn gestiegen.

*

Es war beinahe das erste Mal in ihrem gesamten Berufsleben, dass Zoe mit den Gedanken nicht bei der Arbeit war. Die meiste Zeit des Tages verbrachte sie damit, auf den Computerbildschirm zu starren und so zu tun, als sei sie mit Verwaltungsaufgaben beschäftigt, während sie nicht aufhören konnte, an David zu denken. Dass ihr Ex einfach so an ihrem Arbeitsplatz aufgetaucht war, zeigte nur, dass es unmöglich war, der Vergangenheit zu entkommen, und dass ihr nur eine Gnadenfrist gegönnt gewesen war.

»Erde an Zoe«, dröhnte eine tiefe Stimme, und erschrocken riss sie den Kopf hoch.

Es war Miles, der sich über den Stationstresen beugte, und Zoe legte sich die Hand an das wild klopfende Herz. »Himmel, ich krieg noch einen Herzinfarkt.«

Miles lachte, und Zoe fiel auf, dass er sich den Bart abrasiert hatte. »Wann hast du das gemacht?«, sagte sie und deutete auf sein Kinn.

»Letzte Woche.« Er strich sich über die glatten Wangen.

»Letzte Woche«, wiederholte sie kopfschüttelnd. Sie war derart mit sich selbst beschäftigt gewesen, dass sie es noch nicht einmal bemerkt hatte.

»Ist dir gerade erst aufgefallen, oder wie?«, sagte er sanft.

»Nein, ich …«, fing sie an und brach ab. Sie wollte nicht noch mehr lügen. »Es steht dir. Irgendwie wirkst du besonnener.«

Miles nickte, und leichte Röte wanderte seinen Hals hinauf. »Na ja. Sarah steht mehr auf den glatten Look.«

»Soso.« Zoe lächelte. »Das alles für Sarah?«

»Nicht alles«, erwiderte Miles eilig und zog die Augenbrauen ernst zusammen. »Na ja, manches …«

Er verstummte, und Zoe schüttelte liebevoll den Kopf. »Ich finde es wunderbar.«

»Echt?« In Miles' Stimme schwang leichte Sorge mit.

»Ja.« Zoe betrachtete ihn genauer. Miles sah nicht schlecht aus, dachte sie. Tatsächlich könnte man ihn sogar als attraktiv bezeichnen. »Wie auch immer, ich nehme an, du wolltest nicht über deinen Bart oder sein Fehlen reden.«

»Nein, aber es ist nett, zur Abwechslung mal ein Kompliment zu hören statt des üblichen Gestänkers.« Er kicherte, bevor seine Miene ernst wurde. »Ich wollte fragen, ob alles in Ordnung ist, wegen vorhin.«

»Ach. David«, murmelte Zoe leise, weil Indira gerade an ihnen vorbeieilte und sie kurz mit dem Blick streifte. »Doch, alles okay. Na ja, es war echt eine Überraschung.«

»Das kann ich mir denken. Ich glaube, ich wäre nicht so irre begeistert, würde eine Ex um den halben Globus fliegen, um mich aufzustöbern.«

Ihr Unbehagen kehrte zurück. Zoe wollte nicht an diesem Ort darüber reden. »Nein. Es war eine Überraschung, aber ich komme schon klar damit.«

Miles betrachtete sie skeptisch. »Sicher?«

»Sicher«, sagte Zoe etwas nachdrücklicher, als sie beabsichtigt hatte. »Gab es noch was anderes, was du von mir wolltest?«

Einen Augenblick wirkte Miles ratlos, bevor es ihm wieder einfiel. »Ach ja. Demnächst kriegen wir einen Neuzugang. Eine jüngere Frau, in den Vierzigern. Krebs im Endstadium. Kannst du sie aufnehmen? Es ist ein bisschen heikel, weil sie keine Angehörigen hat.«

Zoe zog die Augenbrauen hoch. »Niemanden?«

»Jedenfalls haben mir das die Leute von *St Mary's* gesagt.« Miles reichte ihr die Akte. »Sie war zur Tagespflege dort, aber sie haben keine Kapazitäten mehr für Dauerpatienten. Und weil wir jetzt eine große glückliche Familie sind ...«

»... kommt sie stattdessen hierher«, vervollständigte Zoe den Satz und schlug die Mappe auf.

Rebecca Nyborg, 41, stand dort. Eine dänische Balletttänzerin mit Knochenkrebs im Endstadium. Sie hatte die Strapazen der Chemotherapie und Strahlentherapie über sich ergehen lassen, doch der Krebs war trotzdem vorangeschritten.

Zoe las sich auch die ergänzenden Anmerkungen durch, die *St Mary's* beigefügt hatte. Unverheiratet, kinderlos, der in London lebenden Mutter entfremdet. Ein Freund war hin und wieder vorbeigekommen, hieß es in der Akte, aber seit Rebeccas Zustand sich verschlechtert hatte, hatte sie ihn gebeten, nicht mehr zu kommen.

In Zoes Magengrube verklumpte sich der Kummer wie Zement. Das war schrecklich. Jeder Patient, der durch diese Tür kam, verdiente einen möglichst leichten Tod, und es fiel ihr schwer zu glauben, dass die selbst auferlegte Isolation eine gute Lösung war.

»Wann wird Ms Nyborg erwartet?«, fragte Zoe und schlug die Mappe zu.

»Jetzt demnächst.«

Zoe nickte und spürte, wie schon jetzt der Wunsch in ihr keimte zu tun, was sie am besten konnte. »Ich kümmere mich um alles. Danke, Miles.«

Miles lächelte sie an. »Das wusste ich doch. Danke, Zoe.«

Als Miles wegging, hörte sie das vertraute Rumpeln eines auf den Parkplatz einfahrenden Krankenwagens. Ihr war nicht ganz klar, warum dieser Neuzugang anders war als die üblichen, aber die Vorstellung, dass diese Frau sich von allen ihr nahestehenden Menschen abgekapselt und am Lebensende niemanden um sich hatte, quälte Zoe aus Gründen, die sie sich lieber nicht eingestehen wollte.

Dreiunddreißig

»Ich denke, das war's erst mal«, sagte Zoe, nachdem sie Rebecca dabei geholfen hatte, sich in ihrem Zimmer einzurichten. »Kann ich Ihnen noch was bringen, Ms Nyborg? Einen Tee vielleicht?«

Bei diesem Angebot hellte sich die Miene der ehemaligen Tänzerin auf. »Das ist der beste Vorschlag, den ich heute gehört habe. Und bitte, nennen Sie mich nicht Ms Nyborg. Ich komme mir vor wie meine Mutter. Ich heiße Rebecca. Wenn ich schon hier sterbe, möchte ich wenigstens beim Vornamen angesprochen werden.«

Zoe wurde von Zuneigung für ihre Patientin erfasst, und sie lächelte. »Geben Sie mir fünf Minuten, ich bin gleich wieder da.«

»Bevor Sie gehen, kann ich Ihnen noch was geben?«

Zoe sah Rebecca an, die von einem Kissen gestützt im Bett saß, und bemerkte, dass die Anstrengungen des Tages ihren Tribut forderten. Als Rebecca aus dem Krankenwagen gestiegen war, hatte es Zoe überrascht, wie gut sie aussah. Rebecca hatte gelächelt und mit den Sanitätern gescherzt, als sie sie hereinbrachten, und über den schönen Garten geschwärmt. Als Zoe ihre neue Patientin jetzt betrachtete, sah sie eine Frau, die zutiefst verängstigt war von dem, was ihr bevorstand.

»Gern.«

Rebecca hielt ihr ein kleines Blatt Papier entgegen.

»Was ist das?«

»Eine Liste der Menschen, die nach meinem Tod informiert werden sollen«, erwiderte Rebecca barsch.

Zoe betrachtete die Liste. In sorgfältiger Handschrift waren dort fünf Namen aufgelistet, jeweils versehen mit Telefonnummer und Adresse. Ein Name stach heraus: Pernille Nyborg, mit einer Londoner Adresse. War das Rebeccas Mutter?

»Soll ich jemanden informieren, dass Sie hier sind?«

Rebecca verneinte mit einem knappen Kopfschütteln. »Nein, das sind hauptsächlich Freunde vom Ballett, die gerade auf Tournee sind. Sie haben keine Zeit, mich zu besuchen.«

»Das würden sie doch sicherlich tun, wenn sie wüssten, dass Sie hier sind«, versuchte es Zoe ein weiteres Mal.

Der Gesichtsausdruck der Tänzerin verhärtete sich. »Nein, ich meine es ernst. Niemand von der Liste soll vor meinem Tod informiert werden.«

Zoe hatte ganz gewiss nicht die Absicht, Rebecca aufzuregen, also nickte sie bloß und legte das Blatt zur Patientenakte. »Natürlich. Und jetzt erholen Sie sich. Ich bin gleich wieder bei Ihnen mit dem Tee.«

Die Gedanken schwirrten ihr nur so durch den Kopf, als sie das Zimmer verließ. Zoe wollte nicht, dass Rebecca allein starb, und sie konnte auch nicht glauben, dass Rebecca das ernsthaft wollte. Während sie darauf wartete, dass das Wasser kochte, dachte sie an den Packen Briefkarten in ihrer Tasche. Es mochte ja sein, dass Rebecca sich wünschte, dass niemand erfuhr, dass sie im Sterben lag, aber Zoe war davon überzeugt, dass sie sie dazu ermutigen könnte, den Menschen, die sie zurückließ, wenigstens ein paar Zeilen zu hinterlassen.

*

Zoe war erschöpft, als sie von der Schicht nach Hause kam. Den ganzen Tag über waren ihre Gedanken um David und Rebecca gekreist. Als sie nun das Wohnzimmer betrat, sah sie, dass Sarah nicht nur das Fernsehen, sondern auch Miles zur Gesellschaft hatte. Zoe fühlte sich entmutigt; sie hatte gehofft, Sarah an diesem Abend für sich zu haben. Sie lächelte beiden zu und wollte sich schnell zurückziehen, doch Sarah bemerkte ihren Gesichtsausdruck.

»Zoe! Wie geht es dir?« Sie stand auf und eilte mit ausgestreckten Armen auf Zoe zu.

Dankbar sank sie ihrer Freundin in die Arme, während Miles das Zimmer verließ und in die Küche ging. Sein Taktgefühl erfüllte sie mit Zuneigung. Sie brauchte dringend Sarahs Rat.

»Es geht mir gut«, murmelte Zoe der Freundin ins Haar. Es war das erste Mal an diesem Tag, dass Zoe das Gefühl hatte, sich entspannen zu können. »Es war ein heftiger Tag.«

»Kann man wohl sagen.« Sarah trat zurück, um Zoe zu mustern. »Es tut mir so leid, dass ich dich nicht rechtzeitig erreicht habe, bevor David im Hospiz war. Ich wollte dich unbedingt vorwarnen.«

»Schon okay.« Zoe lächelte kläglich. »Es war halt eine ziemliche Überraschung.«

»Erzähl mir alles«, drängte Sarah und zog sie aufs Sofa. »Warum ist David hier?«

»Er sagt, er will die Details der Scheidung mit mir durchsprechen. Er ist der Meinung, wir sollten das persönlich machen, und ich denke, er will sich irgendwie verabschieden, die Sache abschließen.«

»Das leuchtet ein.«

»Ich fühle mich nur so unvorbereitet. Damit hatte ich nun wirklich nicht gerechnet, insbesondere nachdem …«

Zoe verstummte, und sie senkte den Blick. Sie hatte versprochen, niemandem etwas von Bens Krankheit zu erzählen, aber nach diesem quälenden Tag empfand sie die Last als zu schwer, um das alles für sich zu behalten.

Sarah beugte sich nach vorne und legte ihre warme Hand auf Zoes Knie. »Insbesondere nachdem was?«

Zoe hob den Kopf und sah Sarah in die Augen, die voller Sorge waren. »Wenn ich dir das erzähle, behältst du es dann für dich?«

»Na klar.«

»Du darfst es niemandem erzählen. Vor allem Miles nicht.«

»Okay«, antwortete Sarah langsam. »Zoe, was ist los? Du machst mir Angst.«

»Es geht um Ben«, gestand Zoe flüsternd. »Er hat Darmkrebs.«

Sarah schlug die Hände vor den Mund. »O mein Gott, Zoe! Das tut mir so leid. Wird er wieder gesund?«

»Ich weiß es nicht. Das hoffe ich«, wimmerte Zoe und sprach das erste Mal seit Bens Diagnose ihre Ängste aus. »Er ist gestern operiert worden. Sie denken, dass sie den Krebs frühzeitig erwischt haben.«

Sarah legte sich eine Hand an die Brust und atmete aus. »Gott sei Dank. Der arme Ben. Dass er das für sich behalten hat!«

»Er will nicht, dass irgendwer davon erfährt, ganz besonders nicht in der Arbeit, also sag bitte nichts«, wiederholte Zoe ihre Ermahnung.

Sarah machte eine Reißverschlussgeste an den Lippen. »Keine Sorge. Ich sage nichts. Hat jemand Ben begleitet?«

»Ja, Candice. Er hielt es für das Beste so«, antwortete Zoe, darum bemüht, sich nicht anmerken zu lassen, dass sie verletzt war.

»Hast du ihn schon gesehen?«

»Heute Mittag. Er schien ganz okay, aber ich war nicht lange da«, sagte Zoe mit ausdrucksloser Stimme.

»Bestimmt war er müde. Eine OP schlaucht doch jeden.«

»Nein, es war eher so, dass er verhindern wollte, dass ich mit seinem Arzt spreche«, erklärte Zoe und kam sich vor wie ein schmollender Teenager. Sie zog die Beine aufs Sofa und setzte sich in den Schneidersitz.

»So war es bestimmt nicht gemeint«, widersprach Sarah.

»Für mich fühlte es sich so an, als wolle er mich nicht dahaben, Sarah«, jammerte Zoe. »Er hat gesagt, dass er nicht will, dass ich seine Krankenschwester bin, und dass unsere Beziehung zu jung ist, um mich in so etwas reinzuziehen.«

»Da bin ich ganz seiner Meinung«, erwiderte Sarah nüchtern und lehnte sich auf dem Sofa zurück. »Ihr seid keine fünf Minuten ein Paar, und er weiß wahrscheinlich auch, wie fragil du wegen Sean bist.«

Zoes Nasenflügel blähten sich. »Ich bin nicht fragil.«

»Ich denke, es ist das Recht eines jeden Menschen, der ein Kind verloren hat, fragil zu sein«, sagte Sarah sanft. »Ben versucht ganz offensichtlich, dich vor noch mehr Schmerz zu bewahren.«

»Aber so wäre es doch gar nicht!«

»Zoe, Ben will nicht, dass der Krebs eure Beziehung bestimmt. Aber genau das würde passieren, wenn du die Sache in die Hand nimmst und anfängst, ihn zu pflegen. Er will keine Krankenschwester, er will eine Freundin, und das solltest du respektieren.« Sarah war ungewöhnlich direkt, und Zoe hielt inne, um nachzudenken.

Erst Ben, dann Rebecca. Zoe wollte ihnen einfach nur helfen, aber in dem Moment, als Rebecca abgelehnt hatte, hatte Zoe sie nicht weiter gedrängt. Sie sollte Ben nicht anders behandeln.

»Du hast recht«, stöhnte Zoe. »Ich sollte mich freuen. Es sind gute Nachrichten. Ben wird wieder gesund.«

»Ich kann mir auch denken, dass du etwas glücklicher wärst, hätte dein Ex nicht plötzlich auf der Matte gestanden«, meinte Sarah.

»Das hat mich total aus der Bahn geworfen. Der ganze Tag heute war ein Albtraum.«

»Es gibt solche Tage«, sagte Sarah. »Aber wahrscheinlich ist es keine schlechte Sache, dass David hier ist.«

»Wie kommst du darauf?«

»So wie er sagt: Für euch beide ist es eine Gelegenheit abzuschließen. Mach die eine Tür zu, bevor du eine neue öffnest.«

»Dafür war es eine verdammt lange Reise. Wieso hat er mich nicht einfach per Videocall angerufen?«

»Vermutlich war ihm klar, dass du den Anruf nicht annimmst«, entgegnete Sarah, und Zoe krümmte sich, weil ihr bewusst wurde, dass Sarah recht hatte. »Sieh mal, das alles ist hart, und es wird alle möglichen Gefühle in dir aufrühren. Aber ob es dir gefällt oder nicht, es gibt eine Menge, was David und du zu besprechen habt. Du musst ihm verzeihen, was mit Sean passiert ist …«

»Ich werde ihm nie verzeihen«, sagte Zoe nachdrücklich.

Sarah zog eine Augenbraue hoch. Aus der Küche waren deutlich die Stimmen von Lottie und Miles zu hören. Zoe spitzte die Ohren. Für Lottie war es längst Schlafenszeit. Es klang, als wollte sie Wasser trinken, und Miles tat so, als gebe er ihr ein Glas Gin Tonic. Trotz ihrer Übermüdung musste Zoe lachen.

»Miles kann gut mit Kindern umgehen.«

Sarah lachte. »Für einen alleinstehenden Mann hat er mich echt überrascht. Lottie scheint ihn wirklich zu mögen.«

»Das freut mich.«

»Und ich wäre froh, wenn du David verzeihen könntest. Mal ganz ehrlich, als Eltern hatten wir alle schon mal Momente, in denen wir unachtsam waren, und ich weiß«, beeilte sie sich zu sagen, weil sie merkte, dass Zoe aufbegehren wollte, »das hier ist etwas anderes. Es ist nicht dasselbe, wie dem Kind ein Eis zu viel durchgehen zu lassen. Davids Fehler hat Sean das Leben gekostet. Aber Zoe, mit dem ganzen Hass, den du mit dir herumschleppst, schadest du dir nur selbst.«

»Ich will ihm ja verzeihen, aber ich kann nicht«, sagte Zoe leise. »Immer, wenn ich es versuche, muss ich daran denken, wie Sean tot im Krankenhaus liegt. Das Bedürfnis, David die Schuld zu geben, vereinnahmt mich total.«

Sie schwiegen beide, und Zoe wandte den Blick zum Fenster. Der Himmel hatte jene wunderschöne tintenblaue Farbe, die aussieht, als wäre der Inhalt eines Füllers darüber verschüttet worden. Wieder hatte sie einen Tag hinter sich gebracht, einen weiteren Tag ohne ihr Kind.

»Ich glaube, du solltest ein für alle Mal mit David über Sean reden«, sagte Sarah schließlich und riss Zoe aus ihren Gedanken. »Nur wenn du den Dämonen der Vergangenheit ins Auge blickst, kannst du die Liebe und das Glück finden, die die Zukunft ganz sicher für dich bereithält.«

Vierunddreißig

Zoes Gedanken kreisten auch während ihrer Schicht am folgenden Tag noch um das, was Sarah gesagt hatte. War eine glückliche Zukunft tatsächlich nur möglich, wenn man sich der Vergangenheit stellte? Hatte sie das überhaupt verdient, eine glückliche Zukunft? Zoe war einer Antwort noch nicht näher gekommen, als ihr Handy klingelte. Sie griff in die Tasche ihres Schwesternkittels, um das Gerät stumm zu schalten, und las den Namen auf dem Display: David.

»Du solltest lieber rangehen«, meinte Miles, der sie bei der Tablettenausgabe unterstützte. »Je schneller du das regelst, desto besser.«

Miles entfernte sich, um Zoe etwas Privatsphäre zu geben, und wieder empfand Zoe Gereiztheit ihrem Ehemann gegenüber.

Sie nahm den Anruf an. »Hi«, sagte sie.

»Hi, Zo.« Seine Stimme war vertraut. »Meinst du, wir könnten heute mal reden?«

Zoe seufzte. Es gab so viel zu tun. Sie hatte vor, mit Rebecca darüber zu sprechen, ob sie ihren Nächsten nicht einen Brief hinterlassen wollte. Und dann war da Ben. Sie hatte ihn eigentlich später noch besuchen wollen. Aber Miles' Bemerkung klang ihr in den Ohren, und sie wusste, er hatte recht. »Ich habe heute nur eine halbe Schicht, könnte dich also um kurz nach zwölf treffen.«

»Super«, erwiderte David, und Zoe entging nicht, wie fröhlich er klang. »Soll ich dich abholen? Wir könnten im Pub gegenüber vom Hospiz eine Kleinigkeit essen.«

Das Letzte, was sie wollte, war, dass im Hospiz die Gerüchteküche brodelte.

»Nein. Wie wär's, wenn ich nach der Arbeit nach Bristol komme? Ich könnte so gegen eins da sein, und wir könnten uns am Hafen treffen«, schlug sie vor.

»Auch gut«, sagte David, wobei die Wärme seine Stimme nie verließ. »Schick mir eine Nachricht, wenn du da bist. Freu mich schon.«

»Okay, bis später«, sagte Zoe, die nicht in der Lage war, die Gefühle ihres Mannes zu erwidern.

*

Sie brauchte nicht lange nach Bristol. Tatsächlich, dachte Zoe, als sie aus dem Bus stieg, hätte es nach ihrem Geschmack ruhig länger dauern dürfen, denn es fühlte sich an, als hätte sich ein ganzer Vogelschwarm in ihrem Bauch eingenistet. Um sich von dem flattrigen Gefühl im Magen abzulenken, konzentrierte sie sich auf die Architektur, die sie umgab. Sie hatte seltener, als ihr lieb war, Gelegenheit, hierherzukommen. Die Stadt eignete sich hervorragend für einen Besuch, Bristol war mit seiner Mischung aus Künstlerflair, einer reichen Geschichte und einem dynamischen Wirtschaftsleben genau der Ort, der Davids Interesse wecken dürfte. Schon auf dem Weg Richtung Hafen machte sie seine vertraute Gestalt aus. David war dabei, das Schild zu lesen, auf dem den Besuchern voll Stolz erklärt wurde, dass die Demonstranten während der weltweiten Anti-Rassismus-Proteste an dieser Stelle das Denkmal des berüchtigten Sklavenhändlers Edward Colston ins Wasser gestürzt hatten. David hatte sich schon immer für Geschichte interessiert, und Zoe wusste, dass ihn dieser spezielle Ort am Ufer begeistern würde. Als hätte er ihre Gegenwart gespürt, drehte sich David in diesem Moment zu ihr um. Er lächelte und winkte ihr zu, und Zoe war verblüfft, welche Wirkung sein Lächeln nach wie vor auf sie hatte, sodass sie es unwillkürlich erwiderte.

»Wartest du schon lang?«, fragte sie und trat auf ihn zu.

»Ne, bin auch gerade erst gekommen. Ich war den ganzen Vormittag beim Sightseeing. Es ist unglaublich, was es hier an Geschichte gibt. So was haben wir zu Hause nicht.«

»Ja, es ist ganz anders«, sagte Zoe und dachte an die Geschichte der Aborigines in ihrer Heimat. »Wahrscheinlich ist unsere Kultur so eng mit der Geschichte Englands verflochten, dass wir manchmal den Eindruck haben, für immer aneinander gebunden zu sein.«

David lachte. »Du hast *unsere* gesagt. Also bist du tief im Herzen doch noch ein Aussie, oder?«

Zoe ignorierte die Bemerkung und bedeutete David stattdessen, ihr zu dem Pub in der Nähe zu folgen, das sie ausgesucht hatte.

»Was möchtest du?«, fragte sie beim Hineingehen, doch David schüttelte den Kopf.

»Ich mach das«, sagte er entschieden und wandte sich an den Barkeeper. »Ich nehme eine Limonade. Und du, Zoe?«

Überrascht sah Zoe ihn an. Normalerweise bestellte er immer Bier, egal wann und wo. Limonade war etwas ganz Neues. Sie schüttelte den Kopf, als ihr bewusst wurde, dass David sie erwartungsvoll ansah, und sagte: »Ich nehme einen Orangensaft, danke«, denn sie wollte einen klaren Kopf behalten.

»Hast wohl gedacht, ich gönn mir ein Bier?«, sagte David, als sie einen Tisch in Fensternähe fanden.

Zoe nickte und zog einen Stuhl heran.

»Kurz nachdem du weg warst, habe ich aufgehört zu trinken«, erzählte er. »Mir ist klar geworden, dass es mir nicht guttut, aus den falschen Gründen zu trinken. Besonders nachdem Sean …«

Er verstummte, und Zoe wusste, wohin der Satz führen sollte. Sie erkannte den Schmerz, der schon im Aussprechen der Tatsache, dass ihr Sohn tot war, lag. Obwohl es nur Worte waren, konnten sie ihnen doch Verletzungen zufügen, die so grausam waren wie der Zusammenstoß, der Sean das Leben gekostet hatte.

Das Nachdenken über den Menschen, der am Steuer jenes Autos gesessen hatte, ließ unvermeidlich die Wut in ihr aufsteigen. Das war das Schlimmste gewesen: dass derjenige, der ihr Kind getötet hatte, nie zur Verantwortung gezogen worden war. Es war bemerkenswert, dass im Zeitalter von Kameras, Smartphones und sozialen Medien der BMW, der Sean erfasst hatte, nie aufgespürt worden war.

Hilfloses Schweigen senkte sich über den Tisch. »Ich weiß«, meinte sie schließlich und fühlte sich unbeholfen, weil ihr nichts Besseres einfiel.

»Denkst du, du hättest mir verziehen, wenn sie den Mistkerl erwischt hätten?«

Zoe atmete heftig aus. Ihr war nicht bewusst gewesen, dass sie die Luft angehalten hatte. Diese Frage hatte sie sich selbst oft gestellt, und die Antwort war jedes Mal dieselbe gewesen.

»Nein«, erwiderte sie und sah, wie Davids Gesicht in sich zusammenfiel.

»Wirst du mir jemals vergeben?«, fragte er leise.

»Ich glaube nicht«, sagte Zoe mit ruhiger, aber fester Stimme. »Es ist nicht so, dass ich das nicht will. Aber ich glaube, es ist zu viel passiert. Nachdem wir Sean verloren haben, musste ich immer daran denken, dass ich dir den wertvollsten Menschen in meinem Leben anvertraut hatte und dass du dieses Vertrauen missbraucht hast.«

»Es war ein Unfall, Zoe. Ein schrecklicher, grausamer Unfall.« David beugte sich über den Tisch, und Tränen traten ihm in die Augen. Eilig wischte er sie mit der Handfläche fort und schenkte ihr ein schwaches Lächeln. »In den Wochen nach Seans Tod hast du unmissverständlich klargemacht, dass du mir nicht verzeihen kannst, aber dir ist schon auch klar, dass ich mir selbst nie verziehen habe, oder?«

Auch wenn Sarah darauf beharrte, dass Zoe ihren Dämonen ins Auge blicken sollte, war Zoe sich nicht sicher, ob sie in diesem Moment die nötige Kraft besaß. »Selbstverständlich.«

Trotz der verweinten Augen huschte über Davids Gesicht ein Grinsen, und verwirrt sah Zoe ihn an. »Was ist?«

»Du klingst so britisch«, sagte er und trank einen großen Schluck Limonade. »Ich hätte nie gedacht, dass aus dir mal eine so kultivierte Engländerin wird. Wo ist das Aussie-Girl hin, das ich gekannt und geliebt habe?«

Der Situation zum Trotz musste Zoe lachen. »Die Menschen ändern sich. Ich empfinde es hier als mein Zuhause. In England fühle ich mich auf eine Weise verstanden, wie das in Australien nicht war. Allerdings sind die englischen Winter nicht jedermanns Sache.«

Die Vorstellung ließ David schaudern. »Das wäre nichts für mich. Ich kann mir gar nicht vorstellen, wie du das aushältst.«

»Man gewöhnt sich daran«, log sie und rührte mit dem Strohhalm in ihrem Saft. Sie erinnerte sich an die Winter in Sydney. Das Klima war immer eher südländisch und frühlingshaft gewesen. Wurde es etwas kühler, dann hatte sie sich eine leichte

Jacke geschnappt oder sich an den offenen Kamin gesetzt, den man dort eigentlich gar nicht brauchte.

Plötzlich war es wieder da, das Heimweh. Zoe wollte gerade davon erzählen, doch da meldete sich ihr Magen mit einem lauten Knurren zu Wort. Sie hatte nach der Arbeit noch nichts gegessen. Ihr Blick wanderte über die Speisekarte, die vor ihr lag, und sie leckte sich über die Lippen, als sie die unsterblichen Worte *Fish and Chips* las. Ein klassisches englisches Gericht und außerdem das perfekte Heilmittel gegen Heimweh nach Australien.

»Hast du Hunger?«, fragte David, der ihren Gesichtsausdruck bemerkte. »Ich bin am Verhungern, aber ich wusste nicht, ob du gleich wieder zurückmusst.«

Im Grunde sprach nichts dagegen, mit ihrem Ex etwas zu essen.

»Ja, hab ich«, sagte sie. »Was magst du? Ich lade dich ein.«

»Ich nehme den Superfood-Salat«, sagte David. Vor Schreck klappte Zoe die Kinnlade herunter, und er brach in gackerndes Gelächter aus. »Nein, Spaß. Ich trinke zwar nicht mehr, aber das ist das Einzige, was sich verändert hat. Ich nehme einen Burger – und zwar blutig!«

Zoe ging mit der Speisekarte an die Bar, um zu bestellen. Ihr Blick schweifte über die Weinflaschen, die auf den Regalen hinter dem Barkeeper aufgereiht waren. Nur weil David keinen Alkohol trank, musste sie ja nicht darauf verzichten. Außerdem brauchte sie etwas zur Beruhigung der Nerven.

Mit einem großen Glas Pinot für sich, einer zweiten Limonade für David und einem Schälchen Erdnüsse kehrte sie an den Tisch zurück. David war gerade dabei, ein Telefonat zu beenden.

»Entschuldige, ich wollte dich nicht unterbrechen.« Vorsichtig, damit sie nicht gegen den noch nicht ausgetrunkenen Orangensaft stieß, setzte sie die Gläser ab.

David winkte ab. »Hast du nicht. Es ging nur um die Arbeit, nichts Wichtiges.«

»Wie läuft es in der Werkstatt?«

»Gut. Wir haben eine zweite Filiale auf der anderen Seite der Stadt aufgemacht.«

»Wow.« Zoe freute sich für ihn und lächelte. »Das wusste ich ja gar nicht.«

»Wie auch? Wir haben seit mehr als zwei Jahren nicht mehr miteinander geredet«, sagte David freiheraus und hob sein Glas. »Aber genug davon. Auf die Zukunft.«

Zoe stieß mit ihm an. Vielleicht hatte Sarah ja recht, vielleicht war es eine gute Sache, dass David hier war.

*

»Ich kann kaum glauben, dass Ed schon Vater ist«, sagte Zoe und trank einen Schluck ihres mittlerweile zweiten Glases Wein.

David lächelte stolz. »Ja, mein Neffe ist Vater, und das noch vor seinem zwanzigsten Geburtstag.«

»Was hat deine Mum dazu gesagt? Die war vermutlich nicht so glücklich darüber.«

Bei der Erwähnung von Davids Mutter Elizabeth lächelten sie einander wissend an. Elizabeth war ganz und gar nicht damit einverstanden gewesen, dass Zoe und David vor ihrer Hochzeit zusammengelebt hatten. Ihrer Meinung nach war es ein Zeichen von Sittenlosigkeit. Irgendwann hatte sie sich damit abgefunden, doch mindestens ein Jahr lang hatte sie sich geweigert, die beiden in dem winzigen Apartment in Sydney zu besuchen, was Zoe als einen unerwarteten Glücksfall empfunden hatte.

»Sie hat es ganz gut weggesteckt«, antwortete David mit einem schiefen Grinsen. Dann fügte er hinzu: »Sie vermisst dich, weißt du. Sie fragt ständig, ob ich von dir gehört habe.«

Zoe krümmte den Zeigefinger um den Stiel ihres Weinglases. Durch das Pub schallte ein Lied von Mumford and Sons. »Ich hätte nie gedacht, dass ich das mal sagen würde, aber ich vermisse sie auch. Im Grunde vermisse ich alle«, sagte sie und stellte zu ihrer eigenen Überraschung fest, dass sie es genau so meinte.

In Davids Augen flackerte Hoffnung auf. »Bedeutet das, du wirst eines Tages zurückkommen?«

»Nein«, erwiderte sie mit fester Stimme. »Mein Leben ist jetzt hier.«

»Noch nicht einmal zu Besuch?«

»Es ist so eine weite Reise …« Dann lachte sie, weil ihr bewusst wurde, dass David diese Reise erst vor wenigen Tagen gemacht hatte.

»Es ist das andere Ende der Erde, kein fremder Planet«, meinte David sanft. Er ergriff ihre Hand, und Zoe wollte sie fortziehen, aber David hielt sie fest, und sie spürte seine warme, schwielige Hand an ihrer Haut. »Ich bin nicht hergekommen, um die Scheidung zu regeln, Zoe. Ich bin hier, um herauszufinden, ob du dir nicht doch vorstellen kannst, nach Hause zu kommen und uns beiden noch eine Chance zu geben. Ich weiß, wir sind durch die Hölle gegangen, aber wir waren schon ein Paar, bevor Sean auf die Welt kam, und haben einander geliebt. Das kriegen wir doch wieder hin, oder nicht?«

Heftig pulste ihr das Blut durch die Venen, und einen Augenblick lang stellte sie sich vor, wie es wäre, wenn sie Ja sagte. Ihre Mutter wäre überglücklich, und Elizabeth ebenso. Aber was wäre mit ihr selbst? Würde sie es fertigbringen, die alte Stelle als Pflegerin wieder anzutreten? In das Haus zurückzukehren? Das in einen Fitnessraum umgewandelte Kinderzimmer von Sean zu sehen?

Und diese Vorstellung machte jeden Zweifel hinfällig. Kaum war der Gedanke an ihren Sohn da, wusste sie, dass es unmöglich war, zu David und in das alte Leben zurückzukehren.

Sie schüttelte den Kopf. »Es ist vorbei, David. Mittlerweile sind wir beide andere Menschen. Wir haben eine Geschichte zusammen, und es ist an der Zeit, sie Vergangenheit sein zu lassen.«

»Ist das der Grund, warum du nicht zurückkommst? Wegen Sean?«, platzte David heraus, und in seinen Augen sammelten sich Tränen der Wut. »Du weißt selbst, wie sehr ich mir wünschte, ich könnte die Zeit zurückdrehen. Ich war am Boden, als Sean starb, aber als du weggegangen bist, hatte ich das Gefühl, mit unserem Sohn gestorben zu sein. Kannst du dir überhaupt vorstellen, was ich durchgemacht habe, seit du weg bist? Innerhalb von weniger als einem Monat war meine ganze Familie weg.«

Zoe sah ihn an. Ihre Hand lag immer noch in seiner. Sein Gesicht war rot, Tränen liefen ihm über die Wangen, und zornig wischte er sie mit der freien Hand fort. Es war das erste Mal seit ihrer Flucht aus Australien, dass Zoe ein schlechtes Gewissen hatte. Sie hatte nie einen Gedanken daran verschwendet, was ihr Weggang für David bedeutet hatte. Sie war zu sehr damit beschäftigt gewesen, ihn zu hassen.

»Es tut mir leid«, flüsterte sie. »Ich war völlig am Ende, als Sean gestorben ist. Ich habe nicht nachgedacht. Das war nicht in Ordnung von mir.«

David zog seine Hand fort und stützte den anderen Ellbogen darauf. »Nein, Zoe, mir tut es leid. Das hätte ich nicht sagen sollen.«

»Es war schon richtig, dass du das gesagt hast.« Zoe holte tief Luft. Sie brauchte Kraft für dieses Gespräch. Es hatte sich lange angebahnt. »Ich konnte dir nicht verzeihen, aber ich hätte dir immerhin sagen müssen, dass ich gehe. Vielleicht hätte ich wenigstens versuchen müssen, dir zu verzeihen.«

Bei diesen Worten hob David den Kopf, und wieder zeichnete sich ein Hoffnungsschimmer in seinen Augen ab. »Meinst du, es gibt irgendeine Möglichkeit, dass du mir noch verzeihen kannst?«

Langsam schüttelte sie den Kopf. »Es tut mir leid.«

Eine Weile herrschte Schweigen, bevor David wieder das Wort ergriff. Jetzt klang seine Stimme beinahe schüchtern. »Und das hat alles nichts mit dem Kerl zu tun, mit dem du abhängst? Dieser Pfleger, der dauernd in deinen Instagram-Posts auftaucht?«

Wieder wurde Zoe von Schuldgefühlen erfasst. Ben war nicht der einzige Grund, warum sie nicht zu David zurückkehren konnte, aber er war ein triftiger Grund, um in England zu bleiben. Sie betrachtete ihren Noch-Ehemann. Sie waren einander einmal das Ein und Alles gewesen, und sie wollte ihn nicht mehr als nötig verletzen, aber sie wollte auch nicht lügen.

»Nein«, antwortete sie aufrichtig. »Er war in letzter Zeit eine große Unterstützung, aber er ist nicht der Grund, warum ich nicht zurück nach Australien will. Es ist vorbei, David. Es tut mir leid.«

Nach Zoes Worten trank David einen Schluck Limonade und zuckte zusammen. »O Mann, ich wünschte, das wäre Bier.«

Zoe lachte. David hatte schon immer die Fähigkeit besessen, angespannte Situationen aufzulösen. Er setzte das Glas ab und lächelte sie an. Dann griff er in seinen Rucksack und holte einen großen weißen Umschlag heraus. Er schob ihn ihr über den Tisch zu. Ihr Name stand in großen schwarzen Buchstaben darauf. Wieder spürte sie das Flattern im Bauch.

»Sind das die Scheidungspapiere?«

David nickte. »Lies sie dir gründlich durch. Ich hoffe, ich war fair, aber ganz ehrlich, Zoe: Das ist alles völlig egal. Du sollst haben, was du willst. Mir ist nur wichtig, dass du glücklich bist.«

Zoe nahm den Umschlag, der dicker war, als sie erwartet hatte. »Danke.«

David leerte sein Glas. »Dann geh ich besser mal.«

»Oh.« Zoe war überrascht. »Jetzt schon?«

»Ja. Ich habe eine Museumsführung gebucht. Außerdem musst du dich bestimmt von der Doppelschicht gestern Abend erholen.«

»Ja.« Zoe war etwas aus dem Gleichgewicht gebracht. »Wann soll ich dir die zurückgeben? Wann fliegst du zurück?«

»Erst am Mittwoch«, sagte David. »Ich kann nicht zu lange wegbleiben, ich werde im Geschäft gebraucht.«

»Na klar.«

»Du kannst die Unterlagen auch an mich oder den Anwalt zurückschicken, das ist völlig in Ordnung.« David erhob sich. Er nahm seinen Rucksack, warf ihn sich über die Schulter und lächelte. »Ich freue mich, dass du dein Leben auf die Reihe kriegst, Zoe.«

Sie schwiegen, und plötzlich kam ihr zu Bewusstsein, dass es vermutlich das letzte Mal in ihrem Leben war, dass sie David sah. Nun war es tatsächlich so weit.

»Was hast du jetzt vor?«, fragte sie schließlich.

David zuckte die Achseln. »Ein bisschen Sightseeing und dann nach Hause fliegen. Noch mal von vorne anfangen, so wie du.«

Er beugte sich zu ihr, um sie auf die Wange zu küssen, und als sie den vertrauten Duft wahrnahm, der so einzigartig war, zerriss es ihr das Herz. Er machte einen Schritt zurück, verabschiedete sich, und Zoe sah ihm nach, als er das Pub verließ. Einen

Moment lang saß sie da, dann fing sie an, die Scheidungspapiere durchzublättern. Am oberen Rand der letzten Seite klebte eine handschriftliche Notiz.

Zoe, unterschreib das bitte. Es ist an der Zeit,
diesen Neuanfang amtlich zu machen. Aber vergiss nie,
dass ich dich immer lieben werde. David xx

Die Tränen, die sie die ganze Zeit zurückgehalten hatte, liefen ihr über das Gesicht, als sie an ihren Ex-Mann dachte und an die Trauer, die er durchlitten hatte, als sie ihn verlassen hatte. Sie dachte an Ben in seinem Krankenzimmer und an Sarah und Miles, die am Anfang von etwas ganz Besonderem standen. Sie dachte an Rebecca, die sich zum Abschied bereit machte. Es war unvermeidlich, dass sich die Dinge änderten, ob zum Besseren oder Schlechteren. Sie blickte auf die Unterlagen, auf die Lücke für ihre Unterschrift, und fuhr mit dem Finger darüber. Ihre Dämonen schienen immerhin halbwegs besänftigt, vielleicht genügte das ja für einen Neuanfang.

Fünfunddreißig

Dem Umstand zum Trotz, dass es in den vier Tagen seit dem Treffen mit David praktisch ununterbrochen geregnet hatte, merkte Zoe zu ihrer eigenen Überraschung, dass sie hoffnungsfroher auf das Leben blickte.

Dabei half auch, dass es Ben im Krankenhaus recht gut zu gehen schien. Er hatte angefangen, den Ärzten permanent Löcher in den Bauch zu fragen, was Zoe als Zeichen deutete, dass er auf dem Weg der Besserung war.

Sie hatte ihm und Candice versprochen, nach der Schicht vorbeizukommen. Die arme Candice verlangte sich eine ganze Menge ab, kümmerte sich selbstlos um ihn und saß Tag für Tag an seinem Bett. In der nächsten Zeit würde sie psychisch und körperlich sehr gefordert sein. Und auch wenn Ben ständig darauf beharrte, welches Talent seine Schwester besaß, sich abzugrenzen, war doch unübersehbar, wie erschöpft Candice war.

Während Zoe die Tasche im Personalraum abstellte und anfing, die Dinge zusammenzusuchen, die sie für die heutige Schicht benötigte, kam sie zu dem Entschluss, Candice nach Bens Entlassung aus dem Krankenhaus mehr Arbeit abzunehmen.

»Du wirkst ganz schön gedankenversunken«, dröhnte eine tiefe Stimme.

»Miles, hallo.« Sie strahlte. »Wie geht's?«

»Alles gut«, sagte er und fuhr sich mit der Hand über das Kinn, als überrasche es ihn immer noch, dass dort kein Bart mehr war. »Die Schicht war heftig. Ich muss dringend ins Bett.«

Zoe runzelte die Stirn. »Irgendwas, was ich wissen muss?«

Miles schlüpfte aus den Turnschuhen und dachte einen Augenblick nach. »Mr Henshall ist gestorben, du weißt schon, der alte Mann mit Alzheimer. Und der Zustand der Neuen, Rebecca, verschlechtert sich ziemlich schnell.«

Bei dieser Nachricht machte Zoe eine bekümmerte Miene. »O nein. Wie geht es ihr?«

Miles verzog das Gesicht. »Nicht gut. Ehrlich gesagt weiß ich nicht, wie lange sie noch hat. Heute Nacht gegen eins ging es ihr ein paar Stunden lang richtig mies. Sie steht jetzt unter Morphium.«

»Besteht sie immer noch darauf, dass sie niemanden sehen will?«

»Ja, schon.« Miles unterdrückte ein Gähnen und holte seine Jacke aus dem Spind. »Weiß nicht, ob du deine Wunder noch vollbringen kannst, wenn sie wach wird. Könnte sein, dass es zu spät ist.«

»Vermutlich gibt es nur eine Möglichkeit, das rauszufinden.«

Sie verabschiedete sich von Miles und ging zu Rebeccas Zimmer, aus dem ein leises Stöhnen drang. Vorsichtig schob sie die Tür auf und sah, dass die Frau weinend im Bett lag. Zoe wurde von Mitgefühl überschwemmt. Sie trat ans Bett.

»Wie geht es Ihnen?«

»Alles okkkay«, flüsterte Rebecca.

»Haben Sie Schmerzen?«

»Nicht mehr als sonst.«

Aufmerksam betrachtete Zoe die Frau. Vom Weinen waren ihre Augen rot und geschwollen, sodass die Haut noch dünner und durchsichtiger wirkte als zu dem Zeitpunkt, da sie ins Hospiz gekommen war. Zoe griff nach Rebeccas Hand und merkte sofort, wie kalt sie war.

»Was kann ich für Sie tun?«, fragte Zoe sanft.

Bei dieser Frage schloss Rebecca die Augen, als koste sie schon die Beantwortung unerträgliche Mühe. Einen winzigen Moment lang dachte Zoe, sie sei gestorben, doch die rauen flachen Atemzüge sagten ihr, dass Rebecca noch nicht losgelassen hatte.

»Meine Mutter«, krächzte sie. »Ich will meine Mum.«

Sofort dachte Zoe an die Namensliste, die Rebecca ihr beim Einzug gegeben hatte.

»Soll ich sie anrufen?«

»Ja«, flüsterte Rebecca, was ihr offensichtlich viel Kraft abverlangte.

»In Ordnung, ich rufe sie an.« Zoe legte ihre Hand auf die von Rebecca, um ihr zu versichern, dass sie nicht allein war.

»Kann sein, dass sie nicht kommt«, sagte Rebecca mit heiserer Stimme, und ihre Augen füllten sich erneut mit Tränen. »Beim letzten Mal wurden … unschöne Sachen gesagt.«

Zoe drückte ihre Hand. »Ruhen Sie sich aus, und machen Sie sich keine Sorgen. Das ist doch bei uns allen so, dass wir zu Familienangehörigen mal Sachen sagen, die wir nicht so meinen.«

»Aber ich habe seit zehn Jahren nicht mehr mit meiner Mutter gesprochen«, platzte Rebecca mit unerwarteter Heftigkeit heraus. »Sie weiß nicht, dass ich krank bin.«

Kurz überlegte Zoe. Was würde sie Sean sagen wollen? Würde es in einem Moment wie diesem eine Rolle spielen, wenn sie sich jemals zerstritten hätten? Zoe wusste, es wäre egal.

»Sie ist Ihre Mutter, sie liebt Sie. Sie will nichts anderes als bei Ihnen sein.«

»Vielleicht aber nicht.« Rebecca schluchzte wie ein kleines Kind, das sich auf dem Spielplatz das Knie aufgeschlagen hatte.

»Rebecca, ich bin auch Mutter«, sagte Zoe sanft. »Ich kann Ihnen versichern, wären Sie mein Kind, dann könnte mich nichts, was Sie gesagt haben, davon abhalten, bei Ihnen zu sein. Lassen Sie mich anrufen.«

Die psychische Anstrengung, um etwas zu bitten, was sie sich wünschte, hatte Rebecca derart viel Kraft gekostet, dass sie in einen ruhigen, tiefen Schlaf fiel. Zoe beobachtete das Heben und Senken ihres Brustkorbs, erleichtert, dass die junge Frau einen Moment Erholung in ihrer Not fand. Noch einmal drückte sie ihre Hand, griff dann nach der zusätzlichen Decke am Fußende des Betts und arrangierte sie sorgfältig um Rebeccas zerbrechlichen Körper.

Zoe war froh, helfen zu können. Seit Rebecca ins Hospiz gekommen war, war es Zoes Wunsch, ihr das Sterben zu erleichtern und zu einem Tod zu verhelfen, der von Liebe durchdrungen war. Doch als sie die Nummer wählte, die Rebecca unter dem Namen ihrer Mutter aufgeführt hatte, und sich der Anrufbeantworter einschaltete, entfuhr Zoe ein enttäuschtes Stöhnen.

»Hier spricht Pernille Nyborg. Sie wissen ja, was zu tun ist«, sagte eine Singsang-Stimme.

Nach dem Signalton sprach Zoe jene Nachricht auf Band, die sie nur sehr ungern hinterließ. »Mrs Nyborg, mein Name ist Zoe Evans, ich bin Pflegerin im Hospiz *The Oaks* in Bath. Ihre Tochter Rebecca ist bei uns und fragt nach Ihnen. Könnten Sie mich bitte so bald wie möglich zurückrufen? Vielen Dank.«

Sie ratterte die Telefonnummer des Hospizes herunter und legte auf. Dann kehrte sie in Rebeccas Zimmer zurück, wo die junge Frau zwischen Schlaf und Wachzustand hin und her wechselte.

»Kommt sie?«, murmelte Rebecca.

Zoe kauerte sich neben sie und strich ihr das weiche Haar aus dem Gesicht. »Ja, Rebecca, keine Sorge, sie kommt.«

Bei dieser Nachricht machte Rebecca die Augen auf, und die Freude, die sich darin abzeichnete, war unübersehbar. »Wirklich?«

»Ja, sie nimmt den ersten Zug hierher.«

Obwohl Zoe ihre Patienten ausgesprochen ungern anlog, war ihr klar, dass sie nur noch mehr Kummer schüren würde, wenn sie Rebecca erzählte, dass sie ihre Mutter nicht erreicht hatte.

Sie stand auf und bemerkte das vertraute Rascheln des Notizblocks in der Hosentasche. Sie trat an das Fußende des Betts und nahm das daran befestigte Krankenblatt in die Hand. Die Notizen waren beklemmend. Rebecca blieb wirklich nicht mehr viel Zeit, und Zoe war nicht sicher, ob Mrs Nyborg rechtzeitig hier eintreffen würde. Schweren Herzens beschloss Zoe, dass es nur eine Lösung gab.

»Rebecca«, sagte sie sanft, nachdem sie das Klemmbrett wieder zurückgesteckt hatte. »Möchten Sie Ihrer Mutter vielleicht eine Nachricht hinterlassen? Nur für den Fall …«

Zoe verstummte, und Rebecca nickte, denn sie wusste genau, was die Pflegerin ihr sagen wollte, und ersparte Zoe, es auszusprechen.

»Ja, das möchte ich«, sagte sie.

Zoe setzte sich auf die Bettkante und nahm Block und Stift in die Hand.

»Kümmern Sie sich nicht darum, ob es Sinn ergibt oder nicht, sondern sagen Sie einfach das, was das Herz Ihnen eingibt, in Ordnung?«, sagte Zoe.

Wieder nickte Rebecca, ihre Augen füllten sich mit Tränen, und sie begann zu flüstern. Wie Tausende Male zuvor schrieb

Zoe mit, doch noch während sie die Worte, die Rebecca auf dem Herzen hatte, zu Papier brachte, wusste sie, dass diese wenigen Sätze eine Befreiung für die Tänzerin bedeuteten.

Sechsunddreißig

Zoe musste immer wieder über die Ironie des Schicksals staunen. Die Blätter an den Bäumen waren satt und grün, in den Hecken blühte es, und die Felder leuchteten in kräftigen Rot- und Gelbtönen. Der Zauber der englischen Landschaft war eine Fülle an Farben und sattem Leben, doch hier in dem winzigen Angehörigenzimmer des Hospizes saß Zoe an der Seite von Pernille Nyborg, die bitterlich um ihre Tochter trauerte, die sie seit mehr als einem Jahrzehnt nicht mehr gesehen oder gesprochen hatte.

Pernille war drei Stunden nach Zoes Nachricht eingetroffen. Sie hatte keine Zeit darauf verschwendet, zurückzurufen, sondern hatte die Hospizadresse herausgesucht und war geradewegs hergefahren. Leider war sie zu spät gekommen. Sosehr Zoe sich bemüht hatte, Rebecca das Ende zu ermöglichen, das sie sich wünschte, war die Tänzerin, kurz nachdem sie Zoe ihre letzten Worte diktiert hatte, gestorben.

Zoe war nicht von ihrer Seite gewichen. Sie hatte ihr über das Haar gestrichen, die Hand gehalten und ihr so gut wie möglich Trost zugesprochen. Rebecca hatte immer wieder das Bewusstsein verloren und Zoe hin und wieder für ihre Mutter gehalten. Zoe hatte das nicht berichtigt. Für eine Krankenschwester oder einen Pfleger gab es in diesem Moment nur eine Aufgabe: da zu sein. Und das war sie, bis zu Rebeccas letztem Atemzug. Wobei das für Pernille nur ein kleiner Trost zu sein schien.

»Ich hätte bei ihr sein müssen«, schluchzte sie. »Ich hätte alles stehen und liegen lassen, um bei ihr zu sein. Ich habe sie im Stich gelassen.«

Zoe legte Mrs Nyborg den Arm um die Schulter. Mit ihrem schmalen Gesicht, den blauen Augen und dem auffallend dunklen Haar ähnelte sie Rebecca so sehr, dass Zoe beinahe erschrocken war, als Pernille durch die Tür gekommen war.

»Sie haben niemanden im Stich gelassen«, sagte Zoe freundlich. »Rebecca wollte Sie bei sich haben. Das ist es doch, was zählt.«

Mit einem Taschentuch wischte sich Pernille über die Augen. »Hat Rebecca Ihnen erzählt, warum sie sich mit allen zerstritten hat?«

Zoe schüttelte den Kopf. »Ich wollte nicht neugierig sein.«

»Sie hat sich in diese schreckliche Frau verliebt – Bella.« Wütend verzog Pernille bei der Erinnerung das Gesicht. »Sie war ein furchtbarer Mensch. Egoistisch und lieblos. Ständig war sie gemein zu Rebecca und warf ihr vor, dick und untalentiert zu sein. Bella war Choreografin, in der Ballettwelt wurde sie hoch gehandelt. In meinen Augen aber war sie einfach nur die Pest.«

Zoe schenkte ihnen beiden eine zweite Tasse Kaffee ein, reichte Pernille eine davon und ermunterte sie weiterzuerzählen.

»Eines Tages erklärte ich Rebecca, dass sie etwas Besseres verdient hatte als Bella. Rebecca war furchtbar aufgebracht. Sie beteuerte, sie und Bella liebten sich, und wenn ich die Beziehung nicht befürwortete, wollte sie nichts mehr mit mir zu tun haben. Danach habe ich nie mehr ein Wort von ihr gehört.«

Als Pernille mit der Geschichte fertig war, sah Zoe sie voller Bestürzung an. Es musste Pernille das Herz gebrochen haben, ihre Tochter auf diese Weise zu verlieren. Sie dachte an Sean und fragte sich, ob er jemals etwas hätte tun oder sagen können, was einen derartigen Bruch bewirkt hätte. Sie hoffte nicht. Sean war ihr Ein und Alles gewesen, dennoch wurden Kinder erwachsen und entwickelten ihre eigene Persönlichkeit. Man konnte die Zukunft nicht vorhersehen, genauso wenig, wie man die Zeit zurückdrehen und die Vergangenheit korrigieren konnte. Wer konnte schon sagen, was die Zukunft für sie, Sean und David bereitgehalten hätte? Es war nicht das erste Mal, dass Zoe von einem so traurigen Familienstreit hörte, und es würde auch sicher nicht das letzte sein. Allerdings war es das erste Mal, dass sie eine Patientin versorgt hatte, die völlig allein gewesen war.

»Ich vermute, die Beziehung mit Bella hat nicht gehalten?«, fragte Zoe.

Pernille ließ ein bitteres Lachen hören. »Nein. Aus der Tanzpresse erfuhr ich, dass Bella sie für eine andere Ballerina verlassen hatte.«

»Und ihre Freunde?«

»Rebecca hat sich kurz nach dem Streit mit mir auch mit ihnen verkracht«, sagte Pernille mit einem Seufzen. »Sie erzählte ihnen, was ich über Bella gesagt hatte, und rechnete damit, dass sie sich auf ihre Seite stellten. Aber das taten sie nicht. Rebecca war furchtbar wütend und erklärte ihnen, wenn sie so dachten, seien sie nicht mehr ihre Freunde.«

»Ach, Pernille.« Zoe wusste nicht, was sie sagen sollte. Sie betrachtete die ältere Frau, die aus dem Fenster sah, fraglos in Gedanken an ihre Tochter vertieft. Es war so traurig und hätte so leicht verhindert werden können, wenn sie nur miteinander geredet hätten.

»Sie kam nicht zu mir, als die Beziehung mit Bella in die Brüche ging.« Kurz versagte Pernille die Stimme. »Mein armes kleines Mädchen war völlig allein, aus lauter Stolz. Ihr Vater war genauso.«

»Wo ist er?« Zoe fragte sich, ob auch er hier auftauchen würde.

»Wir haben uns scheiden lassen, als Rebecca noch ein Baby war. Meines Wissens hat sie ihn seither nicht gesehen.« Plötzlich riss sie die Augen auf. »Oder denken Sie, dass sie ihn gefunden hat? Und sich stattdessen ihm zugewandt hat?«

Zoe schüttelte den Kopf. »Sie hat ihn nie erwähnt. Aber eines noch, Pernille. Vor ihrem Tod hat Rebecca ein paar Worte für Sie hinterlassen.«

Überrascht machte Pernille den Mund auf. »Was hat sie gesagt?«

Zoe zog den zusammengefalteten blauen Papierbogen aus der Hosentasche. Dabei hoffte sie, dass die wenigen Worte, die Rebecca noch herausgebracht hatte, Pernille genauso viel bedeuten würden wie Seans letzte Worte ihr selbst. Behutsam begann Pernille, sie laut zu lesen.

Mum, ich hätte auf dich hören sollen. Es tut mir leid, dass uns das Leben auseinandergebracht hat, aber ich habe dich immer geliebt und werde es immer tun.

Daraufhin presste Pernille die Augen so fest zusammen wie das Taschentuch in ihren Händen und weinte um den Verlust ihrer entfremdeten Tochter. Zoe rückte auf dem Sofa näher, hielt ihren bebenden Körper fest und wusste, dass sie so bleiben würden, eine Mutter neben der anderen, solange Pernille es nötig hatte.

*

Die Besuchszeit war längst vorbei, als Zoe im Krankenhaus eintraf, doch sie hoffte, dass jemand von den netten Pflegern sie wenigstens für ein paar Minuten zu Ben lassen würde. Zoe war in der Vergangenheit Angehörigen in Zeitnöten öfter als einmal entgegengekommen und hoffte, nun selbst von einem solchen Gefallen zu profitieren. Sie hatte Glück, und Zoe lächelte dem Pflegedienstleiter zu, der an diesem Abend Dienst hatte und lautlos flüsterte: »Gehen Sie nur.«

Sie eilte zu Bens Station und war überrascht, Ben aufrecht im Bett sitzend und mit dem Bettnachbarn plaudernd vorzufinden.

»Hallo«, sagte sie fröhlich.

Als sie ihre Stimme hörten, brachen die beiden Männer ihr Gespräch ab und lächelten. Zoe freute sich, dass Ben ganz offensichtlich überglücklich war, sie zu sehen.

»Ich habe deine Nachricht gesehen«, rief er und streckte ihr die Arme entgegen, um sie zu umarmen. »War ein ganz schön harter Tag, oder?«

»Ja, schon ein bisschen«, erwiderte sie und ließ sich von Ben in die Geborgenheit seiner Arme ziehen. Als seine Bartstoppeln ihr Gesicht streiften, fühlte sie sich wie zu Hause. Sie löste sich, sah Ben erwartungsvoll an und setzte darauf, dass er sie seinem Zimmergenossen vorstellte.

»Zoe, entschuldige«, sagte er, weil er ihren neugierigen Blick richtig deutete. »Das ist Nico. Nico, das ist Zoe.«

Sie lächelte Nico an, der ungefähr in Bens Alter war. »Hallo.«

»Ich habe viel von Ihnen gehört«, antwortete Nico mit einem leicht italienischen Akzent. »Ihr Freund ist eine sehr angenehme Gesellschaft.«

»Na ja, er hat seine guten Momente«, meinte Zoe trocken.

»Er hat ganz viele davon«, erwiderte Nico ernst. »Er hat dafür gesorgt, dass ich hier nicht den Verstand verliere.«

Ben winkte ab. »Als hättest du nicht dasselbe für mich getan.«

Nico lächelte. »Ich gehe ein bisschen auf dem Flur spazieren. Dann habt ihr zwei etwas Zeit für euch.«

Als Zoe sah, wie er mit der Beschwerlichkeit eines doppelt so alten Mannes aus dem Bett aufstand, fiel sie automatisch in den Pflegerinnenmodus. »Kann ich Ihnen helfen?«

Nico schenkte ihr ein breites Lächeln, bei dem sich sein ganzes Gesicht aufhellte. Trotz des glatten Schädels und der fehlenden Augenbrauen und Wimpern war er immer noch ein ausgesprochen gut aussehender Mann.

»Nein, es tut mir gut, wenn ich diese Sachen allein mache. Aber trotzdem danke, Zoe, das ist sehr freundlich.«

Sie respektierte seinen Wunsch und sah ihm nach, als er langsam an ihr vorbei hinaus auf den Flur ging. Als Nico weg war, wandte sich Zoe zu Ben. Wie immer suchte sie in seinem Gesicht nach Zeichen, die ihr etwas über seinen Gesundheitszustand verrieten. Aber seine Haut strahlte, und seine Augen waren zwar müde, aber lebendig.

»Er wirkt sehr nett.«

»Ist er auch. Er ist erst seit gestern hier.«

»Er hat einen leichten Akzent, oder?«, sagte Zoe.

»Ursprünglich kommt er aus Neapel, aber er lebt mit Frau und Kindern hier. Er hat Krebs im Dickdarm. Er hatte vor ein paar Tagen eine weitere OP und muss sich jetzt davon erholen.«

»Er hat mehr als eine Operation gebraucht?«, fragte Zoe, und sofort durchfluteten sie Zweifel an Bens Gesundung.

Ben bemerkte ihre Sorge und strich ihr mit dem Daumen über den Unterarm. »Zoe, das ist Nicos Krankengeschichte, nicht meine. Zwei unterschiedliche Menschen, zwei unterschiedliche Krebsarten.«

Er hatte wie immer recht. »Morgen kommst du raus, oder?«

Über Bens Gesicht breitete sich ein Lächeln. »Und ob. Ich kann's kaum erwarten.«

»Was sagt Candice dazu?« Zoe versuchte zu lächeln.

Ben seufzte. »Stimmt schon, sie kann sich nicht ganz so gut abgrenzen, wie ich dachte. Ich habe sie schon ein paarmal beim Weinen ertappt, mir ist klar, dass es viel für sie war, die Arbeit und die Besuche hier unter einen Hut zu kriegen.«

Wieder wurde Zoe von Schuldgefühlen überwältigt. Sie hätte mehr zur Unterstützung beitragen müssen.

»Du hast mehr als genug getan«, sagte Ben, der ihren Gesichtsausdruck bemerkte. »Ich weiß, wie schwer es dir gefallen ist, mir den Raum zu geben, den ich gebraucht habe, aber es hat mir viel bedeutet, dass du das respektiert hast.«

»Hier geht es nicht um mich«, erwiderte sie.

»Und ich bin dir sehr dankbar, dass du das verstanden hast.« Ben drückte ihre Hand. »Aber bald wird alles wieder so sein wie gehabt, und sobald ich hier raus bin und mein Leben zurückhabe, will ich nichts als leben – und zwar mit dir.«

Tiefe Freude überschwemmte Zoe, und sie beugte sich zu ihm hinunter und bedeckte sein Gesicht mit Küssen. »Ich habe mir solche Sorgen gemacht.«

»Ich weiß«, flüsterte er. »Aber jetzt gibt es keinen Grund zur Sorge mehr. Es ist vorbei.«

Zoe legte den Kopf an Bens Hals und genoss einfach nur seine Nähe, dass er da war. Sie hätte ewig so verharren können, doch als sie Nico über den Flur schlurfen hörte, zwang sie sich, sich wieder aufzurichten.

»Ich muss gehen«, sagte sie. »Ich will mich bei den Pflegern nicht unbeliebt machen, nachdem sie schon so nett waren, mich noch hereinzulassen.«

Enttäuschung huschte über Bens Miene, und Zoe wünschte, sie wäre früher gekommen.

»Es tut mir leid.«

»Das muss dir nicht leidtun«, entgegnete Ben mit Nachdruck. »Du warst an der Seite einer Mutter und einer Tochter, die dich gebraucht haben. Wenn ich wieder zu Hause bin, sehen wir uns die ganze Zeit. Du wirst mich noch überhaben.«

Sie winkte zum Abschied und verließ das Krankenhaus. Hinter ihr lag ein harter Tag, aber es war auch ein guter Tag gewesen. Sie war froh, dass sie Pernille noch eine Botschaft hatte überbringen können, auch wenn sie wünschte, sie hätte Rebecca überzeugt, ihre Mutter früher zu kontaktieren, und sie hätten sich richtig voneinander verabschiedet. Die Bindung zwischen Eltern und Kind war etwas so Kostbares, und auf dem Weg zum Auto musste Zoe an ihre eigene Mutter Ruth denken und zog das Handy aus der Tasche. Sie klickte zu dem vertrauten Namen in der Kontaktliste und tippte auf das Anrufsymbol. Schon nach kurzem Klingeln wurde der Anruf entgegengenommen, und Zoe hatte einen Kloß im Hals, als sie die Worte aussprach, die sie, wie ihr jetzt bewusst wurde, den ganzen Tag schon hatte sagen wollen.

»Hallo, Mum. Ich bin's.«

Siebenunddreißig

Es dauerte zwei lange Wochen, bis Ben endlich als fit genug für die Arbeit galt, und sowohl für Candice als auch für Zoe konnte der Tag nicht schnell genug kommen. Am Morgen von Bens Wiedereinstieg war Zoe aufgeregt wie ein Welpe, als sie sich die Turnschuhe schnürte und sich für die Schicht fertig machte.

Sie überlegte gerade, ob sie ihm einen Willkommensgruß in den Spind stecken sollte, als die Tür zum Personalraum aufging und Ben selbst eintrat.

»Hallo«, sagte er mit einem schüchternen Grinsen.

Aber Zoe hatte nicht viel für Förmlichkeiten übrig, und sie rannte auf ihn zu und warf ihm die Arme um den Hals, ohne sich darum zu scheren, ob jemand hereinkam.

»Ich freue mich so, dass du wieder da bist.«

»Ich freue mich auch, dass ich wieder da bin.« Seine Stimme klang gedämpft, als er sie auf den Scheitel küsste. Er trat zurück, hielt Zoe an den Schultern und sah ihr in die Augen.

»Es gab Momente in diesem Krankenbett, in denen ich mir nichts als einen normalen Tag wie diesen herbeigesehnt habe. Zur Arbeit gehen, Meetings haben, Patienten sehen – und dich.«

Bei diesem Eingeständnis stieß Zoe ein freudiges Jauchzen aus. »Du bist wieder da, wo du hingehörst.«

Ben nickte, und seine Augen leuchteten hell wie die Sonne, doch als er sich auf die Bank setzte, fiel Zoe auf, wie zerbrechlich er wirkte. Zwar hatte Zoe ihren Auftrag, Bens Krankheit geheim zu halten, erfolgreich erfüllt, jetzt aber ahnte sie, dass die Gerüchteküche brodeln würde, sobald die Leuten bemerkten, wie dünn er geworden war.

Allerdings wusste Zoe, dass es kein guter Augenblick war, um das zu erwähnen. Stattdessen setzte sie sich neben ihn und legte ihm einen Arm um die Schulter.

»Ich kann noch gar nicht richtig fassen, dass du wieder da bist.«

»Nun, stell dich darauf ein«, sagte Ben und schmiegte sich dichter an sie. »Denn die ganze Verantwortung, die du geschultert hast, liegt jetzt wieder bei mir.«

Zoe seufzte hörbar erleichtert. »Du kannst mir trotzdem glauben, dass das nicht der einzige Grund ist, warum ich froh bin, dass du wieder da bist.«

Er lachte. »Gut. Wie sieht es aus, kommst du heute Abend zu mir? Ich möchte dich bekochen, um mich für alles, was du während meiner Krankheit gemacht hast, zu bedanken.«

»Nach deinem ersten Arbeitstag ist das vielleicht ein bisschen viel«, wandte Zoe ein. »Ich weiß die gute Absicht zu schätzen, aber lass uns nicht zu viel auf einmal in Angriff nehmen.«

»Na gut«, stimmte er leicht widerwillig zu. »Dann holen wir uns was, ich lade dich ein. Candice wird allerdings auch da sein. Macht das was?«

»Natürlich nicht.« Zoe strahlte. »Du weißt doch, wie gern ich sie habe.«

»Ben!«, rief Miles, der in den Personalraum stürmte. »Wo hast du nur gesteckt, Mann?«

Ben verdrehte die Augen. »Du weißt doch, wie es ist. Arbeit. Meetings.«

Miles nickte verständnisvoll und grinste. »Cool, dass du wieder da bist. Ich hatte ganz vergessen, was für eine miese Pflegedienstleiterin Zoe manchmal ist.«

»He!«, ermahnte ihn Zoe. »Ich kann dich immer noch einen Monat auf Nachtschicht setzen, wenn du so weitermachst!«

»Ja, ja.« Miles zwinkerte ihr zu, bevor er das Thema wechselte. »Ach, Mrs Harper hat nach dir gefragt, Zoe.«

»Geht es ihr gut?« Besorgt stand Zoe auf. Ihre Tasche und die Jacke lagen noch auf der Bank.

»Ich denke schon, aber sie scheint es ziemlich eilig zu haben, dich zu sehen.«

»Geh nur. Ich verstaue das schon in deinem Spind«, bot Ben ihr an.

»Du bist mein Retter«, sagte sie und folgte Miles hinaus auf den Flur.

Mit einem freundlichen Lächeln betrat sie Mrs Harpers Zimmer. »Sie wollten mich sprechen?«

Mrs Harper strahlte. »Ja. Ich dachte, wir könnten vielleicht über die kleine Angelegenheit reden, die wir kürzlich besprochen haben.«

Zoe erinnerte sich daran, dass Mrs Harper sie um Hilfe bei dem Brief an ihren Sohn gebeten hatte. »Natürlich. Haben Sie sich etwas überlegt?«

Mrs Harper räusperte sich mit einem kurzen Huster. »Ich denke schon. In den letzten Nächten habe ich wenig geschlafen und an die Zeit zurückgedacht, als Al und ich gerade Eltern eines kleinen quengelnden Babys geworden waren, das permanent umsorgt werden musste.«

Zoe lächelte wissend. »Daran erinnere ich mich auch noch. Mein Ex-Mann und ich haben uns gegenseitig angesehen und dann wieder Sean angeschaut und darum gefleht, dass er uns sagt, was er braucht.«

»Wir haben alles versucht«, erzählte Mrs Harper zärtlich. »Ich wahrscheinlich mehr als Al. Zu meiner Zeit war es eher Frauensache, sich um die Kinder zu kümmern, und ich habe den Eindruck, dass sich trotz der ganzen Proteste und Demonstrationen daran nicht allzu viel geändert hat.«

Zoe grinste schief. Mrs Harper war klug.

»Aber es ist auch etwas ganz Besonderes, Mutter zu sein«, antwortete Zoe. »Dadurch, dass man das Baby im Bauch mit sich herumträgt, von dem Moment an, wenn sich ein paar Zellen zusammenklumpen. Und dann ist da wie durch ein Wunder ein menschliches Wesen in der Welt, das einmal ein Teil von einem selbst war und immer noch durch die Liebe, Biologie und alles andere mit einem verbunden ist.«

»Es klingt, als hätten Sie die Schwangerschaft genossen«, merkte Mrs Harper an.

»Das habe ich.« Zoe erinnerte sich an die Freude, als sie spürte, wie ihr Sohn in ihr heranwuchs. An das Staunen, mit dem sie ihn nach seiner Geburt betrachtet und geliebt hatte.

»Ich wette, Sie waren eine großartige Mutter.«

Zoe zuckte die Achseln. »Das weiß ich nicht. Ich hoffe, ich war eine liebevolle Mutter.«

Mrs Harper griff zum Nachttisch und holte ein Blatt heraus. »Mehr habe ich für mich selbst nie gewollt. Das hier habe ich für Nathaniel geschrieben. Meinen Sie, das genügt?«

Zoe nahm den cremeweißen Briefbogen aus beeindruckend dickem Papier entgegen und faltete ihn auseinander.

Es war das größte Geschenk meines Lebens, deine Mutter zu sein. Das größte Geschenk, das du mir gemacht hast, warst du selbst. Deine Mutter zu sein war alles, was ich je wollte – ich danke dir, du meine größte Liebe.

Der letzte Satz brachte etwas in Zoe zum Klingen. Mrs Harpers Gefühl ähnelte so sehr dem von Seans letzten Worten, bevor er weggedämmert war. Mrs Harper wollte nichts sein als eine Mutter. Sean hatte nichts sein wollen als ein Cowboy. Es war interessant, dass der Mensch sich dann, wenn seine Zeit kam, auf das konzentrieren konnte, was wirklich wichtig war. Zoe faltete das Blatt zusammen und blickte Mrs Harper liebevoll an.

»Es ist perfekt. Sie haben meine Hilfe gar nicht nötig.«

Mrs Harper tätschelte Zoes Hand. »Sie haben mir mehr geholfen, als Sie denken. Sie haben mir klargemacht, dass ich für meinen Jungen nichts als eine Mutter sein musste.«

Nachdem Mrs Harper ihr den Brief gegeben hatte, bat sie Zoe, ihn an irgendeinem wunderbaren Ort in den Himmel zu schicken, wenn sie gestorben war. Zoe wusste, sie würde den richtigen Ort finden und der kleine Junge von Mrs Harper würde den Brief erhalten.

Während der ganzen Schicht spürte Zoe die Kraft von Mrs Harpers Brief. Die Worte der alten Dame hätten genauso gut ihre eigenen sein können. Wenn sie Sean nur noch eine einzige Sache sagen könnte, wäre es genau das.

Als sie nach einer langen Schicht in der relativen Geborgenheit ihres Autos saß, lehnte sie den Kopf an die Stütze und schloss die Augen. Ein Bild von Sean kam ihr in den Sinn. Es war der Tag vor seinem Tod. Er war unheimlich aufgeregt gewesen, weil er es in einem Juniorenfußballteam versuchen wollte und kaum erwarten konnte, dass es losging. Den ganzen Nachmittag über hatte er Torschießen geübt, und durchs Fenster hatte sie seine »Mum, Mum, schau mal«-Rufe gehört.

Sie erinnerte sich an die Freude in Seans Gesicht, als er den Ball an seinem Vater vorbei in das provisorische Tor gefeuert hatte. Seine Schreie und sein Jubeln, als er im Garten im Kreis gerannt war. Zoe gestand es sich nicht gern ein, aber nach einer Weile war ihr beim Zuschauen langweilig geworden. Stattdessen hatte sie sich um die Wäsche gekümmert. Wie so oft wurde sie auch jetzt wieder von endlosen, quälenden Fragen erfasst. Was, wenn sie nicht so beschäftigt gewesen wäre? Was war sie bloß für eine Mutter, dass sie keine Lust gehabt hatte, ihrem Sohn beim Herumkicken eines Balls zuzusehen? Oft überkam Zoe das Gefühl, insbesondere während der ersten Zeit nach Seans Tod, dass Sean nicht gestorben wäre, wäre sie nur eine bessere Mutter gewesen.

Sie spürte die Tränen hochsteigen und schob die Erinnerungen an ihr vergangenes Leben fort. Es war Zeit, nach vorne zu sehen, und das begann mit Ben. Er war ihr glücklicher Hort, dachte sie, als sie zu ihm fuhr.

Es dauerte nicht lang, und sie war an dem vertrauten Halbrund an Reihenhäusern, und als sie an die Tür klopfte, war sie froh, dass Ben ihr gleich aufmachte.

Sie stieg hinter Ben die Treppe hinauf und verkniff sich den Impuls, ihm zur Unterstützung den Arm anzubieten. Er war den ganzen Tag so von Meetings vereinnahmt gewesen, dass sie keine Gelegenheit gehabt hatte, sich ein Bild zu machen, wie er zurechtgekommen war. Sie schüttelte den Kopf. Ihr war klar, dass Ben nicht wollte, dass sie solchen Gedanken nachhing, also fragte sie stattdessen: »Ist Candice da?«

»Nein«, antwortete Ben kurz angebunden, als sie die Wohnungstür erreichten. »Ich habe sie gebeten, heute Abend auszugehen.«

Zoe lächelte breit, als sie die große Küche betrat. »Ach, ehrlich?«

Aber Ben erwiderte ihr Grinsen nicht. Stattdessen lehnte er sich mit verschränkten Armen an die Kühlschranktür.

Zoe meinte, eine Spur Ärger zu entdecken. »Ist alles in Ordnung?«

»Ich weiß nicht, Zoe. Sag du es mir.«

Zoe war beunruhigt. »Ja …«

»Sicher?«, fragte Ben nach. Er hatte die Zähne zusammengebissen, und sein Blick war unergründlich.

»Wenn es irgendwas gibt, was du sagen willst, dann spuck es doch bitte aus!«, sagte sie unumwunden.

»Okay.« Ben breitete die Arme aus. »Warum hast du nicht gesagt, dass du deinen Mann gesehen hast, als ich im Krankenhaus war?«

Die Frage bestürzte sie. Wie hatte er von der Sache mit David erfahren? »Weil ich dir keine zusätzliche Sorge bereiten wollte.«

»Sorge bereiten?«, wiederholte Ben. »Warum sollte ich mir Sorgen machen? Die Tatsache, dass du mir nichts davon erzählt hast, macht mir Sorgen.«

»Das ist doch wohl nicht dein Ernst«, stieß Zoe hervor. »Du warst im *Krankenhaus*. Hast dich von einer sehr ernsten Operation erholt. Das Letzte, was ich wollte, war, dich mit meinen Problemen zu belasten.«

»Aber du hättest es immerhin mal erwähnen können, statt dass ich es von Miles erfahre. Ich stand da wie der letzte Vollidiot, weil er dachte, ich wüsste Bescheid.«

Ärger auf Miles stieg in ihr hoch, doch dann wurde Zoe bewusst, dass sie ihn nicht gebeten hatte, Davids Besuch geheim zu halten.

»Ich wusste ja gar nicht, dass er kommt«, wandte Zoe ein. »Er war da, um über die Scheidungsvereinbarung zu reden.«

»Es ist keine Kleinigkeit, wenn jemand um die halbe Welt fliegt, um seine Frau zu besuchen, die er seit mehr als zwei Jahren nicht mehr gesehen hat«, sagte Ben grimmig. »Und tu nicht so, als hätte er dich bei seinem Besuch nicht gefragt, ob ihr wieder zusammenkommt. Kein Kerl fliegt zehntausend Meilen, nur um ein paar Papiere abzuliefern.«

Vor Überraschung klappte Zoe die Kinnlade herunter. »Ich habe ihm erklärt, dass es für uns keine Zukunft gibt.«

Bei diesen Worten verzog Ben wütend das Gesicht. »Aha? Warum hast du die Papiere dann noch nicht unterschrieben?«

»Wie bitte?« Sie stockte.

»Die Unterlagen sind aus deiner Tasche gerutscht, als ich sie heute Morgen verstauen wollte«, erklärte er. »Ich habe nicht geschnüffelt. Es war Zufall, dass ich sie gesehen habe.«

»Und du hast auch ganz zufällig gesehen, dass ich die Vereinbarung noch nicht unterschrieben habe?«, erwiderte sie zornig. »Sind die Papiere rein zufällig so heruntergefallen?«

Ben wandte den Blick ab, und Zoe kannte die Antwort. Warum verstand er nicht, dass nichts weiter dahintersteckte?

»Es tut mir leid«, sagte sie schließlich. »Ich hätte dir sagen sollen, dass David da war, aber ich wollte dir nicht noch mehr aufbürden.«

»Ich weiß.« Ben zwickte sich in die Nasenwurzel. »Aber Tatsache ist, dass du es nicht getan hast. In letzter Zeit habe ich darüber nachgedacht, ob wir die Sache zu schnell angegangen sind. Vielleicht kennen wir einander nicht so gut, wie wir dachten.«

Zoe hatte das Gefühl, ihr würde die Luft abgepresst. »Was?«

»Du hast es selbst gesagt«, fuhr Ben fort, als hätte sie nichts gesagt. »Ich sollte mich auf meine Gesundheit und die Arbeit konzentrieren, und du trägst eine Menge Ballast mit dir herum, Zoe. Weißt du, ich verstehe schon, warum du mir nichts von David erzählt hast, aber was ich nicht verstehe, ist, warum du die Vereinbarung nicht unterschrieben hast. Er hat sie dir vor mehr als zwei Wochen gebracht.«

»Ich hatte es vor«, antwortete sie leise.

»Was hat dich abgehalten?«, war Bens durchaus nachvollziehbare Frage. »Du willst das Band zu David nicht endgültig kappen? Das verstehe ich, aber wenn es so ist, dann heißt das, du bist noch nicht bereit für eine Beziehung mit mir.«

Zoe dachte einen Moment lang nach. Was hatte sie zurückgehalten? Noch im Pub war sie kurz davor gewesen zu unterschreiben, direkt nachdem David aufgebrochen war. Aber dann hatte sie gedacht, sie sollte das Ganze gründlicher durchsehen. Sichergehen, dass es nicht irgendwelche Überraschungen gab. Also hatte sie die Unterlagen zurück in die Tasche gesteckt, und da waren sie seither geblieben.

»Ich wollte mir etwas Zeit nehmen, um die Unterlagen genau durchzugehen.«

»Das verstehe ich.« Ben nickte. »Aber wenn man alles zusammennimmt, stellt sich mir die Frage, ob uns das Leben etwas sagen will. Angesichts meiner Krankheit und der Themen, die dich umtreiben, gibt es bei uns beiden vielleicht noch Dinge, die wir klären müssen, bevor wir eine Beziehung eingehen.«

Der Boden unter Zoes Füßen begann zu wanken. »Aber, Ben, das ist verrückt. Wir lieben einander.«

»Ich weiß«, sagte Ben sanft. »Aber manchmal ist Liebe nicht genug.«

Achtunddreißig

Am Morgen nachdem Ben sie abserviert hatte (anders konnte man es nicht ausdrücken, sosehr sich Zoe auch bemühte), saß sie wie betäubt am Küchentisch. Nach dem verheerenden Abend war Zoe in das leere Haus zurückgekehrt und hatte irgendetwas auf Netflix angeschaut, ohne überhaupt mitzubekommen, was es war. Schließlich war sie erschöpft auf dem Sofa eingeschlafen und nur kurz aufgewacht, als Sarah eine Decke über sie gebreitet hatte.

Im Morgengrauen war sie mit steifem Nacken und kalten Gliedern aufgestanden. Sie hatte sich in die Küche geschleppt, einen Kaffee gekocht und lustlos das New-York-Poster an der Wand angestarrt. Sie kippte kalte Milch über ihr Müsli und merkte erst, als Lottie begeistert kreischte, dass sie die Flüssigkeit über den ganzen Tisch verschüttet hatte.

»Du machst eine Schweinerei, Tante Zoe!«

Das Kichern des kleinen Mädchens brachte Zoe zu sich. Sie betrachtete den Milchsee, den sie verursacht hatte, und griff nach dem Geschirrtuch hinter dem Ofen, doch Sarah kam ihr zuvor.

»Ojemine, wo warst du nur mit deinen Gedanken?«, fragte Sarah und half ihr beim Aufwischen, während Lottie weiterhin kicherte, dankbar, dass sie dieses eine Mal nicht selbst das Durcheinander angerichtet hatte.

»Entschuldige, mir schwirrt gerade der Kopf.«

»Das merke ich.« Sarah setzte sich zwischen Zoe und ihre Tochter. Während sie sich eine Scheibe Toast nahm, beobachtete sie Zoe aufmerksam. »Ist viel los in der Arbeit?«

»Ja, schon.«

»Aber es ist doch sicher eine Erleichterung, dass Ben wieder da ist«, startete Sarah einen zweiten Versuch.

Zoe zuckte die Achseln. »Wahrscheinlich.«

Sarah seufzte genervt. »Zoe, was ist los?«

Zoe wusste, dass ihr nichts anderes übrig blieb, als zuzugeben, was passiert war. »Ben hat gestern Abend mit mir Schluss gemacht.«

»Wie bitte?« Sarah verschlug es den Atem, kreisrund stand ihr der Mund offen, und sie ließ die Toastscheibe fallen.

»Jep. Er meint, das Timing sei schlecht«, brachte Zoe krächzend heraus und bemühte sich, die Tränen zurückzuhalten.

Noch einmal keuchte Sarah vor lauter Überraschung. »Das Timing? Du warst für ihn da, als er Krebs hatte, und jetzt, wo es ihm besser geht, behandelt er dich so?«

»So ist es nicht«, flüsterte Zoe.

»Wie dann?«

Zoe wandte den Blick zu Lottie, und deren Mutter verstand sofort.

»Lottie, geh dir die Zähne putzen«, befahl Sarah streng.

»Aber ich bin noch gar nicht fertig«, begehrte das Mädchen auf und schob ein kleines Eckchen Toast auf dem Teller herum, weil sie spürte, dass ein interessantes Erwachsenengespräch anstand.

»Doch, jetzt schon«, sagte Sarah, schnappte sich den Toast von Lotties Teller und stopfte ihn sich in den Mund.

»Mum!«

»Los!«, blaffte Sarah.

Als Lottie widerwillig aufstand, musste Zoe trotz all ihres Kummers kichern. »Wow!«

»Ja, ja, ich weiß, erstklassige Erziehungsmethoden«, bekannte Sarah mit einem Seufzer. »Egal. Was ist passiert?«

Zoe erzählte ihr, dass Ben von Davids Besuch erfahren hatte, von den nicht unterschriebenen Scheidungspapieren, und was er über den Ballast gesagt hatte, den sie mit sich herumschleppte. Während ihres Berichts sah Zoe, wie sich auf Sarahs Gesicht zunächst Bestürzung, dann Resignation und schließlich Verärgerung abzeichneten.

»Ach du Scheiße«, sagte sie, als Zoe geendet hatte.

»Jep.«

»Meinst du, da könnte was dran sein?«, fragte Sarah, während sie Zoe aus der Stempelkanne, die auf dem Tisch stand, Kaffee nachschenkte.

»Was?«

»Ich frage nur, so als unbeteiligte Dritte«, warf Sarah schnell ein, »ob an dem, was Ben sagt, vielleicht was dran ist. Mir ist klar, warum du Ben nichts von David erzählt hast, aber er hat schon recht, du hättest längst die Scheidungspapiere durchlesen und unterschreiben können. Ich denke auch, dass du sie ihm gegenüber hättest erwähnen können. Ohne eine Riesensache daraus zu machen, aber du hättest etwas sagen können.«

»Ich habe mich auf *Ben* konzentriert«, erwiderte Zoe heftig.

Sarah blies über die Oberfläche ihres Kaffees, um ihn abzukühlen. »Das ist mir klar. Aber gleichzeitig denke ich, dass Ben möglicherweise recht haben könnte. Wie auch immer, es kann nicht schaden, wenn ihr eine Pause einlegt und seht, wie es euch damit ergeht, eure Probleme klärt und den Papierkram erledigt.«

Zoe schnaubte laut. »Du machst Witze.«

»Sieh mal«, sagte Sarah und stand auf. »Ich weiß, das tut weh, aber ich glaube, das alles war ein bisschen zu viel und zu früh. Betrachte es mal so: Ben liebt dich immer noch, und du liebst ihn. Ihr braucht nur ein bisschen Abstand.«

»Meinst du?« Der Gedanke munterte Zoe sichtlich auf.

»Ja.« Sarah küsste sie auf die Wange. »Lass uns demnächst mal was trinken gehen und über Beziehungen jammern.«

»Das klingt gut.« Zoe lachte. »Nachdem ich Ben schlecht aus dem Weg gehen kann, werde ich bestimmt ein paar Drinks mehr brauchen.«

*

Es war Zoes Glück, dass Ben den ganzen Tag über in Bristol sein sollte. Sie fragte sich, ob er es absichtlich so eingerichtet hatte, rief sich aber zur Vernunft. So war Ben nicht, er war immer professionell. Nichtsdestotrotz sah sie ununterbrochen auf ihrem Smartphone nach, ob er nicht eine Nachricht geschickt hatte, in der er ihr erklärte, er habe einen Fehler gemacht und könne ohne sie nicht leben.

Es war ihr selbst zuwider, dass sie sich wie eine Teenagerin benahm, und gegen Mittag beschloss sie, sich dem zu widmen, was sie am besten konnte: Briefe schreiben. Es gab eine Frau, die Zoes Ansicht nach etwas Trost gebrauchen konnte: ihre neue Freundin Mrs Harper. Während sie im Café auf der anderen Straßenseite einen Kaffee trank, holte Zoe eine Karte mit dem Bild eines Sonnenuntergangs heraus. Es war eines von Zoes Lieblingsmotiven, aufgenommen oberhalb der Bucht von Lulworth in Dorset; das felsige Halbrund lag malerisch in der blauen See. Sie drehte die Karte um und schrieb.

Liebe Mrs Harper,
als ich das hier gesehen habe, musste ich an Sie denken. Sie sollen wissen, dass Ihr kostbarer Brief bei mir sicher aufgehoben ist. Ich werde ihn wie einen Schatz hüten, als wäre es ein Brief an meinen eigenen Jungen.
Alles Liebe
Zoe x

Sie klebte den Umschlag zu und stopfte ihn zurück in die Tasche. Dabei fiel ihr Blick auf die Scheidungspapiere, die immer noch in ihrem Kuvert steckten. Schon der Anblick verdross sie. Warum hatte sie mit der Vergangenheit nicht abgeschlossen, sodass sie sich auf die Zukunft konzentrieren konnte? Plötzlich war sie voller Ungeduld. Sie zog die Unterlagen heraus und las sich die endgültige Vereinbarung durch. David war tatsächlich sehr großzügig gewesen. Er schlug vor, das Haus zu verkaufen, und sie sollte siebzig Prozent des Erlöses bekommen, um dem Umstand Rechnung zu tragen, dass sie den Großteil der Anzahlung aufgebracht hatte. David würde sich der Vereinbarung zufolge um alles kümmern. Zuneigung für ihren Ex-Mann erfüllte sie, als sie ihre Unterschrift unter die vorgeschlagenen Konditionen setzte.

Gleichzeitig empfand sie auch ein wenig Nostalgie für die Vergangenheit. Seit seinem Besuch hatte David die regelmäßigen Nachrichten an sie eingestellt. Ohne lange nachzudenken, griff Zoe nach ihrem Handy und scrollte durch Davids Instagram-Seite. Vom heutigen Tag gab es keine Posts, aber am Vortag hatte er ein Selfie gepostet, auf dem er vor einem großen Gebäude stand. Sie erkannte die Außenbezirke von Mosman. Er hatte die Arme weit ausgebreitet, und die Bildunterschrift lautete: *Unser neues Firmengelände! Der nächste Halt ist Melbourne!*

Zoe lachte, als sie sah, wie glücklich er wirkte. Es war schön, dass das Leben wenigstens für einen von ihnen gut lief. Sie tippte einen Kommentar unter das Foto.

Glückwunsch!! Dein Ziel, die Welt zu erobern, scheint näher zu rücken.

Sie wollte das Handy gerade wegstecken, als es in ihrer Hand vibrierte. Erstaunt bemerkte sie, dass David geantwortet hatte. Sie runzelte die Stirn. In Australien war es mitten in der Nacht.

Von wegen näher rücken? Pass bloß auf, Evans! Als Nächstes machen wir eine Werkstatt in England auf.

Lächelnd steckte sie das Handy in die Tasche und stellte zu ihrer Überraschung fest, dass sie gar nicht rundheraus dagegen wäre, wenn ihr Mann sein Geschäft auf ihr Terrain ausweiten würde. In dem Augenblick, als sie die Papiere unterschrieben hatte, hatte sich etwas verschoben. Vielleicht war es doch denkbar, dass sie David verzieh. Er war alles Mögliche für sie, aber vielleicht könnte er in Zukunft auch ein Freund sein.

*

Alle optimistischen Hoffnungen für die Zukunft zerschlugen sich, als Zoe ins Hospiz zurückkehrte und sah, dass Miles mit trauriger Miene am Stationstresen stand.

»Ist alles in Ordnung?«, fragte sie.

Miles schüttelte den Kopf. »Es tut mir leid, Zoe, aber als du weg warst, ist Mrs Harper gestorben.«

Mutlosigkeit ergriff Zoe. »Was? Warst du bei ihr?«

»Nein, Ben war da«, antwortete Miles.

»Ben?«, wiederholte sie. »Ich dachte, er ist den ganzen Tag unterwegs.«

»Er ist doch schon früher zurückgekommen.«

»Wo ist Mrs Harper jetzt?«, wollte Zoe wissen, um nicht weiter über Ben nachzudenken.

»Die Bestatter haben sie eben abgeholt.«

Zoe wirbelte herum, um loszustürzen und mit dem Bestattungsunternehmen zu reden, und fand sich Auge in Auge mit Ben wieder.

»Ging es ihr gut?«, fragte Zoe ihn, und alle Gedanken an sie beide waren kurzzeitig fortgewischt. »Am Ende, meine ich?«

Ben nickte, und seine hellbraunen Augen waren traurig. »Es ging plötzlich sehr schnell. Ich habe darauf geachtet, dass sie es so gut wie möglich hatte.«

Zoe war frustriert. Ein gutes Ende bestand aus mehr, als es so gut wie möglich zu haben, und Ben wusste das. »Aber hatte sie alles, was sie brauchte? War ihr Sohn bei ihr?«

»Ja«, sagte Ben sanft. »Ich konnte ihn noch rechtzeitig informieren.«

Erleichterung durchflutete sie. »Ich kann nicht glauben, dass sie tot ist«, murmelte sie.

»Sie lag dir wirklich am Herzen, oder?«, meinte Ben.

Überrascht merkte Zoe, wie sich Tränen in ihren Augen sammelten. »Ja. Ich habe ihr noch einen Brief geschrieben.«

Sie angelte nach dem Umschlag in ihrer Tasche und wedelte verdrossen damit vor Bens und Miles' Gesicht herum.

»Sie hätte sich bestimmt gefreut«, sagte Miles. »Sie war dir sehr dankbar für alles, was du getan hast.«

»Aber es war nicht genug«, entgegnete Zoe traurig.

»Das ist es nie«, meinte Ben.

Dabei sahen sie sich in die Augen, und Zoe spürte einen Augenblick gegenseitigen Verstehens. Manchmal schien ihre Arbeit so sinnlos. Egal, was sie tat, die Menschen starben doch; es war der Lauf der Dinge. Sie blinzelte, der Moment war vorbei, und die Befangenheit zwischen ihr und Ben kehrte zurück. Sie sah auf die Uhr, um eine Ausrede zu haben, sich zu entfernen, doch Ben kam ihr zuvor.

»Dann mache ich mal weiter.«

»Klar. Bis später.«

Ben drehte sich um und ging über den Flur davon. Zoe war zu nichts anderem imstande, als ihm hinterherzusehen, bis sie Miles' Hand auf ihrer Schulter spürte.

»Geht es dir gut?«, fragte er.

Sie hob den Kopf und blickte ihn an. »Warum fragst du?«

Kleinlaut meinte Miles: »Sarah hat gesagt, ich soll dich heute ein bisschen im Auge behalten.«

»Hat sie erzählt, dass wir uns getrennt haben?«, brachte Zoe heraus.

»Kann sein, dass sie so was erwähnt hat«, murmelte er betreten. »Sie hat auch gesagt, dass er nichts von Davids Besuch hier wusste. Tut mir leid, Zoe, ich wollte dich nicht reinreiten.«

Zoe ließ den Kopf hängen, beschämt, dass es im Hospiz Gerede über sie gab.

»Das hast du nicht«, sagte sie schließlich. »Es war mein Fehler, dass ich es vor ihm verheimlicht habe.«

»Mach dir keinen Kopf, in der Arbeit habe ich niemandem gegenüber ein Wort fallen lassen, und das werde ich auch weiterhin nicht«, versprach ihr Miles. »Weißt du, was, vergiss das Babysitten heute Abend. Ich denke, du und Sarah könnt etwas Zeit miteinander gebrauchen.«

Kurz sah Zoe ihn ratlos an, bevor ihr einfiel, dass sie sich einverstanden erklärt hatte, Lottie von der Schule abzuholen und auf sie aufzupassen.

»Nein, nein, das ist schon in Ordnung«, versicherte ihm Zoe. »Genießt ihr zwei nur euren Abend.«

»Sicher?« Miles sah sie zweifelnd an. »Wir können auch ein andermal ausgehen.«

Zoe schüttelte den Kopf. »Nur weil es mit meinem Liebesleben abwärtsgeht, muss es bei euch ja nicht genauso sein. Es geht mir gut, ganz ehrlich.«

*

Am Abend nachdem Lottie ins Bett gegangen war, machte Zoe es sich mit einer Tasse Kräutertee auf dem Sofa gemütlich. Sie hatte mit dem Gedanken gespielt, einen Wein zu öffnen, ahnte aber, dass aus einem Glas leicht eine Flasche werden könnte, und diesen Weg wollte sie lieber nicht beschreiten. Der heutige Tag war schrecklich gewesen. Zoe war froh, dass Mrs Harper die Themen aus ihrer Vergangenheit geklärt und einen nicht allzu schweren Tod gehabt hatte, aber der Verlust machte sie trotzdem traurig. Zwischen ihr und Mrs Harper hatte eine besondere Verbindung bestanden. Sie gehörten beide einem Club an, in dem sich kein Elternteil jemals wiederfinden wollte, aber sie waren eine Gemeinschaft gewesen, und ohne Mrs Harper fühlte sich Zoe wieder einsam.

Ihr Blick schweifte zu dem großen Jahreskalender mit allen möglichen Daten und Terminen, der an die Küchenwand gepinnt war. Für das kommende Wochenende stand dort in schwarzen Großbuchstaben der Eintrag: ZOE MIT BEN IN CORNWALL!!!!

Es war, als hätte sie diese Worte in einem anderen Leben aufgeregt in den Kalender gekritzelt, und sie spürte, wie sich Tränen anbahnten. Sie sträubte sich dagegen. Sie hatte kein Selbstmitleid mehr. Schon wahr, sie war verletzt, dass es mit Ben und ihr nicht funktionierte, aber das Wichtigste war, dass er ihr gezeigt hatte, dass sie wieder Liebe empfinden konnte, und damit hätte sie niemals gerechnet, als sie damals in Australien die weite Reise angetreten hatte, um ein neues Leben zu beginnen.

Kurz nach zehn kamen Sarah und Miles nach Hause. Ihre glückseligen Mienen sprangen Zoe geradezu ins Auge, als Sarah sich aufs Sofa setzte und Miles eine Flasche Sekt und drei Sektflöten hervorzauberte.

»Hattet ihr einen schönen Abend?«, fragte Zoe verblüfft, als Miles ein Glas Sekt vor sie hinstellte.

»Unglaublich«, sagte Sarah. »Miles hat eine Fahrt im Heißluftballon mit mir gemacht.«

Zoe zog die Augenbrauen hoch. »Wie hast du das denn hingekriegt?«

Miles tippte sich an die Nasenspitze und ließ sich neben Sarah aufs Sofa nieder, gegenüber von Zoe, die im Sessel näher am Fernseher saß. Fest schlang er den Arm um seine neue Freundin und grinste.

»Ich kenne jemanden, der jemanden kennt …«

»Na klar.« Zoe kicherte. Auch wenn Miles versuchte zu protzen, gelang es ihm nicht wirklich.

Zoe betrachtete die beiden. Sarah sah umwerfend aus in ihrem roten Kleid, aber darüber hinaus ging ein Leuchten von ihr aus. Sie hatte »Format«, wie Zoes Mutter es genannt hätte.

»Was geht hier vor?«, fragte sie misstrauisch.

Miles und Sarah wechselten einen verschwörerischen Blick; die glückliche Blase, in der sie sich befanden, war unübersehbar.

»Wir werden heiraten«, riefen sie unisono.

»Wie bitte?«, stieß Zoe hervor und verschüttete vor Schreck Sekt über ihre Hände.

»Miles hat mir im Ballon einen Antrag gemacht. Es war so romantisch!«

Ungläubig starrte Zoe die beiden an und wandte sich dann an Miles. »Ich dachte, du wolltest sie bloß mit nach Australien nehmen?«

Miles lachte. »Ich weiß. Aber nach dem Gespräch mit dir, Zoe, ist mir klar geworden, dass mir das nicht genügt.« Mit liebevollem Blick sah er Sarah an und küsste sie so zärtlich, als sei sie eine kostbare Ming-Vase. »Ich möchte den Rest meines Lebens mit dieser Frau verbringen.«

»Und mir ist klar geworden, dass es mir genauso geht. Und dass ich, seit ich ihn das erste Mal gesehen habe, nichts anderes will«, fügte Sarah sanft hinzu, als sie sich voneinander lösten.

Kurzzeitig verschlug es Zoe die Sprache. Ging das nicht alles ein bisschen schnell? Die beiden waren noch nicht einmal so lange ein Paar wie Ben und sie selbst, und siehe, was daraus geworden war. Und was war mit Lottie? War Miles wirklich bereit, Stiefvater eines kleinen Mädchens zu werden?

Doch Zoe betrachtete Sarah, sah die Freude in ihren Augen und behielt die Einwände für sich. Ihre Freundin war erwachsen, und wenn sie der Meinung war, dass es das Beste für sie war, Miles zu heiraten, dann stand es Zoe nicht zu, ihr das auszureden. Zumal man sie in Lebens- und Liebesfragen kaum eine Expertin nennen konnte.

»Glückwunsch.« Zoe prostete dem frisch verlobten Paar mit ihrer Sektflöte zu. »Das freut mich sehr für euch.«

»Danke.« Sarah grinste. Dann streckte sie die linke Hand aus, und Zoe entfuhr ein Keuchen, als sie den Diamanten in der Größe des Uluru an ihrem Ringfinger sah.

Mit offenem Mund starrte Zoe Miles an. »Du bist Pfleger! Wie konntest du dir das leisten?«

Sarah lachte schallend. »Der ist nicht echt. Denkst du wirklich, ich würde so was Protziges tragen?«

»Keine Ahnung. Irgendwie steht er dir.«

Miles sah Zoe aufmerksam an. »Wir wollen gemeinsam in die Stadt gehen und etwas aussuchen. Das hier war nur symbolisch. Irgendwann einmal, wenn ich ein reicher, berühmter Pflegegott bin, kann ich Sarah so behandeln, wie sie es verdient hat – wie eine Prinzessin.«

»Das tust du doch schon«, wandte Sarah loyal ein. »Egal, ich freu mich schon, auf der Party mit diesem Klunker anzugeben.«

»Party?«, fragte Zoe nach, die sich fühlte wie in einem Paralleluniversum, in dem sich die Dinge so schnell entwickelten, dass sie nicht mehr hinterherkam.

»Ja, wir wollen am 1. Oktober unsere Verlobung feiern«, erklärte Sarah.

»Wow! Habt ihr etwa schon ein Lokal gebucht?«

Zoes Miene schien Verwirrung auszudrücken, denn Sarah nickte wie besessen. »Ja, Miles hat das letzte Woche organisiert.«

»Ich hatte sehr gehofft, dass sie Ja sagt, sonst wäre eine ganz andere Party daraus geworden.« Miles leerte sein Glas und schenkte ihnen allen Sekt nach.

»Du hast wirklich an alles gedacht«, sagte Zoe voller Bewunderung.

»Das hat er«, flüsterte Sarah

Bei diesen Worten blickte Sarah ihm in die Augen, und Zoe fühlte sich in ihrem eigenen Zuhause wie ein Eindringling.

»Dann lass ich euch mal«, sagte sie und erhob sich.

Aber die beiden waren derart in ihrer eigenen Welt, dass sie es kaum wahrnahmen. Als Zoe aus dem Wohnzimmer und hinauf in ihr Zimmer tappte, überkam sie ein Gefühl der Leere. Sie legte sich ins Bett, zog sich das Laken über den Kopf und wollte sich einfach nur noch der Verbitterung hingeben, die sich von dem Moment an, als Sarah und Miles ihre Neuigkeit verkündet hatten, angebahnt hatte. Es war so ungerecht, dachte sie und suhlte sich in missgünstigem Selbstmitleid. Sarah verlobte sich nach ein paar Wochen, und sie selbst war an einen Mann geraten, der sie nach seinem schwierigen Kampf mit dem Krebs abserviert hatte. Zoe war klar, wie kindisch sie sich verhielt, doch das kümmerte sie nicht, als das glückliche Gelächter von Miles und Sarah aus dem Wohnzimmer zu ihr heraufschallte.

Neununddreißig

Zoes schlechte Laune, die nach Sarahs Verlobung von ihr Besitz ergriffen hatte, machte sie in den folgenden zehn Tagen derart unleidlich, dass ihr selbst klar war, dass sie keine gute Gesellschaft abgab. Also vergrub sie sich in Verwaltungsaufgaben und meldete sich freiwillig für Nachtschichten, um der Glückseligkeit aus dem Weg zu gehen, die in ihrem Zuhause herrschte. Es entsprach ganz Murphys Gesetz, dass sie am Morgen nach zwei Nachtschichten ausgerechnet Ben in die Arme lief.

»Hallo«, begrüßte er Zoe herzlich, als sie in den Personalraum kam. »Wie geht es dir?«

Zoe fühlte sich überrumpelt. Wieso gab er sich so freundlich? Hatte er womöglich Mitleid mit Zoe, weil Sarah und Miles sich verlobt hatten? Sie bemühte sich, zu lächeln. Mitleid war wirklich das Letzte, was sie sich von Ben wünschte.

»Mir geht's gut. Und dir?«

Während sie noch die Frage aussprach, wurde ihr bewusst, dass es sie ernsthaft interessierte, wie es Ben ging.

»Sehr gut. Es läuft wirklich gut.«

»Das ist schön.« Sie nickte. »Candice ist bestimmt froh.«

Ben zog die Augenbrauen hoch. »Du meinst darüber, dass sie nicht mehr Krankenschwester spielen muss? Ja, davon gehe ich aus. Sagen wir mal so: Nur einer von uns Zwillingen ist mit dem Talent, Kranke zu pflegen, gesegnet.«

Zoe versuchte zu lachen. »Ich bin sicher, sie hat sich alle Mühe gegeben.«

»So kann man es auch nennen«, sagte Ben nachdenklich und schnürte seine Turnschuhe auf. »Weißt du, am Ende hat sie mir kalte Suppe ans Bett gebracht und gesagt, wenn mir das nicht passt, soll ich sie mir sonst wohin stecken.«

»Wow!« Diesmal war es ein echtes Lachen, als Zoe sich Candice in dieser Szene ausmalte. »Stell dir vor, wir würden so mit unseren Patienten umgehen!«

»Meinst du, wir sollten es mal ausprobieren?«, fragte Ben und fiel in ihr Lachen ein. »Auf jeden Fall hat es dazu beigetragen, dass ich es sehr eilig hatte, gesund zu werden.«

»Schicken wir Miles vor, um das auszutesten«, schlug Zoe vor. »Er hat ein dickes Fell.«

Zoe hielt inne. Die Leichtigkeit, die kurz zwischen ihnen geherrscht hatte, war wie weggewischt. »Du weißt, dass sie sich verlobt haben?«

Ben wirkte verlegen. »Ja, er hat es mir letzte Woche bei einem Bier erzählt.«

»Es ist eine wunderbare Neuigkeit.«

»Ja, das ist wahr«, stimmte Ben ihr bereitwillig zu. »Es erscheint mir immer wie ein Wunder, wenn jemand die Liebe auf diese Weise findet.«

»Hoffentlich endet es nicht in einer Scheidung wie bei mir«, sagte Zoe und wurde sich dann der Geschmacklosigkeit ihrer Bemerkung bewusst. Sie schüttelte den Kopf und beschloss, lieber ehrlich zu sein, als sich forsch zu geben. »Entschuldige, mich macht das alles ein bisschen verlegen.«

»Geht mir auch so. Weißt du, was, akzeptieren wir einfach, dass es für uns beide schwierig ist, und lass uns versuchen, Freunde zu sein.«

»Das wäre schön.« Zoe lächelte ihn verhalten an. »Fangen wir damit an, dass du mir sagst, wir es dir wirklich geht?«

»Ehrlich, es geht mir gut. Die letzten Untersuchungen haben ergeben, dass die OP erfolgreich war. Der Chirurg war mit den angrenzenden Gewebeproben zufrieden, und ich darf mich wieder ganz auf mein Leben konzentrieren.«

»Das ist wunderbar.« Zoe freute sich aufrichtig über diese Nachricht.

»Und was ist mit dir?«, fragte Ben.

»Alles okay. Ich habe die Vereinbarung zurückgeschickt.«

Auf Bens Gesicht zeichnete sich Erstaunen ab. »Wow, damit hatte ich nicht gerechnet.«

»Warum nicht?«

»Ich dachte, du brauchst das, um die Verbindung zu Sean aufrechtzuerhalten.« Ben kratzte sich am Kopf.

Zum ersten Mal wurde Zoe klar, wie er zu diesem Schluss gekommen war. »Da mag etwas dran sein. Es war dumm von mir, dir das nicht zu erzählen – gut gemeint, aber dumm.«

»Und wie war es für dich wirklich, David wiederzusehen?«, fragte Ben behutsam.

Zoe dachte einen Augenblick nach. Wie war es gewesen?

»Es war gut«, sagte sie schließlich. »Es hat etwas zum Abschluss gebracht und deutlich gemacht, dass zwischen uns nichts mehr ist.«

»Du hast nicht mit dem Gedanken gespielt, zu ihm zurückzukehren?«

Unvermeidlich musste Zoe lachen. Als sie jedoch Bens verletzten Gesichtsausdruck bemerkte, bremste sie sich.

»Nein. David ist Vergangenheit. Als ich die Vereinbarung unterschrieben hatte, wurde mir bewusst, dass ich ihm eines Tages vielleicht sogar verzeihen kann. Es war, als würde etwas freigesetzt. Ich kann es nicht richtig erklären.« Zoe schüttelte den Kopf, weil sie es sich selbst nicht recht erklären konnte. »Aber ich denke, ich fände es schön, wenn David und ich Freunde sein könnten. Wir haben beide eine Menge durchgemacht, und nur wir zwei wissen, wie schmerzhaft es ist, dass wir unser gemeinsames Kind verloren haben.«

»Machst du ihm keine Vorwürfe mehr?«

»Nicht so wie bisher«, sagte Zoe langsam. »Es gibt nichts daran zu rütteln, wie schrecklich das, was Sean passiert ist, war, aber David muss damit leben, dass er dabei war, nicht ich. Als ich aus Australien geflohen bin, wollte ich unbedingt dem Schmerz entkommen, der mich so gequält hat. Vermutlich war mir nicht klar, dass wir den Schmerz mit uns herumschleppen, egal wohin wir gehen.«

Sie schwiegen, und Zoe sah, dass Ben nachdachte, bevor er etwas sagte. »Und was ist mit Australien?«

Jetzt war Zoe überrascht. »Australien? Was soll damit sein?«

»Du bist unter schwierigen Umständen von dort weggegangen. Vielleicht solltest du hinfliegen und Frieden mit dem Land schließen, nun, da du merkst, dass du David doch verzeihen kannst. Du hast deine Familie und deine Freunde so lange nicht gesehen, du warst noch nicht einmal an Seans Grab.« Ben verstummte, und Zoe sah ihm die Sorge an, dass er mit der letzten Bemerkung zu weit gegangen war. Sie wollte ihm versichern, dass es in Ordnung war.

»Nein. Aber immerhin habe ich kürzlich mit meiner Mum telefoniert.«

Wieder zog Ben die Augenbrauen hoch. »Echt? Ich dachte, außer an Geburtstagen und Weihnachten gibt es höchstens mal eine E-Mail.«

Eine Meinungsverschiedenheit zwischen Miles und Karen

über den Dienstplan klang zu ihnen herüber. »Ja, aber irgendwie hatte ich das Bedürfnis, mit Mum zu reden. Ich habe sie vermisst.«

»Wow!« Ben übertönte Karens erhobene Stimme. »Vielleicht ist Australien ja doch nicht so schlimm, wie du denkst.«

Zoe zuckte die Achseln. »Kann sein. Aber England ist trotzdem mein Zuhause.«

»Sicher?«, fragte Ben nach. »Im Krankenhaus habe ich mit Nico geredet, und der hat gemeint, obwohl er seit zwanzig Jahren in England lebt, bleibt er im Herzen immer ein Neapolitaner.«

Ben klopfte auf sein Herz, und Zoe lächelte.

»Mir geht es nicht so. Vielleicht hasse ich Australien nicht mehr so wie früher, aber es liegt mir nicht am Herzen. Alles, was ich daran geliebt habe – meine Freunde, meine Familie, meinen Sohn –, ist hier drin.« Jetzt tippte sie sich ans Herz.

Sie lächelte Ben zu und ging zum Stationstresen, wo sie Mr Harper in die Arme lief. Sein gehetzter Gesichtsausdruck entging ihr nicht.

»Mr Harper«, sagte sie freundlich. »Wie geht es Ihnen?«

»Es geht mir gut«, antwortete Mr Harper mit einem Lächeln, das seine Augen nicht erreichte. »Die ganze Familie ist dabei, die Sachen meiner Mutter durchzugehen und alles zu ordnen. Es ist hart. Wir hatten damit gerechnet, dass uns mehr Zeit bleibt.«

»Das denkt man immer«, sagte Zoe mitfühlend. »Aber die Erinnerungen an Ihre Mutter, die werden Ihnen bleiben.«

»Es ist kaum zu fassen, dass sie fort ist, sogar in diesem Haus.« Wehmütig blickte er sich um. »Man kann sie hier immer noch überall spüren. Hier hat sie gelebt, hier ist sie aufgewachsen, aber jetzt weiß ich auch, wie sehr sie diesen Ort gehasst hat. Ich frage mich, ob es der Grund war, warum sie früher als erwartet gestorben ist.«

Tröstend legte Zoe ihm eine Hand auf die Schulter. »So sollten Sie nicht denken. Es wäre furchtbar für Ihre Mutter, Sie so unglücklich zu sehen. Sie hat ihren Frieden mit diesem Ort gemacht, und sie wusste, wie sehr Sie sie geliebt haben. Oft sind es genau die Menschen, die wir am meisten lieben, die bis zum letzten Augenblick vor uns verbergen, wie krank sie sind.«

Mr Harpers Augen füllten sich mit Tränen, und kurz fragte sich Zoe, ob sie ihn in den Personalraum führen sollte, damit er sich ausweinen könnte. Doch noch während sie darüber nachdachte, fasste er sich wieder.

»Danke.« Er blinzelte die Tränen fort. »Und danke für alles, was Sie für meine Mutter getan haben. Als wir uns das erste Mal auf der Party begegnet sind, war ich mir nicht sicher, ob Sie nicht ein bisschen zu direkt sind, aber mir ist klar geworden, wie sehr Sie an Ihren Patienten hängen, und ich weiß, wie gern meine Mutter Sie gemocht hat.«

»Ihre Mum war ein ganz besonderer Mensch«, sagte Zoe sanft.

»Sie haben sich unglaublich gut um sie gekümmert, aber das tun Sie für alle Patienten. Das habe ich selbst erlebt«, meinte Mr Harper.

Zoe lächelte bescheiden. Sie wusste nicht recht, was sie darauf sagen sollte. Es war vergleichbar damit, wenn die Leute Ärzte und Pfleger für eine Art Engel hielten. Wie die meisten ihrer Kollegen sah Zoe das ganz anders. Sie waren Profis und erledigten ihre Arbeit, so gut sie es vermochten, weil sie ihren Beruf liebten.

»Ich freue mich, dass wir uns in die Arme gelaufen sind«, fuhr Mr Harper fort, »denn ich wollte Sie zum Begräbnis meiner Mutter am Freitagvormittag einladen.«

»Diesen Freitag?«, fragte Zoe überrascht nach.

»Ja, um zehn im Krematorium. Ben und Miles haben beide zugesagt, aber wenn Sie zu tun haben, dann verstehe ich das natürlich«, meinte Mr Harper.

»Nein, ganz und gar nicht, das würde mir viel bedeuten«, erwiderte Zoe.

Mr Harper nickte. »Schön. Bis dann, Zoe. Und vielen Dank noch mal.«

Zoe hob die Hand und winkte ihm zum Abschied. Als Mr Harper fort war, holte Zoe tief Luft. Sosehr sie an den Tod gewöhnt war, so sehr hasste sie Begräbnisse. Sie erinnerten sie an Sean. Aber Mrs Harper hatte es verdient, dass man ihrer gedachte, und es täte auch Zoe gut, sich zu verabschieden.

Vierzig

Die letzten Takte von Frank Sinatras Klassiker *My Way* hallten durch das Krematorium, und als die Trauergäste hinaus in den Sonnenschein traten, sah Zoe zu Ben, und sie tauschten ein kleines Lächeln.

Die Trauerfeier für Mrs Harper war wunderschön gewesen. Voller lebensbejahender Geschichten von Menschen, die sie gekannt hatten, und von solchen, die sie zwar nicht so gut gekannt, aber geachtet hatten, wie Miles und Ben.

»Das war definitiv eine der schöneren Trauerfeiern, die ich erlebt habe«, meinte Ben, als sie draußen in der warmen Augustluft waren.

»Das ist wahr«, stimmte Zoe ihm zu und betrachtete Ben, der gut aussah in dem schwarzen Anzug und der Krawatte. Sie ärgerte sich ein wenig über sich selbst, dass ihr das Herz immer noch schneller schlug, wenn sie ihn sah.

»Ich fand's super!« Miles wollte Ben mit einem Fauststoß zustimmen, aber Ben ignorierte ihn.

»Miles, ich denke, so was sollte man nicht sagen«, zischte Zoe und sah sich um, ob ihn jemand gehört hatte.

»Warum nicht?«, meinte Miles achselzuckend. »Es war klasse.«

Verzweifelt schüttelte Zoe den Kopf. »Auch das solltest du nicht sagen. Die Leute werden sich beschweren, weil du zu australisch bist.«

»Sind Australier nicht sowieso immer zu australisch?«, feixte Ben.

Mit gespieltem Ärger drohte Zoe ihm mit dem Finger. »Fang gar nicht erst damit an, sonst überzeuge ich Mr Harper davon, nachher beim Essen ununterbrochen Cold Chisel laufen zu lassen. Ich behaupte einfach, dass Mrs Harper mir auf dem Sterbebett erzählt hat, das sei ihre Lieblingsband.«

Ben lachte. »Das traust du dich nie im Leben.«

»Wart nur ab«, meinte Zoe grinsend.

»Geht ihr beide noch zum Leichenschmaus?«, fragte Miles hoffnungsvoll.

»Ja. Ich habe heute frei«, sagte Zoe. »Wir können zusammen den Bus nehmen, wenn du magst.«

»Ich gehe auch hin«, meinte Ben. »Und ich bin mit dem Auto da.«

»Oh, der Porsche.« Miles' Augen leuchteten, als er sich eine Mitfahrt in einem Luxusschlitten ausmalte. »Kannst du mich mit reinquetschen, oder nimmst du trotzdem den Bus, Zoe?«

»Äh …« Zoe verstummte.

»Zoe fährt mit und sitzt vorne«, nahm Ben ihr die Entscheidung ab. »Du kannst dich auf die Rückbank quetschen.«

Zoe lächelte ihn an, und Miles und sie folgten ihm zum Parkplatz. Beim Anblick des Porsche hüpfte ihr das Herz vor Freude.

»Ach, was hab ich dich vermisst«, sagte sie und fuhr mit der Hand über die Motorhaube.

»Würde ich dich nicht besser kennen, könnte man glatt meinen, dass du nur wegen des Autos mit mir ausgegangen bist«, sagte Ben und entsperrte das Auto.

Miles stieg hinten ein, und Zoe setzte sich auf den Beifahrersitz und atmete den allgegenwärtigen Geruch nach neuem Auto ein. »Na ja, dein Charakter ist so lala«, hänselte sie ihn, »da war es dein Glück, dass der Wagen den Deal aufgehübscht hat.«

»So ist das also.« Geschickt parkte Ben rückwärts aus und fuhr auf die Straße auf. »Was hast du denn dann bitte beigesteuert?«

»Willst du etwa sagen, dass dir mein atemberaubendes Aussehen und mein lässiger Charme nicht genügt haben?«

»Ich dachte, du warst einfach bloß leicht zu haben«, neckte sie Miles.

»Oha«, sagten Ben und Zoe gleichzeitig, und kurz trafen sich ihre Blicke.

»Wie läuft es mit den Hochzeitsplänen?«, fragte Ben, um das Thema zu wechseln.

»Alles bestens«, antwortete Miles. »Wahrscheinlich machen wir es irgendwann nächstes Jahr in Australien.«

»Wirklich?« Verblüfft drehte Zoe sich zu ihm um.

»Ja, wie es aussieht, kann Sarah sich durchaus vorstellen, nach der Hochzeit ganz hinzuziehen.«

»Du machst Witze!« Auch Ben war erstaunt.

»Warum findet ihr zwei das so schockierend?«, fragte Miles lachend. »Sie hat vorgeschlagen, dass wir unseren Weihnachtsurlaub verlängern, damit sie sieht, ob es ihr gefällt. Wenn ja, dann wollen wir versuchen, teils hier und teils in Oz zu leben.«

»Mannomann, ganz schön modern«, meinte Ben.

»Und teuer«, warf Zoe ein.

Miles zuckte die Achseln. »Wir werden sehen. Es geht einfach nur darum, dass wir zusammen sein wollen, alles andere ist nicht so wichtig.«

»Hätte nie gedacht, dass ich das noch erleben würde«, murmelte Zoe, als Ben auf den Parkplatz vor dem Pub fuhr.

»Irgendwann erwischt es uns alle. Also dann.« Ben rieb sich

die Hände. »Lasst uns ordentlich Abschied von Mrs Harper nehmen!«

Schnurstracks marschierte er ins Pub, als sei er der Besitzer, schüttelte allen Harpers die Hand und kondolierte ihnen höflich, bevor er zwei Gläser Bier und einen Pinot bestellte.

Wie Zoe erwartet hatte, war das Pub gesteckt voll. Und so, wie es Mrs Harper sich vielleicht gewünscht hätte, lächelten alle. Es gab ihr einen Stich, als sie an Seans Trauerfeier dachte. Damals hatte niemand gelacht. Es war eine schreckliche Veranstaltung gewesen, aber es hatte sich um das Begräbnis eines Kindes gehandelt, die unnatürlichste Sache der Welt. So wie hier, dachte Zoe, als sie Mr Harper beobachtete, der kichernd Geschichten über seine Mutter zum Besten gab, so sollte eine Trauerfeier sein.

»Bitte schön«, unterbrach Ben Zoes Gedanken und drückte ihr den gekühlten Weißwein in die Hand.

»Danke.« Sie nippte an ihrem Glas. »Es sind ganz schön viele Leute da.«

Ben nahm einen Schluck von seinem Bier. »Stimmt. Trotzdem sind meiner Meinung nach zu viele nicht in Schwarz gekleidet.«

Zoe lachte. »Ich hätte dich nicht für so traditionell gehalten.«

»Bin ich auch nicht. Aber jemand ist gestorben, ich finde, das sollte man respektieren.«

Sie fuhr sich mit der Zunge über die Zähne und dachte einen Augenblick nach, bevor sie antwortete. »Du willst mir damit sagen, dass die Leute auf deinem eigenen Begräbnis so richtig mies drauf sein sollen?«

Ben reckte sein Kinn ein wenig höher. »Kann schon sein. Ich finde einfach, etwas Pietät gehört dazu. Wobei ich nichts gegen einen persönlichen Touch auf einem Begräbnis habe.«

»Lass mich raten. Du willst, dass sie *My Way* von Frank Sinatra spielen?«

»Na ja, eher *Bat Out of Hell!*«, entgegnete Ben schlagfertig.

Sie mussten beide lachen, und plötzlich wünschte Zoe sich nichts anderes, als kichernd auf dem Boden herumzurollen, bis ihr vor Lachen die Luft ausginge.

»Weißt du, dass du ein wunderschönes Lachen hast?« Bens Bemerkung bereitete ihrem Gelächter ein abruptes Ende.

Sie sah ihn an und bemerkte, dass er sie mit demselben Blick betrachtete, wie er es früher getan hatte. So als sei sie die einzige Frau im Raum und er habe alle Zeit der Welt allein für sie reserviert.

»Ich habe in den letzten Tagen viel über dich und uns nachgedacht«, setzte er an.

»Okay.« Zoe spürte, wie nervös sie war. Die Stimmung zwischen ihnen hatte sich entspannt, und sie wollte nicht, dass sich daran etwas änderte.

»Diese Trennung war echt hart«, fuhr er fort.

Auf Bens Augenbrauen sammelte sich der Schweiß, und ständig huschte sein Blick zu Boden.

»Ja, das ist wahr«, bestätigte sie. »Aber ich bin froh, dass wir Freunde sind. Ich fände es schrecklich, das zu verlieren.«

Beide sagten kein Wort, während um sie herum das Geplauder und Gelächter der anderen Gäste waberte.

»Es ist nämlich so«, machte Ben einen neuen Versuch. »Ich glaube, ich habe einen furchtbaren Fehler gemacht.«

Wild flatterte Zoes Herz im Brustkorb.

»Wie meinst du das?«

»Ich denke, es war ein bisschen vorschnell von mir, mich von dir zu trennen. Ich war verletzt und noch erschöpft von der Operation. Ich habe überreagiert, aber statt mit dir zu reden und zu versuchen, dich zu verstehen, habe ich Schluss gemacht. Es war dumm von mir, ich habe einfach um mich geschlagen. Es ist doch klar, dass du dir für etwas so Folgenschweres wie deine Scheidung Zeit nehmen musstest. Ich war ein Dummkopf, Zoe. Ich vermisse dich so sehr. Ich ertrage es nicht, von dir getrennt zu sein.«

Zoes Herz schlug derart heftig, dass das Rauschen des Adrenalins in ihren Ohren alles andere zu übertönen drohte.

Sie schüttelte den Kopf. »Du hattest recht, Ben. Ich hätte den Vertrag früher unterschreiben sollen, und ich hätte dir auch von David erzählen sollen. Ich habe das falsch angepackt.«

»Wir gehören zusammen, meinst du nicht?« Ben machte einen Schritt auf sie zu und nahm ihre Hand. »Und letzten Endes läuft das Leben auf das hier raus.« Er deutete auf die Menge um sie herum, die das Leben von Mrs Harper feierte. »Auf die ein oder andere Art enden wir alle einmal hier, also sollten wir die Reise dorthin genießen, solange wir können. Weißt du, Zoe, ich genieße meine Reise ohne dich kein bisschen, was ich also eigentlich sagen will, auf etwas verquere Art, ist: Möchtest du zu mir zurückkommen?«

Einerseits wollte Zoe den Augenblick mit beiden Händen festhalten und sich von Ben in die Arme schließen lassen. Andererseits aber war ihr bewusst, dass die emotionale Achterbahnfahrt, die sie durchgemacht hatte, genug für ein ganzes Menschenleben war. Sie musste Bilanz ziehen, es langsam angehen lassen.

»Kann ich darüber nachdenken?«

Aus Bens Gesicht wich der Mut. »Natürlich. Es tut mir leid, ich wollte dich nicht überrumpeln.«

Er ließ ihre Hand los, und Zoe legte sie auf seinen Unterarm. »Das hast du nicht. Ich brauche einfach ein bisschen Zeit.«

Sie stellte das Glas ab, verließ das Pub und fragte sich, ob sie gerade die dümmste Entscheidung ihres Lebens getroffen hatte.

Einundvierzig

»Ich fass es einfach nicht, dass du Nein gesagt hast«, wiederholte Sarah zum x-ten Mal an diesem Vormittag.

Ein Glas Sekt in der Hand, hockte Zoe auf einem Stuhl in dem vornehmen Brautmodengeschäft und starrte sie wütend an. »Und ich fass es nicht, dass du mir meinen Samstagvormittag ruinierst, indem du mich zum Brautkleidkaufen mitschleppst und mir dann auch noch Vorwürfe machst. Ich hätte gedacht, du freust dich über meine Zurückhaltung.«

»Mich freuen?«, kreischte Sarah. Sie trug ein schulterfreies weißes Kleid, in dem sie Zoes Meinung nach aussah wie Barbie – und zwar nicht auf die gute Art. »Bist du völlig übergeschnappt? Warum sollte es mich freuen, wenn du dich nicht mit deinem Lover versöhnst?«

»Weil du es für einen Beweis halten könntest, dass ich Fortschritte mache. Dass ich keinen Mann brauche für mein Selbstwertgefühl oder um mich nach Seans Tod als vollständiger Mensch zu fühlen.«

Sarah lächelte die Verkäuferin an, die sich alle Mühe gab, unbeteiligt zu wirken. Sie setzte sich einen zarten weißen Schleier auf den Kopf und bewunderte ihr Spiegelbild. »Darüber freue ich mich ja auch, aber Zoe: Es handelt sich um Ben.«

»Und?« Ihre Blicke trafen sich im Spiegel.

»Du kannst ihn nicht ewig hinhalten, oder? Ihr zwei seid füreinander geschaffen, das sieht doch jeder Depp!«

»Das mag schon stimmen, aber in meinem Kopf herrscht in letzter Zeit ein solches Durcheinander. Wenn Ben und ich wieder zusammenkommen, sollten wie beide dazu bereit sein. Er hatte recht, ich schleppe eine Menge Ballast mit mir herum. Offiziell bin ich noch verheiratet, und ich habe immer noch verwirrende Gefühle für David. Immerhin war er der Vater meines Kindes.«

Kopfschüttelnd zog Sarah sich den Schleier herunter. »Zoe, du musst dich ranhalten.«

»Wie meinst du das?«, fragte Zoe und runzelte die Stirn.

»Damit meine ich, dass Ben ein scharfer Typ ist und nicht ewig auf dich warten wird.« Mit einem weiteren weißen Kleid verschwand Sarah in der Umkleidekabine.

Zoe schwieg und schenkte der Verkäuferin, die in der Ecke stand und darum bemüht war, eine ausdruckslose Miene zu wahren, ein mitleidiges Lächeln. Dann trank sie einen Schluck Sekt. Als Sarah sie am Vorabend gebeten hatte, sie beim Kauf eines Brautkleids zu begleiten, war Zoe einverstanden gewesen, weil sie dachte, es könnte lustig werden. Es hatte Spaß gemacht, als sie vor ihrer eigenen Hochzeit mit einer Freundin losgezogen war, um ein Brautkleid auszusuchen, aber der Tag verlor bereits seinen Glanz, nun da Sarah ihre Entscheidung kritisierte, nicht zu Ben zurückzukehren.

»Kommst du zurecht?«, rief Zoe, um ihre Freundin etwas anzutreiben.

»Ja, alles gut«, antwortete Sarah und trat aus der Umkleidekabine.

Beim Anblick ihrer Freundin in einem cremefarbenen Kleid mit Spaghettiträgern und winzigen Swarovski-Kristallen auf dem Miederteil verschlug es Zoe den Atem. »Oh, Sarah! Du siehst toll aus!«

Sarah standen Tränen in den Augen, als sie Zoe mit strahlendem, leicht gerötetem Gesicht ansah. »Ich glaube, das hier ist das Richtige.«

Zoe ging hinter ihr in die Hocke und arrangierte die Schleppe ein wenig. »Absolut. Es ist wie für dich gemacht.«

Die Verkäuferin, die merkte, dass sich ein Kauf anbahnte, übernahm das Kommando. »Es passt Ihnen wie angegossen«, sagte sie bestimmt und schob Zoe sanft aus dem Weg, um das Kleid hier und da fachkundig zurechtzuzupfen. »Haben Sie vor, für die Hochzeit abzunehmen?«

Sarah schüttelte den Kopf. »Er sagt, ich bin perfekt, so wie ich bin, und ich will weder für ihn noch für sonst jemanden etwas an mir verändern.«

Die Verkäuferin strahlte. »Das hört sich für mich so an, als hätten sie einen guten Mann gefunden. Ich hatte mit mehr Bräuten zu tun, als man zählen kann, und sage immer: Man weiß, wenn man sich sicher ist.«

Bei dieser Bemerkung sah Sarah Zoe mit hochgezogenen Augenbrauen an. »Hast du das gehört? Man weiß, wenn man sich sicher ist.«

*

Als Zoe am Nachmittag zur Arbeit ging, klangen die Worte von Sarah und der Verkäuferin noch in ihr nach.

»War der Vormittag schön?«, fragte Miles, der hinter dem Stationstresen saß.

Sie ließ sich auf den Stuhl neben ihm sinken. »Das hängt davon ab, ob man Spaß daran hat, Sekt zu trinken und der besten Freundin dabei zuzusehen, wie sie Brautkleider anprobiert.«

Bei der Erwähnung des Brautkleids leuchtete Miles' Gesicht auf. »Und? Hat sie eins gefunden?«

Zoe grinste. »Ja, und sie sieht wunderschön darin aus. Du wirst begeistert sein.«

»Ich kann es kaum erwarten.« Miles legte sich die Hände ans Herz. »Das meine ich ernst, ich will einfach nur diese Frau heiraten. Mir ist egal, wann, wo oder wie. Meinetwegen kann sie in einem Müllsack aufkreuzen, ich würde sie immer noch für die schönste Braut aller Zeiten halten.«

»Was ist nur mit dir geschehen?«, staunte Zoe, beugte sich zu ihm und strubbelte ihm durchs Haar. »Mein kleiner Miles ist erwachsen geworden.«

»Lass mich«, brummte er und rückte von ihr ab.

Zoe kicherte. »Im Ernst, ich finde es großartig. Mir war das anfangs nicht so klar, aber ihr zwei seid ein wunderbares Paar.«

Überrascht sah Miles sie an. »Kann es sein, dass sich in diesem Satz ein Kompliment versteckt?«

»Ja. Ich freue mich sehr für euch.« Gedankenverloren ließ sie den Blick über den friedlichen Aufenthaltsraum schweifen.

»Und was ist mit dir? Gestern auf der Trauerfeier sah es so aus, als ob du und Ben euch ein bisschen annähert …«

»Tu nicht so, als wüsstest du von nichts. Ich wette, Sarah hat dich schnurstracks angerufen, um dir zu erzählen, dass Ben mich gebeten hat zurückzukommen.«

Miles wirkte verlegen. »Genau genommen hat es mir Ben erzählt, als du weg warst.«

Dieses Eingeständnis verunsicherte Zoe. »Oh.«

»Weißt du, was, ich finde, du machst das richtig.« Miles beugte sich auf seinem Stuhl nach vorne, als wolle er betonen, wie ernst er Zoes Lage nahm.

»Jetzt mach ich mir ernsthaft Sorgen.«

»Nein. Du hast eine Menge durchgemacht. Du brauchst Zeit. Das habe ich auch zu Ben gesagt.«

»Das war sehr feinfühlig von dir«, meinte Zoe.

»Aber es stimmt. Ich finde, ihr zwei seid ein tolles Paar, aber es darf nicht alles nach seiner Nase gehen. Es muss auch für dich passen.«

»Das habe ich Sarah auch gesagt.«

»Nimm dir Zeit. Es hat keinen Sinn, die Sache zu übereilen«, riet ihr Miles. »Man weiß, wenn man sich sicher ist.«

Da war er wieder, der Satz. Innerlich stöhnte Zoe auf. Das alles wurde ihr zu viel. Lieber wollte sie sich jetzt einfach nur auf die Arbeit konzentrieren.

»Gibt es irgendwas, was ich wissen sollte?«, fragte sie und deutete auf den Kalender.

Miles schüttelte den Kopf. »Es war alles mehr oder weniger normal, aber für dich ist ein Päckchen aus Australien angekommen, das irgendwie offiziell aussieht, und Mr Harper hat dir einen Brief in dein Fach gelegt.«

Zoe runzelte die Stirn. »Für mich? Hat sonst noch jemand einen bekommen?«

»Nein, er meinte, er habe ihn unter Mrs Harpers Sachen gefunden.«

Zoe erhob sich und holte ihre Post heraus. Sie legte ihre Ausgabe der *Nursing Times* und diverse Flyer zur Seite und entdeckte auf dem Päckchen das vertraute Logo der australischen Post. Verwundert riss sie es auf und stieß einen überraschten Ruf aus.

»Was ist denn?«, fragte Miles.

Zoe zog die amtlichen Dokumente heraus und inspizierte sie. »Es ist die Scheidungsurkunde. Jetzt bin ich offiziell geschieden. David hat sie wohl hierher ins Hospiz schicken lassen, weil er weiß, dass ich den Großteil meines Lebens hier verbringe.«

Miles legte ihr die Hand auf die Schulter. »Geht es dir gut?«

Zoe hielt einen Augenblick inne und dachte über die Frage nach, bevor sie antwortete: »Weißt du, was? Ja, es geht mir wirklich gut.«

»Das ist toll, Zo«, sagte Miles sanft. »Es war bestimmt nicht einfach.«

»Nein, aber die Entscheidung war richtig. Es hat nur eine Weile gedauert, bis mir das klar war«, gab Zoe zu. »Das war's – ich bin frei.«

Miles lächelte. »Sieht so aus. Was für eine Ironie, dass du dich ausgerechnet in dem Moment scheiden lässt, in dem ich in den Hafen der Ehe einlaufe.«

Zoe lachte. »Ich bin mir sicher, dass deine Ehe besser funktionieren wird als meine.«

»Ach, ich weiß nicht, ich denke, man muss einfach den richtigen Menschen finden. In Beziehungen geht es nicht um Glück, sondern um Liebe.«

Erstaunt schüttelte Zoe den Kopf. »Du hast dich wirklich verändert.«

Spielerisch stupste Miles sie an der Schulter an. »Red keinen Unsinn.«

»Okay, vielleicht gibt es ja noch Luft nach oben.« Sie grinste und nahm den Brief in die Hand. Sie drehte ihn um und entdeckte ihren Namen in einer kräftigen, beinahe kalligrafischen Handschrift auf dem quadratischen hellblauen Umschlag.

Liebe Zoe,
das hier geht an die Briefschreiberin. Es ist mir ein Anliegen, Ihnen ein paar Worte zu hinterlassen. Sie sind mir auf eine liebevolle, freundschaftliche Art begegnet, mit der ich am Ende meines Lebens nicht mehr gerechnet hätte. Dafür möchte

ich mich bedanken. Ich war immer der Überzeugung, dass es in unserem Leben zu wenig Liebe gibt und dass man sie hegen und pflegen soll, wenn man sie findet. Wir beide haben uns nicht allzu lange gekannt, aber ich denke, zwischen uns bestand eine Seelenverwandtschaft, eine ganz einzigartige Verbindung. Zoe, Sie haben es verdient, im Leben eine neue Liebe zu finden. Packen Sie jede Gelegenheit beim Schopf, die sich Ihnen bietet.
Mit herzlichen Grüßen
Madeleine Harper

Zoe wurde von einer warmen Woge erfasst, als sie Mrs Harpers Worte las. Diese wunderbare Frau hatte es verstanden, eine Verbindung zu Zoe herzustellen. Gemeinsam hatten sie einander Trost gespendet, als sie über ihre geliebten, verlorenen Söhne und über ihren Platz in der Welt als Mütter verstorbener Kinder gesprochen hatten. Ihre Beziehung war etwas ganz Besonderes gewesen, und Zoe würde die Erinnerung daran in Ehren halten. Sie wusste, dass Mrs Harper mit ihren Abschiedsworten recht hatte. Der wahren, wahrhaftigen und aufrichtigen Liebe zu begegnen war nicht selbstverständlich. Hatte man das Glück, sie zu finden, dann sollte man diese Liebe sorgsam hüten.

Zweiundvierzig

Die Bemerkung der Brautkleidverkäuferin, Mrs Harpers Brief und zuletzt noch die Scheidung gaben Zoe mehr und mehr das Gefühl, dass die ganze Welt sie aufforderte, nach vorne zu blicken. Es war Sonntagmorgen, und sie lag im Bett, während ein leichter Sommerregen ans Schlafzimmerfenster prasselte. Sie konnte nicht aufhören, über Mrs Harpers Nachricht nachzudenken. Wieder und wieder hatte sie sie gelesen, und jeder einzelne Satz brachte eine Saite in ihr zum Klingen.

Ihre Freundin hatte recht, Zoe wollte ein Leben voller Liebe leben, nicht nur um ihrer selbst, sondern auch um Seans willen. Viel zu lange hatte sie in der Schwebe zugebracht, so konnte es nicht weitergehen. So zu leben tat weder ihr selbst gut noch der Erinnerung an Sean. Er hatte eine Mutter verdient, die die Liebe und das Leben auszukosten wusste. Ihr größter Wunsch war es, die Fehler zu korrigieren, die sie gemacht hatte – bevor es zu spät war.

Sie schwang die Beine aus dem Bett, durchquerte das Zimmer, trat an den Kleiderschrank und ließ den Blick über die drei Schachteln mit Briefpapier schweifen, die auf dem obersten Regal lagen. Gewöhnlich wusste sie instinktiv, welche Karte oder welches Briefpapier sie auswählen sollte. Heute aber war sie sich nicht ganz sicher. Ihr Blick blieb an dem Briefpapier mit dem Sternschnuppenmotiv hängen, das sie für Arthurs Witwe

Audrey verwendet hatte. Eine Sternschnuppe symbolisierte Hoffnung und Wünsche, die auf ihre Erfüllung warteten, und zweifelsohne brauchte es genau das für diesen ganz besonderen Brief.

Sie riss ein Blatt vom Block, starrte auf das unbeschriebene Leinenpapier und brütete über dem, was sie sagen wollte. Ihr Herz und ihr Kopf waren so voll.

Zoe knabberte am Ende ihres Stifts, und die Worte der Verkäuferin im Brautmodengeschäft vom Vortag hallten in ihr wider. *Man weiß, wenn man sich sicher ist.* Der Satz schwirrte ihr durch den Kopf wie Beeren in einem Küchenmixer, aber er trieb sie auch an, und schließlich fand Zoe die Worte, um auszudrücken, was sie sagen wollte. Sie setzte den Stift aufs Papier und begann zu schreiben.

*

Zwei Stunden später war Zoe im nördlichen Stadtzentrum. Der Regen trommelte auf die Windschutzscheibe. Sie entdeckte einen Parkplatz ein Stück von Bens Haus entfernt, stieg aus dem Wagen und eilte auf sein Haus zu, wobei Haare und Haut sofort klatschnass wurden. Über ihrem Kopf donnerte es unheilvoll, doch Zoe kümmerte das nicht. Voller Entschlossenheit klopfte sie an die Tür und wartete auf eine Reaktion, doch die vertrauten Schritte auf der anderen Seite blieben aus. Unverdrossen versuchte sie es ein zweites Mal. Mittlerweile rann ihr der Regen den Nacken hinunter und durchnässte die Kleider, aber sie würde nicht weggehen, bevor sie Ben nicht gefunden hatte. Erst als sie das dritte Mal erfolglos an die Tür gehämmert hatte, wurde ihr klar, dass sie wohl aufgeben oder zumindest zum Auto zurückkehren müsste, um zu entscheiden, wie sie weiter vorgehen sollte.

Entmutigt wandte sie sich ab und lief die Straße entlang Richtung Auto. Kurz bevor sie es erreicht hatte, sah sie Ben um die

Ecke kommen, den gebeugten, wuchtigen Körper unter einem großen Golfschirm.

»Zoe! Was machst du denn hier?«, rief er.

»Ich wollte mich entschuldigen«, sagte sie und versuchte, sich den Regen aus dem Gesicht zu wischen. »Und dir das hier geben.«

Sie reichte ihm den Brief mit dem Sternschnuppenmotiv, über dem sie am Morgen so gebrütet hatte.

Trotz des strömenden Regens lächelte Ben, riss den Umschlag auf, und Zoe beobachtete sein Gesicht, während er sorgfältig jedes einzelne Wort las.

Lieber Ben,
ich liebe dich. Bitte komm zu mir zurück. Und wenn es nur aus dem einen Grund ist: Man weiß, wenn man sich sicher ist.
Zoe

Als Ben die wenigen Zeilen gelesen hatte, sah er auf und lächelte. »Zoe, ich habe es immer gewusst. Ich liebe dich.«

Mit diesen Worten zog er sie unter den Regenschirm in seine Arme. Als sie seine weichen Lippen auf ihren spürte, durchflutete Wärme ihren kalten Körper. Sie war dort, wo sie hingehörte.

*

Ineinander verschlungen lagen sie da, die Beine in den Laken verheddert. Zoe hatte ihren Kopf auf Bens Brust gelegt und genoss das kräftige, rhythmische Klopfen an ihrem Ohr.

»Du hast gar nicht gesagt, wie es dazu gekommen ist, dass du dir die Sache mit uns anders überlegt hast«, meinte Ben mit träger Stimme und fuhr ihr mit der Hand durchs Haar.

»Es waren mehrere Gründe«, gab Zoe zu. »Ich war so verletzt, als du mit mir Schluss gemacht hast, dass ich mich nicht übereilt in die Beziehung stürzen und wieder einen Fehler machen wollte.«

Ben küsste sie auf den Scheitel und flüsterte: »Es tut mir leid.«

»Nein, das muss es nicht«, entgegnete Zoe. »Du hast gemacht, was du für richtig gehalten hast. Aber als ich gestern einen Brief von Mrs Harper und meine Scheidungsurkunde bekommen habe, und zwar gleichzeitig, war es, als wollte mir das Schicksal sagen, dass ich kein Dummkopf sein soll.«

»Ich war am Boden zerstört, als du gesagt hast, dass du nicht mehr mit mir zusammen sein willst.« Seine Stimme war belegt. »Ich hätte nie gedacht, dass ich so etwas jemals sagen würde, aber ich bin froh, dass David die Scheidung eingereicht hat und dass du dich mit Mrs Harper angefreundet hast.«

»Ich auch.« Zoe lachte. »Der Brief von Mrs Harper hat die Sache entschieden.«

»Was stand denn drin?«, platzte Ben heraus, bevor er sich seiner Indiskretion bewusst wurde und eilig hinzufügte: »Du musst es mir natürlich nicht sagen, wenn es zu vertraulich ist.«

»Es war weniger vertraulich, eher besonders.« In Zoes Kopf hallten die Worte aus dem Brief wider. »Sie hat mich daran erinnert, wie kostbar die Liebe ist und dass wir sie wertschätzen sollen, wenn wir ihr begegnen.«

»Das klingt beeindruckend«, sagte Ben, der sich eine Haarsträhne von Zoe um den Finger wickelte.

»Das war es auch«, stimmte Zoe ihm zu. »Genau darum geht es bei den Briefen, die wir schreiben. Du hast selbst erlebt, welche Bedeutung sie für die Menschen haben können.«

Eine Weile erwiderte Ben nichts, und Zoe setzte sich auf, um ihn anzusehen. Sein Gesicht war überraschend ernst.

»Ist alles okay?«, fragte sie.

»Jetzt ist alles gut.« Mit der Hand umfasste er ihr Kinn und beugte sich vor, um sie zu küssen. Als er sich von ihr löste, sah er ihr fest in die Augen und lächelte. »Mit den Briefen, die wir an Irene und April und natürlich an Mrs Bell übergeben haben, haben wir dazu beigetragen, dass in ihrem Leben etwas zurechtgerückt wurde. Das ist ein unglaubliches Gefühl.«

»Das hast du gemacht«, sagte Zoe zärtlich, ohne Ben aus den Augen zu lassen. »Du hast die Worte aufgeschrieben, du warst für die Menschen da, als sie dich gebraucht haben.«

»Nein, Zoe, das waren wir beide«, widersprach Ben sanft und beugte sich ihr erneut entgegen, um sie zu küssen. »Ist dir das gar nicht klar? Du und ich – zusammen sind wir beide nicht aufzuhalten.«

Dreiundvierzig

Zoe hatte ganz vergessen, wie lange die Reise nach Cornwall war. Sie beobachtete Ben, der geduldig im dritten Stau dieses Tages ausharrte, und verkniff sich eine Bemerkung. Kein Wunder, dass Familien am mittleren Augustwochenende ans Meer strömten.

Obwohl Ben ihr immer wieder versicherte, dass es ihm gut ging, hatte Zoe in der Woche, die sie wieder zusammen waren, festgestellt, wie schnell er müde wurde. Die Pflegerin in ihr wollte ihn auffordern, sich zu schonen, aber als seine Freundin durfte sie nichts anderes tun, als ihre Sorge zu äußern und Ben die Entscheidung selbst zu überlassen. Schon was dieses Wochenende anging, hatte Zoe vorgeschlagen, die Reise nach Cornwall sausen zu lassen, aber Ben hatte darauf bestanden umzubuchen und hatte kurzfristig für das anstehende Wochenende Erfolg gehabt.

Seit der Trennung hatte sich viel zwischen ihnen verändert. Zoe sah in Ben nicht mehr den Retter in der Not. Er war ihr Partner, und so war sie auch in der Lage, ihm gegenüber aufrichtiger zu sein. Entsprechend hatte Ben gelobt, nicht mehr so zu tun, als sei er Superman und könne alles allein bewerkstelligen. Sie achteten einander auf neue Weise. Seit Ben in ihr Leben zurückgekehrt war, kam es Zoe so vor, als sei ihre Welt heller geworden.

Sie wandte sich ihm zu. »Ist wirklich alles okay? Soll ich übernehmen?«

Ben schüttelte den Kopf und lenkte gekonnt die sich windenden Landstraßen entlang, an deren Rändern üppige lila Rhododendren wuchsen. »Jetzt, wo wir sowieso fast da sind, meinst du?«

»Ich wollte dir nicht den Spaß verderben«, scherzte sie.

»Danke, das ist nett, aber es ist in Ordnung.«

Zoe insistierte nicht, sondern freute sich stattdessen bewusst daran, dass der Verkehr nachgelassen hatte.

»Es ist wunderschön hier.« Verträumt sah sie aus dem Fenster, als ein kleiner Streifen dunkelblaues Meer sichtbar wurde.

»Finde ich auch«, stimmte Ben ihr zu. »Ich war nicht mehr hier, seit ich ein kleiner Junge war und wir Ferien in Bude gemacht haben. Aber so weit unten war ich nie.«

»Ich kann kaum fassen, dass das hier deine Heimat ist. Du hast diese ganze Schönheit direkt vor der Haustür und bist trotzdem nie weiter als bis Bude gekommen.«

Ben lachte, und sein kehliges warmes Glucksen erfüllte das ganze Auto. »Ich wollte ja wieder herkommen, ich hatte bloß nie die Zeit dazu.«

»Bereust du das?«

Kurz herrschte Schweigen, während Ben nach links abbog. »Nein. Damals habe ich eben so getickt. Auf die Karriere fixiert, darauf bedacht aufzusteigen. Jetzt, mit Ende vierzig, bin ich nicht mehr so, aber ich bereue nichts von dem, was ich getan oder nicht getan habe. Die Operation hat mir das nur noch deutlicher bewusst gemacht.«

»Ehrlich?«, fragte Zoe und suchte auf seinem Gesicht nach Anzeichen von Zweifel oder Sorge.

»Ja. Ich bin wirklich zufrieden mit meinem Leben, insbesondere jetzt, wo ich dich wiederhabe.«

Zoe lächelte. »Und ich bleibe auch.«

Ben zog eine Augenbraue hoch. »Ich werde dich beim Wort nehmen.«

*

Etwas mehr als eine Stunde später erreichten sie das Cottage, das Ben gebucht hatte. Zoe hatte das Gefühl, nie zuvor an einem derart idyllischen Ort gewesen zu sein. Die Fotos im Internet wurden ihm in keinster Weise gerecht. Auf der südlichsten Spitze der Gegend stand ein imposantes getünchtes Haus, von dem aus früher Signale an die Schiffe ausgesandt wurden, die auf der stürmischen See an der Küste Cornwalls unterwegs waren. Um sie herum waren nichts als grüne Felder und das strahlende Blau des Atlantiks, und Zoe hatte das Gefühl, der letzte Mensch auf Erden zu sein.

Das Innere des Hauses war nicht minder schön. Helle Zimmer mit Seefahrermotiven und großen Schiebefenstern, und von der riesigen Dachterrasse hatte man einen ungehinderten Blick übers Meer.

»Gefällt es dir?« Ben legte ihr den Arm um die Hüfte, während sie auf der Dachterrasse stand, übers Meer blickte und ihr die sanfte Brise das Haar zerzauste.

»Es ist unglaublich! Ich hatte Lizard durchaus als schön in Erinnerung, aber nicht, dass es so schön ist! Ich kann gar nicht fassen, dass du das alles für mich gemacht hast.«

Ben schob ihr das Haar aus dem Nacken und küsste sie so zärtlich, dass ihre Haut am ganzen Körper kribbelte. »Für dich würde ich alles tun, Zoe. Ich will dir die Welt zu Füßen legen.«

Ein warmes Glücksgefühl durchflutete Zoe. Sie wandte sich vom Meer ab und sah Ben an, schlang ihm die Arme um den Nacken und lehnte ihre Stirn an seine. Allerdings kam sie nicht umhin, das tiefe Gähnen zu registrieren, das Ben zu unterdrücken versuchte.

»Müde?«, fragte sie.

Ben hielt inne, und sie merkte, dass er kurzzeitig erwog, eine tapfere Miene aufzusetzen, bevor er klein beigab und nickte. »Ein bisschen.«

Sie streckte die Hand nach seiner aus. »Lass uns ein Nickerchen machen. Wir haben das ganze Wochenende Zeit, um die Gegend auszukundschaften.«

Einige Zeit später wachte Zoe in dem vom Sonnenlicht durchfluteten Schlafzimmer auf. Nichts als das Kreischen der Möwen am Himmel war zu hören. Sie blickte zur anderen Seite des Betts, um den Moment mit Ben zu teilen, und stellte überrascht fest, dass er nicht da war. Stirnrunzelnd wickelte sie sich in das blütenweiße Laken und tappte nach unten in die Küche, wo er über den Laptop gebeugt dasaß.

»He«, flüsterte sie und küsste seinen glatten Hinterkopf. »Was machst du denn?«

Er klappte den Laptop zu und sah zu ihr auf, Schuldbewusstsein zeichnete sich auf seiner Miene ab. »Entschuldige. Nur was für die Arbeit.«

Zoe zog die Augenbrauen zusammen. Sie glaubte, eine Landkarte auf dem Bildschirm gesehen zu haben, wollte ihn aber nicht bedrängen.

»Und, ist jetzt alles erledigt?«, fragte sie stattdessen.

»Ja.« Ben grinste, erhob sich und legte die Arme um sie. »Hast du irgendwelche Wünsche, was wir machen sollen, jetzt wo wir hier sind?«

»Ich glaube, wir haben schon alles gemacht, was ich mir wünsche«, flüsterte sie und reckte sich nach oben, um ihn sanft auf den Mund zu küssen.

»Tatsächlich?« Über Bens Gesicht breitete sich ein Lächeln. »Wenn das so ist, dann gibt es eine ganze Menge, was ich unternehmen will – immerhin steht dieser Ort hier auf meiner Löffelliste.«

Zoe verdrehte scherzhaft die Augen. »Und ich dachte, an diesem Wochenende ginge es um mich.«

Ben lachte. »Ganz genau! Zieh dir die festen Schuhe an, wir gehen wandern.«

Kurz darauf durchstreiften sie die spektakuläre Küstenlandschaft, und Zoe fühlte sich wie im Himmel. Die grüne Hügellandschaft zog sich meilenweit dahin, während der dunkelblaue, majestätische Ozean sich scharf von den grauen Klippen abhob. Zoe malte sich aus, wie das Leben für die Schmuggler ausgesehen haben mochte, die sich in diesen Gewässern ihren Lebensunterhalt zu verdienen versuchten und Waren importierten, die zwar illegal, aber gesucht waren.

»He, wo bist du?«, fragte Ben und ergriff ihre Hand.

Sie wandte sich ihm zu und lächelte. Wie anders ihre Beziehung in früheren Zeiten gewesen wäre! Heutzutage zuckte kaum noch jemand mit der Wimper, wenn er ein Händchen haltendes Paar aus zwei unterschiedlichen Ethnien sah, aber in der Vergangenheit war es sicher ganz anders gewesen. Als sie ihre blassen Finger mit seinen dunklen verschränkte, spürte Zoe Erleichterung darüber, in diesem Moment zu leben, im Hier und Jetzt, in dem Ben und sie ein Paar sein durften.

»Ich bin ganz da.«

Er zog sie dicht an sich und küsste sie auf den Scheitel. »Vielleicht sollten wir in eine gemeinsame Wohnung ziehen.«

Überrascht sah sie ihn an. »Aber wir sind doch gerade erst wieder zusammengekommen!«

»Na und?« Ben zuckte die Achseln. »Was wir durchgemacht

haben – die Briefe, der Krebs, unsere Trennung und Versöhnung. Wir haben zusammen schon ein ganzes Leben gelebt, Zo, und wenn man sich sicher ist, dann weiß man es. Hast du das nicht selbst gesagt, in deinem Brief an mich? Ich bin mir sicher. Du hast mich gefragt, was ich mir vom Leben wünsche, und das ist es: Ich will mit dir zusammen sein.«

Sie runzelte die Stirn. »Hat diese Landkarte, die du vorhin angeschaut hast, irgendwas damit zu tun?«

Ben senkte den Blick. »Ich schwöre, Zoe, ich würde nichts tun, ohne vorher mit dir zu reden, aber ja, ich habe mir Angebote angesehen, die vielleicht das Richtige für uns sein könnten. Ich habe eine nette Wohnung in diesem kleinen Dorf nicht weit vom Zentrum gefunden.«

»Wow«, rief sie. Die Vorstellung, in einem Dorf in Fußnähe zur Stadt zu wohnen, war verlockend.

»Ich dachte, wir könnten sie uns auf dem Rückweg ansehen. Vorausgesetzt, du willst das.« Er streichelte ihre Wange. »Es tut mir leid, vielleicht geht das alles ein bisschen schnell. Candice meint immer, ich bin ein Albtraum, wenn ich mir was in den Kopf gesetzt habe.«

»Weiß Candice, dass du über diesen Schritt nachdenkst?«

Die Wellen brachen sich am Ufer. Ben schüttelte den Kopf. »Ich wollte erst mit dir reden.«

»Aber du hast eine Wohnungsbesichtigung vereinbart!«, hielt Zoe ihm vor.

»Nur, weil mir das Dorf so gut gefallen hat«, entgegnete Ben. »Ich kann sie jederzeit absagen, wenn du nichts von der Idee hältst. Ich will dich nicht unter Druck setzen, und auch wenn du noch nicht so weit bist, gehe ich bestimmt nicht weg. Ich will einfach bloß mit dir zusammen sein, auf welche Weise auch immer.«

Er beugte sich zu ihr herab, um sie zu küssen, und Zoe spürte, wie ihr Herz weich wurde. Nach all dem Kummer, den sie beide erlitten hatten, erschien ihr ein Happy End beinahe unvorstellbar. Und doch hatte Zoe das Gefühl, dass ihr eine glorreiche Zukunft auf dem Silbertablett serviert wurde.

»Aber was ist mit deiner Wohnung?«, fragte sie, als sie an das schicke Haus dachte, das er mit Candice bewohnte.

Ben runzelte die Stirn. »Was soll damit sein?«

»Es ist deine Traumwohnung, das hast du selbst gesagt. Wieso willst du das aufgeben?«

»Und du bist meine Traumfrau, Zoe. Ein Haus hat keinerlei Bedeutung, wenn du nicht da bist und es zu einem Zuhause machst.«

Das war's.

»In Ordnung«, sagte sie und schlug alle Bedenken in den Wind. »Dann lass uns zusammenziehen.«

Bevor sie wusste, wie ihr geschah, hob Ben sie hoch und wirbelte sie auf dem Küstenpfad im Kreis herum.

»Ben, lass mich runter«, kreischte sie, weil das rauschende blaue Meer gefährlich nah war. »Im Ernst, du stürzt uns noch beide in den Abgrund, wenn du so weitermachst.«

Aber Ben weigerte sich und schleuderte sie weiter herum, als sei sie nicht schwerer als ein Blatt Papier.

»Zoe, ich werde dich glücklich machen. Wir beide werden so glücklich sein«, sagte er, als er sie endlich wieder auf dem Boden absetzte. »Nie im Leben hätte ich damit gerechnet, dass ich jemals jemanden finde, der mich so glücklich macht, wie du es tust.«

Zoe konnte nicht aufhören zu lächeln. Ben war der Mann, den sie wollte, und sie wollte ihn nie wieder gehen lassen. Sie wandte den Blick ab und betrachtete die Klippen und das Meer unter ihnen. Wieder musste sie an die Schmuggler denken. Schon wahr, sie waren ein Risiko eingegangen, ohne zu wissen, was ihnen bevorstand, aber wenn alles gut gegangen war, dann hatte es sich ausgezahlt.

Vierundvierzig

Bens und Zoes restliches Wochenende war von dem Plan zusammenzuziehen dominiert. Eingehakt wanderten sie an der Küste Cornwalls entlang und erörterten und planten ihre Zukunft. Zoe bestand darauf, dass sie sich am Abend hin und wieder Essen bestellten und sich die Hausarbeit gerecht teilten. Ben war einverstanden, wollte seinerseits aber an Sonntagen lange ausschlafen und wenigstens einen Abend in der Woche, an dem sie nicht wie ein altes Ehepaar vor dem Fernseher versumpften. Dem stimmte Zoe gern zu, und die gesamte Heimfahrt über konnte sie nicht aufhören zu lächeln. Endlich war sie von ganzem Herzen glücklich.

Trotz der Mühe, die Ben sich gegeben hatte, beim Wandern mitzuhalten und am Abend lange aufzubleiben, war für Zoe unübersehbar, dass ihn das Wochenende strapaziert hatte. Seit seiner Rückkehr in die Arbeit hatte er etwas an Gewicht zugelegt, aber er hatte noch lange nicht zu seiner alten Kraft zurückgefunden. Als Zoe vorgeschlagen hatte, die Rückfahrt zu übernehmen, und Ben einverstanden gewesen war, freute sie sich, dass sie ein so gutes Team abgaben.

»Wann genau ist die Besichtigung?«, fragte sie, ohne den Blick von der Straße abzuwenden.

Ben sah auf die Uhr und lehnte sich auf dem Beifahrersitz zurück. »Um drei. Wir haben genug Zeit.«

Zoe nickte zufrieden. »Perfekt. Vielleicht schaffe ich ja sogar noch ein schnelles Sandwich zur Feier des Tages, bevor ich zur Nachtschicht muss.«

»Ich hatte ganz vergessen, dass du heute Nachtdienst hast.«

»Ich nicht.« Zoe seufzte. »Holterdiepolter zurück ins echte Leben.«

Ben lächelte. »Alle Träume vergehen irgendwann mal.«

»Aber nicht in unserem Traumhaus«, widersprach Zoe ernst. »In unserem Zuhause wird alles perfekt sein.«

»Du hast die Wohnung noch nicht in echt gesehen. Vielleicht findest du sie ja ganz schrecklich«, wandte Ben ein.

»Ne, ich habe die Fotos gesehen. Sie wird schon allein deswegen perfekt sein, weil du sie ausgesucht hast.«

Ben grinste. »Hoffentlich bist du auch dann noch so nett zu mir, wenn wir zusammenleben.«

»Kommt ganz darauf an.« Zoe sah in den Seitenspiegel, bevor sie die Spur wechselte. »Wenn du überall deine schmutzige Unterwäsche herumliegen lässt und benutzte Tassen irgendwo abstellst statt in den Geschirrspüler, dann könnte es durchaus Krach geben.«

»He!«, rief Ben. »So etwas ist liebenswert.«

»Ganz und gar nicht«, widersprach Zoe heftig.

»Hör auf, an mir herumzumäkeln«, meinte Ben lachend. »Wir sind noch nicht einmal zusammengezogen.«

Zoe grinste über Bens spielerische Verzweiflung. »Das ist nur eine Kostprobe dessen, wie es in ein paar Monaten zugehen wird.«

»Nur zu«, sagte Ben, die Augen liebevoll zusammengekniffen.

Zwei Stunden später erreichten sie die Wohnung, und Zoe fand einen Parkplatz direkt vor dem Haus. Die Maklerin war eine gut gelaunte Frau in den Zwanzigern und trug ein elegantes schwarzes Kostüm. Sie händigte ihnen die Unterlagen aus und bat sie herein. Kaum dass Zoe den Flur betrat, atmete sie auf. Die Wohnung strahlte eine Atmosphäre aus, als sei sie schon immer ihr Zuhause gewesen. Zoe warf Ben einen Blick zu und merkte, dass er genauso begeistert war wie sie und sich freudig in der Wohnung umsah.

Die Fotos im Internet hatten nicht getrogen, es war ein wahrhaft schöner Ort. Die gesamte Wohnung war weiß gestrichen, was ihr einen luxuriösen Touch verlieh. Die hohen Decken und großen Schiebefenster ließen viel Licht herein, und das geräumige Wohnzimmer war dank des kunstvoll verzierten Kamins und der offenen Küche aus Walnussholz mit einer Kücheninsel aus Granit überraschend heimelig.

»Wir können jeden Tag mit Blick in den Hof frühstücken.« Zoe trat zu Ben und verschränkte ihre Finger mit seinen.

»Das klingt sehr schön.« Ben lächelte und folgte ihrem Blick, während Zoe sich Töpfe mit lila und weißem Lavendel und ein Spalier voller süßlich duftender Pfingstrosen ausmalte.

»Der Hof gehört natürlich zur Wohnung«, sagte die Maklerin. »Da sind Sie ganz für sich.«

»Ganz für uns, soso.« Ben zwinkerte.

Verzweifelt schüttelte Zoe den Kopf. »Immer langsam, mein Lieber, wir haben noch nicht unterschrieben.«

»Aber wir werden es tun, oder?«, sagte Ben und spazierte mit ausgestreckten Armen durch den Raum, als wolle er sich kein Detail entgehen lassen.

Die Maklerin lächelte. »Wollen Sie den Rest auch noch sehen?«

»Ja, bitte«, sagte Zoe. Aber schon während sie der Maklerin nach oben folgte, um die Schlafzimmer und das Bad zu besichtigen, wusste sie, dass die Sache ausgemacht war. Es müsste schon ein ernsthaftes Problem geben, dass sie sich dagegen entscheiden würde. Die Schlafzimmer im ersten Stock enttäuschten sie nicht, und während sie durch die Zimmer schlenderte, entstanden immer neue Bilder ihres wunderbaren neuen Lebens mit Ben in ihrem Kopf. Sie erschauderte vor Freude, als sie sich vorstellte, mit ihm aufzuwachen, die Sonntagszeitung zu lesen und zahllose Tassen Kaffee zu trinken.

»Gefällt's dir?«, fragte Ben, als die Maklerin sie allein ließ, damit sie ein Gefühl für die Wohnung bekommen konnten.

Zoe schlang ihm die Arme um den Hals und sog den mittlerweile vertrauten Aqua-di-Parma-Duft ein. »Es ist wunderbar.«

»Das finde ich auch.«

»Also machen wir das wirklich?«

»Ja, wir machen das wirklich.«

Die Aufregung, die sich in ihrem Magen aufgestaut hatte, machte sich wieder bemerkbar.

»Gehe ich recht in der Annahme, dass Sie beide die Wohnung wollen?«, unterbrach sie die Maklerin.

»Ja, ganz richtig«, beteuerte Zoe.

»Perfekt.« Die Maklerin strahlte. »Sie ist sofort frei, Sie können also einziehen, sobald Sie wollen, vorausgesetzt, Sie haben die nötigen Referenzen. Haben Sie Zeit, mich ins Büro zu begleiten, damit wir den Papierkram erledigen können?«

»Ja«, sagte Ben, doch Zoe sah auf die Uhr und schüttelte den Kopf.

»Ich muss los, sonst komme ich noch zu spät zum Dienst.«

»Das macht nichts. Ich kann mitgehen, und du füllst die leeren Felder einfach später aus – sofern das in Ordnung ist«, wandte sich Ben an die Maklerin, die nickte. »Dann ist das also geklärt. Ist es für dich in Ordnung, direkt zur Arbeit zu fahren?«

»Die Bushaltestelle ist ganz in der Nähe, und der Bus fährt bis zum Hospiz«, sagte Zoe und zog die Augenbrauen hoch. »Es kommt mir beinahe so vor, als habe jemand auch daran gedacht.«

»Beinahe.« Ben nickte, und von den schelmischen Fältchen in den Augenwinkeln abgesehen war sein Gesicht völlig ernst.

Spielerisch schlug Zoe mit der Handtasche nach ihm. Er hatte tatsächlich an alles gedacht. Er beugte sich zu ihr herunter und küsste sie zum Abschied.

»Sieh mal«, flüsterte er. »Der erste Kuss in unserem neuen Zuhause.«

*

»Das müsste jetzt aber die letzte Kiste sein«, keuchte Miles atemlos und wuchtete den Bücherkarton von der Ladefläche des gemieteten Lieferwagens auf die Treppenstufe. Zoe lachte, als sie sah, wie ihm der Schweiß über die Stirn rann. Er hatte darauf bestanden, dass es kein großer Aufwand wäre, Zoe beim Umzug zu helfen, doch als sie ihn jetzt betrachtete, wie er leise vor sich hin fluchte, das neue T-Shirt zerknittert und schmutzig, ahnte sie, dass er sein Angebot bereute.

»Ja, du kannst beruhigt sein, es ist wirklich die letzte. Das war wirklich nett von dir«, sagte Zoe dankbar.

Ben saß auf dem Sofa, das sie sich neu gekauft hatten, und mit einem kurzen Blick drängte Zoe ihn, aufzustehen. Er hatte zwar seine eigenen Sachen schon alle hergeschafft, aber es gab immer noch eine Menge zu schleppen.

»Schon gut, schon gut«, brummte er und kam widerwillig auf die Beine.

Während er Miles dabei half, die letzte Kiste abzusetzen, sah Zoe sich in ihrem neuen Zuhause um. Überall stapelten sich

Kartons, und sie hatte nicht die geringste Ahnung, wo der Wasserkocher war. Sie wusste nur noch, dass sie ihn ganz oben in eine Kiste mit der Aufschrift »Küche« gepackt hatte.

»Können wir noch irgendwas für euch tun?«, fragte Sarah fröhlich, während Lottie hinter ihr hertrottete, mit Ohs und Ahs durch die Zimmer stromerte und Nischen und Verstecke inspizierte, die der genaueren Erkundung harrten. Das kleine Mädchen war erschüttert gewesen, dass Zoe ausziehen wollte, bis die ihr erklärte, dass sie ihr eigenes Zimmer haben würde und jederzeit zum Übernachten zu ihnen kommen könnte. Also war Lottie gleich nach der Ankunft schnurstracks auf die Kammer zugesteuert, die ihr Zimmer werden sollte, und sie freute sich auf Gutenachtgeschichten von Ben und Zoe, wenn sie bei ihnen übernachtete.

»Nein danke, alles okay«, antwortete Zoe. »Den Rest kriegen wir schon hin.«

Sarah zog die Augenbrauen hoch. »Hm, na dann wünsche ich euch viel Spaß.«

»Den werden wir haben.« Ben fuhr sich mit der Hand über den Schädel und stellte sich neben Zoe, um das Durcheinander zu betrachten.

»Okay, dann bis bald und viel Erfolg.« Miles grinste und wirkte deutlich besser gelaunt, nun, da ihm keine weitere Arbeit mehr bevorstand. »Ich weiß ja nicht, wie es dir geht, Ben, aber ich kann jetzt ein Bier brauchen.«

»Ich denke, das wird mein erster Job sein«, sagte Ben feierlich.

»Ich glaube, das wird für uns beide der erste Job sein«, meinte Zoe und legte den Kopf auf Bens Schulter.

»Ich würde euch raten, fürs Erste nur die wichtigsten Sachen auszupacken«, sagte Sarah und ergriff die Hand ihrer Tochter. »Alles andere kann bis morgen warten.«

»Gute Idee«, erwiderte Zoe und unterdrückte ein Gähnen. Schon jetzt wünschte sie sich nichts, als ins Bett zu kriechen. »Vielen Dank für alles. Ich weiß eure Hilfe wirklich zu schätzen.«

»Das tun wir beide«, stimmte Ben ihr zu. »Ihr müsst bald einmal zum Abendessen kommen, damit wir uns richtig bedanken können.«

»Tschau, Kumpel.« Miles klopfte Ben auf die Schulter und drückte sich an ihnen vorbei hinaus auf den Flur.

Sarah küsste erst Ben auf die Wange und dann Zoe, und Lottie umschlang Zoes Beine und klammerte sich daran fest wie ein Koala an einen Baum, doch Sarah zog sie sanft fort mit dem Versprechen, dass sie sehr bald wiederkommen würden.

»Da wären wir«, flüsterte Ben, als sie allein waren. »Unser erstes Heim. Was sollen wir als Erstes taufen?«

Zoe lachte und ließ sich auf dem Sofa nieder. Ihr Rücken schmerzte, und ihre Füße waren wund. »Wie wär's, wenn wir einen Augenblick Pause machen?«

»Typisch.« Ben verdrehte die Augen, setzte sich neben sie und legte ihr den Arm um die Schulter. »Es heißt, die ganze Leidenschaft ist dahin, kaum dass man zusammenzieht.«

Zoe schloss die Augen und erlaubte der Erschöpfung, den Körper in Beschlag zu nehmen. Es war ein langer Tag gewesen, und sie hatte nicht die Kraft, Bens schwachen Scherzen Paroli zu bieten.

»Was hältst du von einem Glas Wein?«, meinte sie und schlug die Augen auf.

Die Idee ließ Ben sichtlich aufleben. »Klingt gut, nur wage ich zu bezweifeln, dass unsere Gläser den Umzug heil überstanden haben, so wie Miles die Kisten herumgeworfen hat.«

»Wir können ja Tassen benutzen«, meinte Zoe.

Schnell fand sie den Wein und zwei nicht zusammenpassende, aber saubere Gläser und kehrte damit zu ihm zurück.

»Und, bereust du es?«, konnte Zoe nicht umhin zu fragen, als sie ihm ein Glas in die Hand drückte.

»Kein bisschen«, erwiderte Ben bestimmt. »Mehr will ich nicht.«

»Mehr nicht?« Zoe schmunzelte. »Ich kenne dich vielleicht noch nicht allzu lang, Ben Tasker, aber ich kenne dich gut genug, um zu wissen, dass du immer auf eine neue Herausforderung aus bist. Was planst du als Nächstes?«

»Nichts.« Ben nahm einen großen Schluck und legte den Arm auf die Rückenlehne der Couch. »Ich habe eine Traumkarriere, eine Traumfrau und eine Traumwohnung. Was brauche ich mehr?«

Er beugte sich zu ihr und küsste sie auf die Lippen, und Zoes Magen knurrte.

»Ich brauche was zu essen«, meinte sie. »Worauf hast du Lust?«

»O Gott, ist es jetzt schon so weit?«, rief Ben, die butterkeksfarbenen Augen schreckgeweitet.

»Was meinst du?«

»Lass uns nicht eines der Paare werden, die über nichts anderes reden als darüber, was es zum Abendessen geben soll und wer dran ist, den Müll rauszubringen.«

»Nie im Leben.« Feierlich bekreuzigte sich Zoe auf der Brust. »Was hältst du von ein paar Pommes von der Imbissbude gegenüber?«

»Das klingt schon besser«, sagte Ben, und bei dieser Aussicht leuchteten seine müden Augen auf.

Später, nachdem Zoe die Reste der Fish and Chips zusammengepackt und in den Müll geworfen hatte, kehrte sie zu dem

Platz neben Ben auf dem Sofa zurück, den sie insgeheim bereits zu ihrem zukünftigen Stammplatz erkoren hatte.

»Das war vielleicht ein Tag«, meinte Ben seufzend. »Wie oft passiert es schon, dass man mit der Liebe seines Lebens zusammenzieht und Fish and Chips zum Abendessen isst?«

Es klang leichthin gesagt, aber als Zoe ihm in die Augen sah, sich zu ihm beugte und ihn küsste, war ihr bewusst, dass sie es genauso empfand. Während sie seinen Lippen auf ihren nachspürte, erinnerte sie sich an die einsame Reise aus Australien nach England. Sie hatte nicht damit gerechnet, jemals wieder glücklich zu sein. Und doch war sie es, und das lag im Wesentlichen an Ben. Wie ein leuchtender Stern in tiefschwarzer Nacht hatte er sie geführt, und seither hatte sie das Gefühl, dass sein Lichtschein auf sie fiel.

»Ben Tasker«, flüsterte sie. »Danke, dass du mich wieder zum Leben erweckt hast.«

Fünfundvierzig

Es war mehr als zwei Wochen her, dass Ben und Zoe zusammengezogen waren, und sie waren selbst überrascht, wie schnell sie zu einem guten Rhythmus gefunden hatten. Morgens bereitete derjenige, der zuerst aufstand, das Frühstück, der andere machte das Bett. Meistens fuhren sie gemeinsam zur Arbeit, und abends machten sie es sich in glückseliger Zweisamkeit auf dem Sofa gemütlich. Die Nächte wurden nach und nach länger, nun da es September geworden war, und Zoe stellte fest, dass sie sich auf die kalten Wintertage und -nächte freute, wenn sie und Ben sich unter die Bettdecke kuscheln und aneinander wärmen würden.

Nur eines würde das Leben noch schöner machen, dachte Zoe, nämlich, wenn Miles endlich aufhörte, täglich einen Lagebericht einzufordern. Sie wandte den Blick vom Bildschirm am Stationstresen ab und sah zu ihm hoch. Mit aufgeregter Miene erwartete er ihre Antwort auf die Frage, was Ben ihr am Vorabend zum Abendessen gekocht hatte.

»Miles, woher kommt dieses Interesse?«, fragte sie verwundert. »Seit Ben und ich zusammengezogen sind, nimmst du stärker an meinem Liebesleben Anteil als eine Teenagerin. Was ist los?«

Kurz zeichnete sich Schuldbewusstsein auf seinem Gesicht ab. »Gar nichts. Ich find's nur cool, dass es dir gut geht.«

Zoe schüttelte den Kopf. »Das nehme ich dir nicht ab.«

Miles zog die Nase kraus, als wäge er ab, ob er die Wahrheit sagen solle. »Ich möchte Sarah fragen, ob ich einziehen darf, das ist alles. Aber ich wollte die Sache vorsichtshalber nicht zu schnell angehen.«

»Vorsichtshalber?«

Miles war peinlich berührt. »Nur für den Fall, dass es zwischen dir und Ben wieder Probleme gibt und du zurück zu Sarah musst.«

Bei diesen Worten warf Zoe den Kopf in den Nacken und brach in gackerndes Gelächter aus. »Miles, du bist zum Schießen!«

»Nein, du wolltest, dass ich die Wahrheit sage«, widersprach Miles und klang beleidigt.

Während Zoe noch darum rang, sich zu beruhigen, steuerte Karen schnurgerade auf den Stationstresen zu.

»Was ist so früh am Morgen schon so lustig?« Sie runzelte die Stirn und sah zuerst Zoe und dann Miles an.

»Entschuldige, Karen«, sagte Zoe kleinlaut.

»Ja, tut uns leid, Karen. Wir albern nur herum«, fügte Miles hinzu.

Lächelnd setzte die Leiterin einen großen Stapel Akten auf dem Tisch ab. »Ihr braucht euch nicht zu entschuldigen, es ist schön, wenn gelacht wird. Ich wollte nur mitlachen.«

Mit dem Kopf deutete Zoe auf Miles. »Dieser Clown hat Angst, dass ich zu Sarah zurückziehen will.«

Karen zog die Augenbrauen hoch. »Jetzt schon? Ihr seid doch gerade erst zusammengezogen!«

»Eben. Miles möchte meinen Platz einnehmen, aber er fürchtet, dass ich zurückkomme und seinen Plan ruiniere.« Zoe lächelte.

Karen beugte sich über den Tresen und bedeutete Miles, näher zu kommen. »Pfleger Anderson, hier in England gibt es ein Sprichwort, das du dir zu Herzen nehmen solltest. Willst du deiner Großmutter wirklich so schnell ins Grab hinterherspringen?«

Verwirrt starrte Miles sie an, woraufhin Karen schallend lachte und sich dann an Zoe wandte. »Könntest du um zehn Uhr zu mir ins Büro raufkommen? Es gibt da was Wichtiges, was ich mit dir besprechen will.«

»Ja, klar«, antwortete Zoe. »Ist alles in Ordnung?«

Karen schenkte Zoe ein vages Lächeln, das die nicht deuten konnte. »Alles in Ordnung. Die Einzelheiten erkläre ich dir später.«

Karen verabschiedete sich, und Zoe spürte, wie sich Miles über ihre linke Schulter beugte.

»Ich würde mal sagen, die Chancen stehen eins zu hundert, dass alles in Ordnung ist!«, scherzte er.

»Ach, halt die Klappe!«, erwiderte Zoe und schlug Miles mit einer von Karens Aktenmappen leicht auf den Kopf.

*

Trotz der Versicherung, dass alles in Ordnung sei, war Zoe in Sorge, als sie sich schließlich zum Büro der Hospizleiterin begab. Was war los? Der Papierkram war auf dem neuesten Stand, die Patientenversorgung funktionierte gut. Ging es darum, dass Ben und sie zusammengezogen waren? Wollte Karen ihr sagen, dass der Vorstand nicht glücklich über ihre Beziehung war? Oder schlimmer noch: Was, wenn sie wollten, dass Zoe Bens Job übernahm? Er sollte sich demnächst um eines der Hospize der Harpers in Gloucestershire kümmern. Ihr graute bei der Vorstellung, wieder eine leitende Funktion zu übernehmen.

Die Tür zu Karens Büro war nur angelehnt, und aus dem Zimmer drangen Stimmen heraus auf den Flur. Zoe klopfte, die

Stimmen verstummten, und sie hörte Karen sagen: »Das muss sie sein«, bevor sie »Herein« rief.

Als sie die Tür ganz aufmachte, sah Zoe, dass Karen nicht wie erwartet an ihrem Schreibtisch saß, sondern auf einem Sessel am anderen Ende des Raums. Ihr gegenüber saßen zwei Frauen, jede davon mit einer Teetasse in der Hand, die Zoe sofort erkannte.

»Ella! Mrs Pagett! Wie schön, Sie beide zu sehen!«, rief sie beim Anblick von Rickys Mutter und Großmutter.

»Hallo, Zoe«, erwiderte Ella schüchtern.

»Zoe, meine Liebe, schön, Sie wiederzusehen«, sagte Mrs Pagett herzlich.

»Setz dich zu uns.« Karen bedeutete ihr, sich auf den Stuhl ihr gegenüber hinzusetzen. Dann schenkte sie ihr eine Tasse Tee aus der Kanne ein, die auf dem Tisch stand, und Zoe nahm sie, denn es war offensichtlich nicht der richtige Moment, zu fragen, ob sie stattdessen einen Kaffee bekommen könnte.

»Wie geht es Ihnen?«, fragte Zoe und musterte Ella genauer. Rickys Tod war drei Monate her, und Zoe hatte oft an seine junge Mutter denken müssen. Heute wirkte sie einigermaßen gefasst. Zwar war sie dünn und blass, aber mit ihrer aufrechten Haltung und ihrem festen Blick strahlte sie eine gewisse Stärke aus.

»Uns geht es gut, nicht wahr, Liebes?«, antwortete Mrs Pagett mit einem strahlenden Lächeln, während sie ihrer Tochter über den Rücken streichelte.

Ella nickte. »Es ist hart, wie Sie gesagt haben, aber ich bin jeden Morgen aufgestanden, und es hilft zu wissen, dass Ricky nicht mehr leiden muss.«

»Sehr gut.« Zoe nickte anerkennend. »Ich weiß, wie schwer es ist, Ella, aber ganz im Ernst, man muss einen Tag nach dem anderen angehen. Sie schaffen das.«

Eine Träne rann über Ellas Wange, und Mrs Pagett drückte die Hand ihrer Tochter und lächelte Zoe an. »Darüber wollten wir mit Ihnen reden.«

Zoe runzelte die Stirn. »Was meinen Sie?«

»Sie waren Ella eine solche Hilfe, als Ricky gestorben ist.« Kummer zeichnete sich auf Mrs Pagetts offenherziger Miene ab. »Ich werde nie vergessen, wie nett Sie zu uns waren. Das werden wir beide nicht.«

Als ihr Blick zu ihrer Tochter wanderte, konnte Zoe erkennen, wie nah sie einander standen. Kurz sehnte sie sich nach ihrer eigenen Mutter. Ruth war der Fels in der Brandung gewesen, als Sean gestorben war, aber Zoe war von ihrer Trauer derart überwältigt gewesen, dass sie Ruths Angebot zu reden ausgeschlagen und ihre Gefühle für sich behalten hatte. Sie hoffte, dass es mittlerweile anders wäre. Seit sie Ruth vor ein paar Wochen angerufen hatte, hatten sie regelmäßig telefoniert, und es sah so aus, als wollten sie beide die Beziehung zueinander erneuern.

»Das habe ich gern getan. Ich bin froh, dass ich für Sie da sein konnte.«

»Es hat so viel ausgemacht, dass Sie da waren«, beteuerte Ella, und sie hob den Kopf und sah Zoe in die Augen. »Besonders der Brief, den Sie mir gegeben haben. Ich lese ihn jeden Tag. Gerade in der Anfangszeit habe ich mich an diese Worte geklammert. Mir kam es so vor, als hätten Sie in meine Seele geschaut und ganz genau gewusst, was ich brauche.«

Zoe fühlte sich unbehaglich. Sie war nicht auf Lob aus.

»Das freut mich«, sagte sie leise. »Als ich Sean verloren habe, war mir das Blatt Papier mit seinen letzten Worten das Wichtigste auf der Welt. Und das ist es immer noch.«

»Genau darüber wollten wir heute sprechen«, schaltete sich

Karen in das Gespräch ein. »Mrs Pagett und Ella sind letzte Woche mit einer Idee auf mich zugekommen.«

»Aha?«

»Ja, Ihr Brief an Ella hat uns so gerührt, Zoe, dass uns beiden bewusst wurde, wie wichtig so etwas sein kann«, erläuterte Mrs Pagett. »Außerdem wollen wir etwas tun, um das Andenken an Ricky hochzuhalten.«

Karen beugte sich in ihrem Sessel vor und wandte sich an Zoe. »Die Pagetts wollen eine Briefkampagne für Eltern ins Leben rufen, die ein Kind verloren haben. Nur ein kurze Botschaft, die ihnen zeigt, dass sie die Unterstützung und Zuneigung anderer Eltern oder Menschen haben, die ihren Verlust nachvollziehen können.«

»Zwei Wochen nach Rickys Tod war ich bei einer Selbsthilfegruppe für trauernde Eltern und habe von Ihrem Brief erzählt«, führte Ella mit ernster Miene aus. »Ich habe gesagt, dass er mich selbst in den dunkelsten Stunden darauf vertrauen lässt, dass es eines Tages besser wird und ich irgendwann einmal aufwachen werde und der Schmerz nicht mehr ganz so schlimm ist. So weit bin ich noch nicht, aber Ihr Brief hilft mir, morgens aufzustehen, Zoe, sogar dann, wenn ich denke, dass ich es nicht schaffe.«

»Was sagen Sie dazu?«, fragte Mrs Pagett.

»Ich finde das eine wunderbare Idee«, flüsterte Zoe von Gefühlen überwältigt.

»Schön.« Karen lächelte. »Als die Pagetts Simon und mich kontaktiert haben, waren wir begeistert von der Idee. Simon will das Projekt durch das Hospiz unterstützen, in Gedenken an seinen verstorbenen Bruder Nathaniel, und will auch bei der Finanzierung helfen.«

»Mrs Harper hätte das großartig gefunden«, sagte Zoe anerkennend.

»Genau«, sagte Karen. »Aber wir hoffen alle sehr, dass du Ella und Mrs Pagett dabei hilfst, die Sache aufzuziehen.«

Zoe stockte der Atem. »Sie wollen, dass ich mitmache?«

»Wer denn sonst?« Ella lächelte Zoe an. »Ohne Sie geht es nicht.«

Sechsundvierzig

»Bist du sicher, dass dir das nicht zu viel wird?«, fragte Ben sie zum gefühlt tausendsten Mal.

Stirnrunzelnd saß Zoe in einer Ecke des Pubs. Es war eine Woche her, dass Ella und ihre Mutter das Briefprojekt mit ihr besprochen hatten, und seitdem hatte sie kaum mehr eine freie Minute.

Der Plan war, dass das Hospiz mit anderen Hospizen kooperierte, zunächst in der näheren Umgebung, um Menschen zu erreichen, die in jüngerer Zeit einen Verlust erlitten hatten. Ursprünglich hatten Ella und ihre Mutter sich auf trauernde Eltern konzentrieren wollen, aber Zoe pochte darauf, dass es viele Menschen gab, die von einer Briefkampagne wie dieser profitieren würden, und dass sie ihren Aufruf ausweiten sollten. Es brauchte nicht allzu viel Überredungskunst, und sie vereinbarten, das Angebot regional auszudehnen, sollten sie erfolgreich sein, in der Hoffnung, irgendwann einmal landesweit aktiv zu sein. Seit Zoe zur Speerspitze des Projekts erkoren worden war, steckte sie voller Enthusiasmus. Es war genau die Herausforderung, nach der sie – ohne es zu wissen – gesucht hatte.

Der einzige Wermutstropfen war Ben. Als sie ihm von der Idee erzählt hatte, war sie davon ausgegangen, dass er begeistert wäre. Überraschenderweise aber war er besorgt gewesen, und Zoe verstand nicht, warum.

»Natürlich wird mir das nicht zu viel«, sagte sie leicht gereizt und nahm einen Schluck. Sie hatte Rotwein gewählt, nun, da die Nächte etwas herbstlicher wurden, und genoss das satte Traubenaroma am Gaumen. »Ich verstehe nicht, warum du mich dabei nicht so richtig unterstützt.«

Ben trank einen Schluck Bier. »Das ist es gar nicht. Ich mache mir nur Gedanken, ob es nicht zu viel Arbeit wird. In den letzten Tagen haben wir uns kaum gesehen.«

Zoe seufzte. Es stimmte, dass es viel zu tun gab. Sie hatte die ganze Woche unbezahlte Überstunden gemacht, um ein Büro im obersten Stockwerk des Hospizes herzurichten, in dem sie sich zu dritt um die Korrespondenz kümmern konnten. Außerdem hatte sie bei den örtlichen Unternehmen um Spenden für die nötigen Schreibwaren und alles andere, was anfallen würde, geworben. Bislang waren die Reaktionen positiv. Einer der Schreibwarenhändler in Bath wollte Material beisteuern, und ein Steuerberater war bereit, die Portogebühren zu übernehmen. Sie hatten also einen fantastischen Start hingelegt, aber Zoe war bewusst, dass ihnen noch viel Arbeit bevorstand, wenn das Projekt ein Erfolg werden sollte.

»Geht es dir darum? Dass wir zu wenig Zeit füreinander haben?«, fragte sie sanft.

Ben wirkte verlegen. »Um beides vielleicht.«

»Ach, du Dummerchen.« Zoe beugte sich über den Tisch, um ihn zärtlich auf die Wange zu küssen. »Ich habe jede Menge Zeit für dich.«

»Ich weiß«, flüsterte Ben. »Aber ich habe Angst, dass dich das in die Vergangenheit zurückzieht.«

Zoe strich sich eine lose Haarsträhne aus den Augen. Sie erkannte an seinem Gesichtsausdruck, dass ihn nicht nur eigennützige Gedanken quälten.

»Du meinst wegen Sean«, sagte sie leise.

»Du hast so große Fortschritte gemacht. Natürlich wünsche ich mir für dich, dass du Sean in Erinnerung behältst, aber ich mache mir Sorgen, dass dich das alles in die Trauer zurückzieht.«

Verständnisvoll lächelte sie ihn an. »Das wird es nicht, Ben. Ich weiß, du machst dir Sorgen, aber ich weiß auch, wie einsam man sich als Eltern fühlt, wenn man ein Kind verliert. Es kann das Leben zerstören, die Beziehungen, die Arbeit und das Selbstwertgefühl. Nirgendwo sonst könnte ich meine Erfahrungen besser einsetzen als in der Arbeit mit Ella und ihrer Mutter, und indem ich anderen in derselben Lage helfe. Dadurch, dass wir miteinander reden und mit anderen fühlen, können wir Dinge verändern. Auf diese Weise haben Seans Tod und all der Kummer, den David und ich durchgemacht haben, einen Sinn.«

Bens sorgenvoller Blick wurde zärtlich. »Du bist unglaublich, Zoe«, flüsterte er sanft, während im Hintergrund leise *Teardrop* von Massive Attack lief. »Es tut mir leid. Mir war nicht klar, wie es dir damit geht. Ich dachte, das macht dich nur wieder unglücklich.«

»Weißt du, Ben, der Schmerz geht nie weg, man lernt einfach nur, besser damit zu leben«, erklärte Zoe. »Ich denke jeden Tag an Sean, er ist immer bei mir, egal wo ich bin.«

»Das tut mir leid.«

»Das muss dir nicht leidtun«, meinte Zoe. »Aber du musst verstehen, dass ich immer Seans Mum bleiben werde, auch wenn er nicht mehr am Leben ist. Er wird niemals vergessen werden, und ich will, dass Menschen, denen das Gleiche widerfahren ist, wissen, dass man mehr tun kann als überleben – man kann leben.«

»Kann ich denn irgendetwas zur Unterstützung tun?«

»Bestimmt«, sagte Zoe. »Aber frag mich nicht, was – im Augenblick schwirrt mir der Kopf.«

»Das denk ich mir.« Ben lächelte schwach. Er lehnte sich zurück und schloss für einen Augenblick die Augen. Zoe nahm sich Zeit, ihn zu beobachten. Er wirkte ruhig, und sie fürchtete, er war derjenige von ihnen, der zu viel gearbeitet hatte.

Glücklicherweise fing Ben an, ein wenig an Gewicht zuzulegen, aber er war immer noch zu dünn. Candice und Zoe hatten versucht, ihn zu mästen, aber er behauptete stets, dass er seit der Operation nicht mehr so viel essen könne. Das schien merkwürdig, denn sein Bauch blähte sich, was, wie Zoe wusste, nach Operationen geschehen konnte, wenn sich zu viel Narbengewebe bildete. Sie nahm sich vor, ihn zu bitten, seinen Arzt bei der Kontrolle im nächsten Monat danach zu fragen. In diesem Moment tauchte Candice auf.

»Hallo.« Sie setzte sich und schlüpfte aus ihrer Lederjacke.

»Wie spät ist es deiner Meinung nach?«, fragte Ben, hob zur Verdeutlichung seine Armbanduhr in die Höhe und tippte auf das Zifferblatt.

»Entschuldigung.« Candice verzog das Gesicht. »Der Zug aus London hatte Verspätung.«

»Schon okay, Hauptsache, du bist jetzt da«, meinte Zoe besänftigend.

Seit Ben und sie zusammengezogen waren, legten sie Wert darauf, auch weiterhin viel Zeit mit Freunden zu verbringen. Sie wollten nicht zu den Paaren gehören, die diejenigen vergaßen, die ihnen nahestanden, kaum dass sie die Liebe gefunden hatten. Insbesondere weil Ben und Candice Zwillinge waren und Zoe der Meinung war, eine solche Bindung müsse man pflegen, hatte sie dafür gesorgt, dass sie sich jeden Dienstag im Pub trafen, vorausgesetzt, der Dienstplan und etwaige Techtelmechtel aufseiten von Candice erlaubten es. Ben klagte immer ein bisschen darüber und meinte, Candice sei ohnehin oft genug bei ihnen zu Besuch, aber Zoe wusste, dass die Geste ihnen beiden viel bedeutete.

»Und, wie war dein Tag?«, fragte Zoe.

»Lang.« Gequält verzog Candice das Gesicht. »Ich brauche einen Drink. Kann ich euch was mitbringen?«

»Ich gehe schon. Ich muss ohnehin aufs Klo«, bot Ben an und stand auf.

Als Ben außer Sichtweite war, grinste Candice breit und klatschte begeistert in die Hände. »Ich habe von deinem Briefprojekt gehört. Das ist fantastisch! Ich habe mit meiner Chefin geredet, und die meint, wir könnten euch finanziell unterstützen.«

»Wow! Vielen Dank!«, rief Zoe überrascht aus. »Ich muss gestehen, ich bin total aufgeregt.«

»Das merkt man. Ich kann mich nicht erinnern, dich jemals so begeistert erlebt zu haben, außer vielleicht an dem Tag, als du Bens Auto das erste Mal gesehen hast. Allerdings bin ich davon ausgegangen, dass es mehr an Ben als an dem Porsche lag.«

»Der Porsche ist schon ziemlich beeindruckend«, sagte Zoe lachend. »Ich hatte keine Ahnung, dass meine Gefühle für deinen Bruder so offensichtlich waren.«

Candice verdrehte die Augen. »Es war für alle offensichtlich außer für euch zwei!«

Zoe errötete. »Tut mir leid.«

»Muss es nicht. Das Warten hat sich ja gelohnt. Übrigens, wie geht es meinem kleinen Bruder?«

»Er ist müde.« Zoe seufzte. »Ich sage ihm ständig, er soll es langsamer angehen.«

»Aber er hört nicht auf dich?«

»Du hast es erfasst«, antwortete Zoe, doch dann kam ihr ein Gedanke. »Meinst du, es besteht die Chance, dass du mal mit ihm redest?«

Candice entfuhr ein Zischen. »Ich? Vergiss es!«

»Aber ihr zwei steht euch nahe, von dir lässt er sich doch sicher etwas sagen.«

»Na klar.« Candice schnaubte.

»Im Ernst«, versuchte es Zoe noch einmal. »Was ist mit der besonderen Verbindung zwischen Zwillingen? Kannst du ihm nicht irgendwas per Gedankenübertragung übermitteln?«

»Das ist doch Kokolores«, entgegnete Candice geradeheraus. »Zumindest was Ben und mich angeht. Wir stehen uns nahe, aber er hört ganz sicher nicht auf mich, wenn ich ihm sage, was er tun soll. Im Zweifel macht er das Gegenteil.«

Frustriert seufzte Zoe. »Vielleicht hätte ich diese neue Aufgabe nicht übernehmen sollen. Ben ist immer noch schwach.«

Beruhigend legte Candice Zoe eine Hand auf den Unterarm. »Das sollst du noch nicht einmal denken. Als Ben mir davon erzählt hat, wusste ich sofort, dass es das Richtige für dich ist. Außerdem«, fügte sie hastig hinzu, weil Ben sich mit einem Tablett voller Getränke dem Tisch näherte, »ist mein Bruder meines Wissens schon groß und kann auf sich selbst aufpassen. Kümmre du dich um dich, Zoe Evans.«

Siebenundvierzig

Ende September lief das neu gegründete Briefprojekt bereits auf vollen Touren, und die ersten Briefe landeten im Briefkasten. Ella dabei zuzusehen, wie sie sich engagierte, erinnerte Zoe daran, wie sie selbst angefangen hatte, in England Fuß zu fassen. Manchmal war es ganz wunderbar, die junge Frau dabei zu beobachten, welche Freude sie daran hatte, sich mit Leidenschaft für ein Projekt einzusetzen. Dann wieder brach es Zoe das Herz, wenn Ella an Rickys plötzlichen Tod erinnert wurde.

Bei Zoe war es ganz ähnlich gewesen. Die Briefe, die sie an die Patienten geschrieben und von ihnen entgegengenommen hatte, waren dringend nötiger Balsam für ihre Seele gewesen, aber hin und wieder katapultierte es sie in den Abgrund zurück, den der Tod ihres Sohnes gerissen hatte. Doch im Laufe der Zeit hatte sie besser mit dem Verlust von Sean leben gelernt, ein Gedanke, den Ella in ihrem ersten Brief aufgriff, den sie für das Projekt verfasste.

»Denkst du, das passt so?«, fragte sie schüchtern und reichte Zoe den grünen Briefbogen, den sie dafür ausgesucht hatte.

Zoe nahm den Brief und las ihn. Er war kurz, aber wunderschön formuliert.

Liebe Mrs Peterson, lieber Mr Peterson,
als mein Sohn starb, ist mir das Herz in tausend Stücke zerbrochen. Ich weiß, die Einzelteile können nie mehr zusammengesetzt werden, aber ich erlebe jeden Tag, dass die kleinen Splitter immer noch stark und voller Liebe sind, und sie erinnern mich daran, dass es Hoffnung für die Zukunft gibt, auch wenn die anders aussehen mag, als ich sie mir bei der Geburt meines Sohnes ausgemalt hatte.
Mit aufrichtiger Anteilnahme
Ella Pagett

»Genau so etwas würde ich an deren Stelle hören wollen«, sagte Zoe und gab Ella den Brief zurück.

Ellas Erleichterung war unübersehbar. »Ehrlich?«

»Ja. Du hast eine echte Begabung dafür.«

»Du bist diejenige mit der Begabung.« In Ellas Stimme schwang Bewunderung mit, als sie den Blick durch das winzige Büro schweifen ließ, das ihrem Projekt zur Verfügung stand. »Sieh dir an, was du geschafft hast.«

»Na ja, langsam wird es«, meinte Zoe und unterdrückte ein Gähnen. »Jetzt, wo wir bekannter werden, wächst die Nachfrage gewaltig an, und ich muss mich endlich auch um die sozialen Medien kümmern.«

»Ich könnte meinen Bruder Pete bitten«, schlug Ella vor. »Seit wir mit der ganzen Sache angefangen haben, sucht er nach einer Aufgabe für sich.«

Zoe lächelte. »Das wäre toll. Ich bin in solchen Dingen total unfähig und kümmere mich überhaupt nicht um die Instagram-Seite des Hospizes, das überlasse ich alles Miles.«

»Dann ist das abgemacht«, sagte Ella.

Und Ella hatte Wort gehalten und Zoe entlastet. Als sie Ben

vom vergangenen Arbeitstag erzählte, konnte der sich einen Kommentar nicht verkneifen.

»Heißt das, ich hab dich zur Abwechslung mal wieder für mich?«, fragte er am Samstagmorgen und stellte einen dampfenden Teller Rührei vor Zoe hin.

»Also bitte! Du hattest mich immer für dich, und das weißt du auch.« Sie schaufelte sich eine Gabel voll Rührei in den Mund.

»Schön wär's.« Ben setzte sich mit seinem Frühstück ihr gegenüber hin. »Wir sollten unsere Flitterwochen nutzen, Zo. Wahrscheinlich hast du mich sowieso bald über.«

»Niemals«, sagte sie zärtlich, beugte sich zu ihm und küsste ihn.

»Warum sind Sarah und Miles heute nicht da?«, fragte Ben.

Nachdem Zoe Miles versichert hatte, dass Ben und sie für immer zusammenbleiben wollten, war er zu Sarah gezogen, und bislang lief es gut. Neben den regelmäßigen Treffen mit Candice kamen auch Sarah und Lottie – und manchmal auch Miles – jeden Samstag zum Frühstücken vorbei.

»Sie bereiten die Verlobungsfeier vor«, antwortete sie. »Heute Abend ist das große Fest.«

Ben erschauderte, während er seinen Toast kaute. »Was bin ich froh, nicht an seiner Stelle zu sein.«

»He!«, rief Zoe. »Es geht um meine Freundin.«

Ben schmunzelte. »Und ich mag sie sehr. Aber du musst schon zugeben, dass sie bei dieser Party ein bisschen durchdreht.«

»Stimmt. Aber das ist heute nicht unser Problem, sondern das von Miles.«

»Falls ich es nicht schon mal erwähnt habe: Er kann sich wirklich glücklich schätzen.« Ben kicherte und handelte sich einen spielerischen Klaps von Zoe ein. »Egal. Wann müssen wir los?«, wechselte er das Thema.

Zoe sah auf die Wanduhr über der Spüle. »In ungefähr einer halben Stunde.«

Mit einem Stück Küchenrolle wischte Ben sich den Mund ab. »Und du willst mir immer noch nicht verraten, worum es hier geht und wohin wir fahren?«

»Jetzt, wo wir zusammenleben, sollten wir ein paar Geheimnisse wahren, um die Romantik am Leben zu halten.«

»Die Romantik bleibt auch so«, versprach Ben. »Ich gehe unter die Dusche.«

»Aber du hast dein Rührei nicht aufgegessen.«

»Ich habe keinen so großen Hunger. Ich tu es in ein Sandwich und nehme es mit.«

Eine Stunde später saß Ben am Steuer, das übrig gebliebene Eiersandwich mit an Bord, das Zoes Meinung nach eklig roch.

»Sagst du mir jetzt, wohin wir fahren?«, fragte Ben.

»Wart ab«, sagte sie und warf einen Blick auf die Navigations-App auf ihrem Handy. »Es ist nicht mehr weit, nur noch zehn Minuten.«

Kurz darauf kam ihr Ziel in Sicht, und als Ben das Auto in einer Parkbucht direkt am Ufer abstellte, schenkte er ihr einen ungläubigen Blick. »Weston-super-Mare? Wieso schleppst du mich in dieses öde Nest?«

Missbilligend zog Zoe die Nase kraus. »Sei nicht so gemein. Weston ist wirklich hübsch. Es war mal sehr vornehm.«

»Manche Kreise behaupten das immer noch«, erwiderte Ben diplomatisch. »Sagst du mir jetzt, warum wir hier sind?«

»Erst, wenn wir einen Kaffee getrunken und einen Spaziergang am Strand gemacht haben«, meinte Zoe und stieg aus dem Auto.

»Bis dahin, wo er zu Matsch wird?«

»Ganz genau.« Zoe grinste.

Es dauerte nicht lange, bis sie ein Café fanden, das einen

guten Kaffee servierte. Anschließend schlenderten sie Hand in Hand an der Promenade entlang, und Zoe spürte den sanften Herbstwind im Nacken und die salzige Luft in der Nase und war glücklich. Ihrer Meinung nach hatte Weston-super-Mare echten Charme. Die lang gestreckte Küste mit den verstreuten viktorianischen Häusern hatte etwas beinahe Ehrwürdiges. Und das legendäre Tropicana, das mit seinen Spaßbädern, Wellenbecken, Wasserrutschen in Ananas-Form und den Achterbahnen in den Achtzigern ein Kinderparadies gewesen sein musste, machte das Städtchen nur noch charmanter. Zoe drehte sich zu Ben. Es war an der Zeit, ihn zu erlösen.

»Du erinnerst dich an Mrs Harper?«

»Natürlich«, sagte er lächelnd. »Aber was hat sie mit Weston-super-Mare zu tun?«

»Vor ihrem Tod hat sie einen Brief an ihren Sohn Nathaniel geschrieben, der als Kind ertrunken ist«, erzählte Zoe. »Ich habe die ganze Zeit überlegt, an welchem Ort ich den Brief abschicken soll, und gestern Abend kam mir die Erleuchtung. Am Meer. Als sie und ich das erste Mal über diesen Brief geredet haben, zeigte sie mir ein Foto von sich, ihrem ersten Mann Albert und Nathaniel. Es war genau hier aufgenommen worden.«

Ben blickte sich um. »In Weston?«

»Genau.«

»Verstehe.« Bens Miene war anzusehen, dass er begriffen hatte. »Du und Mrs Harper, ihr habt euch gegenseitig von eurem Schicksal erzählt.«

Zoe nickte. Mittlerweile fiel es ihr wesentlich leichter, über Sean zu reden. Auch Ellas Briefprojekt half ihr dabei. Manchmal konnte sie über ihn sprechen, ohne zu weinen.

»Genau. Ich glaube, sie hat irgendetwas bei mir gespürt, das sie veranlasst hat, mir ihre Geschichte zu erzählen.«

»Vielleicht hat sie auch einfach nur gewusst, dass du sie verstehst. Die Trauer muss deinen Platz in der Welt nicht immer definieren, Zoe.«

»Ich weiß. Aber zwischen uns gab es eine Verbindung.«

»Und du willst diese Verbindung würdigen, indem du den Brief hierher mitgenommen hast.« Ben grinste und breitete die Arme aus, um ganz Weston einzuschließen.

Zoe lachte. »Ja. Ich glaube, das würde ihr gefallen.«

»Das glaube ich auch«, sagte Ben und ergriff ihre Hand. »Dann lass uns die Sache angehen.«

Sie zogen sich die Socken und Schuhe aus und stöhnten, als sie den kalten rauen Sand an den Fußsohlen spürten.

»Oh, es ist eisig!«, kreischte Zoe begeistert.

Ben juchzte, krümmte die Zehen und ließ die Füße in den glitschigen Matsch gleiten. »Candice und ich hatten eine Menge Spaß an diesem Strand, als wir Kinder waren.«

»Echt wahr?« Fragend sah ihn Zoe an, gespannt darauf, mehr von Bens Kindheit zu erfahren.

»Jep.« Ben deutete auf das Tropicana, das heutzutage ein Vergnügungspark war. »Mit sieben habe ich da drüben schwimmen gelernt. Und dort habe ich das erste Mal ein Mädchen geküsst.«

»Nicht zur selben Zeit, hoffe ich?«, fragte Zoe erschrocken.

»Ne, das war ein paar Jahre später, hinter der Ananas-Rutsche.« Ben kicherte, als er daran dachte. »Tanesha Adams. Sie war umwerfend!«

»Na los, mein Lieber. Genug in der Vergangenheit geschwelgt.« Zoe lachte. »Lass uns diesen Brief auf den Weg bringen.«

»In Ordnung«, stimmte er zu. »Und dann holen wir uns Pommes.«

»Pommes? Um diese Uhrzeit?«, rief Zoe. »Es ist noch nicht mal elf.«

Ben grinste. »Wir sind am Meer. Außerdem lebt man nur einmal.«

Zoe griff in ihre Handtasche und holte den Umschlag heraus, auf dem in gut lesbarer Schrift Nathaniels Name stand. Sie lächelte und fing an, den Brief zu zerreißen, rupfte ihn in winzige Fetzen und warf sie in die Luft, sodass sich die Papierschnipsel wie Konfetti über den Sand verteilten. Sie empfand es als einen perfekten Abschiedsgruß.

Achtundvierzig

Die vertrauten Klänge von *Could It Be Magic* schallten über die dicht gedrängte Tanzfläche. Zoe ließ den Blick über den Saal schweifen und sah Lottie mit ein paar Schulfreundinnen tanzen. Sie hielten sich an den Händen und hopsten übermütig zur Musik. In der Mitte hatte man einen Turm aus Sektkelchen aufgebaut, und dahinter wurden Fotos von Sarah und Miles auf eine große Leinwand projiziert.

Alles war sehr romantisch, und Zoe musste schmunzeln, als sie das letzte Foto von Sarah und Miles sah, das zu Hause aufgenommen worden war. Sarah lag schlafend auf dem Sofa, und Miles hatte einen Arm um sie gelegt und posierte strahlend für das Selfie. Die Bildunterschrift lautete: *Man weiß, wenn man sich sicher ist.*

Welche Bedeutung diese Worte bekommen hatten! Ihr Blick wanderte zu Ben, und sie spürte das vertraute Pochen ihrer eigenen Liebe. Selbst damals, als sie noch dachte, dass sie ihn nicht ausstehen könnte, hatte sie sich zu ihm hingezogen gefühlt. Ihre Gedanken wanderten zu Sean. Er hätte Ben gerngehabt, da war sie sich sicher. Sogar David würde ihn mögen, sollte er ihn jemals kennenlernen, glaubte sie.

Vor ihrem inneren Auge tauchte das Bild ihres Ex-Mannes auf, und Zoe gab sich einen Moment lang liebevollen Gedanken an ihn hin. Er hatte Wort gehalten und sich um den Verkauf des Hauses und ihres Besitzes gekümmert. Er hatte Zoe ihren Anteil überwiesen, sodass auf ihrem Bankkonto eine ordentliche Summe war, mit der sie anfangen konnte, was immer sie wollte. Womöglich war es das erste Mal in ihrem Leben, dass sie sich frei fühlte. Die Vorstellung war sowohl inspirierend als auch Furcht einflößend. Sie hatte versucht, darüber mit Ben zu reden, aber sein Rat war gewesen, den Augenblick zu genießen. Wahre Freiheit, so meinte er, war kaum zu haben.

Die letzten Töne des Take-That-Hits verklangen, und Zoe streckte die Hand nach Ben auf der anderen Seite des großen runden Tischs aus. Er lächelte.

»Soll ich uns noch was zu trinken holen?«, fragte sie, als die Eröffnungsakkorde eines Songs von Fleetwood Mac ertönten.

»Ich glaube, da ist dir jemand zuvorgekommen«, antwortete Ben und deutete hinter sie. Zoe drehte sich um und sah Miles, Sarah und Candice mit einer Champagnerflasche und fünf Gläsern auf sie zukommen.

»Schau mal, was deine Schwester mitgebracht hat«, rief Sarah begeistert und hielt eine Flasche Veuve Clicquot in die Höhe.

»Sie ist immer dafür zu haben, wenn es darum geht, dass die Party in Schwung kommt«, meinte Ben und zog einen Stuhl für Candice heraus.

»Und ich dachte noch, jetzt kommt eine sarkastische Bemerkung«, parierte Candice und küsste ihren Bruder und Zoe auf die Wange.

»Ich dachte, wir machen sie besser gleich auf und trinken sie mit euch«, meinte Miles, während er den Inhalt geschickt auf fünf Gläser aufteilte.

»Etwa, weil heute Abend nicht genug Sekt da ist?«, fragte Zoe und nahm Miles ein Glas aus der Hand.

Miles lachte und betrachtete den Turm aus Sektkelchen hinter ihnen. »Was, die billige Plörre? Ne, gönnen wir uns lieber das gute Zeug.«

Mit diesen Worten hob er das Glas, und die anderen folgten seinem Beispiel. »Danke, Candice. Auf euch alle.«

»Auf euch«, sagte Ben und stieß mit den anderen an. »Wir wünschen euch beiden ein langes, glückliches gemeinsames Leben.«

Nachdem alle in den Wunsch eingestimmt hatten, fragte Candice: »Habt ihr schon einen Hochzeitstermin?«

Miles und Sarah wechselten einen Blick. »Wir dachten an nächste Weihnachten.«

»Oh, wunderbar.« Ben grinste. »Eine Hochzeit an Weihnachten ist etwas Besonderes. Vielleicht habt ihr ja Glück, und es liegt Schnee.«

»Nicht in Australien, Kumpel«, meinte Miles lachend.

»Ich dachte, ihr wollt eure Reise abwarten, bevor ihr endgültig entscheidet, ob ihr dorthin zieht«, sagte Zoe.

Sarah zuckte die Achseln. »Egal. Es ist Zeit für einen Neuanfang. Miles hat sein Herz an Australien verloren und ich meines an Miles.«

»Das stimmt so nicht ganz, Liebling.« Miles wirkte kleinlaut. »Wenn du nicht willst, müssen wir nicht hinziehen. Ich bleibe auch hier.«

»Du würdest in England bleiben?«, fragte Zoe erstaunt.

»Für dich würde ich alles tun, Sarah«, sagte Miles zärtlich und mit aufrichtiger Miene.

»Bitte bleibt nicht hier«, scherzte Ben. »Australien ist viel schöner.«

»Warst du schon mal da?«, fragte ihn Sarah.

»In meinen Zwanzigern. Ich fand's großartig. Manly Beach ist wirklich sehr besonders.«

»Dort planen wir die standesamtliche Trauung«, sagte Miles,

und Sarah schenkte ihm einen liebevollen Blick. »Ihr solltet einen Urlaub dranhängen, wenn ihr zur Hochzeit kommt.«

Ben nickte. »Das machen wir. Ich würde Zoe gern in ihrer Heimat erleben. Ich bin gespannt, ob der Akzent rauskommt.«

»Ich habe doch sowieso noch einen australischen Akzent«, wandte Zoe ein.

Die ganze Runde lachte.

»Du hast ihn vollständig abgelegt, Zoe. Du klingst mittlerweile total britisch«, meinte Sarah.

»Sehr gut!«, rief Zoe. »Aber wenn ich mit meiner Mum telefoniere, dann kommt das Australische durch.«

»Und als David da war«, meinte Miles und nahm sein Glas in die Hand.

»Ich wette, es steht dir gut«, warf Ben ein. »Du kannst ruhig stolz auf deine Wurzeln sein.«

Candice hob ihr leeres Glas. »Wer hat Lust auf eine zweite Flasche?«

Candice ging auf die Suche nach Sekt, und Zoe schmiegte sich dichter an Ben.

»Fährst du mit mir in deine Heimatstadt, wenn wir für die Hochzeit in Australien sind?«, fragte er.

Zoe sah zu ihm hoch. »Möchtest du das denn? Um zu sehen, wo ich aufgewachsen bin? Und meine Mum kennenzulernen?«

Mit dem Finger hob Ben ihr Kinn an und drückte seine Lippen auf ihren Mund. »Na klar! Ich will jede kleinste Einzelheit über dich wissen.«

Kurz hielt Zoe inne. Konnte sie nach ihrer abrupten Flucht wirklich dorthin zurück? Als sie Ben jedoch in die Augen sah, wusste sie, dass sie zu allem in der Lage war, solange sie ihn an ihrer Seite hatte.

*

Um neun Uhr war die Party in vollem Gang. Durch den Ballsaal wummerte ein Song der The Killers, und Zoe beobachtete Ben, der auf der Tanzfläche alles gab. Zoe hatte die letzten drei Lieder mit ihm getanzt, hatte jetzt aber völlig erschöpft um Erbarmen gebeten.

Sie saß neben Candice auf der Bank, und vor ihr war wie durch ein Wunder ein frisches Glas Sekt aufgetaucht. Sie sah zu, wie ihr Lebensgefährte mit dem Enthusiasmus eines Zwanzigjährigen auf und ab hüpfte.

»Keine Ahnung, wie er das macht«, staunte Zoe.

»So war er schon immer«, meinte Candice. »Er ringt dem Leben an jedem einzelnen Tag den letzten Tropfen ab. Ihm zuzuschauen ist schon anstrengend. Man müsste denken, dass er es nach der OP etwas langsamer angehen lässt, aber nein, nicht mein Bruder.«

Zoe lächelte und sah zu, wie Ben Sarahs Tante am Arm nahm und sie vorsichtig durch den Tanz führte. Er wirkte außer Atem, fand Zoe, und müde.

»Ich weiß nicht, ob er so viel tanzen sollte. Er hat nicht viel gegessen. Vielleicht sollte ich ihn dazu bewegen, sich etwas auszuruhen«, meinte Zoe.

»Na, dann viel Glück.«

Glücklicherweise musste Zoe dann doch nicht einschreiten, denn im Saal ertönte jetzt die Stimme von Miles.

»Darf ich um eure Aufmerksamkeit bitten?«

Zoe drehte sich zu ihm um. Miles stand auf der kleinen, erhöhten Bühne am anderen Ende des Raums, hielt ein Mikrofon in der Hand und wirkte nervös.

»Oh, das ist großartig«, sagte Ben, als er sich keuchend und schnaufend neben Zoe setzte. »Ich liebe Ansprachen.«

Candice lachte. »Eigentlich willst du sagen, dass du es liebst, wenn sie in die Hose gehen.«

Grinsend trank Ben einen großen Schluck Sekt. »Das ist doch das Gleiche.«

Es war keine Zeit, darauf einzugehen, denn nun schallte Miles' australischer Akzent durch den Saal.

»Ich will euch nicht lange aufhalten, sondern nur ein paar Worte sagen. Zuallererst möchte ich euch danken, dass ihr heute Abend da seid. Sarah und ich freuen uns wirklich sehr, dass ihr mit uns feiert.«

Bei diesen Worten brachen alle in Applaus aus, und Miles schien sich zu entspannen. »In erster Linie aber möchte ich Sarah danken, dass sie eingewilligt hat, mich zu heiraten. Sarah«, wandte er sich in ihre Richtung, »du bist für mich bestimmt. Ich weiß, die Leute palavern immer darüber, dass der Partner sie vervollständigt und dass sie sich ein Leben ohne ihn nicht mehr vorstellen können, aber jetzt weiß ich, warum sie das sagen, denn es stimmt. Ich liebe dich, Sarah Rokeby.«

Wieder wurde applaudiert, und Zoe spürte, wie sich Ben an sie schmiegte. Mit der Hand strich sie über seine glatt rasierte Wange.

»Ich würde mich freuen, wenn ihr gemeinsam mit mir auf meine wunderschöne Sarah anstoßt, die ich nicht mehr lieben könnte, als ich es schon tue«, beendete Miles seine Rede.

Es folgte eine weitere Runde Jubelrufe und Pfiffe, und Zoe freute sich sehr, dass es für ihre Freunde so wunderbar ausgegangen war. Sarahs und Zoes Blicke trafen sich, und Sarah hob ihr Glas in Zoes Richtung. Als jene die Geste erwidern wollte, bemerkte sie, wie sich Sarahs zärtlicher Blick plötzlich in Schrecken verwandelte. Im selben Moment hörte Zoe hinter sich einen dumpfen Aufprall. Sie drehte sich um und sah, dass Ben zu Boden gefallen war.

»O Gott!«, schrie Candice, die bereits neben ihrem Zwillingsbruder kniete und sich über ihn beugte.

Kurzzeitig empfand Zoe nichts als blinde Panik, doch gleich darauf schaltete sie in den Profimodus. Sanft schob sie Bens Schwester aus dem Weg und beurteilte besonnen die Lage. Gekrümmt lag ihr Lebensgefährte am Boden, es sah so aus, als habe er das Bewusstsein verloren. »Ben«, sagte sie ruhig. »Ben, hörst du mich?«

Ben antwortete nicht. Zoe drehte ihn in die stabile Seitenlage, wobei ihr auffiel, dass sein Blick glasig war und sein Atem rasselte und beengt klang.

Sie sah sich um. Die Musik war verstummt, wie bei einem Verkehrsunfall waren alle Augen auf Ben gerichtet. Zoe ärgerte sich über die Gaffer, doch da kam Miles ihr zu Hilfe.

»Irgendeine Reaktion?«, fragte er Zoe.

Sie schüttelte den Kopf, und Miles prüfte den Puls. Währenddessen griff sie nach ihrem Handy und rief einen Krankenwagen, ohne Ben auch nur eine Sekunde lang aus den Augen zu lassen.

Neunundvierzig

Es dauerte nicht lange, bis der Krankenwagen bei dem Hotel eintraf. In ihren dunkelgrünen Uniformen trampelten die Sanitäter die georgianische Steintreppe hinauf, und das neonfarbene Fahrzeug mit den knisternden Funkgeräten wirkte vor dem eleganten Gebäude fehl am Platz.

Miles und Zoe teilten ihnen mit, wie hoch Bens Puls war und wie lange er bereits bewusstlos war, und gaben ihnen ein paar weitere Informationen, die sie für wichtig hielten. Candice hingegen gelang es nicht, Ruhe zu bewahren, und völlig aufgelöst folgte sie den Sanitätern hinaus. Zoe nahm die Sache in die Hand, überzeugte Candice sanft, Platz zu machen, damit das Rettungsteam seine Arbeit tun konnte, und rief ein Taxi, das sie zum Krankenhaus bringen sollte.

Als sie kurz darauf im Flur der Notaufnahme warteten, war Zoe erstaunlich ruhig. Sie trug immer noch das schicke grüne Abendkleid und die hohen Schuhe. Vielleicht lag es daran, dass sie selbst Pflegerin war. Sie war geschult, mit teilnahmsvoller Distanz zu agieren, und in diesem Moment war sie froh um diese Fähigkeit. Candice dagegen war ein Wrack. Ihre Zähne klapperten, die Beine wippten auf und ab. Zoe drückte ihr eine Tasse lauwarmen Tee in die Hand und massierte ihr die Schultern. Sie wollte ihr helfen, denn aus Erfahrung wusste sie, dass es noch eine ganze Weile dauern könnte, bis sie Antworten auf ihre Fragen bekämen.

Schließlich hörte sie Schritte. Ihr Kopf schoss hoch, und sie stupste Candice an, als Bens Ärztin auf sie zukam. Sie war eine hochgewachsene, jugendlich wirkende Frau mit einem straffen Dutt und einer Respekt einflößenden Ausstrahlung.

»Wir haben Ben auf die Station gebracht«, berichtete sie.

»Was ist los mit ihm?«, fragte Candice flehentlich.

Die Frau sah auf ihre Unterlagen hinab. »Ist eine von Ihnen beiden Zoe Evans?«

Zoe nickte. »Ja, das bin ich.«

»Ben hat Sie als Notfallkontakt angegeben. Können wir unter vier Augen reden?«

»Alles, was es zu sagen gibt, können Sie auch in Gegenwart von Candice sagen«, erklärte Zoe. »Sie ist seine Zwillingsschwester.«

»Okay.« Die Ärztin setzte sich zu ihnen. »So wie es aussieht, ist Bens Krebs zurückgekehrt.«

Erschüttert verzog Candice das Gesicht. »O nein.«

»Noch können wir nicht sagen, wie weit er fortgeschritten ist, dafür müssen wir zuerst ein paar Untersuchungen machen. Es war ein Glück, dass Sie wussten, was man machen muss, und so schnell den Krankenwagen gerufen haben«, wandte sie sich an Zoe.

»Sie ist Palliativpflegerin«, sagte Candice unter Tränen. »Genau wie Ben.«

Die Ärztin lächelte freundlich. »Ben wird einige Tage hierbleiben müssen. Wir haben ihm etwas gegeben, damit sich seine Atmung normalisiert, und bislang spricht er gut auf die Behandlung an.«

»Können wir zu ihm?«, fragte Candice, deren Zähne vom Schock immer noch klapperten

»Noch nicht, tut mir leid«, erwiderte die Ärztin sanft. »Er ruht sich jetzt aus.«

»Aber es geht ihm gut?«, fragte Zoe, weil sie unbedingt wissen wollte, wie ernst Bens Zustand tatsächlich war.

»Im Augenblick ja«, bekräftigte die Ärztin. »Wenn er so weitermacht, können wir ihn hoffentlich in ein paar Tagen entlassen.«

Beim Wort »entlassen« schimmerte Hoffnung in Candice' Augen auf, und Zoe ahnte, dass die Ärztin ihnen eine Atempause in diesem Albtraum gönnen wollte.

»Das ist wunderbar«, sagte Zoe.

»Allerdings muss Ihnen klar sein, dass das keine Entwarnung ist«, fügte die Ärztin hinzu. »Ben hat eine schwere Operation zur Entfernung des Tumors hinter sich. Natürlich muss ein Onkologe entscheiden, wie die weitere Behandlung aussehen könnte, und wir müssen eine Reihe von Untersuchungen machen, bevor wir die Lage richtig einschätzen können.«

»Wann werden Sie wissen, wie ernst es mit dem Krebs ist?«, fragte Candice.

»Schon bald hoffentlich.« Die Ärztin lächelte verhalten. »Es ist Samstagnacht, das ist nicht die günstigste Zeit für die nötigen Untersuchungen, aber wir werden uns so bald wie möglich darum kümmern.«

»Wann können wir zu ihm?«, fragte Zoe.

»Ich schlage vor, dass Sie morgen wiederkommen«, sagte die Ärztin freundlich. »Wie gesagt, im Augenblick schläft er, und selbst wenn er aufwacht, steht er unter so starken Medikamenten, dass er ziemlich orientierungslos sein dürfte.«

Candice nickte, als die Ärztin mit einem höflichen Lächeln aufstand, um zu signalisieren, dass das Gespräch beendet war.

Als sie fort war, wandte sich Zoe an Candice. »Wie geht es dir?«

Candice stieß zittrig die Luft aus. »Keine Ahnung, wie du das machst, Zoe. Du bist so ruhig.«

Zoe seufzte. »Übung, denke ich. Ich werde später zusammenklappen.«

*

Am späten Sonntagnachmittag kehrte Zoe endlich nach Hause zurück. Candice und sie waren im Taxi zuerst zu Candice' Wohnung gefahren, wo Zoe ihr geholfen hatte, sich zu beruhigen. Erst als sie sicher war, dass es Candice gut ging, hatte Zoe sich auf den Heimweg gemacht. Sie schloss die Haustür auf und hörte den Fernseher laufen.

»Sarah?«, rief sie, legte den Schlüsselbund in die Schale neben der Tür und schlüpfte aus der Jacke. Die vertraute Routine gab ihr ein Gefühl von Sicherheit, sie war dankbar für die alltäglichen Details. Es war das, woran man sich halten konnte, wenn die Welt um einen herum auseinanderbrach.

»Zoe!«, rief Sarah, als Zoe ins Wohnzimmer kam. »Ich bin mit dem Ersatzschlüssel hereingekommen. Geht es dir gut?«

Mit einem Nicken sank Zoe neben Sarah aufs Sofa und ließ sich von ihrer Freundin in den Arm nehmen. »Es geht schon.«

»Und Ben?«, fragte Sarah. Zoe hatte Sarah vor einer Weile angerufen und erklärt, dass Ben im Krankenhaus war, aber sie hatte keine Einzelheiten erwähnt, weil sie ihr die lieber von Angesicht zu Angesicht erzählen wollte.

Als Zoe den Kopf von Sarahs Schulter hob, spürte sie, wie sich die ganze Kraft, an die sie sich geklammert hatte, verflüchtigte.

»Der Krebs ist wieder da«, sagte Zoe, und ihre Schultern erbebten, als sie den Tränen nachgab, die sie die ganze Nacht über zurückgehalten hatte.

Vor Überraschung fiel Sarah die Kinnlade herab. »Aber die Operation war doch erfolgreich. Ben hat gemeint, der Chirurg hat alles erwischt.«

»Ich weiß. Offenbar ist er trotzdem zurückgekommen. Sie wissen noch nicht, wie weit der Krebs fortgeschritten ist, die Ärzte müssen erst noch ein paar Untersuchungen machen. Mann, Sarah, ich stehe das nicht noch einmal durch. Ich kann nicht schon wieder jemanden verlieren.«

»Ich bin für dich da, du bist nicht allein«, versprach Sarah. »Es tut mir einfach so leid, dass dir das passiert.«

Zoe hob den Kopf. »Mir tut es leid. Deine Party wurde ruiniert.«

»Das ist nicht dein Ernst! Als ob das irgendeine Rolle spielt! Außerdem wurde sie nicht ruiniert. Wir machen uns einfach nur Sorgen um Ben.«

»Ich kann das noch gar nicht fassen«, flüsterte Zoe.

»Ich auch nicht«, meinte Sarah und schüttelte den Kopf in dem Versuch, das alles zu begreifen, wobei ihr das braune Haar über die Schulter strich. »Gestern Abend war er so voller Energie. Bist du sicher, dass sie sich nicht täuschen?«

Bitter schüttelte Zoe den Kopf. »Sie täuschen sich nicht.«

»Aber Krebs?« Sarah stellte den Fernseher stumm. »Bist du dir ganz sicher?«

Zoe wandte den Blick zum Fernseher und war kurzzeitig wie gebannt von dem bunten Historiendrama auf dem Bildschirm. Dann drehte sie sich wieder ihrer Freundin zu. »Ja.«

Sarah war niedergeschlagen, und Zoe streckte die Hand aus, um sie zu trösten. »Es tut mir leid, dass ich dir das ausgerechnet jetzt sagen muss, wo das doch eine so glückliche Zeit für dich sein sollte.«

Sarah hob den Kopf. »Hör auf, dich zu entschuldigen. Wenn irgendjemand sich entschuldigen sollte, dann bin ich es. Ich hätte dich ins Krankenhaus begleiten sollen. Ich habe Miles gestern von Bens Krebsoperation erzählt – ich hoffe, das war okay.«

»Natürlich«, sagte Zoe seufzend. »Ich denke, diesmal kann er es ohnehin nicht mehr verheimlichen. Nicht, nachdem das in aller Öffentlichkeit passiert ist.«

»Miles ist furchtbar erschüttert. Er hat solche Gewissensbisse, dass er weder für dich da war noch für ihn.«

»Das muss er nicht. Er hätte sowieso nichts tun können«, meinte Zoe. »Wo ist er jetzt?«

»Zu Hause bei Lottie.« Ängstlich besorgt musterte Sarah ihre Freundin. »Kommst du klar?«

»Das hoffe ich«, antwortete Zoe achselzuckend.

»Ich auch.« Sarah tätschelte ihr das Knie. »Es war so unglaublich schön zu sehen, wie du zu der Frau geworden bist, von der ich immer wusste, dass sie in dir steckt. Es wäre ganz furchtbar, wenn du wieder so wirst wie früher.«

»Wie meinst du das?« Auf Zoes Gesicht zeichnete sich Verwirrung ab.

»Als ich dich kennengelernt habe, warst du wie ein Gespenst. Du warst ganz in dich gekehrt, hast Kleider getragen, in denen du möglichst nicht aufgefallen bist, hast dich nicht um dich selbst gekümmert und hattest kein Leben außerhalb der Arbeit«, erklärte Sarah. »Aber seit du Ben begegnet bist, bist du viel selbstbewusster geworden. Denk doch an die Party gestern Abend, du im grünen Kleid und mit Smokey Eyes. Du warst selbstsicher, wunderschön und voller Elan. Egal was passiert, bewahre dir das.«

Zoe schwirrte der Kopf von dem, was Sarah sagte.

»Ich kenne Ben noch nicht so lange«, fuhr Sarah fort. »Aber mir gefällt, was ich von ihm gesehen habe, und mir gefällt, wie gut er dir getan hat. Er gehört zu diesen nervigen Menschen, die jeden Tag auskosten, als sei es der letzte. Zoe, nach all den kummervollen Jahren hast du endlich angefangen, dasselbe zu machen.«

Zoe dachte an die Anfangszeit in England zurück. Wie verloren und einsam hatte sie sich gefühlt, und wie dankbar war sie gewesen, fern von all dem Schmerz zu sein, der Australien für sie ausmachte.

»Als ich damals in Sydney ins Flugzeug gestiegen bin, wusste ich eigentlich gar nicht, was ich tue«, erzählte Zoe zaghaft. »Ich habe mir keine Zukunft gewünscht, ich wollte noch nicht einmal glücklich sein. Das Einzige, was ich wollte, war zu überleben – mehr nicht.«

»Ach, Zoe.« Sarah lächelte mitfühlend.

»Ist schon okay«, sagte Zoe und schluckte ein Schluchzen hinunter. »Tatsache ist, dass ich mehr gemacht habe, als zu überleben. Du hast mir geholfen, wieder auf die Füße zu kommen, Sarah, und Ben hat mir gezeigt, welche Schönheit das Leben für uns bereithält. Was auch immer in Zukunft geschieht, das wird mir bleiben.«

Sarah streckte die Hand aus und streichelte Zoe die Wange. »Gut. Aber lass uns den Teufel nicht an die Wand malen. Wir wissen ja noch gar nicht genau, was los ist.«

»Wir wissen, dass er Krebs hat, und ihm steht auf jeden Fall ein harter Kampf bevor«, sagte Zoe traurig.

»Ben ist zäh, und mit dir an seiner Seite wird er sich nicht davonmachen wollen. Seine Liebe zu dir wird ihm helfen, das alles zu überstehen«, sagte Sarah entschieden.

»Danke.«

»Und ich bin auch noch da«, erinnerte Sarah sie. »Was auch immer geschieht, Miles, Lottie und ich sind für dich da.«

Endlich erlaubte sich Zoe, auszuatmen. Sie wusste nicht, was ihr die Zukunft bescheren würde, aber sie wusste, dass sie das Glück hatte, von Liebe und Freundschaft umgeben zu sein.

Fünfzig

Als Zoe vier Tage später aus dem Auto stieg und auf den Eingang des Krankenhauses zuging, versuchte sie, den rumpelnden Müllwagen auszublenden. Überall um sie herum gingen die Menschen ihren Tätigkeiten nach, als sei es ein ganz normaler Tag. Für Zoe aber war nichts normal. Am liebsten hätte sie die Leute angebrüllt, wenn sie gedankenlos eine Flasche Wein im Supermarkt aussuchten, sich einen Tee kochten, ihre Kinder von der Schule abholten oder auch nur den Müll hinausbrachten. Die Alltäglichkeit war so banal, und Zoe wollte schreien: Wisst ihr überhaupt, was für ein Glück ihr habt, dass euch das Leben *langweilt?*

Natürlich tat sie nichts dergleichen. Stattdessen betrat sie das Krankenhaus, wo ihr der Geruch nach Bleichmittel in der Nase brannte, wo das unablässige Surren der Geräte und Monitore, die piependen Pager und die beschleunigten Schritte die Hintergrundmusik ihres Alltags bildeten. In den Tagen nach Bens Zusammenbruch hatte Zoe zu einem stetigen Rhythmus gefunden, in dem sie an Bens Bett wachte.

Sie hatte noch nicht mit Ben gesprochen, denn er stand unter derart starker Medikation, dass er ihre Anwesenheit noch nicht einmal wahrgenommen hatte. Doch das hatte Zoe nicht davon abgehalten, ihn zu besuchen, an seinem Bett zu sitzen und Briefe an ihn zu schreiben. Sie waren nicht lang oder besonders ausgefeilt. Einfach nur Worte, die direkt aus ihrem Herzen kamen. Zoe dachte an den Brief, den sie ihm vorhin geschrieben hatte und der in ihrer Handtasche darauf wartete, dass sie ihn auf seinen Nachttisch legte.

Mein liebster B,
die Sonne scheint, aber selbst wenn es regnet, wärmt es mir das Herz, wenn ich in deiner Nähe bin.
Ich liebe dich.
Zo xxxx

Es mochte nicht gerade Shakespeare sein, aber das Briefeschreiben hatte Zoe immer Trost geschenkt. Warum also sollte sie es jetzt nicht auch tun? Außerdem lenkte es sie von ihren Schuldgefühlen ab, weil sie nicht bemerkt hatte, wie krank Ben war. Immerhin war sie Pflegerin. Wie hatte sie übersehen können, dass der Krebs zurückgekehrt war? Genau wie nach Seans Tod warf sie sich vor, nicht besser aufgepasst zu haben.

Zoe war überrascht, Ben bei ihrer Ankunft auf der Station aufrecht im Bett sitzend vorzufinden, den Blick zum Fenster gerichtet. Als er ihre Schritte hörte, drehte er sich um, und bei ihrem Anblick hellte sich seine Miene auf.

»Du bist da«, hauchte er.

Zoe eilte zu ihm. Sie nahm seine Hände und küsste ihn auf beide Handrücken. »Wie geht es dir?«

»Besser, jetzt, wo du da bist.«

»Und mir geht es besser, jetzt, wo du endlich wach bist.« Automatisch wanderte ihr Blick zum Krankenblatt am Fußende des Betts.

Unwillkürlich wollte sie danach greifen, aber Ben verstärkte den Griff um ihr Handgelenk. »Nicht.«

Sie entspannte sich. Wenn Ben nicht wollte, dass sie seine Krankenakte las, dann würde sie es bleiben lassen.

»Haben Sarah und Miles mir verziehen?«, scherzte er.

»Es gibt nichts zu verzeihen. Sie machen sich Sorgen um dich.«

Ben senkte den Blick, aber sie hielten sich weiterhin an den Händen. »Es gibt keinen Grund zur Sorge«, sagte er mit ausdrucksloser Stimme.

»Nein?«, fragte Zoe sanft nach.

Eine Weile schwiegen sie, während ihnen die hereinscheinende Morgensonne die Gesichter wärmte.

»Du weißt, dass der Krebs wieder da ist?«, sagte Ben schließlich.

»Ich weiß nicht, wie ernst es ist. Die Ärzte meinten, sie müssten noch mehr Untersuchungen machen.«

Ein Lachen ertönte, und Zoe brauchte einen Moment, um zu verstehen, dass es von Ben stammte. »Die Untersuchungen haben schon stattgefunden.«

»Okay.« Zoe schluckte den Kloß hinunter, der sich in ihrer Kehle zu bilden begann.

»Der Krebs ist wieder da und ist ziemlich weit fortgeschritten.«

»Wie weit?«, fragte Zoe angespannt.

»Zu weit«, bekannte Ben. »Sie können nichts mehr tun. Ich habe höchstens noch einen Monat.«

Zoe begriff nicht, was Ben ihr zu sagen versuchte.

»Was?«, brachte sie mühsam heraus. Sie hatte das Gefühl, jemand hätte sich mit ihrer Handtasche aus dem Staub gemacht, ohne dass irgendwo ein Dieb zu sehen gewesen wäre. »Aber sie haben ihn doch operiert. Er kann doch nicht einfach so zurückkommen.«

»Nicht einfach so.« Ben stützte sich an die Kissen. »Die OP war erfolgreich, aber das angrenzende Gewebe war nicht so gesund, wie die Ärzte gehofft hatten. Sie wollten, dass ich nach der OP eine Chemotherapie mache, aber ich habe gesagt, ich gehe das Risiko ein, weil statistisch gesehen in Fällen wie diesem die Operation meistens genügt.«

Zoe konnte kaum glauben, was sie da hörte. »Warum hast du mir nichts davon erzählt? Warum hast du auf die Chemo verzichtet?«

»Ich wollte meine Haare nicht verlieren.« Er kicherte und fuhr sich mit der Hand über die Glatze.

Trotz der Trostlosigkeit der Situation musste Zoe lachen.

»Ach, Ben«, meinte sie schließlich. »Warum hast du in Wahrheit keine Chemo machen wollen?«

Ben seufzte. »Weil ich dachte, ich brauche das nicht. Ehrlich. Ich habe mit dem Arzt geredet, und er sagte, dass es zwar ratsam wäre, die Chemo zu machen, dass die Operation aber so erfolgreich war, dass sie höchstwahrscheinlich ausreichen würde.«

»Aber das hat sie nicht«, beendete Zoe den Gedanken.

»Exakt.« Ben verzog das Gesicht. »Ich habe gestern mit ihm gesprochen, und er sagte, die Gefahr, dass der Krebs zurückkehrt, bestand immer, aber selbst er hätte nicht damit gerechnet, dass er derart aggressiv ist.«

Ben beobachtete sie und wartete auf eine Reaktion. Es war nicht der richtige Zeitpunkt, um zusammenzubrechen. Zoe lehnte den Kopf an seine Brust. Sein regelmäßiger Herzschlag war laut und kräftig, eine ironische Erinnerung an all die Lebenskraft, die noch durch seine Adern strömte.

»Ben, egal was passiert, ich bin da. Das weißt du, oder?«

»Es ist so ungerecht, Zoe«, flüsterte er ihr ins Haar.

»Das stimmt.« Sie hob den Kopf, um ihm in die Augen zu

sehen. Lächelnd wischte sie mit dem Daumen seine Tränen fort. »Wenn ich eine Sache weiß, dann die: Das Leben kann wirklich scheißungerecht sein.«

Ben lachte über den derben Ausdruck. »Das hast du gut gesagt.«

Sie küsste ihn. »Was passiert als Nächstes?«

»Ich muss hier raus«, sagte Ben bestimmt. »Ich will keine Sekunde mehr im Krankenhaus vergeuden.«

»Das verstehe ich. Ich rede mit den Ärzten und sehe zu, was ich tun kann.«

Zoe erhob sich und war froh über die Gelegenheit, sich zu sammeln, bevor sie in Gegenwart ihres Lebensgefährten vollends zusammenklappte.

*

Nach dem Besuch im Krankenhaus fuhr Zoe nach Hause, sank aufs Sofa und erlaubte sich, einen Augenblick ihrer Verzweiflung nachzugeben. Diese wunderschöne Wohnung hatte ihnen die Zukunft, die sie sich erträumt hatten, ermöglichen sollen. Zumindest für Zoe war es eine Chance gewesen, die Vergangenheit hinter sich zu lassen. Sie hatte sich geschworen, an diesem neuen Ort mit Liebe und Zärtlichkeit an Sean zurückzudenken statt mit Schuldgefühlen und Trauer darüber, dass sie ihn nicht hatte beschützen können. Unwillkürlich griff sie nach dem kleinen Holzkästchen, in dem sie Seans Abschiedsworte aufbewahrte. Sie holte das abgegriffene Blatt heraus und sog gierig die Worte auf. Die Kraft, die sie ihr immer wieder aufs Neue gaben, hatte sie bitter nötig.

Ich will einfach nur Cowboy werden.

Beim Anblick dieser sechs Worte spürte Zoe einen Funken Hoffnung. Sogar noch in den Momenten der Krise gab ihr die Kraft des geschriebenen Worts Halt, die Tatsache, etwas Physisches von einem Menschen, den man geliebt hatte, in Händen zu halten. Sie drückte das Blatt an die Brust und schwor sich, dass sie dieses Mal nicht an der Liebe zerbrechen würde, sondern dass sie ihr Stärke verleihen würde für alles, was ihr bevorstand.

*

Am darauffolgenden Tag, als Zoe Bens Zimmer betrat, hielt sie kurz inne und ließ die Szene auf sich wirken. Mit leicht gerundetem Rücken saß Ben in seinem grauen Lieblingshoodie auf der Bettkante, stützte das Kinn auf einen Gehstock und sah hinaus auf die Häuser jenseits des Fensters. Selbst von hinten sah er so aus, als sei er um hundert Jahre gealtert. Sein Körper war ausgemergelt, was angesichts der Medikamentenmengen, die man ihm eingeflößt hatte, kein Wunder war. Dennoch besaß er noch immer eine umwerfende Schönheit, sowohl innerlich als auch äußerlich. Am liebsten hätte sie die Arme um ihn gelegt, aber er wirkte, als brauche er noch einen Augenblick für sich, und den wollte Zoe ihm gönnen.

»Ich kann dich in der Spiegelung im Fenster sehen, weißt du«, sagte Ben in unbeschwertem Tonfall. »Willst du mir Hallo sagen, oder bleibst du wie so ein Psycho einfach da stehen?«

Seine Stimme klang so normal, so typisch Ben, dass Zoe lachen musste. Sie trat zu ihm und küsste ihn auf die warme Wange, und ihr fiel seine glatte Haut auf; also hatte er die Kraft zum Rasieren aufgebracht. *Oder jemand hat es für ihn gemacht,* sagte eine düstere Stimme in ihrem Kopf.

Sie schob den unangenehmen Gedanken fort und setzte stattdessen ein Lächeln auf. Seit der Arzt gestern Abend zugestimmt hatte, hatte Zoe sich darauf gefreut, Ben mit nach Hause zu nehmen.

»Na, alles roger, Junge?«, fragte sie in einem übertrieben amerikanischen Akzent und überraschte sich damit selbst nicht weniger als Ben.

»Äh, ja«, sagte er. »Aber wenn du weiter so daherredest, bestell ich mir ein Uber.«

Zoe verdrehte die Augen. Vielleicht war die gezwungene Fröhlichkeit für sie beide ein bisschen zu viel. Während sie noch überlegte, wie sie Ben dazu ermuntern konnte, einen Rollstuhl zu benutzen, kam eine der Stationsschwestern auf sie zu. Auf ihrem Gesicht lag ein abgekämpftes Lächeln, das Zoe nur zu gut kannte – eine Pflegerin, die schon einiges auf dem Buckel hatte und mit ihren Patienten mehr als genug mitgemacht hatte.

»Na dann! Wird Zeit, dass wir Sie loswerden«, sagte sie fröhlich, und Ben ließ sich widerstandslos in den Rollstuhl helfen.

Zoe kommentierte das nicht. Sie hatte mit Protest gerechnet, gleichzeitig wusste sie aber, dass Ben seinem Berufsstand gegenüber großen Respekt aufbrachte. Gut möglich, dass er einer Kollegin einfach keinen Ärger machen wollte, zumal er diesen Kampf ohnehin nicht gewinnen konnte.

Draußen bedankte Zoe sich bei der Pflegerin und half Ben auf den Beifahrersitz.

»Ich hätte dir sagen sollen, dass du mich im Porsche abholen sollst«, brummte er, als Zoe die Fahrertür zuzog und den Motor anließ. »Immerhin sterbe ich, da sollte ich stilvoll reisen.«

Zoe ließ sich nicht darauf ein. »Wenn du mich bei der Versicherung anmeldest und die Kosten übernimmst, soll es mir nur recht sein«, meinte sie und steuerte den Yaris vom Parkplatz.

»Schon erledigt«, antwortete Ben beiläufig. »Der Versicherungsschein ist auf meinem Laptop.«

»Seit wann bist du so gut organisiert?«, fragte Zoe.

Dabei hatte Ben sie schon während des Krankenhausaufenthalts überrascht. In den ersten Tagen, als Candice und sie an seinem Bett Wache hielten, hatte Zoe sich darauf eingestellt, dass sie eine Reihe von Dingen in Bens Leben regeln müsste, an die er wohl kaum denken würde.

In erster Linie hatte sie damit gerechnet, dass sie Bens Freunde über seinen Zustand informieren müsste. Tatsächlich aber hatte er in einem kurzen Wachmoment vor ein paar Tagen bereits in einem Online-Chat vom Krankenbett aus die Leute benachrichtigt. Außerdem musste der Hospizvorstand über Bens unheilbare Krebserkrankung informiert werden, und wieder hatte Zoe erfahren, diesmal von Mr Harper, dass Ben ihr zuvorgekommen war.

»Hatte ihn gar nicht für so gut organisiert gehalten, normalerweise ist er furchtbar chaotisch«, hatte Mr Harper in gespieltem Nörgelton gesagt. »Aber er hat mir eine E-Mail geschrieben. Es ist niederschmetternd. Ben ist so voller Leben, und in ihm steckt so viel Potenzial, die Dinge zu verändern.«

Zoe setzte jetzt den Blinker nach links und fuhr in eine Parkbucht. Anders als sie selbst schien Ben vorbereitet; Zoe musste wissen, wie es weiterging.

»Was ist?«, fragte Ben erstaunt, als sie den Motor abstellte.

»Wir müssen reden.«

Argwohn zeichnete sich auf Bens Miene ab. »Worüber?«

»Über dich, uns, all das«, erwiderte Zoe achselzuckend und deutete mit einer Geste um sich herum, soweit es der kleine Innenraum des Wagens zuließ. »Und damit meine ich nicht den Yaris, du brauchst also gar keinen schlauen Witz darüber zu reißen. Ich will wissen, ob es irgendetwas Bestimmtes gibt, was du mit der Zeit, die dir bleibt, anstellen willst.«

Zoe hielt sich etwas darauf zugute, jedem Einzelnen ihrer Patienten den Tod zu erleichtern. Nur weil der Tod, um den es sich hier handelte, sie persönlich betraf und sie zweifelsohne niederschmettern würde, bestand kein Grund, es anders zu handhaben.

Ben starrte durch die Windschutzscheibe, und die Sonne beschien sein Gesicht. Einen winzigen Augenblick lang war Zoe sich unsicher, ob er sie gehört hatte. Aber dann streckte er die Hand aus und nahm ihre. Keiner von ihnen sagte ein Wort, und Zoe genoss die Wärme und Liebe, die aus seiner dunklen in ihre blasse Hand strömten.

»Ich will so normal wie möglich leben, Zoe. Ich möchte, dass wir beide versuchen, ein gewöhnliches Paar zu sein, solange mir das irgend möglich ist. Vielleicht sind es ein paar Wochen oder Monate, vielleicht nur Tage. Ich weiß es nicht. Alles, was ich weiß, ist, dass ich einfach nur mit dir zusammen sein will, wir beide. Alles andere ist unwichtig.«

Seine Stimme war zärtlich, so voller Sehnsucht und Bedauern, dass es Zoe das Herz brach. Sie neigte sich zu ihm hinüber und küsste ihn leidenschaftlich, damit er, solange er es noch konnte, jedes Gramm Liebe spürte, das sie für ihn empfand.

»Das kriegen wir hin«, versprach sie und ließ den Motor wieder an. »Wollen wir jetzt nach Hause fahren?«

Bei diesen Worten entspannte sich Ben, und Zoe wusste, sie hatte gesagt, was er hören wollte.

»Ja bitte.« Er schloss die Augen und schlief augenblicklich ein.

Einundfünfzig

Anfangs hatte es Zoe Sorgen bereitet, dass Ben einfach nur nach Hause wollte. Natürlich hatte Zoe sich schon Hunderte Male mit dem Tod von Menschen auseinandergesetzt, aber diesmal war es etwas anderes. Das Bewusstsein, dass der Sensenmann seine knochigen Finger nach Ben ausstreckte, würde fraglos einen Schatten auf ihre Beziehung werfen.

Sie wollte verhindern, dass Ben sich damit quälte, dass sich Zoes Haltung ihm gegenüber veränderte, nun da sein Leben zu Ende ging. Deshalb gab sie sich in den folgenden zwei Wochen alle Mühe, so zu tun, als sei alles wie immer.

Selbst als sie Ben jetzt eine Tasse Kaffee ans Bett stellte, wissend, dass er eiskalt wäre, bis Ben ihn trank, versuchte Zoe, die Normalität aufrechtzuerhalten. Mittlerweile schlief Ben sehr viel und war nur mehr wenige Stunden am Tag wach. Wenn er aufwachte, neckte sie ihn, nannte ihn eine Schlafmütze und schlug vor, dass sie auf Netflix die neuesten skandinavischen Krimiserien guckten.

Auf Zehenspitzen überquerte sie den Teppich. Es war schon nach Mittag. Damals, als sie die Wohnung besichtigt hatten, war dieses Zimmer aufregend und voller Verheißungen gewesen, aber jetzt, da die Rollos ständig geschlossen waren, hatte es eine düstere, trostlose Aura bekommen. Als wolle sie dem drohenden Tod trotzen, zog Zoe die Jalousien hoch und ließ das Sonnenlicht herein, ein mächtiger Strahl, der den ganzen Raum wie in einer warmen Umarmung vereinnahmte. Allein dadurch wirkte alles zuversichtlicher. Sie setzte sich auf die Bettkante und sah aus dem Fenster. Der Himmel war strahlend blau, die Sonne stand hoch, und nirgends war eine Wolke zu sehen. Ungewöhnlich für Oktober, aber umso wunderbarer.

»Hallo«, murmelte Ben.

Zoe lächelte, als sich unter den Bettlaken etwas regte und sie Ben beim Wachwerden zusah.

»Hallo, Schlafmütze.«

Sie beugte sich zu ihm hinunter und küsste ihn sanft auf den Mund. Seine Lippen waren trocken wie Schmirgelpapier. Sie griff in die Schublade des Nachttischs, holte einen Pflegestift heraus und trug behutsam etwas davon auf seine Lippen auf.

»So schlimm?«, krächzte er.

Sie lachte. »Sie könnten dich als neueste Heimwerkererfindung vermarkten. Die menschliche Schleifmaschine!« Ben lächelte, und bei diesem Anblick wurde Zoe das Herz leichter. »Willst du heute irgendwas Bestimmtes machen?«

»Ich dachte, wir könnten vielleicht nach London fahren«, sagte er mit heiserer Stimme. Seine Atmung kam stoßweise. »Mittagessen im Wolseley? Wir könnten über Nacht bleiben.«

»Klingt gut.« Sie streckte die Hand aus, streichelte ihm über den Kopf und genoss die glatte, warme Haut an ihrer Handfläche. »Obwohl ich ein bisschen müde bin. Hättest du was dagegen, wenn wir zu Hause bleiben und einfach bloß chillen?«

»Irgendwie nutzen wir diesen Extraurlaub nicht so richtig«, scherzte Ben, was sich darauf bezog, dass er das Hospiz endgültig verlassen und Zoe unbefristeten Urlaub genommen hatte.

Zoe zuckte die Schultern. »Stimmt schon. Aber du kennst

mich doch, ich stehe nicht so auf Remmidemmi. Ich bin ganz zufrieden, wenn wir einfach nur zusammen sind.«

»Na gut.« Ben seufzte und versuchte, nach der Kaffeetasse zu greifen. Seine Hände zitterten, und Zoe lehnte sich beiläufig hinüber, um nach der Tasse zu greifen, wobei sie so tat, als nehme sie selbst erst einen Schluck, bevor sie die Tasse an ihn weiterreichte.

Ben nahm die Tasse, und Zoe lächelte, doch auf ihrem Gesicht lag ein Hauch Trauer. Es war jeden Tag dasselbe Lied. Sie taten so, als sei alles ganz normal, als sei alles in Ordnung, als machten sie Urlaub zu Hause.

Zoe hatte damit gerechnet, dass es ihr das Herz brechen würde, doch tatsächlich empfand sie nichts als Dankbarkeit. Es erschien ihr wie ein Wunder, dass ihr diese zusätzliche Zeit mit Ben vergönnt war. Es war ein Geschenk, sich von jemandem auf diese Weise verabschieden zu können. Wieder beugte sie sich hinunter, um ihn zu küssen. Im selben Moment klopfte es an der Wohnungstür. Sie fuhr zurück und sah Ben überrascht an.

»Wer könnte das sein?«

»Wahrscheinlich ist es Miles«, antwortete Ben leise. »Ich habe ihn hergebeten.«

»Miles?«

Zoe war völlig baff. Obgleich sowohl Sarah als auch Miles regelmäßig anriefen und sich nach seinem Zustand erkundigten, war Zoe nicht bewusst gewesen, dass Ben direkt Kontakt zu ihnen hielt. Sie war davon ausgegangen, dass er zu schwach war, um mehr als mal eine Textnachricht an Candice zu schicken, mit der er geschwisterliche Kürzel verwendete. Candice spielte eine immens wichtige Rolle dabei, dass Zoe der Boden unter den Füßen nicht entglitt. Sie war mehr oder weniger Dauergast, und Zoe war froh über ihre häufigen Besuche, weil sie mit ihrem dröhnenden Lachen und den bunten Kleidern das so dringend nötige Leben in die Bude brachte.

»Ich lache dem Tod ins Gesicht«, hatte sie Ben am Tag seiner Entlassung aus der Klinik entgegengeschleudert. Sie trug einen leuchtend gelben Kimono über einer grünen Schlaghose.

»Meinetwegen«, erwiderte er. »Aber bring mir beim nächsten Besuch bitte meine Sonnenbrille mit.«

Dann hatten sie gelacht, auf ihre ganz besondere Art, die sich gegenseitig reflektierte, auch wenn Ben etwas ruhiger und weniger enthusiastisch als gewöhnlich war.

All das waren Zeichen, dass das Ende nahte, das wusste Zoe. Dennoch war Ben offenbar noch in der Lage, sie zu überraschen, wenn er Leute einlud, ohne ihr davon zu erzählen.

»Dann lass ich ihn besser mal rein«, sagte sie.

Sie eilte die Treppe hinunter und machte dem finster wirkenden Miles die Tür auf. Seine Hände steckten in den Hosentaschen, und er hielt den Blick gesenkt; offenbar gelang es ihm nicht, ihr in die Augen zu sehen

»Du lieber Himmel, noch ist er nicht tot!«, rief sie.

Der armselige Witz hatte die gewünschte Wirkung, und Miles lächelte Zoe traurig an.

»Tut mir leid, Zoe. Man müsste meinen, ich wäre in so was besser.«

»Warum?«

Mit verlegener Miene stand Miles im Türrahmen. »Ich bin Palliativpfleger.«

»Und Ben ist ein Freund. Ob Palliativpfleger oder nicht, das ist hart«, meinte Zoe und zog ihn ins Haus.

»Wie geht es ihm?«, fragte Miles leise.

»Es geht schon«, sagte Zoe so munter wie möglich. »Er schläft viel.«

Miles verstand, was sie sagen wollte, und nickte.

»Wann hat er dich gebeten, ihn zu besuchen?«, fragte Zoe, die ihre Neugier nicht im Zaum halten konnte.

»Heute Morgen. Er sagte, er will etwas mit mir besprechen.«

Zoe runzelte die Stirn, führte Miles in die Küche und bot ihm einen Kaffee an, doch er schüttelte den Kopf.

»Ich gehe gleich zu ihm rauf, okay? Er hat gemeint, es sei dringend.«

»Okay. Du weißt ja, wo er ist.«

Miles ging nach oben. Zoe begnügte sich damit, die Küche zu putzen, etwas, was in letzter Zeit entschieden zu kurz gekommen war. Während sie damit beschäftigt war, die Arbeitsplatten und die Oberflächen sämtlicher Schränke zu wischen und die Spüle auf Hochglanz zu bringen, vergingen die Stunden wie im Flug, und als Miles wieder herunterkam, bemerkte sie, dass es schon dunkel war.

»Ja Wahnsinn! Kannst du bitte auch mal bei uns vorbeikommen?«, fragte er und begutachtete die Küche.

Zoe lächelte. Sie freute sich nicht nur über die getane Arbeit, sondern auch, dass Miles entspannter wirkte als bei seinem Eintreffen.

»Ist alles in Ordnung?« Mit dem Kopf deutete Zoe auf die Treppe nach oben.

»Wir haben nett geplaudert. Es gab ein paar Sachen, die er sagen wollte. Ben ist echt ein toller Kerl, du hast es wirklich gut mit ihm getroffen.«

Zoe spürte, wie sich Tränen in ihren Augenwinkeln sammelten. »Das ist wahr. Ich wünschte einfach nur, wir hätten mehr Zeit. Es ist so furchtbar ungerecht.«

»Natürlich ist es ungerecht, Zo! Ich denke, das einzig Gute an dieser ganzen Geschichte ist, dass ihr zwei euch gefunden habt.«

Zoe ließ zu, dass Miles sie in die Arme nahm, und genoss das Gefühl, einen Augenblick lang festgehalten zu werden. Sie schloss die Augen und bemerkte, dass er nach Lagerfeuer und Herbstlaub roch. Der gesunde Geruch nach typischen Herbstaktivitäten, die sie eigentlich mit Ben hatte erleben wollen. Stattdessen unterstützte sie ihn dabei, einen möglichst guten Tod zu haben, so, wie er es verdient hatte. In diesem Moment wurde ihr bewusst, dass es noch etwas gab, das sie Ben fragen musste, etwas, das sie alle ihre Patienten fragte. Bislang hatte sie es vermieden, weil sie Bens Wunsch nachzukommen versuchte, eines nicht zu sein: seine Pflegerin.

Sie löste sich aus Miles' Umarmung und blickte auf zu seinen liebevollen Augen.

»Wie konnte ich dich nur je für einen Armleuchter halten?«, fragte sie lächelnd.

Miles lachte. »Vielleicht weil ich einer war. Du und Sarah habt mir gezeigt, wo es langgeht im Leben.«

»Darüber bin ich froh«, sagte Zoe voller Zuneigung. »Ich sollte besser mal raufgehen und nachsehen, ob er irgendwas braucht.«

»Und ich muss auch los«, antwortete Miles. »Ich habe Lottie versprochen, heute Abend *Die Eiskönigin* eins und zwei mit ihr anzuschauen.«

Als Miles fort war, drückte Zoe die Tür sanft ins Schloss, und auf ihrem Gesicht lag ein aufrichtiges Lächeln. Sie hätte nie gedacht, dass es sie mit Dankbarkeit erfüllen würde, Miles um sich zu haben, aber sie hatte das Gefühl, ohne ihn hätte sie die vergangenen Wochen nicht überstanden.

Leise stieg sie die Treppe hinauf und schob die Schlafzimmertür auf. Ben lag im Bett, den Kopf auf dem Kissen, und seine Augenlider flatterten.

»Hallo«, sagte sie, ging auf Zehenspitzen durchs Zimmer und setzte sich aufs Bett. »Wie war es mit Miles?«

Langsam drehte Ben ihr das Gesicht zu. »Gut. Es war schön, ihn zu sehen.«

Zoe nickte. Sie würde nicht fragen, wofür er Miles gebraucht hatte, aber es gab eine Sache, die sie beschäftigte.

»Ben. Willst du eine Nachricht hinterlassen? Gibt es irgendetwas, was du sagen möchtest …?«

Sie verstummte, als Ben die Augen ganz aufmachte und sie direkt ansah.

»Zoe, nein«, krächzte er, sanft, aber entschlossen. »Du bist bei mir, mehr brauche ich nicht.«

Sie merkte, dass ihn die Stunden mit Miles Kraft gekostet hatten, und streichelte seine Wange, um ihm zu zeigen, dass sie um die Mühe wusste.

»Bist du ganz sicher?«, flüsterte sie. Sie wollte nicht insistieren, aber doch sichergehen, dass Ben die Gelegenheit hatte, zu sagen, was er sagen wollte.

»Ja. Ich will einfach nur, dass du dich neben mich legst. Kannst du das machen?«

»Na klar.«

Zoe kletterte ins Bett und legte die Arme um Ben. Als sie den Kopf in den vertrauten Winkel zwischen Oberarm und Brust legte und dem rhythmischen Klopfen seines Herzens lauschte, wollte sie nichts, als dass dieses Geräusch bis in alle Ewigkeit andauerte.

Zweiundfünfzig

Der Regen peitschte ans Fenster und weckte Zoe auf. Sie blinzelte, ihr Körper war steif und ausgekühlt, und sie merkte, dass die Laken sich um ihre Beine verheddert hatten, die immer noch in den Jeans steckten. Sie warf einen Blick auf Ben. Er schlief noch, die Augen fest geschlossen, den Mund leicht geöffnet, auf diese liebenswerte Art, die typisch für ihn war, wenn er tief schlief. Sie konnte nicht genau sagen, wie spät es war. Da sie die Vögel zwitschern hörte, war es vermutlich früher Morgen. Es gab keinerlei Eile, irgendwohin zu gehen oder etwas zu erledigen. Sie konnte sich entspannen, die Zweisamkeit mit Ben genießen. Sie griff nach der Bettdecke, zog sie hoch und steckte sie um Ben herum fest, damit ihm nicht kalt wurde. Dann legte sie den Kopf an seine Brust und hoffte, dass der Schlaf sie erneut ins Vergessen zöge. Zoe wollte sich einfach nur mit Ben an ihrer Seite sicher fühlen, sie beide in ihrem ganz eigenen Kokon.

Erst als sie sich an ihn schmiegte, fiel ihr auf, dass Bens Körper nicht nur kühl, sondern eiskalt war. Sie stützte sich auf den Ellbogen, um zu sehen, ob er noch schlief, legte den Arm dann fest um seine Taille und den Kopf wieder auf seine Brust.

Doch da bemerkte sie, dass sich seine Brust anders als am Vorabend, als sie eingeschlafen war, nicht rhythmisch hob und senkte. Genau genommen hob und senkte sie sich überhaupt nicht, und es war auch kein Klopfen zu hören. Abrupt setzte sie sich auf – es kümmerte sie nicht mehr, ob sie ihren Geliebten aufweckte.

»Ben«, flüsterte sie eindringlich und beugte sich über sein Gesicht. »Ben, hörst du mich?«

Nichts.

»Ben? Ben?«

Noch immer kam keine Reaktion. Sanft legte sie die Hände auf seine Brust und schüttelte seinen Körper. Als er weiterhin nicht reagierte, schüttelte sie ihn heftiger, aber Ben regte sich nicht.

»O nein«, keuchte sie. Das Blut gefror ihr in den Adern. »Nicht jetzt, bitte, nicht jetzt. Ben. Ben.«

Doch egal, wie sehr sie flehte, Ben rührte sich nicht.

In diesem Moment wusste Zoe, dass das Schlimmste eingetreten war. Ihr Ben, ihr kostbarer, wunderschöner Ben war gegangen.

Als die Erkenntnis zu ihr durchdrang, sackte Zoe zusammen und wiegte sich auf dem Bett vor und zurück, wobei ihr merkwürdige, animalische Laute entfuhren. Zunächst leise, dann lauter, kehliger. Der Schmerz fuhr durch ihren Körper und drohte sie zu überwältigen.

Sie wusste nicht mehr, wann sie zu schreien aufgehört hatte. Irgendwann lugte die Sonne hinter den grauen Wolken hervor, und Zoes Rachen wie auch ihr Herz fühlten sich ganz wund an vor Schmerz und Trauer.

Sie kniete sich neben Ben und ließ den Blick über seinen Körper wandern. Er war unübersehbar vom Krebs gezeichnet, mager, die Wangen hohl. Aber mehr als alles andere war das eigentliche Wesen ihres wunderschönen Geliebten verschwunden.

Ben war endgültig von den Qualen der vergangenen Wochen erlöst worden. Mit der Handfläche wischte sie sich die Tränen fort. Ben hatte nur das Beste verdient, und er würde es bekommen. Zärtlich nahm sie sein Handgelenk und prüfte den Puls, aber natürlich war da keiner. Sie presste die Lippen an seinen Handrücken und ließ die Hand dann neben seinem Körper sinken. Daraufhin erhob sie sich, griff nach ihrem Handy und wählte die Nummer des diensthabenden Arztes im Hospiz, der versprach, sofort herzukommen

Sie legte das Handy weg, wandte sich Ben wieder zu, und bevor die Bürokratie die Federführung übernehmen konnte, versorgte sie ihn auf die Art, wie *sie* es tat. Sie wischte ihm den Schlaf aus den Augen, wusch sein Gesicht sanft mit einem warmen Waschlappen, massierte ihm seine teure Feuchtigkeitscreme in die Haut und steckte die Bettdecke um ihn fest. Als sie ihm die Stirn küsste, genoss sie die Gelegenheit, sich ein letztes Mal in jenen süßen, einzigartigen Duft zu versenken, der ihn ausmachte. Dann setzte sie sich neben ihn und musterte sein Gesicht. Sie wollte sich jede Falte und Pore, jede Einzelheit einprägen. Aber als sie ihn betrachtete, wie er in dem Bett lag, das sie sich gemeinsam gekauft hatten, wusste Zoe, dass das gar nicht nötig war. Sie kannte sein Gesicht besser als ihr eigenes, sie würde es nie vergessen. Er hatte sich ihrem Gedächtnis und ihrem Herzen für immer eingeprägt.

Ein letztes Mal hielt sie seine Hand und erinnerte sich daran, wie sehr sie die langen dunklen Finger beeindruckt hatten, als er an diesem sonnenüberfluteten walisischen Strand das erste Mal seine Hand nach ihren plumperen weißen Fingern ausgestreckt hatte.

»Es wird mir das Herz brechen, dich zu verlieren, aber ich würde nichts daran ändern wollen. Du bist die Liebe meines Lebens.«

Sie küsste ihn, und ihre Lippen verharrten einen Moment auf seiner Stirn.

Als wolle sie das Universum daran erinnern, dass sie diesen Augenblick nicht für immer festhalten konnte, klopfte es laut an der Wohnungstür. Der Arzt. Ihr Magen machte einen Satz. Von diesem Moment an wäre alles anders. Ihr Ben wäre nicht länger ihr Ben. Man würde ihn wegbringen, an einen Ort, an den sie ihn nicht begleiten konnte, zumindest noch nicht.

Noch einmal küsste sie ihn, und an ihren Lippen fühlte sich seine Haut kühl an. Die Welt, die sie beide sich geschaffen hatten, war vergangen. Es war Zeit für den Abschied.

Dreiundfünfzig

»Zoe, du Liebe, bist du sicher, dass du hier sein solltest?«, fragte Miles, als sie sich an den Stationsschreibtisch setzte und versuchte, sich auf den Terminkalender zu konzentrieren.

Sie hob den Kopf und sah ihn an. »Wo soll ich denn sonst sein?«

Miles klappte den Kalender zu. »Zu Hause. Um deine Trauer zu bewältigen.«

»Ich bin lieber hier«, antwortete Zoe apathisch, den Blick auf den zugeklappten Kalender gerichtet. Soweit sie gesehen hatte, stand am heutigen Tag eine Menge Arbeit an. Drei Neuzugänge, und ausgerechnet heute war Karen bei einem Workshop. Zum Glück war Zoe hergekommen, nun, da auch Ben nicht mehr da war.

Beim Gedanken an Ben schloss sie die Augen und spürte, wie ihre Entschlossenheit bröckelte. Sein Tod war zwei Tage her. Sie wusste, dass es viel zu früh war, wieder zu arbeiten, aber sie ertrug es nicht, zu Hause zu sein. Wohin sie auch sah, überall waren Spuren ihres Geliebten. Sein Duft steckte in den ungewaschenen Kissenhüllen, sein Aftershave stand im Badezimmerschrank, seine Handschrift war auf dem Wandkalender, sein Porsche stand in der Einfahrt. Wann immer ihr Blick darauf fiel, verlor sie die Fassung.

Ihr wurde bewusst, dass Miles sie an der Schulter drückte.

»Aber geh es langsam an. Wenn du schon hier sein musst, dann nimm dir nichts Kompliziertes vor. Und lass die Finger von den Patienten, bei denen es dem Ende zugeht. Koch Kaffee, mach die Desinfektionsspender sauber, kümmre dich um die Materialbestellungen.«

Zoe bekam nicht richtig mit, was Miles ihr zu sagen versuchte, aber sie wusste, er würde sich weniger Sorgen machen, solange er glaubte, dass sie ihm zuhörte.

Das schrille Klingeln des Stationstelefons zerriss die Stille, und Miles nahm ab. Zoe hörte, wie draußen ein Krankenwagen vorfuhr, und sie stand auf und eilte hinaus, um den Sanitätern zu helfen, wobei sie Miles' besorgten Blick im Rücken spürte.

Während sie den Patienten hereinschoben, schenkte Anita, eine der neuen Sanitäterinnen, Zoe ein mitfühlendes Lächeln. Die Nachricht von ihrem Verlust hatte sich schnell verbreitet.

»Nico Martelli«, sagte Anita und reichte ihr das Klemmbrett mit den Patientendaten. »Darmkrebs im Endstadium. Neunundvierzig Jahre alt. Die Ehefrau und die Kinder wollen später nachkommen.«

Zoes Herz raste. War das womöglich jener Nico, der mit Ben im Krankenhaus gelegen hatte? Sie betrachtete den Mann auf der Krankenliege. Man hatte ihm eine Sauerstoffmaske angelegt. Sie überflog die Krankenakte und wusste, er war es. Ihr Magen machte einen Satz beim Gedanken an diese ungeahnte Verbindung zu Ben.

»Hier ist Zoe, Nico. Erinnern Sie sich an mich? Bens Freundin. Wir sind uns im Krankenhaus begegnet.«

Bei der Erwähnung von Ben leuchteten Nicos Augen auf, und er versuchte, die Sauerstoffmaske abzusetzen, damit er reden konnte. Doch Zoe legte ihre Hand sanft auf die Maske und schüttelte den Kopf.

»Sie müssen sie noch aufbehalten, Nico. Wir unterhalten uns später, okay?«

Nico wirkte besänftigt, und Zoe lächelte Anita dankbar an, als die ihr die übrigen Unterlagen überreichte.

Nachdem Anita sich verabschiedet hatte, sah Zoe zu Nico hinab. »Dann wollen wir Sie mal in Ihr Zimmer bringen.«

Eine Stunde später war Nico bequem in einem Bett untergebracht, von dem aus man den Garten überblicken konnte. Es war Mrs Harpers ehemaliges Zimmer, und Zoe freute sich, dass es verfügbar gewesen war, denn es war das schönste im Hospiz. Sie musterte Bens Freund. Er hatte stark an Gewicht verloren, seit sie sich begegnet waren, und seine Haut war fahl. Seiner Akte zufolge blieb ihm nicht mehr allzu viel Zeit, und Zoe wollte sie ihm so angenehm wie möglich machen.

»Wie geht es Ihnen?«

»Ganz okay«, krächzte Nico und wandte ihr das Gesicht zu. »Ich habe von Ben gehört. Mein Beileid.«

»Danke«, brachte sie heraus.

»Er war ein guter Mensch«, sagte Nico wehmütig. »Er konnte nicht aufhören, von Ihnen zu erzählen. Er hat Sie so sehr geliebt.«

»Ich habe ihn auch geliebt. Und ich werde ihn immer lieben.«

»Er hat mir alles erzählt«, fuhr Nico fort, als habe er sie gar nicht gehört. »Über Ihre Briefe … deswegen wollte ich hierherkommen, wenn es so weit ist.«

Sie atmete aus, erleichtert, auf vertrautem Terrain zu sein. »Wollen Sie, dass ich einen Brief für Sie aufschreibe?«

Nicos Augen füllten sich mit Tränen, als er nickte.

Zoe setzte sich an die Bettkante und holte den Notizblock aus ihrer Kitteltasche. »Okay, Nico. Was möchten Sie sagen?«

Es herrschte Schweigen, und einen Augenblick lang schien Nico unfähig zu reden. Zoe blieb stumm. Sie wusste, dass die

Menschen manchmal ein paar Minuten zum Nachdenken brauchten.

»Der Brief geht an meinen besten Freund Ennio.« Nico sah auf seine Hände hinab. »Ich habe ein paar Fehler gemacht, und es ist zu spät, die wieder auszubügeln. Ennio muss das für mich übernehmen.«

»Das tut mir leid.«

»Mir auch. Wir glauben immer, wir hätten alle Zeit der Welt, aber am Ende ist es nicht so. Die Zeit zerrinnt uns zwischen den Fingern, und jetzt muss ich jemand anders bitten, etwas für mich zu tun, was ich selbst nicht mehr erledigen kann.« Nico hielt inne, um Atem zu schöpfen. »Er ist so was wie ein Bruder für mich. Wir sind damals zusammen aus Neapel fortgegangen, sehr zum Unmut unserer Familien.« Nico brachte ein reuiges Grinsen zustande. »In der Anfangszeit hat es uns zusammengeschweißt zu wissen, dass wir beide Ärger mit unseren Eltern hatten. Irgendwann haben sie sich damit abgefunden – allerdings erst, als wir beide verheiratet waren und Kinder hatten.«

Zoe lächelte. »So ist es oft, wenn Kinder ins Spiel kommen.«

»Ja. Ennio und ich stehen uns immer noch nahe, aber wir sehen uns nicht mehr so oft, wie wir es gern hätten. Er weiß nichts von meiner Krankheit. Ich habe es nicht über mich gebracht, ihm davon zu erzählen. Aber er ist immer noch wie ein Bruder für mich, und er ist der einzige Mensch, dem ich die Aufgabe anvertrauen kann, einen Fehler von mir wiedergutzumachen.«

»Was für ein Fehler?«, fragte Zoe behutsam nach.

Wieder füllten sich Nicos braune Augen mit Tränen. »Als ich das letzte Mal in Neapel war, fuhr ich allein hin. Meine Frau Catherine und ich hatten Probleme. Ich brauchte etwas Abstand.«

»Okay«, ermunterte Zoe ihn weiterzuerzählen.

»Während ich dort war, hatte ich eine Affäre mit einer anderen Frau.« Das Geständnis ließ Nicos Wangen rot erglühen.

»Ach, Nico.« Zoe hatte Mitgefühl, aber es war nicht das erste Mal, dass sie eine derartige Beichte an einem Totenbett hörte. »Allerdings glaube ich, es wird Ihnen besser gehen, wenn Sie es Ihrer Frau selbst sagen. Solange Sie noch können.«

Nico schüttelte den Kopf. »Sie weiß es. Sie hat mir verziehen.«

»Wo liegt dann das Problem?«, fragte sie sanft.

»Die Frau wurde schwanger. Sie hat einen Sohn, Antonio. Er ist fünf Jahre alt.« Nico holte tief Luft. »Als ich von Antonio erfuhr, habe ich mich so geschämt, dass ich der Frau erklärte, er könne unmöglich mein Sohn sein. Dass wir doch nur eine Nacht miteinander verbracht hätten. Sie war wütend und bestand auf einem DNA-Test. Der Test bewies, dass Antonio mein Sohn war, aber ich schaffte es immer noch nicht, meine Familie hier aufs Spiel zu setzen, und sagte ihr, ich hätte kein Interesse an ihm.«

Mittlerweile strömten Nico die Tränen, die sich in seinen Augen gesammelt hatten, über die Wangen. Zoe legte Block und Stift ab und beugte sich zu ihm, um ihn zu trösten. Sie nahm seine Hand und hielt sie ganz fest.

»Nichts im Leben bereue ich mehr als das. Ich habe all die Jahre vergeudet, ohne meinen Sohn kennenzulernen, und habe ihn verleugnet. Was für ein Mensch macht so was? Ich bin ein ehrloser Mann, und jetzt bleibt mir keine Zeit, das in Ordnung zu bringen.«

»Es tut mir so leid, Nico«, sagte Zoe. »Was kann ich tun?«

»Sie müssen an meiner Stelle mit Ennio reden.«

»Weiß er über Antonio Bescheid?«

Nico schüttelte den Kopf. »Nur meine Frau weiß es. Seit wir vor vier Jahren von ihm erfahren haben, hat sie versucht, mich dazu zu bewegen, mit ihm Kontakt aufzunehmen, aber ich habe mich geweigert, und sie hat mich nicht gedrängt. Vermutlich dachte sie, ich würde meine Meinung irgendwann noch ändern. Wir hatten keine Ahnung, dass uns dafür keine Zeit mehr bleiben würde.«

»Was genau wollen Sie sagen? Wissen Sie es schon, oder soll ich Ihnen dabei helfen?«

»Ich weiß genau, was ich sagen will«, meinte Nico kopfschüttelnd. »Bitte schreiben Sie: Ennio, du musst mir helfen. Ich habe einen Sohn, er heißt Antonio. Du musst für mich einspringen und die Vaterrolle übernehmen, für die ich zu feige war. Ich weiß, du hast deine eigene Familie, aber ich weiß auch, dass dein Herz so viel größer ist als meins. Kannst du bitte mit Antonio sprechen, dich an meiner Stelle für meine Dummheit entschuldigen, ihm von mir erzählen und ihm über die Jahre zur Seite stehen, als wäre er dein eigenes Kind? Für mich ist es zu spät, um nach Hause zurückzukehren und das alles wiedergutzumachen. Ich bitte dich als dein Bruder, mir diesen Gefallen zu tun. Dein törichter Freund Nico.«

Nachdem sie alles mitgeschrieben hatte, bemerkte Zoe Nicos sorgenvollen Blick.

»Zu viel?«, fragte er.

»Perfekt«, meinte sie. »Überlassen Sie das mir. Ich kümmre mich darum, dass Ennio das bekommt, wenn es so weit ist.«

Kaum hatte sie diese Worte ausgesprochen, entspannte sich Nico sichtlich. Als wären der innere Kampf und die Sorgen, die ihn umgetrieben hatten, endlich vorbei.

»Danke, Zoe«, sagte er, schloss die Augen und ließ sich zurück aufs Kissen sinken. »Ben hatte recht. Sie sind eine Lebensretterin.«

Vierundfünfzig

Zoe betrachtete ihr Spiegelbild und war plötzlich fest davon überzeugt, in einem üblen Albtraum zu stecken. Anders ließ sich nicht erklären, dass sie an einem grauen, nieseligen Mittwochvormittag im November ein schwarzes tailliertes Kleid, Absatzschuhe und einen Hut trug. Sie versuchte, sich aufzuwecken, indem sie sich in die rechte Hand zwickte, aber das bewirkte nichts als einen roten Fleck. Nicht dass das irgendetwas ausmachte, dachte sie, als Sarah ins Zimmer spähte.

»Alles okay?«, fragte Sarah, kam herein und setzte sich auf die Bettkante. Zoe brachte es kaum über sich, das Bett anzusehen. Es hatte das Startsignal für ein neues glückliches Leben mit Ben sein sollen. Jetzt aber war es für immer das Möbelstück, in dem Ben in Zoes Armen gestorben war. Sie schloss die Augen, denn die Erinnerung an den schrecklichen Moment, als sie wach wurde und dachte, Ben schliefe noch, war nie weit weg.

Sie schenkte Sarah ein klägliches Lächeln. Zoe fiel auf, dass die Freundin wunderschön aussah in ihrem schlichten schwarzen, gerade geschnittenen Kleid, das elegant und der Situation angemessen war. Typisch Sarah – in einer Krise funktionierte sie perfekt. Sie wusste, was man anziehen musste, was man sagen oder tun sollte. Wie hätte Zoe das alles ohne sie überstanden?

»Ja, passt schon«, antwortete Zoe.

Sarah nickte. »Candice ist da.«

Bei dieser Nachricht hellte sich Zoes Gesicht kurz auf. Candice war der Fels in der Brandung. Nachdem sie so verzweifelt auf die Nachricht reagiert hatte, dass Bens Krebs wiedergekehrt war, hatte Zoe Sorge gehabt, sie würde völlig zusammenbrechen. Tatsächlich aber bewahrte Bens große Schwester stoische Ruhe. Sie hatte bei der Organisation des Begräbnisses mitgeholfen, Zoe regelmäßig aufgesucht und sogar große Töpfe voller Jambalaya und Lasagne vorbeigebracht, damit Zoe etwas aß. Zoe war ihr sehr dankbar. In den Tagen nach Bens Tod hatte das Essen auf ihrer Prioritätenliste nicht gerade weit oben gestanden. Wäre es nach Zoe gegangen, dann hätte sie sich von den Gummibärchen ernährt, die sie für Lotties Besuche in der Süßigkeitenschublade bereithielt.

Es war keine Überraschung gewesen, dass Ben Candice zur Testamentsvollstreckerin bestimmt hatte. Candice kümmerte sich darum, dass Bens Wünsche nach seinen Vorgaben ausgeführt wurden. In den drei Wochen seit Bens Tod war Candice unheimlich großzügig gewesen. Sie hatte unter anderem darauf bestanden, dass Zoe im Auto der Familie zum Krematorium fuhr. Zoe hatte sich einverstanden erklärt, weil sie keine Umstände machen wollte, aber jetzt war sie sich nicht mehr so sicher, ob das eine gute Idee war, zumal auch Bens Ex-Frau zur Trauerfeier kommen wollte.

»Ben hat es so gewollt«, beruhigte Sarah sie, als würde sie ihre Gedanken lesen. »Für ihn war diese Wohnung, das Leben mit dir, sein Zuhause. Du hast für ihn genauso zur Familie gehört wie Candice.«

»Ich muss dauernd denken …«, setzte Zoe an und schluckte die Verlegenheit hinunter, die sie angesichts dessen, was sie sagen wollte, überkam. »… dass Ben sich ja vielleicht um Sean kümmert. Oder vielleicht ist es nach all der Zeit ja auch umgekehrt, und Sean kümmert sich um Ben. Findest du das dumm?«

»Nein!«, entgegnete Sarah entschieden. »Das ist kein bisschen dumm.« Ihre Stimme wurde sanfter. »Ich glaube, exakt so ist es. Ich denke, Ben und Sean sehen uns zu, wie wir uns die Augen ausweinen, und sie lachen und wünschen sich, dass wir, verdammt noch mal, nach vorne sehen.«

Die Vorstellung entlockte Zoe ein Lächeln. »Das kann ich mir bei den beiden sogar vorstellen.«

»Und ich stelle mir Ben vor, wie er sich Sorgen um dich macht, und Sean, wie er ihm erklärt, dass er das nicht muss, weil seine Mum zäh ist wie Leder – und das kann ihr nichts und niemand nehmen.«

»Ist das so?«, fragte Zoe.

Sarah wollte zu einer Antwort ansetzen, doch da tauchte Candice im Türrahmen auf und sah sie entschuldigend an. »Es ist Zeit.«

Im Krematorium saß Zoe neben Candice in der ersten Reihe. Es wurde weder *My Way* gespielt noch *Bat Out of Hell*, stattdessen dröhnte *Ain't That a Kick in the Head* aus den Lautsprechern. Trotz ihrer Trauer brachte der Text sie zum Lächeln. Es war wirklich ein Schlag vor den Kopf, dass dein Leben so abrupt enden musste, Ben, aber Mann, du wurdest echt geliebt, dachte Zoe. Sie ließ den Blick über die Reihen wandern und war überrascht, weit hinten Josh und seinen Dad Jack auszumachen, die den ganzen Weg aus Wales hergekommen waren. Als ihre Blicke sich trafen, winkten die beiden ihr zaghaft zu, und trotz der schrecklichen Umstände freute es Zoe, sie zu sehen.

Siehst du, erklärte sie dem hölzernen Sarg im vorderen Teil des Raums, deine Fürsorge und deine Briefe haben das Leben einer ganzen Reihe von Menschen beeinflusst, Ben.

Sie sah sich weiter um, und ihr fiel auf, dass alle von Kopf bis Fuß in Schwarz gekleidet waren. Sie musste daran denken, wie empört Ben auf der Trauerfeier für Mrs Harper gewesen war, dass so viele Leute in bunten Farben aufgetaucht waren, und mehrmals hatte er Candice und ihr erklärt, dass man auf seinem Begräbnis Schwarz zu tragen hätte. »In Rosa kommen die Trauergäste nur über meine Leiche«, hatte er mit einem Augenzwinkern gesagt. »Immerhin ist es mein Begräbnis, da erwarte ich, dass in den Rängen ordentlich geheult wird.«

Zoe war in Lachen ausgebrochen, als er das gesagt hatte. Es war so typisch für seinen trockenen Humor, und dafür liebte sie ihn nur noch mehr.

Die Trauerfeier war kurz, aber Zoe schaltete ohnehin immer wieder ab. Sie konnte den Blick nicht von dem Sarg losreißen. Ben war da drin, dachte sie ständig. Im nächsten Augenblick springt er heraus und lacht über den Riesenstreich, den er uns gespielt hat. Aber als zum Abschluss *Always Look on the Bright Side of Life* erklang, musste Zoe sich eingestehen, dass es nicht so kommen würde. Sie erhob sich, Candice und sie nahmen sich an den Händen, schritten durch den Raum und führten alle nach draußen, während Ben blieb, wo er war. Zoe und er gingen für immer auseinander, aber ihre Liebe würde ewig fortbestehen.

*

»Wie nett, dass Sie gekommen sind«, hörte Zoe Candice zum x-ten Mal sagen, während sie Platten mit Sandwiches herumreichte und darauf achtete, dass jeder ein volles Glas hatte. Von der Ecke im Pub, in der sie stand, warf Zoe ihr einen mitfühlenden Blick zu. Sie war von Kollegen umgeben, von alten Studienfreunden und sogar einigen Bekannten aus Bens Zeit als Banker. Alle waren freundlich und sprachen ihr ihr Beileid aus, aber Zoe hörte gar nicht richtig hin. Wie sollte sie auch? Ihr Herz war gebrochen.

Sie entschuldigte sich und trat hinaus in den leeren Garten des Pubs. Ihre Gedanken wanderten zu Josh und seinem Vater. Die beiden hatten sich direkt nach der Trauerfeier auf den Heimweg gemacht, weil sie, wie sie sagten, eine lange Fahrt vor sich hatten. Wie gern hätte Zoe sich ihnen angeschlossen. Sie wünschte, sie wäre allein und könnte sich ihrem Kummer hingeben. Sie setzte sich auf die feuchte Holzbank und holte tief Luft.

»Ben, was hast du mir bloß angetan?«, sagte sie laut, während der Himmel über ihr unheilvoll grollte.

»Pass bloß auf – wenn du mit dir selbst redest, steckt man dich noch in die Klapse«, ertönte eine Stimme.

Zoe wirbelte herum. Hinter ihr stand Miles mit einem Bierglas in der Hand.

»Vielleicht wäre ich da ja ganz gut aufgehoben. Im Übrigen sagt man nicht mehr Klapse, das ist politisch nicht korrekt.«

Miles zog eine Grimasse und setzte sich neben Zoe. »Du hast dich heute tapfer geschlagen. Genau genommen machst du dich schon die ganze Zeit verdammt gut. Keine Ahnung, ob ich das hinkriegen würde.«

»Blödsinn«, erwiderte Zoe sanft. »Wenn es Sarah wäre, würdest du es genauso hinkriegen.«

»Aber es ist nicht Sarah.« Miles trank einen Schluck Bier. »Es ist Ben. Der einzige wirklich wichtige Mensch bisher, den ich begraben musste, war mein Opa. Er war so was wie ein Ersatzvater für mich, nachdem mein alter Herr die Fliege gemacht hatte, und ich war dermaßen am Boden, also kann ich mir nur zu gut vorstellen, wie hart das heute für dich ist.«

Zoe spürte, wie ihr Inneres aufgewühlt wurde. Sie hatte eine Stunde lang nicht mehr geweint, und dabei sollte es möglichst bleiben.

»Miles, bitte«, beschwor sie ihn. »Ich pack das gerade nicht, wenn jemand nett zu mir ist. Nicht jetzt.«

Miles nickte verständnisvoll und zog den Schal um seinen Hals fester, um die Kälte abzuwehren. »Hast du dir schon überlegt, wie es für dich weitergehen soll?«

Zoe schüttelte den Kopf. »Candice hat gesagt, dass Ben Geld für mich auf die Seite gelegt hat, damit ich mindestens noch zwei Jahre in der Wohnung bleiben kann, falls ich das will. Aber ich weiß nicht. Es fühlt sich falsch an, ohne ihn dort zu wohnen.«

»Du weißt, dass du jederzeit zu uns ziehen kannst«, sagte Miles sanft. »Dein altes Zimmer steht für dich bereit.«

»Danke«, brachte sie heraus und hoffte, dass Miles ihr die knappe Antwort nicht als Unhöflichkeit auslegte. In Wahrheit wusste sie einfach nicht, was sie wollte. »Nachdem ich so viele Menschen verloren habe, erwartet man wahrscheinlich von mir, dass ich sage, dass mir bewusst geworden ist, wie kostbar das Leben ist«, sagte Zoe verhalten. »Aber im Grunde ist das Leben manchmal einfach nur verdammt beschissen.«

Miles' lautes, dröhnendes Gelächter hallte im Hof des Pubs wider. »Du sagst es. Wenn ich an die Fehler denke, die ich gemacht habe, und die ganzen Hindernisse, die einem im Weg stehen, dann muss man sich schon fragen, ob es das alles wirklich wert ist.«

»Aber dann begegnet man jemandem wie Sarah …«

»Oder Ben«, unterbrach sie Miles.

»Oder Ben.« Zoe lächelte.

»Und die machen das Leben lebenswert«, beendete Miles den Satz.

»Sie erinnern einen daran, dass die Sonne jeden Morgen von Neuem aufgeht«, sagte Zoe wehmütig und bemerkte, dass ein Lichtstrahl durch die Wolken lugte.

Eine Weile beobachteten sie schweigend, wie die Sonne den Garten in einen sanften Lichtschein tauchte. Genau, dachte Zoe. So war das Leben – in all dem Dunkel gab es immer einen Hoffnungsschimmer, einen Funken Sonnenlicht, und das machte alles selbst in den schlimmsten Momenten erträglich.

»Ich habe was für dich«, unterbrach Miles ihre Gedanken. Er griff in die Innentasche seines Jacketts und holte einen dicken Umschlag hervor. »Das ist von Ben.«

Beim Anblick seiner Handschrift spürte Zoe ein Schluchzen in ihrer Kehle aufsteigen. Sie streckte die zitternden Finger nach dem Umschlag aus, diesem letzten Gruß des geliebten Mannes. »Was ist das?«

»Das weiß ich nicht«, bekannte Miles. »Er hat es mir gegeben, als ich bei ihm war.«

»An dem Tag, bevor er starb«, meinte Zoe und erinnerte sich daran, dass Ben ihr nicht gesagt hatte, worüber er und Miles gesprochen hatten.

»Er sagte, ich solle es behalten, bis der richtige Moment käme, und es dir erst dann geben. Er meinte, ich wüsste schon, wann.«

Aufregung durchfuhr Zoe, während ihr gleichzeitig das Herz zu zerspringen schien. Mit den Fingern fuhr sie über den Umschlag und dachte an den Nachmittag, an dem sie Ben endlich gefragt hatte, ob er einen Brief hinterlassen wolle, und er abgelehnt hatte. Sie lächelte. Auch in dieser Sache hatte er eigene Vorkehrungen getroffen. Er wusste, wie wertvoll ein solcher Brief war, hatte es ihr aber nicht zu schwer machen wollen. Als Zoe den Brief nun betrachtete, wusste sie, sie würde das, was darin stand, für immer wertschätzen. Es würde neben der Nachricht, die Sean hinterlassen hatte, fortbestehen, Worte, an die sie sich klammern konnte, die sie für den Rest ihres Lebens tragen würden.

»Ich lass dich dann mal allein damit.« Taktvoll erhob sich Miles.

Als er fortging, presste sie den Brief ans Herz, genau wie damals, als man ihr Seans letzte Worte gegeben hatte. Es fühlte sich an, als habe Ben die Arme um sie gelegt und halte sie ein letztes Mal fest. Dann riss sie den Umschlag auf und begann zu lesen.

Fünfundfünfzig

Liebe Zoe,
da wären wir also, hier kommt noch ein Brief. Diesmal aber ist er ausschließlich für dich gedacht. Ich werde unsere Briefe vermissen, obwohl sie uns anfangs beinahe auseinandergebracht hätten, als ich sie dir verbieten wollte. Keine Ahnung, warum du mir keine Ohrfeige in mein selbstgefälliges Gesicht verpasst hast. Dir habe ich die Erkenntnis zu verdanken, wie wertvoll Worte sein können und welche Wirkung das, was wir auf Papier bringen, auf die Menschen hat, die wir lieben.
Zoe, mit meiner letzten Botschaft will ich dir sagen, dass du die unglaublichste Frau bist, die mir je begegnet ist. Von allen Dingen, die ich erlebt habe, war das Beste, was mir je widerfahren ist, dich kennenzulernen, mich in dich zu verlieben und mein Leben mit dir zu teilen.
Die Liebe und Kraft, die du anderen Menschen gibst, insbesondere denen, die in Not sind, ist einfach nur beeindruckend. Du bist eine echte Inspiration, Zoe Evans, und ich empfinde es als ein großes Privileg und Glück, dass mir in den vergangenen Monaten deine Liebe gegolten hat.
Ich habe viel über unsere Beziehung nachgedacht, und ich denke, wir sind uns in einem Moment begegnet, als

wir einander brauchten. Ich bilde mir gern etwas darauf ein, dass ich einen kleinen Beitrag dazu geleistet habe, dass du aufgelebt bist und nach Seans Tod wieder zu dir selbst gefunden hast und dass ich dir zeigen konnte, dass das Leben trotz eines solchen Verlusts Freuden bereithält.

Im Gegenzug glaube ich, dass du meinen Weg gekreuzt hast, um mir beim Sterben zu helfen. Das soll nicht makaber klingen, aber du hast dir immer etwas darauf zugutegehalten, dass du deinen Patienten einen guten Tod ermöglichst, und genau das hast du für mich getan.

Zoe, du hast mir das liebevollste Ende bereitet, und das ist so viel mehr, als man sich wünschen darf.

Mittlerweile wirst du wissen, dass die Miete für die nächsten beiden Jahre gesichert ist, aber ich hoffe, du bleibst nicht dort wohnen. Genau genommen wünsche ich mir, dass du mit dem Geld, das ich dir hinterlasse, ein paar Dinge für mich erledigst. Du sollst es nicht für noch mehr Briefpapier ausgeben, sondern deine wahrhafte Berufung finden und etwas bewirken! Ich weiß, du wirst weitermachen und unglaubliche Dinge mit deinem Leben anstellen, Zoe.

Du hast eine solche Begabung, Menschen in Not zu helfen. Ich weiß, du bist in der Lage, etwas ganz Wunderbares mit dem Geld zu schaffen.

Das Zweite, was ich mir von dir wünsche, ist, dass du nach Australien zurückgehst. Ob dauerhaft oder für einen Besuch, bleibt dir überlassen. Aber es gibt ein paar Dinge, die geklärt gehören, und ich denke, das solltest du erledigen, damit du aus dem Rest deines Lebens das Beste herausholen kannst.

Candice hat alle Einzelheiten zu dem Geld, das ich dir hinterlasse, und sie hat außerdem ein Flugticket nach

Sydney. Ich möchte, dass du dieses Flugzeug besteigst, und wenn du dort bist, Zeit mit deiner Mutter verbringst, Blumen an Seans Grab niederlegst und herausfindest, warum du ursprünglich geflohen bist. Danach sollst du meine Asche am Manly Beach verstreuen, denn ich ahne, dass du nicht nach England zurückkehren wirst, wenn du Frieden mit der Vergangenheit geschlossen hast. Ich will in deiner Nähe sein, sowohl in diesem Leben als auch im nächsten.

Ich werde jetzt gehen. Ich bin müde, und es fällt mir schwer, mich zu konzentrieren. Aber bevor es so weit ist, musst du eines wissen, Zoe: Es ist Zeit, dass du dein Leben lebst. Ich wünschte, ich wäre da, um zu erleben, was du als Nächstes tust, aber sollte es ein Leben nach dem Tod geben, dann gebe ich dir mein Wort, dass ich jede Gelegenheit nutzen werde, bei dir zu sein, dich anzutreiben, zu bestärken und dich zu lieben.

In Liebe

Dein Ben xxx

Sechsundfünfzig

»Sind Sie ganz sicher, dass Sie das so schreiben wollen, Mrs Stuart?«, fragte Zoe und betrachtete die runzlige alte Frau im Krankenbett. Sie war eine neuere Patientin und erst am Vorabend aufgenommen worden. Angesichts der Herzerkrankung im Endstadium erwartete Zoe allerdings, dass ihr Tod eher eine Frage von Stunden als von Tagen war, also hatte sie sichergehen wollen, dass die Frau die Gelegenheit bekam zu sagen, was ihr auf dem Herzen lag.

»Ja, ganz sicher«, flüsterte Mrs Stuart mit rauer Stimme. »Millie Newton hat es nicht anders verdient. Sie hat mich jahrelang beim Bingo betrogen.«

Zoe blickte auf die Worte hinab.

Wenn ich vor den Herrgott trete, dann sag ich ihm,
dass du nach unten gehörst und nicht nach oben,
du diebisches Fräulein.

Zoe schluckte das Lachen hinunter, das sie zu überwältigen drohte. Nie zuvor war sie einem Menschen begegnet, der sichergehen wollte, dass die Freundin geradewegs in die Hölle fuhr. Es war das perfekte Ende ihres letzten Tages im Hospiz, also lächelte Zoe bloß, kontrollierte Mrs Stuarts Vitalfunktionen und beschloss, die Nachricht mit der Tochter der Patientin zu besprechen.

Sie verließ die Station und ging den Flur hinunter. Vor sich sah sie einen hochgewachsenen dunkelhäutigen Mann, und kurz beschleunigte sich ihr Puls. War das Ben? Beim Gedanken an ihren wunderschönen Geliebten spürte sie die vertraute Traurigkeit. Es war etwas mehr als sechs Wochen her, dass Ben gestorben war, und sie konnte noch immer nicht recht glauben, dass er fort war.

Es war eine Tragödie, so viel war klar. Doch Zoe wusste, was sie mit der unglaublichen Geldsumme anstellen wollte, die Ben ihr hinterlassen hatte. Das zumindest spendete ihr ein wenig Trost, genauso wie das Gespräch, das sie mit Sarah geführt hatte.

»Ich fand schon immer, dass du nach Australien zurückmusst«, hatte die gesagt, als sie zusammen einen Kaffee tranken. »Man kann nicht einfach so aus einem Leben flüchten; irgendwann muss man die Beziehungen wieder kitten.«

Zoe hob die Tasse an die Lippen, während sie Sarah verhalten musterte. »Warum hast du das nie gesagt?«

Sarah zuckte die Achseln. »Ich dachte, dass du das selbst irgendwann mal einsiehst. Aber Ben hat recht. Es ist höchste Zeit, das Chaos, das du hinterlassen hast, in Ordnung zu bringen und zu schauen, was dir deine Heimat noch zu bieten hat, jetzt, wo du geschieden bist.«

»Und Bens Asche am Manly Beach zu verstreuen«, fügte Zoe traurig hinzu.

»Das alles und noch viel mehr«, sagte Sarah aufmunternd. »Was ist mit dem Geld, das er dir vererbt hat?«

Zoe lächelte schüchtern. »Ich kann kaum fassen, wie viel es ist, Sarah. Es kommt mir irgendwie nicht richtig vor.«

»Natürlich ist es richtig.«

Zoe schrak ein wenig zurück und betrachtete Sarah misstrauisch. »Du klingst schon wie Candice.«

»Gut so«, entgegnete Sarah, sagte dann aber etwas sanfter: »Hast du dir Gedanken gemacht, was du mit dem Geld anstellen willst?«

»Ich habe eine Idee. Ich denke, es ist etwas, was Ben toll gefunden hätte.«

»Und womit du etwas bewirken kannst?«, fragte Sarah.

»Wenn ich es hinbekomme, ist es perfekt.«

»Du bekommst das hin, Zoe. Und falls es doch nicht so läuft wie erhofft, dann hast du hier immer ein Zuhause.«

Sarah hatte recht, genau wie Ben. Und so hatte Zoe kurz nach Bens Begräbnis Candice aufgesucht und das Angebot dankend angenommen.

»Wurde auch Zeit.« Candice lächelte. »Ich muss dir auch noch dein Flugticket zumailen.«

Mit ein paar Klicks hatte sie die Unterlagen für die Reise nach Sydney an Zoe weitergeleitet.

Als Zoe die E-Mail öffnete, hielt sie überrascht die Luft an. »Erster Klasse?«

»Es ist ein langer Flug. Du sollst bequem nach Hause reisen. Ben wollte einfach nur, dass du glücklich bist, und das sehe ich genauso. Es ist Zeit, dass du dein Leben lebst, Zoe.«

*

Nachdem Zoe sich von den Kollegen, Patienten und dem Hospiz selbst verabschiedet hatte, merkte sie, wie nervös sie war, als sie in den alten Yaris stieg. Das Auto hatte sie Miles vermacht, und er und Sarah hatten netterweise angeboten, sie zum Flughafen zu bringen. Doch als die englische Landschaft an ihr vorüberglitt, wurde sie von Zweifeln gepackt.

War das hier nicht ihr Zuhause? Dennoch kam es ihr falsch vor, ohne Ben in England zu bleiben, während es sich zugegebenermaßen weitaus richtiger anfühlte, nach Hause zu reisen und ihre Mutter wiederzusehen. War sie bereit, sich dem Schmerz der Rückkehr in die Heimat auszusetzen, nachdem sie so abrupt geflohen war? Sie lehnte sich zurück, während Lottie neben ihr aufgeregt schnatterte, und konzentrierte sich auf die letzte Nachricht, die sie noch überbringen musste.

Nico war am Tag von Bens Trauerfeier im Kreis seiner Familie gestorben. Zoe war froh, dass ihm ein gutes Ende vergönnt gewesen war und dass sie mit Catherine über den Brief an Ennio hatte reden können.

»Er war der Meinung, dass man das, was man zu sagen hat, zu Lebzeiten tun sollte, nicht nach dem Tod. Ich freue mich, dass er die Sache mit diesem Brief geraderückt«, hatte Catherine gesagt und auf den Umschlag in Zoes Hand gedeutet. »Macht es Ihnen wirklich nichts aus, ihn zu überbringen? Es ist ein weiter Weg.«

Zoe hatte gelächelt. »Im Grunde genommen liegt Ealing auf meinem Heimweg.«

Catherine wirkte überrascht, aber sie hatte nicht nachgebohrt.

Als Miles nun in die Sackgasse einbog, in der Nicos Jugendfreund wohnte, strich Zoe nervös den Umschlag glatt.

»Sollen wir mitkommen?«, fragte Miles.

Zoe schüttelte den Kopf und stieg aus dem Auto. Sie zog den Jackenkragen fester um den Hals und ging auf die Haustür zu. Es fing an zu regnen, und sie musste lächeln. Die englischen Winter wären für sie bald Vergangenheit.

Sie klopfte an die blaue Holztür, und wenige Sekunden später wurde sie von einem Mann geöffnet, der dieselbe mediterrane Gesichts- und Haarfarbe hatte wie Nico.

»Kann ich Ihnen helfen?« In seinem Englisch war keine Spur des italienischen Akzents, den Nico gehabt hatte.

Zoe räusperte sich. »Das hoffe ich. Mein Name ist Zoe Evans, ich bin Pflegerin im Hospiz *The Oaks* in Bath. Haben Sie einen Augenblick Zeit?«

Ennio runzelte die Stirn. »Worum geht es?«

»Um Ihren Freund Nico«, sagte sie sanft.

Kaum hatte sie Nicos Namen ausgesprochen, machte Ennio ein bekümmertes Gesicht und bat sie herein.

»Was ist los?«, fragte er und bedeutete ihr mit einer Geste, in dem ordentlichen, spärlich möblierten Wohnzimmer Platz zu nehmen. »Catherine hat mir von seinem Tod erzählt. Ich kann es noch gar nicht fassen …«

Er verstummte, und Zoe setzte sich auf die Kante des cremefarbenen Sofas und sah Ennio an, der ihr gegenüber Platz nahm.

»Wie es aussieht, hat er ein paar Dinge für sich behalten«, erklärte Zoe.

»Ja, unsere Freundin Giulia hat mir erst vor Kurzem erzählt, dass Nico der Vater ihres Kindes ist.«

»Sie kennen Giulia?« Zoe stockte der Atem.

Ennio nickte. »Wir sind alle schon viele Jahre lang befreundet. Als ich letzte Weihnachten in Neapel war, habe ich mir schon gedacht, dass Nico der Vater von Antonio ist, weil sich die beiden so sehr ähneln, aber Giulia hat es beharrlich geleugnet.«

»Nun. Nico hatte offensichtlich vor, das wiedergutzumachen«, sagte Zoe, griff in ihre Handtasche und reichte Ennio den kleinen blauen Umschlag. Sie sah, dass seine Hände zitterten, als er das Blatt herauszog und zu lesen begann. Kurz darauf stand er auf, warf den Brief durchs Zimmer und brüllte: »Du Dummkopf! Du Dummkopf!«

Schließlich gaben seine Knie nach, Ennio sank zu Boden und weinte um den verlorenen Freund. Unwillkürlich legte Zoe ihm den Arm um die bebenden Schultern.

»Nico, wie konntest du nur?«, schluchzte Ennio leise.

»Manchmal geschehen diese Dinge«, tröstete ihn Zoe. »Wenn Sie wollen, können Sie helfen, die Sache wiedergutzumachen.«

»Natürlich. Aber Nico hätte sein Schlamassel selbst in Ordnung bringen müssen.« Er richtete sich auf und sah Zoe mit einem traurigen Lächeln an. »Es tut mir leid. Ich habe Ihnen noch nicht einmal einen Tee angeboten.«

»Sie haben Glück, ich mag keinen Tee.«

Sie mussten beide kichern, und Ennio wischte sich die Tränen mit dem Ärmel seines T-Shirts ab.

»Wann wollen Sie hinfahren?«, fragte sie und deutete auf den Brief, der in der Nähe des Kamins lag.

»So bald wie möglich. Ich verstehe immer noch nicht, warum er es nicht selbst getan hat.«

»Vielleicht hatte er das Gefühl, nach Neapel zu fahren und zuzugeben, dass er falschlag, sei eine Aufgabe, die er nicht bewältigen konnte.«

»Es klingt so, als kennen Sie sich mit solchen Dingen aus.«

Zoe seufzte. »Wahrscheinlich steht mir gerade etwas ganz Ähnliches bevor.«

Überrascht sah Ennio sie an. »Wie kommt das?«

»Ich habe meine australische Heimat vor mehr als zwei Jahren verlassen, ohne irgendjemandem Bescheid zu sagen. Mein Sohn war durch einen schrecklichen Verkehrsunfall ums Leben gekommen, und ich musste einfach weg.«

»Was ist dabei herausgekommen?«

»Ich bin geschieden.« Zoe lächelte, doch sie hatte Tränen in den Augen. »Und ich trauere immer noch jeden Tag um meinen Sohn, aber ich fliege jetzt endlich zurück und versuche, die Dinge zu klären, die offen geblieben sind. Genau genommen bin ich auf dem Weg zum Flughafen.«

Ennio zog die Augenbrauen hoch. »Haben Sie Angst?«

»Und wie!«, gestand Zoe.

»Warum gehen Sie jetzt zurück?«

»Ein Mensch, der mir sehr nahestand, hat mir geholfen zu erkennen, dass ich mit der Vergangenheit ins Reine kommen muss, um nach vorne zu sehen«, erklärte Zoe.

»Und was machen Sie, falls es nicht so läuft wie erhofft?«

»Dann komm ich hierher zurück. Immerhin kann ich mir dann sagen, dass ich versucht habe, meine Angelegenheiten in Ordnung zu bringen.«

*

Als sie den Flughafen in Heathrow erreichten, war Zoes Magen vor Nervosität in hellem Aufruhr, aber nach dem Besuch bei Ennio war sie sich ihrer Entscheidung, nach Hause zurückzukehren, sicherer. Sie stand im Terminal, um sie herum hetzten Menschen mit Rollkoffern und telefonierten mit ihren Handys. Aus den Lautsprechern dröhnten ununterbrochen letzte Aufrufe und Ansagen.

»Denk dran, wir sehen uns schon in wenigen Wochen«, sagte Sarah. »Miles zeigt mir, wie Weihnachten in Australien ist.«

Zoe nickte. Es war beruhigend zu wissen, dass ihre Freundin bald nachkommen wollte.

»Und falls du doch nicht so lange warten willst, dann kannst du jederzeit einen Flug zurück nehmen«, rief Sarah ihr ins Gedächtnis.

»Aber nicht erster Klasse«, fügte Miles hinzu und beugte sich zu Lottie hinunter, um sie zu kitzeln.

»Aah, hör auf!« Das kleine Mädchen kicherte.

Zoe strahlte ihre Freunde an. Diese wunderbaren Menschen waren wie eine Familie für sie geworden, dennoch war es an der

Zeit herauszufinden, wozu sie ohne deren Unterstützung in der Lage war. Sie blickte zu einer der Anzeigetafeln mit den Abflugzeiten hoch. Der Check-in für ihren Flug endete bald.

Sie wandte sich zu Sarah und nahm ihre Freundin in die Arme. »Ich muss los.«

Sarahs Stimme war belegt. »Ich werde dich vermissen, aber ich bin stolz auf dich.«

Sie vergruben ihre Gesichter im Nacken der anderen, bis Lotties Kreischen immer lauter wurde. Zoe wusste, das war ihr Zeichen.

»Wir sehen uns«, sagte sie.

»Das tun wir«, versprach Sarah. »Schreib mir, wenn du gelandet bist. Ich werde deinen Flug nachverfolgen.«

Während sie durch die Sperre in den Abflugbereich ging, winkte sie der kleinen Gruppe zum Abschied noch einmal zu. Als sie nicht mehr zu sehen waren, steckte sie die Hand in die Jackentasche und legte die Finger um ihre größten Schätze: die Briefe von Sean und Ben. Damals auf ihrem Flug nach England hatte ihr nichts anderes Halt gegeben als Seans letzte Botschaft. Nun, als sie zur Sicherheitskontrolle ging, wusste Zoe, dass ihr seine und Bens Nachricht die Kraft geben würden, den Weg nach Hause anzutreten.

Siebenundfünfzig

Zwölf Monate später

Zoe blickte hinaus auf die Wellen und lächelte. Der Anblick würde ihr niemals langweilig werden. Er hatte etwas derart Magisches, dass er beinahe ein Teil von ihr geworden war. Dieser lebendige, atmende, azurblaue Ozean war so viel gewaltiger als alles, was sie als Mensch jemals ausmachen konnte.

»Alles wird gut«, murmelte sie.

Natürlich kam keine Antwort, da war nur das Brechen der Wellen am Ufer, doch sie wusste, dass Ben sie hörte. Das tat er immer.

»Ich habe mich für die Caterer entschieden, die Mum empfohlen hat«, erzählte sie ihm. »Weißt du noch? Das waren die, die auch ganz gute vegane Speisen anbieten. Ich weiß schon, du hältst Veganer für Weicheier, aber die Zeiten ändern sich. Ach, und falls das Sean ist, der gerade die Augen verdreht, dann sag ihm, er soll augenblicklich aufhören!«

Es verursachte nicht mehr denselben Schmerz wie früher, Seans Namen zu erwähnen. Seit Bens Tod malte sie sich aus, dass ihre beiden heiß geliebten Jungs friedlich beieinander waren.

Als Zoe vor einem Jahr aus dem Flugzeug gestiegen und in den grellen australischen Sonnenschein getreten war, hatte sie gespürt, dass die Risse in ihrem Herzen zu heilen begannen. Der vertraute australische Akzent, die Beamtin an der Passkontrolle, die gelächelt und sie zu Hause willkommen geheißen hatte. Zu Hause. Sie hatte über das Wort nachgesonnen. Denn ob sie wollte oder nicht, dieser Ort war ihr vertraut. Das Land und diese Art zu leben hatten sich tief und unauslöschlich in ihre Seele gebrannt. Draußen in der Hitze hatte sie zunächst nicht gewusst, wohin es gehen sollte, doch dann hatte sie einen Taxifahrer gebeten, sie zum Manly Beach zu bringen. Dort hatte sie sich in einem der Cafés, von denen aus man den Strand überblickte, einen Kaffee geholt und über die Ereignisse nachgedacht, die sie hierhergeführt hatten.

Sie war stundenlang dort geblieben. Sie musste nirgendwo sein, nirgendwohin gehen, niemand erwartete sie. Weder Ruth noch ihrer Schwester Jemma hatte sie gesagt, dass sie nach Hause käme. Sie waren beide unglaublich mitfühlend gewesen, als sie von Bens Tod erfahren hatten, aber Zoe war noch nicht bereit, eine Brücke zur Familie zu schlagen. Sie brauchte Zeit für sich.

Doch dann war eine Frau auf sie zugekommen und hatte sie gemustert, die Augen mit einer Hand gegen die Sonne abgeschirmt.

»Zoe?«, fragte sie unsicher. »Sind Sie das? Die Freundin von Ben Tasker?«

Zoe wandte sich ihr zu, starrte die Frau an und versuchte, sie einzuordnen. Schließlich erkannte sie freudig überrascht Irene – jene Frau, die von Ben und Zoe auf Bitten ihrer Mutter in einem Videocall die Wahrheit über ihren leiblichen Vater erfahren hatte.

»Irene!«, rief sie aus. »Wie geht es Ihnen?«

»Gut. Was machen Sie denn hier?« Mit einem breiten Lächeln sah Irene sie an und setzte sich neben sie. »Ich dachte, Sie sind jetzt durch und durch Britin.«

Zoe lachte. »Ich bin für eine Weile wieder hier. Ist eine lange Geschichte.«

Irene machte dem Kellner ein Zeichen und bestellte für sich und Zoe je einen Smoothie. »Ich habe Zeit.«

Zoe erzählte ihr von Bens Tod, von seiner Großzügigkeit und seinem Wunsch, dass sie nach Australien zurückginge. Bei dieser Nachricht schlug sich Irene erschüttert die Hand vor den Mund. Nachdem sie ihr ihr Beileid ausgesprochen hatte, erklärte Zoe ihr, warum sie Australien ursprünglich mit der Absicht verlassen hatte, nie wieder zurückzukehren. Als sie ihren Bericht beendet hatte, waren beide Frauen emotional ausgelaugt.

»Und Sie sind vom Flughafen direkt hierhergefahren?«, fragte Irene.

»Ich wusste nicht, was ich sonst machen soll. Eigentlich sollte ich meine Familie anrufen, aber im Augenblick ist mir das alles zu viel.«

Irene zog die Augenbrauen hoch. »Nachdem ich selbst erst vor Kurzem Kontakt zu einem lange verschollenen Angehörigen aufgenommen habe, kann ich Ihnen versichern, dass es zwar eine Bereicherung, aber auch ganz schön anstrengend ist. Kommen Sie, Sie sehen todmüde aus.«

Irene stand auf, und Zoe sah sie fragend an. »Wohin gehen wir?«

»Zu mir.« Irene deutete auf einen Wohnblock oberhalb eines Geschäfts am Strand. »Ich habe ein Gästezimmer.«

»Oh, ich möchte Ihnen keine Mühe bereiten«, meinte Zoe.

Irene lachte gackernd. »Bereiten? Sie waren wirklich zu lange in England, Zoe. Na los.«

Und so kam es, dass Zoe einen ganzen Monat bei Irene blieb, während sie sich langsam wieder an das Leben in Australien gewöhnte. Es war eine Herausforderung gewesen, die Beziehung zur Familie wiederaufzunehmen, zu alten Freunden und natürlich zu David. Sie hatte zwei Wochen abgewartet, bevor sie ihn kontaktiert hatte, weil sie sich Sorgen machte, dass er ihre Rückkehr missverstehen könnte. Was Zoe allerdings vergessen hatte, war, was für ein guter Freund David immer schon gewesen war. Eines Sonntags war er bei Irene aufgekreuzt, hatte Zoe zum Mittagessen ausgeführt und ihr zugehört, wie sie über Ben, über Sean, über die Briefe, die ihr so viel bedeuteten, und über ihre Zukunftspläne geredet hatte, ohne irgendwelche Erwartungen an sie zu haben. Hinterher dachte Zoe, dass es einfach nur wunderbar gewesen war.

Doch Zoe musste sich an die Aufgaben machen, die sie auf Bens Wunsch hierhergeführt hatten: ihre Bestimmung. Die erste Aufgabe war gewesen, seine Asche am Strand zu verstreuen. Im Morgengrauen war sie aufgestanden, in der Absicht, Bens Überreste, begleitet von einer feierlichen Rede, am Ufer zu verteilen. Doch wie sich herausstellte, hatte der Wind andere Pläne. Kaum dass sie den Deckel von der Urne geschraubt hatte, war Bens Asche in einem Schwung hinaus auf den Ozean getragen worden.

Wie eine Blase schwoll das Gelächter in Zoes Brust an. »Das hätte dir gefallen. Ich kann mir genau vorstellen, wie du lachst und lachst.«

Dann sank sie auf den nassen Sand, überwältigt von all dem Schmerz, den sie in den vergangenen Jahren erlitten hatte. Sie erlaubte sich, einen Augenblick ihrem Kummer nachzugeben, dann stand sie auf, klopfte sich den Sand von den Kleidern und stürzte sich in den nächsten Plan, den Ben für sie vorgesehen hatte.

Es war harte Arbeit gewesen; an manchen Tagen hatte sie nichts gemacht, als zu telefonieren, Leute einzustellen, Büroräume zu suchen und dergleichen. Der einzige Luxus, den sie sich leistete, war, dass sie für ein Vermögen Bens Porsche von England nach Australien verschiffen ließ. Angesichts der Kosten hatte sie fast einen Infarkt erlitten, aber sie wusste, es war Bens Wunsch gewesen, dass sie Spaß mit seinem Auto hatte, und um seinetwillen wollte sie etwas Gewagtes machen und ihm beweisen, dass sie lernte, das Leben zu genießen.

Als Irene von Zoes Wohltätigkeitsprojekt erfuhr, bestand sie darauf, sich einzubringen – im Austausch gegen eine Fahrt im Porsche. Zoe wollte sie nicht übervorteilen, aber Irene blieb beharrlich, und Zoe war ihr für die Hilfe dankbar. Irenes Fähigkeiten als Buchhalterin erwiesen sich als unschätzbar, ebenso wie die vieler anderer Freiwilliger und Unterstützer.

Dann war da noch Ella. Als Zoe sich etwas eingelebt hatte, hatte sie die junge Mutter kontaktiert und ihr erklärt, dass sie die Arbeit, die sie im Hospiz gemacht hatten, international ausweiten wolle – unter einem besonderen Namen. Ohne zu zögern, hatte sich Ella zur Unterstützung von Zoes Stiftung bereit erklärt und ihr versichert, dass »Ricky's Wish«, wie das Projekt in Bath mittlerweile hieß, ihr von England aus mit allem Nötigen beistehen werde.

Als Zoe nun zusah, wie das große weiße Banner über dem Restaurant auf den Klippen aufgespannt wurde, wusste sie, es war all die Mühe wert gewesen.

Die »Sean Ben Memorial Foundation«. Es erfüllte Zoe mit Euphorie, die Worte zu lesen. Zum Start der Organisation, die sie zu Ehren jener beiden Menschen, die sie geliebt und verloren hatte, gegründet hatte, richtete sie heute ein Mittagessen aus. Die Stiftung sollte sich der Aufgabe widmen, Menschen am Ende ihres Lebens einen guten Tod zu ermöglichen und den Hinterbliebenen dabei zu helfen, wieder Freude am Leben zu finden.

»Es wird bestimmt ganz großartig«, sagte eine Stimme neben ihr.

Sie drehte sich um und winkte, als sie David und seinen Hund Loki sah, der freundlich bellte, und ein paar Schritte dahinter ihre Mutter Ruth.

»Meinst du?« In ihrer Stimme schwang leichte Sorge mit.

»Ich weiß es«, erklärte er bestimmt. »Denk an die vielen Familien, denen du mit der Stiftung helfen kannst. Ben und Sean wären stolz auf dich.«

Bei der Erwähnung von Ben musste sie lächeln. Er hatte recht gehabt, es war richtig gewesen, nach Australien zurückzukehren. Sie war an Seans Grab gewesen und hatte sich wider Erwarten auf eine neue Freundschaft mit David eingelassen, endlich in der Lage, ihm wirklich zu vergeben.

»Hoffentlich gefällt es Candice.«

»Natürlich tut es das.« Ruth stellte sich neben ihre Tochter und ließ ihre kleine Hand in die von Zoe gleiten. In Gegenwart ihrer Mutter war Zoe entspannt; sie waren einander seit ihrer Rückkehr nähergekommen.

»Wann kommt sie?«, fragte Ruth und schob sich die Sonnenbrille ins Haar, wobei sie ihre blauen Augen offenbarte, die vor Aufregung funkelten.

»Kurz vor dem Mittagessen. Sie will bloß Hallo sagen und etwas Ben'sche Liebe verbreiten«, antwortete Zoe.

Trotz der Entfernung war die Freundschaft zwischen Zoe und Candice weiter gediehen. Candice hatte sich für Zoes Vorhaben eingesetzt, eine Organisation zu gründen, die sich den Sterbenden widmete. Als sie sich bei der Bank Urlaub nehmen konnte, war sie nach Australien geflogen und hatte Zoe dabei geholfen, Telefonate zu erledigen und Räumlichkeiten in der Nähe des winzigen Apartments bei Manly zu finden, das Zoe für sich gemietet hatte. Im Übrigen schadete es nicht, dass Candice und Irene eine Fernbeziehung eingegangen waren.

»Was ist mit Sarah und Miles?«, fragte David.

Zoe grinste. Sarahs und Miles' Hochzeit sollte in wenigen Wochen stattfinden. Auch wenn ihre Freundin ihr Brautkleid schon in Bath gefunden hatte, hatte Sarah eine gewisse Hochzeitsmanie entwickelt, je näher der Termin rückte. Sie bestand darauf, dass alles absolut perfekt war. »Sarah kommt, sobald sie ihre Besprechung mit den Caterern erledigt hat.«

David sah zu Loki hinunter, der voller Eifer im Sand nach Knochen buddelte. »Kann ich noch irgendwas tun? Soll ich Jemma abholen?«, fragte er.

»Jemma will selbst herfahren«, sagte Ruth. Wieder wurde Zoe von Dankbarkeit erfüllt. Das Verhältnis zu ihrer Schwester hatte sich deutlich verbessert, seit sie wieder in der Heimat war.

»Okay. Wir sind dann mal weg«, sagte David.

»Ja, ich auch«, fügte Ruth hinzu, die merkte, dass Zoe sich in ihren eigenen Gedanken verloren hatte.

Gemeinsam gingen die drei den Strand entlang, aber Zoe war so in ihre Überlegungen vertieft, den offiziellen Projektstart so perfekt wie nur möglich zu gestalten, dass sie zu kaum mehr in der Lage war, als ihnen zum Abschied zu winken. Wieder blickte sie zum Banner hoch und spürte, wie die Hoffnung in ihr erwachte. Die Stiftung würde etwas ganz Wunderbares in Gang setzen, das wusste sie. Dennoch gab es noch eine Sache zu erledigen – vielleicht das Wichtigste überhaupt.

Sie zog ein Papier aus der Tasche und lächelte. Eine Möwe kreischte über ihrem Kopf, als sie es auseinanderfaltete und die wenigen Worte durchlas, die an jene gerichtet waren, die sie so sehr liebte.

Lieber Sean, lieber Ben,
ich danke Euch, dass Ihr mir gezeigt habt, was Liebe ist, und noch mehr danke ich Euch für die Hoffnung, die Ihr mir geschenkt habt.
In ewiger Liebe
Zoe xxx

Zoe faltete das Blatt wieder zusammen, riss es in winzige Fetzen und warf sie in die Luft. Dann wandte sie das Gesicht zur Sonne und sah zu, wie die sanfte Brise die Worte, die aus ihrem Herzen stammten, aufs Meer hinaustrug. Sie war bereit zu leben.

Danksagung

Das Schreiben eines Buchs, so scheint es mir immer, ist ein bisschen so, wie ein Kind zu erziehen: Es braucht ein ganzes Dorf dazu. Der vorliegende Roman ist dabei keine Ausnahme. Es gibt ein paar wahrhaft phänomenale Menschen, denen ich für ihre Hilfe dabei danken muss, dass dieses Buch Wirklichkeit werden konnte. Dazu gehört meine wunderbare Agentin Kate Burke, die sich über alle Maßen eingesetzt und mich dabei unterstützt hat, aus der Kernidee für diesen Roman ein Projekt zu machen, in das ich mich mit Leib und Seele stürzen konnte. Ebenso sehr verpflichtet bin ich meiner unglaublich begabten Lektorin Emily Bedford, deren Weisheit dazu beigetragen hat, dieses Buch zum Funkeln zu bringen.

Die Idee zu diesem Roman verdanke ich meiner sehr alten Freundin Ellie Winters. Kurz nachdem wir uns kennengelernt hatten, begann sie eine Ausbildung zur Pflegerin, mit dem Plan, in einem Hospiz zu arbeiten. Damals, mit achtzehn, war ich entgeistert und davon überzeugt, diese Arbeit wäre zutiefst deprimierend. Ellie lachte mich aus und erklärte mir, es gäbe so etwas wie einen guten Tod, und genau dafür wolle sie etwas tun. Ellies weise Worte habe ich nie vergessen, und als wir während des Lockdowns mit den erschreckenden Bildern so vieler geliebter Menschen konfrontiert waren, die an Corona starben, musste ich an die Pfleger denken, die Überstunden machten, damit die

Sterbenden in ihren letzten Stunden jemanden an ihrer Seite hatten, der ihre Hand hielt. Selbstverständlich fragte ich bei Ellie an, die mittlerweile Vollzeit in einem Hospiz arbeitet, ob es denkbar wäre, dass eine Pflegerin die letzten Worte eines Sterbenden aufzeichnet. Ich saß wie auf glühenden Kohlen, während ich auf ihre Antwort wartete, doch Ellie beteuerte, dass Ärzte, Sanitäter, Pfleger und viele, viele andere Mitarbeiter in den Hospizen Himmel und Erde in Bewegung setzen für ihre Patienten und nicht nur letzte Worte niederschreiben, sondern auch, wann immer möglich, letzte Wünsche erfüllen. Ellie, ich bin dir so dankbar für deine Auskünfte, deine Hilfe und deinen Zuspruch – ganz zu schweigen von dem, was du vor fünfundzwanzig Jahren gesagt hast und was mir immer im Gedächtnis geblieben ist. Tausendfachen Dank!

Danke auch an Jean Fullerton fürs Korrekturlesen. Da sie eine leidenschaftliche Autorin und ehemalige Pflegerin ist, war es beruhigend, als sie ihr Okay gab. Nichtsdestotrotz sind jegliche Fehler, insbesondere wenn es um medizinische Fakten geht, allein mir zuzuschreiben.

Besonderer Dank gilt auch meinem Mann Chris, der mich jahrelang ermuntert hat, etwas zu schreiben, wofür ich brenne. Der vorliegende Roman ist dieses Buch, und ich danke dir, dass du an mich geglaubt und mich darin bestärkt hast weiterzumachen, auch in den Momenten, in denen ich mir nicht sicher war.

Meine fantastischen Autorenfreundinnen Dani Atkins, Kate Thompson, Faith Bleasdale, Sasha Wagstaff und Rosie Hendry: Das Quatschen, Lachen und all die Ratschläge und Hilfe weiß ich wirklich zu schätzen. Ohne euch alle wäre ich verloren – danke, dass ich euch immer schreiben darf! Außerdem natürlich meine ganz besonderen Freunde Becki, Craig und Karen – wo sind bloß all die Jahre hin? Danke, dass ihr immer für mich da seid. Danke auch an Rebecca, Claire, Gemma, Kelly und Madi, dass ihr immer zuhört und überhaupt eine ganz großartige Unterstützung seid. Und zu guter Letzt Mum und Dad: Eure unerschütterliche Liebe und Unterstützung werde ich nie als Selbstverständlichkeit betrachten – danke für so ziemlich alles!

Schließlich noch ein riesiges Dankeschön an meine wunderbaren Leserinnen. Dort draußen gibt es so viele Bücher, und ich bin überglücklich, dass ihr euch auf dieses hier eingelassen habt. Wer mir auf Social Media folgen oder mir eine Nachricht zukommen lassen will – ich freue mich immer, von euch zu hören. Ihr findet mich auf facebook.com/fionafordauthor oder bei Instagram/fionafordauthor.